HEYNE
HARD
CORE

DAVID PFEIFER

PATONG

ROMAN

WILHELM HEYNE VERLAG
MÜNCHEN

Der Titel erschien 2013 erstmals unter dem Titel *Schlag weiter, Herz*

Für Tania

Unter www.heyne-hardcore.de finden Sie das komplette Hardcore-Programm, den monatlichen Newsletter sowie alles rund um das Hardcore-Universum.

@heyne.hardcore

MIX
Papier aus verantwortungsvollen Quellen
FSC® C083411
FSC www.fsc.org

Penguin Random House Verlagsgruppe FSC® N001967

Vollständige deutsche Taschenbuchausgabe 05/2021

Redaktion: Thomas Brill
Lektorat: Markus Naegele
Umschlaggestaltung: punchdesin, Johannes Wiebel, München,
unter Verwendung eines Motivs von shutterstock.com / Viktor Gladkov
Satz: Schaber Datentechnik, Austria
Druck und Bindung: CPI books GmbH, Leck
Printed in the Czech Republic

ISBN: 978-3-453-67733-3

Vorwort

Es ist so wunderbar, dass dieses Buch noch einmal erscheint. Warum? Weil es einfach so großartig ist. Weil es vom Leben erzählt, vom Scheitern, vom Wiederaufstehen, immer wieder scheitern und dann doch nicht anders können, als erneut gegen die Wand zu rennen. Ein Buch von auswegloser Leidenschaft. Ein aufrichtiger, ehrlicher und roher Roman mit einer großen Liebesgeschichte. Und natürlich ein Buch über das Boxen, das so viele Leute wie möglich lesen sollten.

Zu mir kam es über den Autor, den ich bei einem Essen meines Verlages kennengelernt habe. 2018 war das, auf der Leipziger Buchmesse. David Pfeifer saß mir schräg gegenüber, und ich fand allein seine Erscheinung schon sehr interessant. Er wirkte wie eine elegante Version des Genre-Schauspielers John Saxon, der in seiner langen Karriere immerhin schon mit Bruce Lee vor der Kamera gestanden und mit *A Nightmare On Elm Street* Horrorgeschichte geschrieben hat.

David hat natürlich mehr Haare, aber genauso breite Schultern. (Sorry, kleiner Nerdausrutscher, aber er sieht John Saxon wirklich verdammt ähnlich.)

Den Small Talk übergingen wir schnell, als wir feststellten, dass wir uns beide fürs Boxen interessieren, wobei es bei mir »nur« Interesse, bei David aber richtige Leidenschaft ist. Immerhin war er Trainer des weltweit größten

Schachbox-Vereins gewesen, ein Thema, welches wir an dem Abend auch anrissen.

Danach trafen wir uns noch mit Rocko Schamoni und cornerten gemeinsam vor einer Bar auf der Straße herum, wobei David und ich den von den anwesenden Hipstern verpönten Eintritt bezahlten, um dann von drinnen Bier zu holen, statt unsere Getränke wie alle anderen »Berlin-style« bei einem nahe gelegenen Spätkauf zu erstehen. Die Hipster verstanden die Welt nicht mehr. Wir uns umso besser.

Diese clubsolidarische Geste leisteten David und ich ohne vorherige Absprache, was uns gleich noch ein bisschen mehr verband.

Mein Verleger hatte während des Essens von Davids Büchern geschwärmt und mir dringend empfohlen, doch mal eines zu lesen.

Weil ich mich fürs Boxen interessiere, versprach David, mir eins seiner Bücher zukommen zu lassen, das sich um eben jenen Topos drehte. Und schon eine Woche später lag *Schlag weiter, Herz,* wie *Patong* bei seinem Ersterscheinen hieß, in meinem Briefkasten. Im Buch fand ich die freundliche Widmung »Kommt viel Hamburg und Boxen drin vor«. Ich legte das Buch auf den »Noch zu lesen«-Stapel und, nun ja, vergaß es erst mal.

Aber zum Glück fand es mich wieder.

Kurz darauf nämlich ging ich mit meiner Band auf Europa-Tournee. Und auf der Suche nach etwas Lesbarem für die Konzertreise fiel mir das Buch wieder ein. Ich packte es in den Koffer, eigentlich mit der Gewissheit, dass ich es nach meiner Rückkehr ungelesen wieder auspacken würde.

Denn es war die erste Tour meiner Band seit fünf Jahren und zu erwarten, dass die Jungs und ich eine Menge zu besprechen und nachzufühlen hatten. Da würde fürs Lesen sicher nicht viel Zeit bleiben. Außerdem sollte uns die Tour an Orte führen, wo ich bisher selten oder noch gar nicht gewesen war. Orte, die ich erkunden wollte, und … naja, nach all der Zeit würde es wohl sicher auch mehr als genug Gründe zum Feiern geben.

Trotzdem schaffte ich es dann doch irgendwie, Davids Buch zur Hand zu nehmen und zu lesen, wobei lesen es nicht wirklich trifft. Ich verschlang es förmlich.

Sofort empfand ich eine tiefe Sympathie und Zuneigung zum Protagonisten Mert, denn obwohl ich mich nur hobbymäßig für das Boxen interessiere und meine Lebenssituation eine völlig andere ist, konnte ich mich von Seite zu Seite mehr mit Mert identifizieren.

Seine Entscheidungen, seine Niederlagen, seine Triumphe, seine Ängste. Alles war so nachvollziehbar. Ich erlebte alles mit. Siegte mit ihm, verlor mit ihm, zweifelte und verzweifelte mit ihm. Und als Mert Nadja traf, habe ich mich ebenfalls sofort in sie verliebt.

Ich hatte das Buch noch vor dem Ende der Tour durchgelesen und legte es dann trotzdem in jedem Hotel auf den Nachttisch, um in ein paar leeren Momenten, nach einer Stadterkundung oder nach dem Sport, bevor wir zum Club aufbrachen, immer wieder darin zu blättern und meine Lieblingsstellen noch einmal zu lesen.

Wenn ich ehrlich bin, kann ich mich an keine einzige Tournee erinnern, während der ich ein Buch komplett bis zu Ende gelesen habe. Der Punkt geht klar an David Pfeifer.

Und gleich noch ein weiterer Punkt geht an ihn dafür, dass ich von einer Liebesgeschichte so dermaßen abgeholt wurde wie schon lange nicht mehr.

Die Liebe, um die es in dem Roman geht, ist eine große, die eine große, um genau zu sein. Und wie Nadja und Mert darum kämpfen und immer wieder gefährlich fahrlässig mit ihrer Liebe umgehen, das ist so gut beobachtet wie beschrieben und hat einen Nerv in mir getroffen.

David, du hast da ein wirklich gutes Buch geschrieben, was mehr kann ich jetzt noch hinzufügen?

Bela B Felsenheimer, Dez 2020

1

Der Tag trifft ihn wie ein Schlag. Mert wacht auf, als käme er wieder zu sich. Keine Erinnerung, keine Gedanken, ein schiefes Lächeln im Gesicht. Er öffnet die Augen und wartet, bis er ganz bei Bewusstsein ist. Der Ventilator neigt sich von links nach rechts. Jedes Mal, wenn er am äußersten Punkt ankommt, gibt er ein leidendes Quietschen von sich. Der Ventilator pendelt in einem begrenzten Winkel, wie ein Boxer in seiner Ecke, immer wieder von rechts nach links und zurück. Mert hört das Quietschen nicht mehr. Er schlägt das durchgeschwitzte Leintuch zurück, setzt sich auf und reibt sich den Schlaf aus den Augen. Langsam findet er in den neuen Tag, der vermutlich genauso werden wird wie der letzte. Die Erinnerung springt an, die Vergangenheit setzt mit dem gestrigen Abend ein und reicht zurück bis zum frühesten Zeitpunkt, an den er sich erinnern kann. Ein Kettcar, das über Türschwellen rumpelt. Alles liegt noch vor ihm.

Mert setzt einen Fuß auf, beugt sich nach vorne, stützt sich mit der Hand auf seinem Knie ab und stemmt sich in die Höhe. Er geht in die Küche, erhitzt Wasser im Kocher, reißt eine Portionstüte Nescafé auf und brüht sich Kaffee. Dann geht er raus auf den Balkon, lehnt sich an das Geländer und blinzelt in die Sonne. Er pustet in seine Tasse und wundert sich über seine gute Laune. Ein Hochgefühl, das

»War es bedrohlich?« Er musste nur noch mit Ja oder Nein antworten.

Einmal hatte Mert davon geträumt, dass es beim türkischen Gemüsehändler an der Ecke keine Bananen mehr gab. Nadja lachte.

»Keine Bananen. Im Ernst?«

»Die kaufe ich da doch immer.«

»Und der Traum war bedrückend?«

»Ja.«

»Und du hast keine Erklärung dafür, warum du so was träumst?«

»Keinen Schimmer.«

»Kann es vielleicht daran liegen, dass ich mich beschwert habe, weil du nicht mit mir schlafen willst, wenn du einen Kampf hast?«

Wie immer, wenn Mert versuchte, sich das Lachen zu verkneifen, verzog sich sein Gesicht, als habe er einen Schluck Apfelessig getrunken. »Man kann sich seine Träume ja nicht aussuchen, oder?«

Es wurde ein schöner Tag. Mert fühlte sich belohnt, wenn Nadja lachen musste, sogar wenn es auf seine Kosten ging.

Er nimmt noch einen Schluck Kaffee, knetet weiter seinen Gummiball. Als Erstes spürt er seine rechte Faust, von einem Bruch im Handrücken bei einer Hamburger Meisterschaft. Dann seine Gelenke, die Muskelansätze. Merts Körper erwacht ächzend, etwa eine halbe Stunde nach ihm. Die kurzen Rippen senden einen stechenden Schmerz in die Lunge, die Stelle, an der er beim Sparring vor ein paar Tagen einen Tritt abbekommen hat. Seine Erholungszeiten werden länger. Mit dem Handrücken wischt er sich die Schweißtropfen von der Oberlippe, damit sie ihm nicht den letzten Schluck Kaffee versalzen. Er trinkt aus, stellt die Tasse in der Küche ab und räumt auf. Er besitzt nicht viel, schafft es aber zuverlässig, das wenige in zwei Zimmern zu verstreuen. Er räumt Fotos in das kleine lackierte Kästchen mit den chinesischen Motiven darauf. Das oberste Bild lässt er auf dem Tisch liegen, er will einen Platz dafür finden. Es zeigt ihn und Nadja auf dem Hamburger Dom an einem Schießstand. Ein Fotoschuss, nur zwei Versuche hatte er damals dafür gebraucht. Nadja umarmt ihn dabei von hinten. Ihr Kinn liegt auf seiner Schulter. Sie lächelt und wirkt glücklich. Der Moment liegt so lange zurück und fühlt sich doch an, als seien erst Tage vergangen. Er riecht die Zuckerwatte, spürt die Kälte des Abends von damals.

Während er das Bild betrachtet, kehrt die Erinnerung an den Traum zurück, wie ein fast vergessenes Lied im Radio, das ein altes Gefühl zum Klingen bringt. Er hat von der Tankstelle geträumt, von der Nacht nach dem Mannschaftswettbewerb in Schwerin. Keine Prüfungen, keine Bananen. Einfach nur die Nacht nach seinem großen Erfolg, die erste Begegnung mit Nadja. Die gute Laune kommt von der Erinnerung an Glück.

2

Merts Leben begann in dem Moment, als er Nadja begegnete. Mert sagte und tat nichts mehr, ohne es an ihr auszurichten. Er verhielt sich trotz oder wegen ihr. Alles, was er alleine erlebte, war erst von Bedeutung, nachdem er es ihr erzählte. Was Nadja nicht von ihm wusste, würde mit ihm verschwinden.

Nadjas Schönheit wollte entschlüsselt werden. Ihre Augen standen nah beieinander, meistens blickte sie skeptisch. Sie trug ihre schwarzen Haare kurz geschnitten. Ihre Gesichtszüge sahen aus wie geschnitzt, was sie älter wirken ließ, obwohl sie noch jünger war als Mert. Bei dieser ersten Begegnung fühlte er sich, als habe er einen Schatz entdeckt, der anderen verborgen blieb. Doch das Auffälligste war nicht Nadjas Aussehen, sondern ihre Anwesenheit.

Sie saß im Bus der Hamburger Boxauswahl, auf dem Weg zu einem Vergleichskampf gegen die Ukraine in Schwerin. Ein Dutzend junger Männer verschiedener Gewichtsklassen verteilte sich im Bus, alle so voller Kraft, dass sie kaum gerade sitzen konnten. Beine hingen über Armlehnen, Köpfe ragten in den Gang.

Mert hatte verschlafen, nachdem er die halbe Nacht mit seinem Vater gestritten hatte, wegen Geld, das in der Haushaltskasse fehlte. Im Nieselregen war er dem Bus hinterhergesprintet, an der zweiten Ampel hatte er ihn eingeholt. Wasser und Schweiß tropften an ihm herunter, seine Sporttasche schnitt in seine rechte Schulter und verzog seinen Trainingsanzug zu einer betonfarbenen Stoffmasse. Mert war in einem denkbar schlechten Zustand, um seinem Schicksal gegenüberzutreten.

Ein paar Sekunden stand er im Gang, um wieder zu Atem zu kommen. Einige der Jungs schliefen im Sitzen, die Hauben ihrer Kapuzenpullis tief ins Gesicht gezogen. Andere grüßten mit einem Kopfnicken. Mert schob sich durch den Mittelgang, seine Tasche blieb an Armlehnen und schlafenden Kollegen hängen. Nadja saß entgegen der Fahrtrichtung an einem der kleinen Tische neben Felix Borau, dem Star der Hamburger Boxauswahl. Sie wirkte wie eine Porzellantasse in einem Maschinenraum.

Als Mert an ihrer Reihe vorbeiging und sich umdrehte, sah sie ihn mehrere Sekunden an, und ihre Ausdruckslosigkeit schien etwas zu verschleiern. Sie lächelte kurz, bevor sie sich in das Buch flüchtete, das aufgeschlagen auf dem Tisch vor ihr lag. Mert fing Felix' Blick auf, der wortlos sein Revier sicherte. Zwei Bankreihen weiter fand Mert einen freien Platz und ließ sich hineinfallen. Keine Stelle an seinem Körper war trocken geblieben.

Während der Bus durch den Regen fuhr, packte Mert seine Kampfkleidung aus der Sporttasche. In der Reihe neben ihm döste ein Fliegengewichtler, auf dessen grauem Sweatshirt in großen Lettern »Boxen« gedruckt stand. Der Junge hatte sich in seinen Pulli gewickelt wie in eine Decke. Mert streifte sich die nassen Sachen ab und kramte in seiner Tasche. Zwischen Duschgel, Boxhandschuhen und Kopfschutz fand er einen ausgeblichenen Guns-N'-Roses-Pullover. Er wischte sich mit einem Handtuch trocken und suchte nach seinem Deo. Der Junge auf der anderen Seite des Gangs drehte sich im Halbschlaf zur Seite und motzte. »Whoa Alter, du stinkst.«

Mert sprühte Unmengen von Deo unter seine Achseln, was seinen Nachbarn endgültig aufweckte.

»Das ist ja abartig, willst du uns vergasen?« Der Junge schob seine Kapuze zurück und sah Mert nackt in der Bankreihe neben sich sitzen. »Alter, wenn du nicht doppelt so groß wärst wie ich, würde ich alle wach machen, damit sie das sehen können.«

Mert schlüpfte in seine Kampfhose. Danach streckte er seine Faust zum Gruß über den Gang.

»Mert.«

»Ali«, erwiderte der Junge, als er mit seiner Faust einmal oben und einmal unten auf Merts Faust klopfte.

Mert kannte Ali Örgen, den einzigen Hamburger Verbandsboxer, der einen ähnlich beeindruckenden Kampfrekord vorzuweisen hatte wie Felix Borau. Deutscher Meister im Fliegengewicht, Jugendeuropameister. Mert hatte ihm öfter beim Sparring zugesehen. Ali boxte technisch überragend, schnell und stark. Er war ein Titan im Ring. Aber in Zivilkleidung wirkte er wie ein Zwerg, 1,62 Meter groß, was Mert besonders deutlich auffiel, als Ali neben ihm im Bus hockte und in seinem großen Sweatshirt wie ein Kind aussah.

Mert zog sein Vereinsshirt an und den alten Pullover darüber. Auf seiner Brust war nun »Appetite for Destruction« zu lesen, und das passte sehr gut zu seinen Absichten.

Der Bus glitt knapp oberhalb der vorgeschriebenen Geschwindigkeit durch den Regen nach Schwerin. Mert fühlte sich ausgelaugt, doch er konnte nicht schlafen. Er suchte nach einer Stellung, in der er zur Ruhe kam, landete aber immer in einer Position, aus der er in Nadjas Richtung sehen konnte. Felix Borau schien Mert zu beobachten. Beide kannten sich vom Verbandstraining. Felix war die Geheimwaffe des Hamburger Boxverbandes, Kaderboxer der ehemaligen DDR mit erstklassiger Grundausbildung.

Um der Beobachtung durch Felix zu entgehen, stand Mert auf und stellte sich in den Gang. Erst als ihm bewusst wurde, dass seine Aktion eine Folgeaktion verlangte, schob er sich zum Verbandstrainer nach vorne. Thorsten Gersch blickte von seinem Kreuzworträtsel auf und sah Mert fragend an.

»Noch irgendwelche Tipps, Trainer?«

»Ran an den Mann und harte Haken schlagen, das ist doch deine Spezialität.«

Gersch hatte es aufgegeben, eine Kampftaktik mit Mert zu besprechen. Mert tat, was er konnte, und durfte mit, weil Gersch sonst keinen konkurrenzfähigen Schwergewichtler im Aufgebot hatte. Mit seinen 182 Zentimetern Körpergröße wäre Mert im Halbschwergewicht besser aufgehoben gewesen, aber er hatte Probleme, unter dem Limit von 81 Kilogramm zu bleiben. Und im Halbschwergewicht war an Felix sowieso kein Vorbeikommen.

Obwohl Merts Gegner laut Kampftabelle zehn Zentimeter größer war, würde er schlagbar sein.

»Der hat nur sechs Kämpfe gemacht«, erklärte Gersch.

»Warum tritt der Russe eigentlich gegen mich an, wenn er so wenig Kämpfe hat?«

»Kiew ist nicht in Russland, sondern in der Ukraine, und wir haben dich mit null Kämpfen angemeldet.«

Mert wollte etwas einwenden. »Im Schwergewicht hast du null Kämpfe«, sprach Gersch weiter, »und es macht deinem Gegner auch keinen Spaß, wenn er umsonst zum Wettbewerb fährt. Geht ja nicht um die Olympiateilnahme.«

Als die Hamburger Boxer die Mehrzweckhalle betraten, wurden gerade Stuhlreihen aufgestellt. Der Ring war auf ein Holzpodest gebaut, der Boden mit schwerem, blauem Leinen bezogen. Techniker verschraubten die Spannhaken der Ringseile im Hallenboden. Einer der Ringrichter lehnte sich mit dem Rücken zu allen vier Seiten in die Seile, um deren Elastizität zu prüfen. Die Halle war rechteckig, knapp unter der Decke verlief eine Borte kleiner Fenster, die Tageslicht einließen. Obwohl draußen noch Schilder hingen, die zur Einweihungsfeier einluden, wirkte die Halle abgenutzt.

Die Umkleidekabine der Hamburger war so klein, dass nur ein Mann darin Seil springen konnte. Sie würden sich beim Aufwärmen abwechseln müssen. Die Boxer warfen ihre Taschen ab und schlugen dann in der Halle die Zeit tot. Der Nachmittag verging mit Wiegen und einer ungelenken Begrüßung der Kollegen aus der Ukraine. Merts Gegner, Piotr Androwitsch, sah aus wie ein 94 Kilo schwerer Säugling. Mert gruselte vor ihm. Androwitsch lag sogar drei Kilo über dem Limit fürs Schwergewicht, Gersch akzeptierte ihn trotzdem als Gegner. Nach dem Händeschütteln verteilten sich die Boxer in der Halle, und Mert beschwerte sich mit gedämpfter Stimme bei Gersch. »Der wiegt zehn Kilo mehr als ich. Ich brauche eine Leiter, um den zu treffen.«

»Sie bescheißen beim Gewicht, wir bescheißen bei den Kämpfen. Auf die Art hast du dir einen Sieg wenigstens verdient«, erwiderte Gersch.

»Beschwer dich nicht. In meiner Gewichtsklasse haben sie keinen aufgeboten. Ich bin umsonst mitgefahren«, sagte Ali, der neben ihnen zur Umkleide trottete und sich missmutig in der Halle umsah. »Wahrscheinlich haben die wegen Tschernobyl gar keine so kleinen Russen.«

»U-kra-ine!«, wies Gersch ihn zurecht.

Es wurde aufsteigend nach Gewichtsklassen geboxt. Nur Mert und Androwitsch würden außer der Reihe den vorletzten Kampf bestreiten. Die Hauptattraktion des Abends sollte die Begegnung im Halbschwergewicht werden, zwischen Felix Borau, dem deutschen Meister, und Vasily Lukaschinsky, dem Militärmeister der Ukraine.

In der Halle war es zu kalt, um sich zum Schlafen in einer Ecke einzurollen, also trieb Mert sich herum und aß Schokolade, belegte Brötchen, Äpfel und Bananen, die den Boxern auf einem Tapeziertisch hergerichtet worden waren.

Als er den Witz mit den Bananen und den Gurken zum dritten Mal gehört hatte, fragte Mert endlich nach, was es damit auf sich hätte – und zwar ausgerechnet Felix und Gersch, die auf dem Weg in die Umkleidekabine waren.

»In der DDR hatten wir keine Bananen«, erklärte Felix.
»Wegen der Planwirtschaft«, ergänzte Gersch.

»Und deswegen hält man uns für so blöd, eine Gurke mit einer Banane zu verwechseln«, schloss Felix. Gersch nickte. »Dummer Witz«, fügte er hinzu. Mert fand den Witz eigentlich ganz gut. Aber nachdem er ihn noch zweimal hörte, bekam er Mitleid mit den Schwerinern, die ihn bestimmt schon viel öfter gehört hatten.

Mert versuchte sich in Winkeln der Halle aufzuhalten, aus denen er Nadja beobachten konnte. Seit ihrer Ankunft saß sie regungslos in der ersten Reihe und las. Hinter ihr stellten die Ordner weiter Stühle auf, rüstige Senioren richteten auf einem Tresen Plastikbecher, Limonaden, Wurst- und Käsebrote an, die freiwillige Feuerwehr baute eine Zapfanlage auf, und erste Zuschauer sicherten sich die besten Plätze. Zwischendurch schlenderte Mert immer wieder in die Umkleidekabine. Als er dort allein war, suchte er drei Jacken nach Münzgeld ab, bis er fündig wurde und ein Fünfmarkstück an sich nahm. Danach sah er sich mit Ali die ersten Kämpfe an.

Die Begegnung der Junioren verlief ohne große Aufmerksamkeit, die Halle füllte sich. Ab der dritten Begegnung wurde kommentiert und gerufen. Lederblousons umspannten wuchtige Körper. Die jungen Männer versuchten breiter zu stehen, als sie waren. Die älteren Männer, die Veteranen, deren Stirn- und Wangenfurchen ihrem Alter vorauseilten, gestikulierten mit faltigen Händen. Die Knöchel ihrer Fäuste waren mit Hornhaut überzogen. In den Pausen liefen Ali und Mert außen um die Bestuhlung herum. Am Stand der freiwilligen Feuerwehr wurde Bier für zwei Mark pro Becher verkauft. Mert rechnete aus, dass er sich zweieinhalb Bier leisten konnte.

Einige Zuschauer musterten Ali und Mert wie exotische Tiere. Ali war irritiert. »Was tragen die denn für Klamotten? Sieht aus, als hätten die in der Altkleidersammlung gewühlt.« Doch nach einer Weile kam Mert der Gedanke, dass er und Ali mit ihrer olivfarbenen Haut, den schwarzen Haaren und den dunklen Augen auf die Schweriner fremder wirkten als umgekehrt. Ein stark geschminktes Mädchen zwinkerte Mert zu, doch er zwinkerte nicht zurück, aus Sorge, dass Nadja ihn in diesem Moment beobachten könnte. Er behielt das Mädchen trotzdem im Auge.

Nach dem sechsten Kampf ging Mert in die Umkleidekabine, um sich aufzuwärmen. Felix war bereits da und machte Gymnastik, obwohl er erst nach Mert dran war.

»Soll ich rausgehen?«, fragte er Mert.

»Nicht nötig.«

Mert zog sein Vereinsleibchen an, schnürte seine Schuhe und umwickelte seine Hände mit Bandagen. Gersch sah zwischendurch kurz zu ihm, widmete sich aber hauptsächlich Felix. Mert lockerte sich mit Schattenboxen, kreiste auf den Fußballen. Dann pausierte er einige Sekunden und begann wieder von vorne.

Endlich schob Gersch seine Hände in zwei Lederpolster, die den Verbandstrainer zierlich wirken ließen. »Hau mal ein bisschen in die Pratzen, dann muss ich Borau vorbereiten.« Mert nahm Abstand ein und schlug locker in die Pratzen, eine Links-rechts-links-Kombination. Gerschs Arm klappte vom Druck der Rechten nach hinten wie eine Gelenkfeder. Felix beobachtete die beiden, während er sich im Spagat dehnte.

Auf dem Weg in den Ring sah Mert zu der Stelle, an der Nadja die ganze Zeit gesessen hatte. Sie saß immer noch dort und beobachtete seinen Auftritt. Ihre Blicke trafen sich, und sie lächelte.

Je näher Mert dem Ring kam, umso weniger bekam er von der Welt mit, die sich außenrum drängte. Mert liebte das Gefühl, durch die Seile zu steigen, wenn alles andere unwichtig wurde. Piotr Androwitsch wartete bereits auf ihn, mit der Gleichgültigkeit eines Ambosses. Der Gong war ein lautes Schnarren.

Die Jugend seines Gegners erwies sich für Mert als Vorteil. Androwitsch konnte seine Masse nicht bändigen. Er bewegte sich, als sei er zu groß für sich selbst, und verhedderte sich mit seinen Armen, wenn Mert ihm den Weg abschnitt. Androwitschs Geraden fühlten sich an, als würde man gegen eine Litfaßsäule laufen. Doch Mert lächelte kurz, als eine Führhand traf. Er mochte die harten Schläge –

wenn er einen mit voller Wucht nahm, wusste er, woran er war. Bevor Mert getroffen wurde, war da diese Unsicherheit, nach dem ersten Schlag wurde er ruhiger. Er konnte Androwitschs Schläge aushalten, vielleicht nicht viele, aber genügend, um selbst zurückzuschlagen. Wo auch immer Merts Grenze im Erdulden von Schlägen lag, bei Androwitsch würde er sie nicht kennenlernen. Also freute er sich und lächelte.

Androwitsch war leicht auszurechnen, da seine Schulter zuckte, bevor er schlug. Nachdem Mert sich darauf eingestellt hatte, tauchte er unter Androwitschs Angriffen durch und entfesselte in der kurzen Distanz Schlagserien, die sein Gegenüber in Bedrängnis brachten. Bevor Mert sich wieder löste, schlug er noch ein oder zwei rechte Seitwärtshaken. Androwitsch überstand die erste Runde, wobei er fast seinen Kopfschutz verlor, hielt aber noch dagegen. Mert wirkte gelassen, als er in seine Ecke ging. Sein rechtes Auge war geschwollen, aber er war zufrieden. Er betrachtete seinen Gegner als Beute, die sich wehrt. Die Deckung war wie ein Panzer, den man aufbrechen musste, um an das weiche Fleisch zu kommen. Und bei Androwitsch hatte er schon ein leichtes Knacken gespürt.

Die Erfahrung seines Gegners stellte Felix später vor eine fast unlösbare Aufgabe. In der Halle schwang noch die Erregung von Merts Kampf nach. Nun folgte gespannte Stille. Im Gegensatz zu Mert betrachtete Felix die Aktionen seines Gegners als eine Fülle von Variablen, die er mit einer Mischung aus Berechnung und Intuition beherrschen konnte. Er boxte mit der Präzision eines Bombenentschärfers. Kein Schlag war verschwendet. Auf schnellen Füßen hielt er stets den richtigen Abstand zu Vasily Lukaschinsky. Dann glitt er wenige Zentimeter in die Reichweite, schlug eine kontrollierte Serie und schnellte wieder aus der Gefahrenzone. Sein Oberkörper blieb dabei aufrecht, seine Beine machten die Arbeit. Nie schlug Felix die gleiche Kombination zweimal hintereinander. Er beobachtete, was sein Gegner tat, ließ ein paar harmlose Schläge los, um zu prüfen, wie Lukaschinsky sich verhielt, und reagierte dann.

Doch Lukaschinsky, der eine ähnliche Boxschule durchlaufen hatte, ebenfalls Mitte zwanzig war und ebenso viel Kampferfahrung gesammelt hatte, tat dasselbe. So zuckten beide in Reichweite, tauschten ihre Schlagfolgen ab und umkreisten sich fast berührungslos.

Als Mert in seiner Ecke stand, hörte er kaum etwas von Gerschs Anweisungen. Gersch redete energisch auf ihn ein, doch Mert blickte rüber zu seinem Gegner. Er konnte an der Bewegung von Androwitschs Trainer ablesen, dass dem Ukrainer Aufwärtshaken als Mittel gegen Merts Attacken empfohlen wurden. Dann suchte Mert Nadja im Publikum. Sie hatte ein Bein über das andere geschlagen und sich so eingedreht, dass sie den Fuß unterhalb der Wade durchsteckte. Sie sah zu Mert.

Als Felix nach der ersten Runde seines Kampfes in die Ecke kam, sagte Gersch nur wenig. Er war noch heiser von der Schreierei bei Merts Kampf, und im Gegensatz zu Mert hatte Felix keinen Fehler gemacht. Sein Gegner boxte auf hohem Niveau, es würde nichts bringen, einen Trick auszupacken oder den anderen zu überrumpeln. Es ging darum, eine Millisekunde schneller zu schlagen, sich dem letzten Schlag einer Serie gerade noch zu entziehen. »Ruhig und schnell«, sagte Gersch, »das wird ein ganz knappes Höschen.«

Mert kümmerte sich nicht um Androwitschs Aufwärtshaken. Er kassierte ein paar Schläge, störte aber die Aktionen seines Gegners. Er unterbrach dessen Takt und zwang ihm seinen Kampfstil auf, unabhängig von dem, was Androwitsch versuchte. Mert vertraute auf seine Härte, seine Geschwindigkeit, fast immer fand er einen Weg, größere und bessere Boxer aus dem Tritt zu bringen. »Stinker« nannten sie Mert beim Verbandstraining deswegen. Das war nicht respektlos gemeint, sondern die übliche Bezeichnung für einen Boxer, der seine Gegner schlecht aussehen lässt.

Für das durchschnittlich interessierte Publikum wirkte es so, als würde Androwitsch, der physisch im Vorteil war, alles falsch machen. Ein geübter Beobachter konnte erkennen, dass Mert seine Schläge mit Druck aus dem Bein beschleunigte, um sein ganzes Körpergewicht dahinterzusetzen, während sein Gegner in seiner Not lediglich aus der Schulter schlug. Androwitsch kämpfte mit stumpfen Waffen. Ab der zweiten Runde war die Halle auf Merts Seite. Gegen Ende der Runde trieb er Androwitsch in die Ringseile, schlug zwei schnelle Linke und setzte einen rechten Haken nach, der Androwitsch seitlich an der Kinnspitze traf. Androwitschs Unterkiefer sprang aus dem Gelenk und knipste ihn aus. Wie ein Tänzer drehte Mert sich auf dem Fußballen um die eigene Achse zur Seite. Androwitsch nahm nicht mal mehr die Arme hoch und landete mit dem Gesicht voran auf dem Ringboden. Er fiel wie ein Baum an Mert vorbei.

Jubel hallte von den Wänden wider. Mert wollte in die neutrale Ecke gehen, aber Androwitschs Betreuer sprangen schon durch die Seile. Der Ringrichter machte sich nicht mehr die Mühe, den Niedergeschlagenen anzuzählen. Der Kampf war vorbei. Die Betreuer halfen Androwitsch auf die Beine und stießen unverständliche Flüche aus. Merts rechtes Auge war zugeschwollen und begann lilafarben zu schillern, so als habe er einseitig Lidschatten aufgetragen. Als sein Arm vom Ringrichter in die Höhe gereckt wurde, strahlte Mert wie eine polierte Medaille.

Im Gegensatz zu Mert musste Felix wenig später über die volle Distanz von drei mal drei Minuten gehen. Er und Lukaschinsky schenkten sich nichts. Es gab Zeitspannen von bis zu zehn Sekunden, in denen sie gar keinen Kontakt hatten, so sehr versuchten beide, die Aktionen des Gegners vorauszuahnen. Felix machte einen Seitschritt, um an Lukaschinskys Führhand vorbeizuschlagen und eine Serie von sechs Schlägen einzuleiten, die in einem rechten Cross enden sollte. Doch Lukaschinsky bewegte sich in dem Moment, in dem er Felix' Absicht erkannte, ebenfalls zur Seite und unterband die Aktion. Lukaschinsky schlug zwei Führhände, wollte Felix in die Vorwärtsbewegung locken, um ihn mit einer steifen Rechten abzufangen. Doch die Schwäche der Führhand warnte Felix, und er blieb in Distanz. Manchmal starteten beide eine Serie im selben Augenblick, sodass keiner eine Gegenmaßnahme einleiten konnte. Dann prasselten Schläge aufeinander, blieben in der Deckung stecken, wurden pariert oder verfingen sich an der ordnungsgemäß hochgezogenen Schulter. Es glich einer schnellen Partie Schach.

Für die ehemaligen und aktiven Boxer war es faszinierend zu beobachten, auf welchem technischen und konditionellen Niveau Felix und Lukaschinsky kämpften, doch das restliche Publikum langweilte sich. Nach der Hauerei zwischen Mert und Androwitsch wirkten sie feige. Vereinzelte Buhrufe wurden laut.

Als Felix und Lukaschinsky nach dem Kampf in ihren Ecken der Kopfschutz abgenommen wurde, trug keiner der beiden mehr als ein paar Schrammen im Gesicht. Es dauerte eine Weile, bis die Punktrichter das Verhältnis ausgerechnet hatten. Felix gewann die Faustfechterei mit 30 : 29. Sein Arm wurde in die Höhe gereckt, er drückte Lukaschinsky die Hand und ging in die Ecke der Ukrainer, um sich bei den Trainern zu bedanken. Lukaschinsky tat es ihm auf der anderen Seite gleich.

Nachdem Mert sich geduscht hatte und zurück in die Halle kam, ging Felix' Kampf gerade in die zweite Runde. Das stark geschminkte Mädchen wartete neben der Umkleide, diesmal zwinkerte Mert zurück. Nachdem er von den fünf Mark ein Bier für sich und eins für das Mädchen gekauft hatte, sahen sie sich die letzte Runde von Felix' Kampf an. Mert war fasziniert. Er erläuterte dem Mädchen, was sich im Ring zutrug, obwohl er sicher war, dass sie sich nicht dafür interessierte.

Nachdem Felix' Sieg verkündet war, zog das Mädchen Mert hinter der letzten Stuhlreihe vorbei in die hintere Ecke der Halle, wo sich das Publikum ausdünnte und dann ganz verlor. Eine kaum erkennbare Tür in der Hallenwand führte in einen Raum mit Sportgeräten. Ohne weitere Worte kam das Mädchen zur Sache. Mert begann zu schwitzen, nachdem er sich gerade erst geduscht hatte. Es dauerte keine zwanzig Minuten. Trotzdem hätte Mert beinahe wieder den Bus verpasst.

Als er in den Bus stieg, gratulierten die meisten Kollegen, indem sie ihm die Faust entgegenstreckten, die Mert abklopfte. Während der Rückfahrt wurden alle Kämpfe ausführlich besprochen. Die Hamburger hatten triumphiert, fünf von neun Begegnungen gewonnen. Von Felix war ein Sieg erwartet worden, doch Mert machte den Unterschied.

Ali spielte nach, mit welcher Eleganz Mert sein Bein zur Seite geführt hatte, als Androwitsch fiel. Da Ali nicht gern übersehen wurde, kompensierte er seine Erscheinung mit Show. Er ließ sich nach vorne fallen, so wie Androwitsch hingeschlagen war, dann schnellte er wieder hoch, um Merts Ausweichbewegung ein weiteres Mal nachzuahmen.

»Unsere Dancing Queen«, rief Ali durch den Bus. »Aber der Riese war so ein Bewegungs-Spast, den hätte ich auch noch weggehauen.«

»Wenn Mert dich nach ihm geworfen hätte!«, johlte einer der Jungs von der hintersten Sitzbank.

»Ein K. o. macht eben mehr her«, sagte Felix zu Nadja. Er versuchte nicht beleidigt zu wirken, weshalb er sich wie ein Lehrer anhörte, der Schmierereien auf der Schultoilette entdeckt hat.

Nadja legte ihr Buch zur Seite und fragte sich, ob sie versuchen sollte, ihn zu trösten. Wenn Felix das bemerkte, würde er beleidigt sein.

»Du weißt, dass du heute Abend mit Abstand am besten geboxt hast, oder?«, sagte sie.

»Darum geht es wohl nicht.«

»Um was denn sonst?«

»Dass man Herz zeigt. Auch wenn der andere größer und stärker ist. Deswegen meckern auch alle über Henry Maske und finden diesen Michalczewski toll.«

»Niemand verbietet dir, aggressiver zu boxen.«

Felix' schmaler Mund verzog sich. Nach den intensiven Runden gegen Lukaschinsky wirkte er ausgezehrt. Nadja ahnte, wie er in zehn, fünfzehn Jahren aussehen würde.

»Du solltest was essen«, sagte sie.

Als der Bus auf eine Tankstelle in Witzhave zufuhr, die im Dunkel dieses trostlosen Landstrichs leuchtete, wurde der Wunsch nach Bier laut. Die Boxer verschwanden auf der Toilette und in den Verkaufsräumen.

Mert hatte sein Geld bereits am Stand der freiwilligen Feuerwehr ausgegeben, also schlenderte er ziellos vom Bus zu den Zapfsäulen. Zwei alte VW Golf, einer grün, einer blau, mit abgedunkelten Heck- und Seitenscheiben, hielten gerade an. Mert versuchte, aus den Aufklebern am Heck der Fahrzeuge schlau zu werden. »Böhse Onkelz« stand da in Frakturschrift, und »Combat 18« in roten Lettern auf schwarzem Grund.

Der junge Mann, der den Zapfhahn in die Seite des grünen Golfs steckte, sah Mert an. Hackfresse, dachte Mert. Aus dem blauen Golf stieg ein zweiter Mann, der aussah, als wäre er der Zwilling des ersten. Spacken, dachte Mert. Auch der zweite Mann zog einen Zapfhahn aus der Säule und begann zu tanken.

»Hier werden nur Deutsche bedient«, rief Hackfresse. Mert begriff nicht, dass er gemeint war.

»Verstehst du nicht? Hier werden nur Deutsche bedient!«, sagte Spacken.

Die Türen beider Fahrzeuge wurden geöffnet. Es stiegen insgesamt fünf weitere Männer aus, die sich zu einer Reihe aufbauten. Mert hatte noch nie solch eine Ansammlung stumpfer Gesichter gesehen. Zwei der Männer mahlten mit dem Kiefer, um bedrohlich zu wirken.

»Haste verstanden?«, kläffte einer von ihnen, »hier werden keine Kanaken bedient, das ist Deutschland.« Diese Beschimpfung brachte er auf Sächsisch vor, was seiner Ausführung etwas unfreiwillig Komisches gab. Mert kannte den Dialekt nur von Parodien im Fernsehen.

»Was seid ihr denn für Deutsche? Ihr redet ganz schön komisches Deutsch«, sagte Mert.

»Willste frech werden, Türke?«, sagte Hackfresse.

»Ich bin Deutscher.«

»Ach nee, Deutscher? Du bist'n Türke, sieht man doch.«

»Riecht man auch. Bis hierher!«, rief Spacken. Seine Kumpel lachten wie Hyänen.

»So wie sich das anhört, hab ich meinen deutschen Pass schon länger als ihr.«

»Hast Mut, Türke, was? Weil du'n Veilchen hast, was? Hab ich gesehen, das Veilchen, bist du'n Boxer oder so was? Ein Türkenboxerchen!« Hackfresse unterbrach seine Schimpftirade erst, als es ihm merkwürdig vorkam, dass sein Gegenüber ein schiefes Lächeln zeigte. Mert grinste mit der Zufriedenheit desjenigen, der Zeuge einer seltenen Gerechtigkeit wird.

Die Reaktion erschien den Männern so bizarr, dass ihnen keine Beleidigung mehr einfiel. Unsicherheit flackerte in einigen Augenpaaren auf. Ganz langsam kroch sie im Inneren der Männer nach oben, ohne dass sie die Ursache dafür erfassen konnten. Mert blickte sie weiter an.

»Was grinste denn so blöde?«, war das Einzige, was Hackfresse hervorbrachte.

Merts Augenbrauen zuckten nach oben, seine Lider hoben sich kaum merklich. Die Männer verstanden es als Hinweis, sich umzudrehen. Einer nach dem anderen wendete den Kopf – und was sie sahen, waren elf Boxer der Hamburger Verbandsauswahl in Trainingskleidung, die keinen Zweifel an ihren Fähigkeiten ließ.

Felix stand wie ein Häuptling einen halben Schritt vor seinen Kollegen. Er ließ einige Sekunden verstreichen, bis alle Anwesenden begriffen hatten, in welcher Situation sie sich befanden. Auf der Brust seiner Trainingsjacke waren zwei Boxhandschuhe über dem Emblem »HBC 21« eingestickt. Er hielt seine Arme verschränkt, so sicher war er, dass er seine Fäuste nicht brauchen würde.

»Sollen sie sich entschuldigen?«, fragte Felix.

»Eine Entschuldigung wäre nicht schlecht«, antwortete Mert.

Hackfresse zögerte.

»Entschuldigung«, murmelte er schließlich.

»Alle entschuldigen!«, sagte Ali, der dem kleinsten der Männer bis zur Nase reichte.

Für einen Moment schienen die Männer sich zu fragen, ob ihre Ehre es ihnen wert war, verprügelt zu werden. Zwei von ihnen warfen hasserfüllte Blicke auf Ali, der sich auf der Stelle bewegte wie ein Bullterrier an einer Kette.

»Was hast du denn zu melden, Kleiner?«, fragte Hackfresse.

»Oh, ich hab Schiss«, gab Ali zurück. »Deine Mutter ist bestimmt der Stärkste im Knast!«

Felix hob salbungsvoll eine Hand in die Höhe, um seinen Kollegen zu bremsen. »Sollen sich alle entschuldigen?«, fragte er Mert.

Die Golf-Typen wussten nicht, ob sie zu Felix, Mert oder Ali sehen sollten.

»Ja, alle entschuldigen«, sagte Mert.

Also wurden Entschuldigungen ausgesprochen, bevor Ali noch mal an seiner Kette zerrte. »Und extra entschuldigen, dafür, dass sie so scheiße aussehen!«

Mert vermutete, dass Felix nun Ali zur Ordnung rufen würde, doch Felix zuckte mit den Schultern und sagte: »Ihr habt den Mann gehört.«

Die Männer murmelten eine weitere Entschuldigung.

»Und bezahlen nicht vergessen«, sagte Mert.

Hackfresse und Spacken gingen im Bogen um die Boxer herum in die Tankstelle, ihre Kumpel rührten sich nicht. Zwei Minuten blieben alle wie angewurzelt stehen, bis die beiden zurückkamen. Die Männer stiegen vorsichtig in ihre Autos, als könne jede falsche Bewegung die gerade abgewendete Eskalation wieder heraufbeschwören. Dann fuhren sie davon, der blaue Golf zuerst, der grüne hinterher, nicht allzu schnell. Im Bus feierten die Boxer der Hamburger Auswahl ihren zweiten Sieg. Doch für Mert war der Höhepunkt des Tages immer noch nicht erreicht.

Felix bot Mert den Platz gegenüber an, auf der anderen Seite des Tisches, an dem er und Nadja schon auf der Hinfahrt nebeneinander gesessen hatten. Nadja legte ihr Buch zur Seite und ließ sich von Ali, Mert und Felix erklären, was vorgefallen war. Sie hatte die Szene aus dem Busfenster beobachtet. Als Mert sich die Haare aus dem Gesicht strich, roch er das stark geschminkte Mädchen an seiner rechten Hand. Er hatte es schon fast vergessen.

Ali sagte, für alle laut hörbar: »Das Beste war ja wohl, als du die Ossis darüber in Kenntnis gesetzt hast, dass du schon länger Deutscher bist.« Nadja lachte. Da sie sonst ernst wirkte, zündete ihr Lachen wie ein Silvesterkracher.

Es sprang ihr förmlich aus dem Gesicht, und Mert fühlte sich geehrt.

»Dabei hätte ich gewettet, dass du auch Türke bist, oder Perser oder so was«, sagte Ali.

»Meine Mutter ist Türkin, mein Vater Deutscher.«

»Deswegen Schulz«, sagte Felix.

»Mert Schulz«, sagte Ali, »wer heißt schon Mert Schulz? So ein beknackter Name. Wie Jesus Müller oder so.«

Mert blickte zu Felix. »Bist du nicht auch Ossi?«

»Wir sind nicht alle so«, antwortete Nadja.

»Die waren aus Meck-Pomm«, antwortete Felix, »wir kommen aus der Lausitz.«

»Ist das ein Unterschied?«, fragte Ali.

»Ein Riesenunterschied«, erklärte Nadja. »Aber für euch hört sich wahrscheinlich alles gleich an, was von drüben kommt.«

»Bei dir höre ich nix«, sagte Ali.

»Im Gegensatz zu meinem Bruder hier habe ich mir den Dialekt abgewöhnt.«

Mert schoss das Blut in die Wangen, er wurde nervös. »Wie heißt du eigentlich?«, fragte er.

»Nadja«, sagte Felix. Seine Antwort kam schneller als seine Führhand.

»Habt ihr da drüben nicht Russisch auf der Schule gehabt?«, fragte Mert.

»Pflichtfach ab der 5. Klasse«, sagte Nadja.

»Hast du verstanden, was die Betreuer von dem Riesenbaby mir hinterhergebrüllt haben?«

»Sie haben dir nicht abgekauft, dass du deinen ersten Kampf gemacht hast.«

»Ist ja auch eine Lüge«, sagte Felix.

»Nicht meine Lüge.«

»Aber du hast mitgemacht.«

»Mitgemacht hab ich.«

»Nun gib mal Ruhe, Herr Professor«, sagte Ali, »der Typ war sogar überm Limit fürs Schwergewicht. Der hätte Mert auch zu Klump hauen können. Mert hat Weltklasse gekämpft heute!«

»Stimmt. Hast gut gekämpft heute«, sagte Felix, »nicht gut geboxt, aber gut gekämpft.«

»Dafür hast du gut geboxt.«

»Jetzt knutschen sie gleich!«, rief Ali durch den Bus.

Nadja umarmte ihren Bruder, Felix lachte. Er sah wieder so jung aus, wie er war. Für Mert schien in diesem Moment alles möglich zu sein. Sollte er diese Frau von sich überzeugen können, würde ihn nichts mehr aufhalten. Kein Gegner wäre mächtig genug, keine Chance zu klein.

Mert träumte von einem Kampf. Nadja würde am Ring sitzen. Ali und Gersch wären dabei, auch alle anderen Boxer der Hamburger Auswahl. Sie würden bezeugen, wie er und Felix einen Pakt besiegelten, den sie an diesem Abend in der Tankstelle geschlossen hatten. Mert beobachtete Felix, Felix schaute zurück. Ich kann dich schlagen, dachte Mert. Wenn du einen schlechten Tag hast und ich einen guten, dann kann ich dich schlagen. Auch wenn du schneller und genauer bist und mehr Varianten draufhast. Wenn ich dich erwische, wenn ich dich erst mal hart treffe, kann ich dich schlagen. Wenn du mich vorher nicht ausboxt oder nach Punkten davonkommst, wenn ich dich einmal voll erwische, dann schlage ich dich.

3

Mert erinnert sich nicht mehr, wann er zuletzt keine Schmerzen hatte. Es muss vor zwanzig Jahren gewesen sein, als er noch jung war und mehrere Wochen zwischen den Turnieren lagen. Seitdem überlagern sich Überdehnung, Übersäuerung, Zerrungen, Muskelfaserrisse und Kapselrisse. Mal ist der Ellbogen ausgeschlagen, mal die Hüfte versteift. Die Gelenke in den Knien und den Füßen sind verschlissen. Die rechte Hand fühlt sich taub an oder schmerzt pochend, je nach Wetterlage. Dazu ein Stechen in seinem Nacken wie Kopfschmerz, wenn er keine Gymnastik macht. Und sein unterer Rücken, wo er zwei Bandscheibenvorfälle hatte, zwingt ihn dazu, ein bisschen schief zu gehen. Er kann es nur erdulden. Irgendwas tut immer weh, auch wenn er nicht an Nadja denkt. Er dreht seinen Kopf im Halbkreis hin und zurück, um das Stechen loszuwerden. Er schüttelt seine Handgelenke aus, bevor er eine Banane schält und sie in zwei Bissen hinunterschlingt. Er muss schmunzeln. Mert nimmt einen Müsliriegel aus dem Kühlschrank, schiebt den Riegel aus der Hülle, beißt ab und dehnt seine linke Schulter, während er auf der süßlichen, gummiartigen Konsistenz kaut, die nach Erdbeere schmecken soll. Er nimmt noch einen Bissen und dehnt die andere Schulter. Dann lässt er seinen Oberkörper nach vorne sinken, geht leicht in die Knie, schiebt die Finger unter die Zehen und drückt die Beine durch, bis der Zugschmerz in den Kniekehlen nachlässt. Er macht ein paar Sonnengrüße. Mit dem letzten Bissen Müsliriegel im Mund geht er ins Schlafzimmer, wo er sich auf den Boden vor den Ventilator legt. Er zieht sein linkes Knie über sein rechtes Bein und legt es auf dem Boden ab, ohne dabei die linke Schulter abzuheben. Dann umgekehrt. Der Ventilator quietscht von links nach rechts. Mert wartet, bis sich die Anspannung im unteren Rücken löst. Dann macht er hundert Liegestütze und hundert Bauchaufzüge, wie jeden Morgen seit hundert Jahren.

Mert zieht sich eine kurze Hose und Socken an und klaubt ein T-Shirt vom Boden. Er riecht daran, um zu prüfen, ob er es noch einmal anziehen kann, bevor es in die Reinigung muss. Dann geht er in gebückter Haltung die schmale Treppe hinunter, um sich nicht den Kopf zu stoßen. Unten zieht er die sandigen Turnschuhe an.

Sein Vermieter sitzt auf der kleinen Veranda direkt an der Straße. Sie führen ihre übliche Konversation. Der Vermieter sagt etwas auf Thai. Mert versucht zu erraten, was es sein könnte, und antwortet auf Deutsch. Der Vermieter wiederholt seine Worte lauter, so als würde Lautstärke das Verständnis steigern. Jeden Tag wechseln sie auf diese Weise vier bis fünf Sätze, simulieren ein Gespräch und gehen dann ihrer Wege.

Draußen wartet schon der Hund. Er hat schwarzes, raspelkurzes Fell und weiße Pfoten, so als trüge er Bandagen. Der Hund ist kleiner, aber auch agiler als die anderen Köter, die sich am Strand herumtreiben und unter den Liegen Schutz vor der Sonne suchen. Vor einer Woche war der Hund plötzlich aufgetaucht. Er ging mit Mert laufen, mit heraushängender Zunge, die ganze Strecke und wieder zurück. Auch beim Schwimmen versuchte der Hund ihm zu folgen, traute sich aber nicht in die Wellen und hielt Wache an der Stelle, an der Mert losgeschwommen war. Als Mert eine Stunde später hundert Meter weiter aus dem Wasser kam, erkannte ihn der Hund und folgte ihm. Natürlich lag es daran, dass Mert ihm am ersten Abend ihrer Bekanntschaft etwas von seinem Essen hingeworfen hatte. Die Anhänglichkeit ist erkauft.

»Na, läufst du mit?«, fragt Mert.

Der Hund bellt. Mert setzt sich in Bewegung, und der Hund rennt voraus, nicht ohne sich alle paar Meter nach ihm umzudrehen.

4

Mert hatte Nadja lange Zeit nicht wiedergesehen, sodass er nicht sicher war, ob sie sich an ihn erinnern würde. Seit der Busfahrt musste er ununterbrochen an sie denken. Er fragte sich, wie es wäre, neben Nadja aufzuwachen, mit ihr zu reden, ihre Haare anzufassen, an einem See neben ihr im Gras zu liegen. Alles, was er sah oder tat und bemerkenswert fand, wollte er ihr zeigen, wollte wissen, was sie davon hielt. Er empfand es als Besessenheit. Das Einzige, was er sich nicht fragte, war, wie es wäre, mit Nadja zu schlafen. Normalerweise war dies sein einziger Gedanke, wenn er ein Mädchen kennenlernte.

Er traf sie erst im folgenden Herbst bei den Vorausscheidungen zur Hamburger Meisterschaft wieder. Mert hatte sich zurück ins Halbschwergewicht gehungert, wochenlang nur Salat, Gemüse, Huhn und Spinat gegessen. Kein Zucker, nicht mal in Form von Obst. Vor dem Wiegen musste er in der Sauna Seil springen, um Flüssigkeit zu verlieren. Er blieb hundert Gramm unter dem Limit.

Mert und Felix siegten in ihren Ausscheidungskämpfen, zwei Wochen später würden sie gegeneinander antreten müssen. Nachdem sich Mert geduscht und angezogen hatte, suchte er Nadja in der Halle, konnte sie aber nirgends finden. Er trat vor die Halle und stand plötzlich vor ihr. Sie musterte ihn irritiert. In Trainingshosen sah Mert aus, als sei er darin zur Welt gekommen. In Jeans und Jacke wirkte er verkleidet.

»Nadja«, sagte Mert.

»Du weißt meinen Namen noch.«

»Klar.«

»Du bist Mert.«

»Haben sie ja gerade in der Halle gesagt.«

»Mert Schulz. Jesus Müller.«

»Ach, der blöde Ali.«

»Hat gut geboxt heute, der blöde Ali.«

»Hat er, allerdings.«

»Du auch.«

»Danke.«

»Mein Bruder auch. Musst du jetzt gegen ihn ran?«

»Muss ich wohl.«

»Oje.«

»Ich freu mich drauf.«

»Wirklich? Wie kann man sich auf so was freuen?«

»Das müsstest du doch von deinem Bruder kennen.«

»Der freut sich nicht auf seine Kämpfe. Der bereitet sich vor.«

»Das mache ich auch.«

»Aber du freust dich.«

»Na ja, ich freue mich nicht so, wie ich mich über einen Gameboy freuen würde. Aber ich bin aufgeregt, wenn ich endlich kämpfen darf. Und gegen Felix, das ist was Besonderes.«

»Wer gewinnt?«

»Dein Bruder hat viel bessere Chancen. Gute alte DDR-Boxschule.«

»Warum trittst du dann an?«

»Keiner ist unschlagbar. Ich kann ziemlich hart hauen.«

Dann standen sie herum wie zwei, die in Treibsand geraten sind und nicht wissen, welcher Schritt der falsche wäre.

»Wie war das Parfüm?«, fragte Mert.

»Welches Parfüm?«

»Das Buch, das du auf der Busfahrt gelesen hast.«

»Das hast du dir gemerkt?«

»Ich hab dir gegenübergesessen.«

»Ich hab es eigentlich nur gelesen, weil es so ein Bestseller ist. Aber ich mochte es ganz gerne. Es geht um einen Mann, der nach nichts riecht, aber die tollsten Parfüms herstellt. Dafür bringt er allerdings Jungfrauen um. Hast du es gelesen?«

»Nein, ich wollte es mir noch besorgen.«

»Ich kann es dir leihen.«

Mert lehnte sich ans Treppengeländer, sodass er die Hallentür im Blick hatte und Nadja nicht direkt ansehen musste. Sie zog Zigaretten aus ihrer Handtasche und zündete sich eine an. Nach weiteren Sekunden des Schweigens fragte sie: »Willst du auch eine?«

»Ja.«

»Felix würde eher aus einer Toilettenschüssel trinken, als sich eine Zigarette anzustecken.«

Mert nahm die Zigarette. Er fasste sie in der Mitte an und reckte seinen Oberkörper in Richtung des Feuers, das Nadja ihm hinhielt.

»Ich dachte, Boxer rauchen und trinken nicht.«

»Boxer rauchen und trinken nicht vor Wettkämpfen.«

»Und ihr habt keinen Sex.«

»Doch, Sex geht immer. Nur am Wettkampftag nicht.« Mert lächelte gequält. Das Adrenalin vom Kampf ebbte ab, und in seinem Kiefer stellte sich ein Schmerz ein, als sei eine Klinge durch den Knochen gestoßen worden. Mert hatte harte Treffer eingesteckt, bevor er seinen Gegner überwinden konnte.

Nadja beobachtete, dass er den Mund nur so weit öffnete, bis die Zigarette zwischen die Lippen passte.

»Der Kiefer?«, fragte sie.

»Die nächsten Tage kann ich nur Bananenmilch durch den Strohhalm trinken. Ist eh besser fürs Gewicht.«

Mert drehte sich zu ihr. »Willst du mit mir ins Kino gehen?«

»Heute kann ich nicht«, antwortete Nadja in einem Abwehrreflex.

»Ich meinte auch nicht unbedingt heute.«

»Klar. Gerne. Warum nicht?«

»Donnerstagabend ist trainingsfrei. Willst du ins Ufa-Kino? Da läuft immer was um acht.«

»Ja.«

»Gut.«

Mert versuchte erneut zu lächeln, doch seine Kieferschmerzen ließen es nicht zu.

»Ich hab mich gewundert, dass du nicht k. o. gegangen bist«, sagte Nadja.

»Kurz war ich weg, aber als ich wieder da war, stand ich noch. Also dachte ich: Da kannste auch boxen, wenn du noch stehst.«

Nadja schüttelte den Kopf.

»Ich hab ganz gute Nehmerqualitäten.«

»Fähigkeiten«, sagte Nadja.

»Was?«

»Fähigkeiten. Felix sagt, wenn einer einstecken kann, ist das keine Qualität, sondern eine Fähigkeit.«

Die Hallentür ging auf, und Felix trat mit seiner Frau vor die beiden. Mert schmiss die Zigarette weg und bleckte die Zähne.

»Gut geboxt«, sagte Mert.

»Danke. Von deinem rechten Haken will ich aber auch nicht erwischt werden«, erwiderte Felix.

»Dann sei auf der Hut.«

Mert nahm seine Tasche vom Boden, schob seinen Arm durch die Trageschlaufen und verabschiedete sich von Felix, indem er ihm die Faust entgegenstreckte. »Bis in zwei Wochen dann.«

Als Mert außer Hörweite war, fragte Felix seine Schwester: »Was wollte der denn?«

»Nichts.«

»Und worüber habt ihr geredet?«

»Über Literatur.«

5

Nachdem er geduscht hat, wischt Mert den beschlagenen Spiegel frei, um sich zu betrachten. Der Spiegel steckt in einem Rahmen aus dunklem Holz, der sorgfältig und fein geschnitzt wurde. Tänzer, Krieger und Gottheiten sind in dem Rahmen miteinander verbunden. Der Spiegel wurde mit zwei einfachen Schrauben durch den Rahmen in die Wand gebohrt, was Mert seit seinem Einzug stört. Er findet die Art der Anbringung achtlos. Der schöne Rahmen wird kaputtgehen, wenn man den Spiegel eines Tages abnimmt. Nadja könnte besser ausdrücken, was ihn an den Schrauben stört. Vielleicht bedeuten die nackten Schraubenköpfe, dass Mert etwas besonders findet, was den Einheimischen nicht mal mehr auffällt. Sie bedeuten, dass es für niemanden etwas Besonderes ist, hier zu sein. Außer für ihn.

Mert spannt seine Brust- und Rückenmuskeln an. Er hat einen Brustansatz bekommen. »Biertitten« nannte er das früher, wenn er es an älteren Boxern unter der Dusche nach dem Training sah. Auch von den Liegestützen und vom Bankdrücken geht das nicht mehr weg. Um seinen Bauch und die Hüften hat sich Speck gesammelt, Muskelzeichnung erkennt er da schon länger nicht mehr. Doch wenn er den Arm beugt, springt ein Bizeps hervor, massiv wie eine Kanonenkugel. Sein Rücken geht so in die Breite, dass er in Kampfhosen aussieht, als habe man versucht, ein Cello in einen Geigenkasten zu stecken. Die Wülste, die sich über den Bund der Hose drücken, kann er vertreten. Er ist schließlich nicht mehr der Jüngste, und seine Eitelkeit hat abgenommen, seit es um nichts mehr geht als den nächsten Kampf.

Seitdem Ali weg ist, sucht Mert nach einem Grund, um auf Phuket zu bleiben. Er denkt darüber nach, ein Box-Gym aufzumachen. Es braucht nicht viel, um Boxen zu lernen: einen Ring, Boxsäcke, Springseile, einen Spiegel. Er könnte ein Grundstück kaufen, ein paar Hütten bauen lassen, um sie an Touristen und Wettkämpfer zu vermieten. Das würde seine Grundkosten decken. Nur ein vager Plan. Mert ist ein guter Trainer, das hat er häufig gehört. Um Thai-Boxer zu trainieren, bräuchte er noch einen Titel im Thai-Boxen, eine Legitimation, neben seinen Medaillen und den Zeitungsausschnitten aus vergangenen Zeiten. Oder er müsste ein Turnier gewinnen. Im Schwergewicht nicht unmöglich, sogar in seinem Alter. Er braucht ein Foto, das ihn mit Kränzen um den Hals im Lumpini Stadium zeigt. Das Bild könnte er vergrößern lassen und über dem Ring aufhängen, so wie Nok, sein Thai-Box-Trainer.

Mert rasiert sich. Zwei Furchen verlaufen links und rechts unterhalb der Wangenknochen an den Mundwinkeln vorbei. Er sieht die Narben um seine Augen. Alte Risse, die nicht genäht wurden. Sieht er wegen der Narben alt aus, oder hat sich noch etwas anderes in seinem Gesicht getan, was er selbst nicht erkennen kann? Auf seiner Nase, die in all den Schlachten nur einmal gebrochen war, trägt er einen kleinen Höcker, einen Zentimeter unterhalb der Nasenwurzel. Er hat ein Jugendbild von sich in dem Kästchen mit den chinesischen Motiven gefunden, das ihn mit vierzehn Jahren zeigt. Er erkennt kaum Ähnlichkeit. Er fragt sich, wo die ganze Zeit geblieben ist. Manchmal vergeht sie nicht, dann türmt sie sich hinter einem auf. Als sie Silvester 2000 zusammen feierten, warteten Nadja und Mert vergeblich darauf, dass etwas Besonderes geschah. Als würde das Zahnrad der Geschichte mit einem besonders lauten Krachen weitergedreht, und die Welt müsste einen Moment lang innehalten. Aber dann liefen die Jahre einfach so weiter, flink und geräuschlos.

Zweimal schlägt Mert sich mit der Faust auf die tätowierte linke Brust. Als müsste er seinem Herz signalisieren, dass es langsam Zeit wird, im Takt zu schlagen.

6

Zu Beginn des Films fragte Nadja sich, warum sie überhaupt mit einem wie Mert im Kino saß. Er hatte »Braveheart« vorgeschlagen. Nadja versuchte sich darüber klar zu werden, ob das Nebeneinandersitzen bereits eine Art Einverständnis war, danach noch weiter zu gehen. Sie hatte eine undeutliche, aber beunruhigende Vorstellung davon, was Mert für einer war. Sie hatte ihn in der Mehrzweckhalle in Schwerin mit einem grell aussehenden Mädchen in einer Ecke verschwinden sehen.

Nadja hatte stets ausgeschlossen, dass sie mal mehr als ein paar Worte mit einem der Boxer wechseln würde, die sie über ihren Bruder kennenlernte. Zu selbstbezogen die einen, zu schlicht die anderen.

Allerdings waren die Männer, mit denen Nadja sich bisher eingelassen hatte, ihr schnell auf die Nerven gegangen. Sie machten sich Gedanken darüber, wie sie ankamen, und versuchten Nadja mit einer einstudierten Haltung zu beeindrucken.

Mert hingegen saß schon über zwei Stunden neben ihr und starrte auf die Leinwand, sodass sie fast sicher war, dass er sich nicht traute, sie zu küssen. Obwohl er aussah, als könne er Steine mit der Faust zerschlagen, hatte Mert etwas Unerfahrenes.

Er fragte sich nicht, wie er wirkte. Nadja hatte schon damals im Bus beobachtet, wie Mert sich umgezogen hatte.

Alis Spott schien ihm nichts anhaben zu können. Mert war anders als alle anderen Männer, die Nadja kannte. Auch wenn ihr diese Andersartigkeit nicht nur gefiel, so war sie doch fasziniert davon. Hinzu kam eine Ahnung von Gefahr. Etwas, das in Mert schlummerte, unbemerkt von ihm selbst. Dieses Undurchdringliche machte sie neugierig. Mert gab ihr ein Gefühl von Verwegenheit, gleichzeitig fühlte sie sich stärker. Und er verstellte sich nicht.

Nadja schob ihre Hand auf die Armlehne, bis sie Merts Arm berührte. Er nahm ihre Hand und hielt sie. Er tat nichts weiter, sah sie nicht an. Sie hielten einfach nur Händchen. Das hatte Nadja seit der Schulzeit nicht mehr getan. Und seitdem war sie auch nicht mehr so aufgeregt gewesen.

Nadjas Affären und Beziehungen waren nach einem wiederkehrenden Schema abgelaufen. Die Männer versuchten sie für sich zu gewinnen. Nadja schätzte die Bemühungen, entwickelte jedoch keinen Enthusiasmus. Andauernd fragte sie sich, was man tun musste, um dem Bild zu entsprechen, das Menschen sich im Allgemeinen von einer jungen Frau machen, die umworben wird. Sie verstand das Konzept, aber sie war nicht bei der Sache.

Ihr erster Freund in Hamburg hieß Holger, ein dreißigjähriger Versicherungskaufmann. Bei drei Abendessen in Folge erzählte er ihr von seinem Arbeitstag. Nadja hatte Mühe, wach zu bleiben. Holger sprach viel vom Geld, das er verdiente, und vom großen Geld, das er verdienen könnte, wenn er in der Hierarchie weiter aufstieg. Dann versuchte er sich für Nadja zu interessieren.

»Was machst du denn so, außer Chemikalien zu mischen?«

»Ich lese viel.«

»Und was liest du?«

»Eigentlich alles, was mich halbwegs interessiert. Ich lese sogar schlechte Bücher zu Ende, weil es mir sonst keine Ruhe lässt, wie sie ausgehen.«

»Ah, eine Leseratte. Du bist also mehr die Denkerin.«

So erging es Nadja häufig. Nie wurde sie etwas gefragt, das Nachdenken über eine Antwort notwendig machte. Sie wurde eingeordnet, mit einem Zettel beschriftet und fortan so behandelt, wie man annahm, dass sie sei. Die Leseratte, die Labormaus, die Nachdenkliche aus dem Osten.

Wenn Holger Sex haben wollte, verteilte er Kerzen um sein Bett und zündete sie an. Nadja fragte sich, wie er auf die Idee kam, dass sie das in die entsprechende Stimmung versetzen würde. Holger lud sie in ein Sterne-Restaurant ein, in dem man vier Stunden fast regungslos vor Häppchen verharren musste, während er Fachgespräche mit dem Personal führte. Am nächsten Tag konnte er nichts von dem wiedergeben, was ihm erklärt worden war. Nadja hatte nichts gegen Kerzen und gutes Essen. Doch es kam ihr so vor, als würde Holger sich nach Regeln verhalten, die sie nicht kannte und die sie auch nicht lernen wollte. Sie fühlte sich nicht funktionstüchtig und gleichzeitig nicht angesprochen, weder von seinen Liebesbekundungen noch von seinen Komplimenten. Er kannte sie ja nicht mal.

Nach ein paar Monaten wachte Nadja morgens neben Holger auf und ekelte sich vor ihm. Sie konnte nicht darüber sprechen. Es schien ihr unmenschlich, nach der langen Zeit zu erklären, dass sie nie richtig verliebt gewesen war, dass sie nur prüfen wollte, wie so eine Beziehung ablief. Doch sie ertrug Holgers Anwesenheit kaum noch, und da sie die Wahrheit nicht sagen konnte, zettelte sie ein Krisengespräch an. Sie hielt danach noch drei Verabredungen mit wachsendem Widerwillen durch, bis Holger schließlich fragte: »Was stimmt nicht mit dir?«

Nadja bat ihn um ein Gespräch an seinem Designer-Esstisch, bei dem sie so zu wirken versuchte, als müsse sie Tränen zurückhalten. Das Gespräch führte sie nach einem Schema, das sie aus Büchern und Filmen zu kennen meinte.

»Du hast eine Frau verdient, die sich voll auf dich einlassen kann.«

»Aber ich will keine andere. Ich liebe dich.«

»Es tut mir leid, es liegt an mir.«

»Gibt es einen anderen?«

»Nein, das ist es nicht. Ich kann dich einfach nur nicht lieben, weil ich mich selbst nicht liebe.«

Nadja fühlte sich mit jedem Satz noch verlogener und unzureichender. Es dauerte Stunden, bis sie endlich gehen durfte. Monatelang musste sie anschließend gegen Holgers Verständnislosigkeit anlügen. Er schrieb Briefe, rief an, wollte sich wieder und wieder auf einen Kaffee treffen, um alles noch einmal zu besprechen.

Als Nadja sich ein Jahr später von Frank trennte, aus denselben Gründen, die streng genommen keine Gründe waren, dachte sie sich einen anderen Mann aus. Das brachte ihr Beleidigungen von Frank ein, machte die Sache aber klar und endgültig.

Nadja zweifelte an sich. Andere Menschen lernten sich kennen, erzählten sich ihr Leben, waren glücklich, führten eine Beziehung, planten ihre Zukunft, bekamen Kinder, sprachen über das Wetter. Wenn Nadja mit einem Mann zusammen war, kreiste sie um ihre Unzulänglichkeiten. Musste sie die Beziehung beenden, weil sie sich in eine Schublade gesperrt fühlte, fürchtete sie, schon wieder gegen eine Konvention zu verstoßen, die alle außer ihr befolgten. Nach Holger und Frank traf Nadja sich höchstens dreimal mit demselben Mann und beschränkte die Erwartungen auf Sex.

Nun saß sie neben Mert im Kino, hielt Händchen und war aufgeregt. Ausgerechnet dieser Kerl wollte Händchen halten. Etwas Ungewöhnlicheres war ihr noch nicht passiert. Vorher hätte sie gewettet, dass Mert nach zehn Minuten versuchen würde, seine Hand unter ihren BH zu schieben. Als der Film sich dem Ende näherte und William Wallace geköpft wurde, tat Mert, was er immer tat, wenn ihm etwas unbekannt und bedrohlich erschien: Er stürzte sich darauf. Er drehte sich zu Nadja und küsste sie, wobei er in verkrampfter Haltung an der Armlehne hängenblieb. Er hatte so lange Mut sammeln müssen, dass er zu ungestüm vorging, als er sich endlich traute. Ihre Schneidezähne stießen aneinander. Nadja zuckte zurück, doch nach einer Schrecksekunde schob sie ihren Mund wieder nach vorne, und sie küssten sich, bis der Abspann zu Ende war.

Nach dem Film war das Küssen nur noch eine Ahnung. Sie standen vor dem Kino wie zwei flüchtige Bekannte. Sie gingen zweihundert Meter bis zur nächsten Kreuzung. Länger ließ es sich nicht vermeiden, etwas auszusprechen.

»Ja, also ...«, sagte Nadja.

»War schön«, sagte Mert. Er hatte in diesen Dingen keine Übung.

»Ja. Sehr schön.«

»Möchtest du noch was machen?«, fragte Mert, obwohl er seine letzten zwölf Mark für die Kinokarten ausgegeben hatte.

»Was möchtest du denn machen?«

»Keine Ahnung.«

»Das ist wenig.«

»Ich würde gerne noch Zeit mit dir verbringen.«

»Du willst mit mir ins Bett.«

»Nein. Ja. Doch auch. Aber eigentlich nicht. Zumindest hab ich nicht daran gedacht, ehrlich.«

»Was denn sonst?«

»Wir können uns auch unterhalten.«

Nadjas Lachen explodierte, doch Mert ließ sich nicht davon irritieren.

»Was soll ich dir denn erzählen?«, fragte sie.

»Von mir aus was aus dem Buch.«

»Aus dem Parfüm?«

»Ja. Oder aus einem anderen.«

»Du kannst es doch lesen.«

»Ich würde aber lieber wissen, was du daran magst.«

»Wir können noch zu mir gehen«, bot Nadja schließlich an. Dabei fühlte sie sich, als würde sie nicht vor dem Kino stehen, sondern vor einer Filmkulisse, wo sie Worte sprach, die jemand anderes für sie geschrieben hatte.

Sie fuhren vier Stationen mit der U-Bahn. Mert hatte ihre Hand wieder in seine genommen. Sie sprachen nicht. Nicht während der Fahrt und auch nicht auf dem Weg zu Nadjas Haustür und die vier Stockwerke hoch zu ihrer Wohnung. Als sie den Schlüssel schon im Schloss drehte, fiel Nadja ein, dass außer Felix und seiner Frau noch nie jemand bei ihr zu Besuch gewesen war. Normalerweise bestand sie darauf, mit zu den Männern zu gehen, um sich jederzeit wegstehlen zu können.

Ihre Wohnung war klein: kleine Küche, kleines Bad, ein schmaler Flur und zwei Zimmer, zwischen denen eine Verbindungstür offen stand. Die Hälfte der Möbel hatte Nadja aus ihrem Jugendzimmer in Görlitz mitgenommen. Couch und Bett hatte sie bei Ikea gekauft, den Küchentisch und zwei Stühle auf dem Flohmarkt erstanden.

»Tolle Wohnung«, sagte Mert, als sie im Schlafzimmer angekommen waren.

»Willst du etwas trinken?«, fragte Nadja und ging rasch den schmalen Flur voran, zurück in die Küche.

Mert fand sie vor dem offenen Kühlschrank stehend, hängte seine Jacke über eine Stuhllehne und nahm zum zweiten Mal an diesem Abend seinen Mut zusammen. Er küsste Nadja, als sie sich mit einer Flasche Bier in der Hand zu ihm umdrehte. Sie unterbrach den Kuss erst, als ihr die Finger zu kalt wurden. Sie stellte das Bier hinter sich ab, schob ihre Hände hinter Merts Kopf und küsste ihn wieder. Sie lehnte sich an ihn, ihre Hände in seinem Nacken, in seinen Haaren. Seine Erektion drückte gegen ihren Bauch. »Tut mir leid«, sagte er und lächelte schief.

»Ich nehm das mal als Kompliment«, sagte Nadja und presste sich gegen die Beule in seiner Hose. Merts Rücken war so breit, dass sie ihn kaum umarmen konnte. Er roch gut.

Nadja hatte das Bedürfnis, ihn für seinen Mut zu belohnen. Sie schob ihre Hände unter seinen Pulli. Seine Haut war zart, er fühlte sich an, als würde sie sich selbst anfassen. Dann nahm sie seine rechte Hand von ihrer Hüfte und führte sie unter ihren BH.

Sie öffnete seinen Reißverschluss und befreite seinen Schwanz aus der Unterhose. Der Penis ragte aus Merts Jeans wie jemand, der nackt im Park aufwacht und sich nach Hause stehlen muss. Hilflos, ausgesetzt.

Nadja schloss ihre Hand um seine Erektion und bewegte ihre Faust vor und zurück. Sie verstärkte den Griff so weit, bis sie an einem Zucken in Merts Gesicht ablesen konnte, dass der Druck richtig war. Es erstaunte sie, wie fest sie zugreifen konnte, ohne ihm wehzutun.

»Das geht nicht lange gut«, keuchte Mert. Nadja wurde immer schneller, sah ihm dabei in die Augen, und nach wenigen Sekunden tropfte Sperma auf seine Jeans und auf ihren Pullover. Ein kleiner Tümpel sammelte sich zwischen seinem Schwanz und ihrer geschlossenen Faust. Sie roch daran. Kein Unterschied. Merts Gesicht war gerötet.

Nadja griff hinter sich und zog ein Küchentuch aus dem Spender. Dann hielt sie ihre rechte Hand unter den Wasserhahn und wusch sie ab. Zu ihrer Verwunderung war sie so erregt wie selten zuvor. Mert versuchte das Sperma aus der Hose zu reiben, verteilte aber nur Küchentuch-Flusen auf seiner Jeans.

»Zieh sie aus«, sagte Nadja, dann zog sie ihren bekleckerten Pullover über den Kopf. Sie schmiss beides in die Waschmaschine und stellte sie an. Danach teilten sie sich das Bier. Mert hockte in seiner Unterhose auf einem Küchenstuhl, während Nadja im BH auf dem Fensterbrett saß und den Rauch ihrer Zigarette nach draußen blies.

»Wie wirst du nächste Woche gegen Felix kämpfen?«

»Ich weiß es nicht.«

»Das ist aber keine gute Vorbereitung.«

»Ich lass mich überraschen.«

»Mein Bruder ist ein sehr guter Techniker und Taktiker.«

»Ja, hab ich schon gemerkt. Aber ich will eigentlich nicht darüber reden.«

»Über was sonst?«

»Über dich«, sagte Mert nach kurzem Zögern.

»Was denn über mich?«

»Alles.«

»Du weißt doch schon alles. Wo ich herkomme. Du kennst meinen Bruder.«

»Wie alt bist du?«

»Dreiundzwanzig.«

»Und warum liest du so gerne?«

Nadja musste lange nachdenken, bis ihr eine gute Antwort einfiel.

7

Mert fährt zur Mamasan in die Sunshine Bar, die ganz hinten in einem Seitenarm der Bangla Road liegt. Er parkt das Motorrad, ein Pick-up fährt vorbei, auf einem Plakat an der Seite des Autos sieht Mert sein Gesicht, dazu tönt es aus den Lautsprechen, wie eine Platte mit Sprung: »Saturday night, Saturday night, Bangla Boxing Stadium. See the real fights, see the champions. See the best of the best. Saturday night.«

Mert drängt sich durch die Touristenströme, den Schweiß, den Gestank des Mülls, der durch die Gullideckel nach oben dringt, und den Geruch sonnenverbrannter Haut. Die Leute glotzen immer, als sei es eine Weltsensation, dass Menschen sich für Geld verkaufen, denkt Mert, wenn ihm Touristen im Weg stehen. Er bewegt sich schnell voran, den Blick nur auf sein Ziel gerichtet. Dadurch wird er für die Werber vor den Bars uninteressant. Die schöneren Mädchen locken die Männer an, und die Mädchen, die früher mal Jungs waren, zeigen ihre Silikonbrüste. Die etwas weniger schönen arbeiten im Inneren der Bars, wo sie die Männer in Empfang nehmen. Oder in den geschlossenen Etablissements, wo sie Pingpong-Bälle aus ihrer Vagina schießen. Wenn Mert doch angesprochen wird, antwortet er »mai krab«, was »nein danke« auf Thai bedeutet. Das genügt, um zu zeigen, dass er kein Neuling ist.

Die Mamasan hat den schlechtesten Platz für ihre Bar, am Ende eines langen Gangs, der gesäumt ist von anderen Bars, die alle gleich aussehen. Die Sunshine Bar besteht aus ein paar Brettern, Nationalflaggen, einem Tresen, Hockern, drei Tanzstangen, einer Stereoanlage und einer Glocke. Etwa fünfzig Euro Restwert bei Zerstörung. Nach der vierten oder fünften Bar denken die meisten Besucher, dass es keinen Unterschied macht, ob sie weitergehen, also dünnt das Publikum aus.

Für Mert macht es einen Unterschied, weil die Sunshine Bar nur zu Stoßzeiten voll wird. Die Mamasan hat außerdem ein gutes Auge für ihre Mädchen. Sie holt sie aus der Provinz, damit sie bei ihr auf dem Tresen tanzen oder auf dem Schoß der Männer sitzen, die ihnen Drinks ausgeben, um sich ihre Zuwendung zu sichern. Die Mädchen wirken immer nett, nicht verdorben. Später am Abend verschwinden einige der Mädchen mit den Männern in den Zimmern eines der Stundenhotels in der übernächsten Seitengasse der Bangla Road. Manchmal halten die Männer die Mädchen auch für die Dauer ihres Urlaubs aus. Die Mädchen kehren dann erst nach ein oder zwei Wochen zurück zur Mamasan, geben ihre Provision ab und tanzen wieder. Sie verstehen es, den Männern die Illusion zu vermitteln, dass es etwas mit ihnen zu tun hat, wenn sie mitgehen. Manche Männer verlieben sich, immer wieder hört Mert solche Geschichten.

Bei seinem ersten Besuch wurde Mert von der Mamasan mit Tequila unter den Tresen getrunken. In einem unbeobachteten Moment hatte Mert die Gläser vertauscht und war überrascht, dass sie tatsächlich den gleichen Fusel trank wie er. Auf dem Nachhauseweg wäre Mert mit dem

Motorrad fast über die Klippen hinter der Phuket Shooting Range gerast, so betrunken war er. Zu Hause musste er sich zweimal übergeben. Die Mamasan hatte ihn abgefüllt, aber nicht ausgenommen. Deswegen kam er wieder.

An den folgenden Abenden machte Mert deutlich, dass er nur Bier trinken und keines der Mädchen mitnehmen will. Seitdem wird er behandelt wie ein Maskottchen und jedes Mal stürmisch begrüßt.

Mert kennt mittlerweile die Hierarchie unter den Mädchen. Die mit den längsten Beinen, den ebenmäßigsten Gesichtern und den größten Brüsten gehen als Erste weg. Erst wenn sie einen Kunden gefunden haben, kommen die Mädchen mit den krummen Beinen an die Reihe, und die, denen etwas Bauchspeck über das knappe Röckchen quillt. Mert verteilt sein Trinkgeld so, dass jede etwas bekommt, vor allem diejenigen, denen sonst weniger zugesteckt wird. Mert hat nichts übrig für die Männer, die bei sich zu Hause, wo immer das sein mag, in Frankreich, Italien, Deutschland, Dänemark, Australien, China oder Russland, nicht zu den begehrtesten zählen und hier so auftreten, als wären sie nur mit dem Besten zufrieden. In der Sunshine Bar ist Mert auf der Seite der Frauen, die ihre Haut zu Markte tragen müssen. Er weiß, wie es sich anfühlt, wenn man nach Alter, Gewicht und Größe beurteilt wird. Wenn man nichts weiter kann, als sich selbst anzubieten. Wenn älter werden bedeutet, immer weniger wert zu sein.

Mert mag seine Routinen, das Vertraute. Wann immer er Lust auf Gesellschaft hat, geht er in die Sunshine Bar.

Normalerweise trinkt er Singha-Bier, aber derzeit gibt es keins. Wegen der Überschwemmungen in Bangkok gehen die Lieferungen nicht raus. »Beer crisis hits Patong« stand heute Morgen in der »Phuket News« zu lesen. Mert trinkt notgedrungen Chang-Bier, obwohl ihm das nicht schmeckt. Die Mamasan klagt: »No Singha, no business«, und Mert tut, was er kann, damit sie mehr Umsatz macht. Er hat keine Lust, sich eine neue Bar zu suchen, falls diese schließen sollte. Er kennt die Mädchen. Und was noch wichtiger ist: Sie kennen ihn. Sie halten ihn für einen Glücksbringer, der gut fürs Geschäft ist. Wenn er als Erster an der Bar sitzt, kommen oft weitere Gäste, und Mert läutet die Glocke, über der ein Schild mit der Aufschrift »Ring bell – shooters for all« hängt. Dann kreischen die Mädchen und verteilen eine Lokalrunde Tequila. Die anderen Männer wollen sich nicht lumpen lassen, läuten ebenfalls die Glocke, und es kommt Leben in die Sunshine Bar. Seinen Tequila schüttet Mert meistens hinter dem Tresen in den Ausguss.

Er sitzt stets am selben Platz, am Ende der Theke direkt vor der Mamasan, die Getränke rausgibt und Beträge auf Zettelchen schreibt, die sie in schmalen Holzbechern vor die Kunden stellt. Er sitzt da wie ein Silberrücken, ruhig, unbeteiligt, wachsam. Ein betrunkener Belgier will nicht einsehen, dass er fürs Busengrabschen mindestens hundert Baht Trinkgeld geben sollte, doch es genügt, dass Mert sich aufsetzt, seinen Rücken unter dem T-Shirt durchdrückt und den Mann ansieht wie sonst seine Gegner. Felix sagte über diesen Blick einmal, dass er weder feindlich noch besonders aggressiv wirke, eher so, als würde Mert fragen: »Bist du sicher, dass du das hier tun willst? Ganz, ganz sicher?« Ein Blick, so alt wie die Gewalt selbst.

8

Gleich zu Beginn des Kampfes gab es einen Augenblick, in dem Mert unter einer Kombination durchtauchte, drei Treffer wegsteckte und Felix mit einem rechten Seitwärtshaken erwischte. Felix hatte seine Aktionen noch nicht auf Merts Geschwindigkeit eingestellt. Er war entsprechend überrascht, dass er den Haken nicht hatte kommen sehen. Ab diesem Zeitpunkt war Felix auf der Flucht. Er zog weite Kreise um Mert und schlug aus der Distanz. Dadurch fehlte seinem Angriff der Druck, er tat Mert nicht weh. Mert stellte Felix immer entschiedener nach, lauerte auf eine Chance, hielt seine Deckung zusammen und marschierte in die Schläge hinein.

Wenn Mert nah genug war, öffneten sich seine Armbeugen, und er schlug linke und rechte Haken, kurz und schnell, wie zwei Kolben.

Er war auf dem Gipfel seiner Kraft. Hart, geschmeidig, stärker würde er nicht mehr werden. Sein Problem war, an Felix heranzureichen. Felix wich rechtzeitig zurück oder zur Seite, wenn Mert ihn bedrängte. Die Finger der Punktrichter zuckten unaufhörlich über den Knöpfen, mit denen sie einen Treffer werteten. Von der ersten Reihe aus verbreitete sich die Spannung unter den Zuschauern, sodass es ungewöhnlich ruhig wurde, unterbrochen nur von vielkehligen »Ahhhs« und »Ohhhs«, wenn eine Aktion gelang oder ein Schlag verfehlte.

Felix war zum Boxen gekommen wie andere Menschen zur Religion. Sein Vater hatte ihn mit zehn Jahren bei BSG Lokomotive Görlitz angemeldet. Ab diesem Zeitpunkt erschien Felix pünktlich zu jedem Training, wenn er nicht krank oder verletzt war. Mit zwölf Jahren bestritt er seinen ersten Kampf, Junioren-B-Turnier, Mittelgewicht, bis 54 Kilogramm. Seine dünnen Arme steckten in großen Boxhandschuhen, und seine Schläge wirkten wie die ersten Schritte eines Fohlens.

Mit sechzehn Jahren wurde Felix Juniorenmeister der DDR, in all seinen Kämpfen boxte er variantenreich und überlegen. Seine Schläge wirkten nun wie die Scharniere einer Taschenuhr, die präzise umschnappen.

Im »Görlitzer Boten« erschien daraufhin das erste Porträt des Juniorenstaatsmeisters Felix Borau, der in die Boxschuhe seines Vaters Heinrich Borau wuchs, selbst ehemaliger DDR-Staatsmeister und Olympia-Qualifikant. Zu Hause oder im Verein nannte man ihn Felix, überall sonst war er der »kleine Borau«.

Mit achtzehn Jahren wurde Felix Vizemeister der DDR, im Finale unterlag er Volker Thurau aus Dessau knapp nach Punkten. Wenn Felix verlor, dann gegen einen der wenigen Kämpfer, die eine Runde mit noch höherer Schlagfrequenz durchboxen konnten. Viele gab es davon nicht, und Felix trainierte nach einer Niederlage noch verbissener, sodass die Zahl derer, die ihn schlagen konnten, stetig kleiner wurde.

Mit zwanzig Jahren wurde er der erste gesamtdeutsche Meister im Mittelgewicht nach der Wiedervereinigung. Sein härtester Gegner war in der Vorausscheidung wiederum Volker Thurau gewesen, der Felix aber am Ende von drei Runden mit zwei Punkten Differenz unterlag. Die Qualifikanten aus dem Westen stellten im Vergleich zu Thurau keine Herausforderung dar.

Danach war Felix endgültig eine Berühmtheit in Görlitz, wie schon sein Vater vor ihm. Er wuchs auf 188 Zentimeter Körpergröße und musste ins Halbschwergewicht aufsteigen, da er sein Gewicht nicht unter 75 Kilogramm halten konnte. Felix stellte sich um, auf die höhere Schlaghärte und die niedrigere Frequenz. Er brauchte keine drei Monate dafür, dann gewann er den Chemie-Pokal in Halle.

Felix trainierte gerne und viel. Wenn er nicht trainierte, fühlte er sich unwohl. Muskelübersäuerung und strapazierte Sehnen ließen ihn die Grenze zur Außenwelt klar spüren. Hier stand er, mit jeder Zelle, draußen der Rest. Felix brauchte keine freien Wochenenden und machte nicht gerne Urlaub, weil er da nicht trainieren konnte. Er mochte auch keine hohen Temperaturen, weil er sich dann nicht mehr im Kontrast zu seiner Umwelt wahrnahm. Wenn es zu warm war, verschwamm die Kontur seines Körpers. Dadurch fühlte er sich verloren, ungenau, wie ein schlecht gemaltes Bild seiner selbst.

Mert war zum Boxen gekommen wie andere Jungs in eine Besserungsanstalt. Die Aggressionsprobleme des Sohnes machten dem Ehepaar Schulz seit Merts Kinderzeit zu schaffen. Die Schule hatte er abgebrochen, seine Lehrstelle als Spengler verlor Mert, weil er dem Polier einen Werkzeugkasten an den Schädel gerammt hatte. Der Polier hatte ihn zuvor verdächtigt, Geld aus der Kaffeekasse gestohlen zu haben. Merts Vater redete im Krankenhaus so lange auf den Polier ein, bis dieser seine Anzeige wegen Körperverletzung zurückzog. Als Dank bekam der Polier einen großen Fernseher, einen Videorekorder und eine Stehlampe.

Merts Vater arbeitete als Versandleiter einer Handelskette, die Mutter war Hausfrau. Die Nachbarn in der Reihenhaussiedlung hatten sich Anfang der Siebziger noch über die Ehe einer Türkin mit einem Deutschen gewundert. Die Zeiten änderten sich.

Doch wenn Mert nachts von der Polizei nach Hause gebracht wurde, fürchtete der Vater immer, dass die Polizisten Schlüsse daraus zogen, dass er mit einer türkischen Ehefrau im Türrahmen stand. So als würde den Eltern unterstellt, ihrem Sohn eine Hypothek mitgegeben zu haben, eine Zerrissenheit zwischen den Kulturen. Dabei fühlte Mert sich nicht als Türke, und seine Mutter sprach deutsch mit ihm. Er fühlte sich aber auch nicht als Deutscher. Er war Mert und passte nirgendwo rein. Ein wilder Junge mit zu viel Energie und zu wenig Ideen, was er damit anfangen könnte.

Bis ein alter Freund seines Vaters aus gemeinsamen Zeiten bei der Bundeswehr eines Tages vorschlug, Mert zum Boxen zu schicken. »Weißt du noch, beim Barras? Da haben doch selbst die Ordentlichsten angefangen, Bier zu saufen und zu rauchen. Genauso ist es beim Boxen, nur umgekehrt.«

So landete Mert beim BC Einigkeit, wo er Karl-Heinz »Kalle« Trabert und Asterix kennenlernte.

Das Erste, was Mert auffiel, als er Kalle Trabert in der Trainerkabine vorgestellt wurde, war ein Spruch über dem Eingang: »Qualität kommt von Qual.«

Kalle erhob sich, drückte Mert die Hand und schnaubte. Seine knapp zwei Meter Körpergröße, seine 150 Kilo Gewicht, seine roten Haare und sein dichter Schnauzbart hatten ihm die Bezeichnung »Walross« eingebracht. Freilich traute sich nie einer der Boxer, ihn so zu rufen. Er wurde von allen nur Kalle genannt, von Neulingen auch Herr Kalle.

Kalle, ehemaliger deutscher Meister im Superschwergewicht, war kein besonders guter Trainer. Er wusste alles vom Boxen, aber das wenigste davon konnte er erklären. Meistens brüllte er seine Truppe nur zusammen, trieb sie an, mehr zu arbeiten und härter zu hauen. »Und erzählt bloß niemandem, dass ihr bei mir trainiert, das ist ja peinlich, ich hab einen Ruf zu verlieren.«

Nach nur acht Wochen Training schickte er Mert zum ersten Mal zum Sparring in den Ring. Dort wartete ein älterer, kompakter, sehniger Boxer mit langen blonden Haaren auf Mert. Alle im Verein nannten ihn »Asterix«, wegen seiner Frisur und weil er Aufwärtshaken schlug, bei denen man den Eindruck hatte, größere Gegner würden durch die Luft fliegen, wie die Römer in den Comics.

Asterix verdrosch Mert innerhalb von Sekunden. Kalle brüllte in den Ring, aber Mert verstand kein Wort. Ein Pochen in seinen Ohren übertönte jedes Außengeräusch, seine Nase blutete, sein linkes Auge schwoll zu. Während Kalle immer noch schimpfte, blickte Asterix unverwandt zu Mert und sagte: »Wer die Hitze nicht abkann, muss raus aus der Küche.«

Die Aussicht, beim nächsten Sparring wieder gedemütigt zu werden, trieb Mert an. Er trainierte so verbissen, als hinge sein Leben davon ab. Er hielt sich nicht mehr an Kalles Ansagen zu Schlagfolgen, stattdessen beobachtete er Asterix beim Schattenboxen, bei der Arbeit am Sandsack und im Ring, versuchte sich Kombinationen abzugucken und nachzumachen. Wenn die anderen unter die Dusche durften, trainierte Mert noch ein paar Runden am Sandsack, bis Kalle ihn rausschmiss.

Als er zum dritten Mal mit Asterix in den Ring musste, suchte Mert sein Heil im Angriff. Er schlug und kassierte selbst einen Treffer, sobald er nur mit der Faust rauszuckte. »Du musst schneller zurückziehen, als du schlägst«, nuschelte Asterix durch seinen Mundschutz. Mert versuchte es und wurde wieder hart von einem Konter getroffen. »Noch schneller!« Das nächste Mal zog Mert seine Faust blitzschnell zurück, und Asterix' Konter blieb in der Deckung stecken. »Genau so«, lobte Asterix, dann verdrosch er Mert wieder.

In der Umkleide sprach er ihn immerhin zum ersten Mal an.

»Wie heißt du noch mal?«, fragte Asterix, während er sich die Haare trocken rieb.

»Mert.«

»Stefan.« Er hielt ihm seine Faust hin, Mert klopfte sie ab.

»Kannst nicht boxen, Mert, aber du hast Herz.«

Ab da genoss Mert das Privileg, von Asterix gegrüßt zu werden, und kletterte damit in der Vereinshierarchie nach oben. Stefan, wie Mert ihn nun nannte, nahm sich in den folgenden Wochen immer wieder Zeit, dem Jüngeren etwas Neues beizubringen. Schlagkombinationen, Schrittfolgen, Offensivtechniken, Defensivtechniken. Zu jeder Aktion bedachte er Mert mit einem Spruch, den dieser als Leitsatz verinnerlichte.

»Lass den anderen nicht tun, was er tun will.« – »Immer ackern, dann kann der andere sich nicht erholen.« – »Wenn du nicht verlierst, kann der andere nicht gewinnen.«

Mert wiederholte diese Sätze wie ein Mantra, er träumte von Schlagkombinationen, von Haken, Bewegungsabläufen. Morgens wachte er verschwitzt auf, wenn er im Schlaf trainiert hatte.

Sechs Monate später fragte Kalle Mert, ob er seinen ersten Kampf machen wolle. Mert war noch nie nach etwas gefragt worden, was mit seiner guten Leistung zusammenhing. »Musste das sein?« oder »Was hast du dir dabei eigentlich gedacht?« waren die Fragen, an die Mert gewöhnt war.

»Bin ich denn schon gut genug?«, fragte Mert zurück.

»Du kannst hauen wie ein Pferd, das reicht.«

Auch in der zweiten Runde blieb Felix außerhalb der Gefahrenzone. Mert traf ihn selten. Aber wenn er traf, versetzten seine Schläge Felix um einige Zentimeter. Felix spürte, dass er eine schlechte Figur abgab, obwohl er weiter Punkte sammelte. Also verließ er seine Kampflinie und ging häufiger auf Mert zu. Mert nutzte diese Momente instinktiv. Er verkürzte die Distanz oder ging einen Zentimeter zurück, schlug aus der optimalen Entfernung ein paar Haken zum Körper und anschließend zum Kopf. Felix zog seine Deckung schnell genug nach oben, um keine Wirkungstreffer zu nehmen. Doch obwohl er gedeckt war, spürte er die Gewalt von Merts Schlägen. Felix begann das Tempo anzuziehen, Serien von sieben, acht, neun Schlägen zu schlagen, von denen Mert viele nahm. Mert konnte die Frequenz nicht mitgehen, zog sich zurück und suchte seine Chance in überfallartigen Attacken.

Felix war zu klug, um sich überrumpeln zu lassen, doch das Publikum in der Polizeisporthalle schlug sich auf Merts Seite.

»Führhand, Führhand, hamse dir die auf den Rücken gebunden?«, schrie einer mit heiserer Kehle. »Hau dem Ossi vors Brett«, befahl ein anderer. »Langweilig«, rief der Nächste, »da schlägt ja sogar der Maske härter.« Die konzentrierte Stille zu Beginn des Kampfes wich Anfeuerungen für Mert. Das Niveau der Auseinandersetzung sank, aber die Stimmung kochte hoch.

Mert brannte aus, wurde langsamer, aber kurz vor dem Ende der zweiten Runde, als er zurückstolperte und Felix ihm nachsetzte, nahm Mert einen harten Treffer. Doch statt zu Boden zu gehen, lächelte er. Dann schlug er einen rechten Haken aus einem kuriosen Winkel, der Felix so hart traf, dass dieser seinen linken Fuß falsch absetzte und über seine Beine stolperte. Felix ging zu Boden, sprang aber gleich wieder auf. Der Ringrichter wertete keinen Niederschlag, weil es aussah, als sei Felix ausgerutscht. Ein Chor des Missfallens erfüllte die Halle. Der Gong zum Ende der Runde ertönte, sodass Mert seinen nächsten Schlag zurückziehen musste. Felix und Mert wankten in ihre Ecke, als hätten sie alle Lebenskraft verbraucht. Nadja, die wie immer in der ersten Reihe saß, ertappte sich dabei, dass sie zum ersten Mal in ihrem Leben nicht zu ihrem Bruder hielt.

Mit dem Boxen hatte Felix seinen Glauben gefunden, seine Kirche, seine Liturgie und Litanei. Ob das alles einem höheren Zweck diente, war für ihn nicht entscheidend. Boxen wurde ein Werkzeug, um sein Leben zu ordnen, in gut oder böse zu unterscheiden, in richtig oder falsch. Er ging zur Schule, er ging trainieren, er fuhr zu Wettkämpfen, er gewann fast immer und hielt sich zu Recht für etwas Besseres. Sein Ruhm wirkte in Görlitz wie ein Schutzschild für seine vier Jahre jüngere Schwester.

Während Felix seine Freizeit beim Training, in Umkleidekabinen, Zügen und Bussen verbrachte, blieb Nadja gern alleine und steckte ihre Nase in Bücher. Felix genoss auf der Kinder- und Jugendsportschule viele Freiheiten, als Prämie für die Titel, die er von Turnieren mitbrachte. Nadja war in der erweiterten Oberschule besser als ihr Bruder und bei ihren Klassenkameraden als Streberin verhasst.

Zudem hatte sie das Pech, dass sie sehr schön wurde. Nicht in dem Sinne, wie Models schön zu sein haben, sondern auf eine ungewöhnliche, irritierende Weise. Sie war zu dünn, aß nie etwas, das ihr nicht schmeckte, was ihre Mutter in den Wahnsinn trieb. Mehr als einmal setzte es Ohrfeigen vom Vater, wenn Nadja ihr Essen nicht anrührte, woraufhin sie noch weniger aß. Sie hatte schon als kleines Mädchen begriffen, dass Totalverweigerung der beste Weg war, sich den Vater vom Hals zu halten. Ihre Haare schnitt sie sich mit fünfzehn Jahren zu einer Kurzhaarfrisur, weil sie keine Lust hatte, die Dekorationsspiele ihrer Schulfreundinnen mitzumachen. Doch gerade durch die Ablehnung der gängigen Schönheitsideale, die nach der Wende in der ostdeutschen Provinz Einzug hielten, nährte Nadja in den Augen ihrer Betrachter die Illusion, in ihr eine Schönheit entdeckt zu haben, die anderen verborgen blieb.

Wenn sie im Schulhof oder im Café saß, dachte Nadja meistens an eine Figur aus einem ihrer Bücher, was ihrem Blick etwas Abwesendes gab. Manchmal sah sie einfach nur skeptisch aus, weil ihr etwas an ihren Gedanken missfiel. Viele Jungs verstanden dies als Aufforderung, sie aufzuheitern.

Die meisten versuchten sie dann auch zu erobern, was selten gut ging. Nadja war klüger als die anderen Jugendlichen in der Plattenbausiedlung, klüger als ihre Klassenkameraden und bestimmt klüger als die Vereinskollegen von Felix, die immer wieder Anläufe unternahmen, ihr zu gefallen. Als das Gerücht aufkam, Nadja habe eine Affäre mit dem jungen Referendar aus dem Westen, der in der Parallelklasse den Leistungskurs Deutsch unterrichtete, wurde ihre Verschlossenheit als Überheblichkeit interpretiert.

Eines Tages war Felix zu Ohren gekommen, dass einer der Jungs am Bahnhofsplatz Nadja als »dumme Fotze« beschimpft hatte. Sie hatte dessen Anmache nicht erwidert und war auch auf die provozierende Bemerkung »Hältst dich wohl für was Besseres« nicht eingegangen. Felix hatte die gleichaltrigen Jungs schon vorher nicht gemocht. Meistens rotteten sie sich mittags zusammen, nachdem sie bei Aldi eine Lage Raven-Pils gestohlen hatten, besoffen sich und gefielen sich in einem Wettbewerb, wer lauter rülpsen und ordinärer schimpfen konnte. Mit einigen von ihnen war Felix zur Schule gegangen, bis er auf die Sportschule wechselte. Andere waren ehemalige Vereinskollegen von Lokomotive Görlitz, die Alkohol und Zigaretten für sich entdeckt hatten.

Kurz nachdem seine Schwester beschimpft worden war, erschien Felix in Begleitung von drei Vereinskollegen auf dem Bahnhofsplatz. Hinter ihm stand Sebastian Prokop, ein 2,02 Meter großer Superschwergewichtler, von dem das Gerücht ging, er habe im Leistungszentrum so hart gegen das Messkissen geschlagen, dass die Anzeige ausgefallen war.

Felix fragte den Rädelsführer, Mike Hunold, wie er seine Schwester genannt habe. Hunold, der Frauen aus Gewohnheit als Schlampen oder Fotzen bezeichnete, wurde bewusst, wie unverzeihlich sich dieser Ausdruck anhörte, wenn man ihn nicht im gewohnten Umfeld aussprach. Er druckste herum. Felix fragte insgesamt viermal nach, bis Hunolds Sorge, das Gesicht vor seinen Freunden zu verlieren, die Angst vor den Konsequenzen überwog. Hunold wiederholte den Ausdruck, und praktisch zeitgleich spürte er einen stechenden Schmerz unterhalb des Solarplexus, der ihm die Luft nahm. Er klappte zusammen wie ein Taschenmesser, als Folge des Schlages, den Felix ihm versetzt hatte. Hilflos auf dem Rücken liegend, übergab sich Hunold auf das Kopfsteinpflaster. Seine Freunde trauten sich erst, ihm auf die Beine zu helfen, als Felix, Prokop und ihre Kollegen den Platz verlassen hatten.

Vier Tage später kam Felix spätabends mit dem Zug vom Leistungstraining in Berlin zurück. Als er den Bahnhofsplatz überquerte, wurde er von fünf jungen Männern gestellt, die sich um Mike Hunold aufbauten. »Nun ist Gericht, kleiner Borau.« Einer der Jungs hatte ein Loch in seine kurzen Haare rasiert. Er war nach einer Prügelei am Kopf genäht worden und sah aus wie ein räudiger Hund. Alle wirkten sie versehrt. Jung, aber schon am Ende.

»Wie geht es deiner schönen Schwester?«, leitete Hunold das Unvermeidliche ein.

Hunold wusste, dass Felix schnell zuschlagen konnte, also plante er, ihm auf die Kniescheibe zu treten, ihn kampfunfähig zu machen. Womit Hunold nicht rechnete, war die Tatsache, dass Felix auch mit einer Sporttasche über der Schulter bei jeder Spartakiade den Laufwettbewerb gewonnen hätte. Felix drehte sich um, rannte weg, schlug einen weiten Haken, um seine Verfolger abzuhängen, und sprintete nach Hause. Er atmete gleichmäßig und tief, schon nach einem Kilometer war er uneinholbar enteilt. Nach knapp zwei Kilometern gaben die Verfolger auf, der Alkohol und die Zigaretten forderten ihren Tribut.

Zwei Monate danach wurde Felix zum zweiten Mal gesamtdeutscher Amateurmeister im Halbschwergewicht. Aber nach dem Zwischenfall am Bahnhof war klar, dass es nun unter den verwahrlosten Jugendlichen in Görlitz als größter Sieg angesehen wurde, ihn bei nächster Gelegenheit fertigzumachen. Ab diesem Zeitpunkt lief für Felix die Uhr in Görlitz ab, und damit auch für seine Schwester. Nach Nadjas Abiturprüfung ein halbes Jahr später zogen sie und Felix nach Hamburg. Ihr Vater sprach wegen dieser Fahnenflucht zwei Jahre kein Wort mehr mit seinen Kindern, obwohl er es gewesen war, der sie auf diese Idee gebracht hatte.

Wenn Nadja zu Hause anrief, um zu erzählen, wie es ihr und Felix ging, übergab Heinrich Borau den Hörer wortlos an seine Frau. Nadja sprach mit ihrer Mutter über das Wetter, über Hamburg, über ihre Ausbildung und Felix' Studium. Sie hörte sich die Klagen der Mutter an, wie trüb die Aussichten in Görlitz waren, nachdem die Boraus sich blühende Landschaften erhofft hatten.

Die Mutter nahm Nadja das Versprechen ab, mit zu Felix' Kämpfen zu fahren, um sie gleich informieren zu können, falls etwas passieren sollte.

Nadja erkannte als Erste, dass Felix sich mit Mert übernehmen würde. Sie hatte ihren Bruder schon oft genug auf Boxveranstaltungen begleitet. Felix boxte besser, jeder in der Halle sah das. Aber er fing an, sich auf Merts Stil einzulassen. Zweimal war er schon flachfüßig auf der Stelle stehen geblieben, um in einen Schlagabtausch zu gehen, in dem Mert im Vorteil war. Es schien, als würde Felix Mert nicht nur besiegen, sondern ihn vernichtend schlagen, ihn »kleinmachen« wollen, wie es bei den Boraus zu Hause hieß. Felix hatte seinen Puls in der Rundenpause kaum unter Kontrolle bringen können, so sehr hatte er sich bei seinen schnellen Schlagserien verausgabt. Er hatte Mert eingedeckt und gute Treffer gelandet. Doch Mert weigerte sich anzuerkennen, dass er geschlagen war. Felix konnte nicht fassen, dass Mert noch stand. Selbst Gersch konnte als erfahrener Trainer nicht einordnen, was sich im Ring abspielte. Felix lag nach Punkten uneinholbar vorne, aber er begab sich ohne Not in Gefahr.

»Ruhig«, sagte Gersch in der Pause zur dritten und letzten Runde, »tief einatmen.« Er wedelte Felix Luft zu. »Du musst nichts mehr riskieren. Box das Ding sicher nach Hause, versuch nicht, irgendwas zu beweisen.« Es war das erste Mal, dass Gersch etwas sagte, was man als Kritik an Felix auslegen konnte.

Kalle sagte in Merts Ecke nur sehr wenig, und selbst das war kaum verständlich. Mit den Worten »Hau ihn weg« schickte er Mert in die letzte Runde.

Mert kam aus seiner Ecke wie eine Dampflok. Er schnaufte schon, bevor sie in der Ringmitte aufeinandertrafen. Doch so wie er Felix anblickte, war klar, dass Mert sich nicht kleinmachen ließ. Dass er im Gegenteil wuchs, umso heftiger Felix auf ihn einschlug. Dass er sich aus der Verzweiflung seines Gegners speiste. Dass seine Gefahr nicht in der eigenen Stärke lag, sondern in der Fähigkeit zu ertragen.

Auch wenn er schon deutliche Spuren des Kampfes im Gesicht trug, würde Mert nicht zu stoppen sein. Seine

Haare ragten büschelweise aus dem Kopfschutz, er hatte tiefe Augenringe. Obwohl Mert finster und geschafft aussah, bewegte er sich, als habe er Spaß an der Sache. Er erinnerte Felix an jene Jugendlichen, die ihm und seiner Schwester in Görlitz das Leben schwer gemacht hatten. Also versuchte Felix, ihn auszuknocken, mit allen Mitteln. Er schlug eine Serie, zwei Führhände, einen rechten Seitwärtshaken, gefolgt von einem linken Aufwärtshaken und einer harten rechten Geraden. Ab dem dritten trafen alle Schläge, Merts Kopf wurde von der Quer- und Hochbeschleunigung herumgerissen. Aber er fiel nicht. Stattdessen drückte er Felix in die Seile und schlug einen weit ausgeholten rechten Haken, der über die gleichzeitig geschlagene Führhand von Felix traf und diesen bis ins Mark erschütterte.

Seinen ersten Kampf nach nur sechs Monaten Training gewann Mert durch K. o. in der zweiten Runde. Fünf der sieben Kämpfe, die er in der B-Kategorie austrug, konnte er auf diese Weise für sich entscheiden. Doch als er in die A-Kategorie aufstieg, in der die Boxer zusammengefasst werden, die mehr als sieben Kämpfe absolviert haben, verlor er immer häufiger. Viele Kämpfer waren zu erfahren, um in seinen rechten Haken zu rennen. Sie hielten drei mal drei Minuten Abstand und punkteten ihn aus. Kalle schickte Mert zum Verbandstraining. Stefan, selbst ehemaliger Verbandsboxer, begleitete ihn, um ein gutes Wort bei Verbandstrainer Thorsten Gersch für ihn einzulegen. Gersch war früher zweifacher deutscher Meister gewesen und als »bester Techniker des Turniers« ausgezeichnet worden. Er hatte seine aktive Karriere beendet und zügig alle Lizenzen als Trainer gemacht.

Er hatte nicht viel übrig für rohe Kämpfer wie Mert, die nur durch Versuch und Schmerz lernten, nicht über Erklärungen. Andererseits hatte Gersch keine große Auswahl und Respekt vor Merts Einsatzwillen. Mert trainierte zusätzlich zu den drei Einheiten beim BC Einigkeit zweimal die Woche beim Verband. Er fuhr dreißig Minuten mit der Bahn hin und dreißig Minuten zurück.

Außerdem ging Mert dreimal pro Woche laufen, bis ihm die Füße schmerzten. Er gewöhnte sich an, jeden Morgen hundert Liegestütze und hundert Bauchaufzüge zu machen. Als Gersch ihn anwies, Yoga zu machen, damit er beweglicher wurde, besorgte Mert sich ein Yoga-Buch. Als Gersch im Trainingslager erklärte, was Boxer essen sollten und in welchem Abstand, stellte Mert seine Kost auf Funktionsnahrung um. Er aß nicht mehr, worauf er Lust hatte, sondern was er brauchte, um optimal zu verbrennen und sein Gewicht zu halten. Hätte Gersch ihm erklärt, er müsse Vogelblut trinken, um seine Schlaggeschwindigkeit zu steigern, hätte Mert bei seinen Läufen durch den Park Tauben gerissen.

Das Boxen war für Mert das entscheidende Zahnrad, das bald alles antrieb. Mit einem zunächst kaum wahrnehmbaren Ruck kamen die Dinge in Bewegung und gewannen stetig an Dynamik. Das Räderwerk griff ineinander und kontrollierte, als es einmal in Gang gesetzt war, Merts Zeit, seine Gedanken, den Tagesablauf und schließlich seine ganze Existenz. Die Mechanik erfasste jeden Bereich. Mert trank keinen Alkohol, er ging früh zu Bett und stand früh auf. Er zog nicht mehr um die Häuser, suchte keine Ablenkung von diesem Nichts, das sein Leben zuvor ausgefüllt hatte. Mit dem Boxen tat sich ein Weg auf, dessen Ende er nicht absehen konnte, der ihm aber so unvermeidbar erschien, dass er ihn weiterging. Sein Leben veränderte sich, ohne dass Mert es bewusst wahrgenommen hätte. Doch als er nach Monaten zurückblickte, stellte er fest, dass vom alten Mert nicht viel übrig war, außer Erinnerungen an ein schwarzes Tier, das irgendwo tief drin an den Stäben seines Gefängnisses rüttelte und ausbrechen wollte, um das eine entscheidende Zahnrad zu zerschlagen.

Nadja und Felix hatten sich in Hamburg zunächst eine gemeinsame Wohnung genommen. Auf der Suche nach einem Verein wurde Felix regelrecht hofiert. Er entschied sich schließlich für den HBC 21, weil der dortige Trainer, Thorsten Gersch, gleichzeitig Verbandstrainer war. Gersch hatte Felix erklärt, dass er ihm nicht mehr viel beibringen könne, versicherte ihm aber, alles dafür zu tun, damit Felix sein Leistungsniveau halten konnte. Etwas Handgeld für Turniersiege würde es obendrein geben.

Als Felix zum ersten Mal beim Verbandstraining auftauchte, war ihm sein Ruf vorausgeeilt. Gersch hatte seine fähigsten Halbschwergewichtler zum Sparring verpflichtet. Sie drängten sich um den Ring und fieberten ihrer Abreibung entgegen.

Die restlichen Boxer beobachteten Felix, während sie an den Sandsäcken arbeiteten. Mert war nicht gefragt worden, ob er sich eine Runde gegen den Star aus dem Osten zutraute. Er hatte zwar nach einem Jahr Verbandstraining einige Gegner schlagen können, die ihn zuvor ausgepunktet hatten, aber er galt weiterhin als Kuriosum. Als einer, der begabt war, aber zu spät mit dem Boxen begonnen hatte.

Bei jedem Boxer zeigt sich der Charakter im Kampfstil. Wenn die Boxer ihr Handwerk vor der Pubertät lernen, entfaltet sich die Persönlichkeit nach den Fähigkeiten. Wer erst nach der Pubertät zum Boxen kommt, lernt es als Ausdruck eines fertigen Charakters und bleibt in seinen Entfaltungsmöglichkeiten beschränkt. Der bereits ausgebildete Charakter behindert den spätberufenen Boxer, im Gegensatz zu demjenigen, der schon alles kann, bevor er sich fragt, was er damit eigentlich anfangen will. So wie man als Erwachsener eine Fremdsprache bis in die Feinheiten lernen kann, aber doch immer eine Unsicherheit bleibt, weil man im ersten Moment denkt, etwas falsch verstanden zu haben.

Mert sah, wie Felix in jeder Runde einen frischen Sparringspartner bekam und sie nacheinander ausboxte. Manchmal nutzte Felix nur seine Führhand, um nicht unterfordert zu sein. Mert hatte genug gelernt, um zu erkennen, wie weit er von dieser Art zu boxen entfernt war.

Dass Mert sechzehn seiner sechsundzwanzig Kämpfe gewonnen hatte, lag daran, dass er sich, wenn er unter Druck geriet, nicht zurückzog, sondern in die Offensive ging. »War keine gute Technik«, hatte Gersch nach einem Kampf gesagt, »aber das, was du falsch machst, machst du ganz gut.« Wenn Mert gewann, dann weil er seine Gegner überrannte. Wenn sie sich nicht überrennen ließen, ging ihm nach der Hälfte des Kampfes die Puste aus, und er verlor nach Punkten. Doch nachdem er Felix zum ersten Mal boxen sah, hatte Mert endlich ein Ziel, das er am Ende des Weges ausmachen konnte.

Felix erholte sich rechtzeitig von Merts Haken. Und als habe er diesen Schlag gebraucht, um zur Vernunft zu kommen, riskierte er danach nichts mehr, bis die dritte und letzte Runde vorüber war.

Er schlug nur noch wenig und wich aus. Mert war platt, sein Unterkiefer hing herunter, Spucke lief ihm vom Kinn. Bei seinen letzten verzweifelten Angriffen sprang er auf Felix zu, der sich aber zurückzog, um Mert ins Leere schlagen zu lassen. Mert wurde von seinem eigenen rechten Haken um die eigene Achse gerissen. Er kassierte eine Ermahnung des Ringrichters, sich nicht abzudrehen, dann läutete der Gong. Felix siegte überlegen nach Punkten. Mert verließ den Ring mit einem Lächeln. Felix sah aus, als sei er knapp mit dem Leben davongekommen.

9

Mert blickt aufs Meer. Das macht er häufig und ausführlich. Er sucht sich eine Beschäftigung, wickelt seine Bandagen auf, macht sich einen Kaffee, nimmt seinen kleinen schwarzen Ball und knetet darauf herum. Aber eigentlich blickt er einfach raus und sieht zu, wie das Wasser reinrollt, sich wieder zurückzieht, wieder reinrollt. Oft ist der Kaffee nur noch lauwarm, wenn er wieder daran nippt.

Wenn Mert vor die Tür geht, sieht er zum Meer, wenn er die Straße runterspaziert. Wenn er sein Motorrad anwirft, blickt er kurz hin, und wenn er abends vom Training zurückkommt. Es ist einfach immer da. Fast alle Häuser auf Phuket richten sich zum Meer aus. Schon einen Straßenzug weiter landeinwärts werden die Mieten billiger, auch das Essen in den Garküchen, sogar das Obst an den Ständen. Die Zimmer in den Hotels, die keinen direkten Zugang zum Strand haben, kosten die Hälfte, da die Gäste ein paar Schritte gehen müssen. Aber sie kommen jeden Tag, legen sich in den Schatten oder mieten sich einen Sonnenschirm für fünfzig Baht. Am Strand sammeln sich die fliegenden Händler und die Masseurinnen mit ihren Tragekörbchen mit Öl und Feilen. Faltige Männer lassen sich von jungen Thailänderinnen eincremen. Kleine Krebse buddeln sich Löcher, tauchen auf und graben sich wieder ein. Muscheln werden angespült, die Hotelgäste sammeln sie ein. Kinder bauen Sandburgen, Väter helfen ihnen dabei. Mütter stürzen herbei, um den Kleinen eine Mütze aufzusetzen. Boote werden abends auf den Sand gezogen und morgens wieder ins Wasser geschleppt. Es wird gegessen, geschlafen, gespielt, gelesen. Einmal im Monat wird eine Party am Strand gefeiert. An dieser schmalen, unscharfen Grenze vom Land zum Meer verdichtet sich das Leben. Wie an einem Boxring.

Mert hat einen eigenen Liegestuhl, vorne am Wasser. Der gehört zum Apartment, ist sozusagen in der Miete inbegriffen. Aber Mert nutzt ihn selten. Er liegt nicht gerne in der Sonne, er blickt nur gerne aufs Meer. Das Meer macht ihn friedlich, fast glücklich, er fühlt sich verbunden. Es ist wie Meditation, auf das Wasser zu schauen, die Reflexionen zu beobachten, die Augen zusammenzukneifen, wenn ein Lichtstrahl ihn blendet.

Mert war nur zweimal am Meer gewesen, bevor er nach Phuket kam. Einmal in Italien, einmal an der Nordsee. Mit Nadja.

An die Nordsee waren sie im Oktober gefahren, nach St. Peter-Ording. Nadja kannte bis dahin nur die Ostsee, und Mert hatte es in seinem ganzen Leben nie von Hamburg bis an die Küste geschafft.

»Jetzt weiß ich auch, warum«, sagte Mert, als er versuchte, die letzten beiden Häkchen des Reißverschlusses seiner Jacke zuzuziehen. Der Wind war schneidend, die feuchte Kälte drang bis auf die Knochen. Trotzdem gingen sie am Meer spazieren. »Deswegen sind wir doch hergekommen«, sagte Nadja.

Sie gingen einen langen Steg entlang, die Gischt stob bis zur Hüfte hoch, ihre Hosenbeine wurden nass. Aber Mert war es egal, er wäre Nadja ins Eis und in die Hölle gefolgt. Wenn sie auf einen Steg ins Meer gehen wollte, ging er mit. Er zog nicht mal seine Schultern hoch. Es wurde ja nicht wärmer mit hochgezogenen Schultern.

»Es wäre schön, am Meer zu leben, oder?«, sagte Nadja halb schreiend, weil der Wind dazwischenpfiff.

»Hier?«, fragte Mert ungläubig.

»Nein, dafür ist es doch viel zu kalt. Du frierst doch schon, wenn ich zu Hause das Fenster kippe. Aber das Meer ist fast überall. Es verbindet alle Kontinente.«

»Von mir aus gerne ans Meer.«

»Ans Meer und in die Sonne«, sagte Nadja. Sie umarmte ihn und schob ihre Hände unter seine Jacke, woraufhin ihm die letzte verbliebene Wärme aus dem Körper wich.

Das Meer vor Merts Apartment ist das Gegenteil von der Nordsee. Das warme, friedliche Gegenstück derselben Sache. Vielleicht sitzt Nadja am anderen Ende und denkt an ihn. Das Meer vor Phuket erhebt sich nur selten, nur um dann mit ganzer Gewalt zuzuschlagen. Vor ein paar Jahren hat ein Tsunami die halbe Insel vernichtet. Sie haben einfach alles wieder aufgebaut und weitergemacht wie bisher. Nur kleine Straßenschilder, auf denen »Tsunami Evacuation Route« steht, erinnern noch an die vielen Toten und die Zerstörung.

Mert fragt sich, was er tun würde, wenn das Meer wieder über das Land herfällt. Schwimmen, tauchen, sich treiben lassen? Nicht mal ein Tsunami könnte ihm noch etwas anhaben. Er würde sich das Kästchen unter den Arm klemmen und sich mitreißen lassen. Irgendwo würde er schon wieder auftauchen. Vielleicht in St. Peter-Ording. Er würde sich an Land schleppen, und Nadja würde ihn in den Arm nehmen, um ihn zu wärmen.

10

Nadja wartete vor der Halle auf Mert, so wie zwei Wochen zuvor. Sie waren nicht verabredet, aber Mert hatte gehofft, dass sie da sein würde, und die Freude überdeckte sogar das bleierne Gefühl seiner Niederlage gegen Felix. Sie gingen zu ihr. Mert saß wieder auf dem Küchenstuhl und Nadja auf der Fensterbank, während er ihr, noch benebelt von der Aufregung des Kampfes, Szenen schilderte, obwohl sie dabei gewesen war.

Die wenigen Niederlagen, die Nadja bei Felix hatte mitverfolgen müssen, hingen ihrem Bruder um den Hals wie ein Mühlstein. Er war nicht ansprechbar, bis er wieder in den Ring steigen und seine Schmach tilgen konnte. Mert hingegen wirkte vergnügt, während er in ihrer Küche zwei Bier trank und ruhiger wurde. Sie schliefen miteinander, wenige Minuten später fielen Mert die Augen zu. Er wachte erst gegen Mittag wieder auf und fand Nadja in ein Buch vertieft in der Küche sitzend, nur mit einem Slip und einem Trägerleibchen bekleidet. Sie machte ihm Frühstück, setzte sich auf die Fensterbank, rauchte eine Zigarette und erzählte ihm von dem, was sie gerade gelesen hatte. In China war ein unbekannter Mann verurteilt und eingesperrt worden, der sich vor anrückende Panzer gestellt hatte, um für Freiheit zu demonstrieren. Niemand wusste, was danach mit ihm geschehen war. Ein Mann allein vor einem Panzer. Mert wünschte, er hätte so viel Mut. Und sei es nur, um Nadja zu beeindrucken. Sie schliefen wieder miteinander, so verging der Sonntag.

Als sie am Montagmorgen aufwachten, schliefen sie noch mal miteinander. Mert war der erste Mann, mit dem Nadja nicht aus Höflichkeit oder Experimentierfreude schlief, sondern weil sie Lust darauf hatte. Davor war Sex für sie ein Akt der Selbstbeobachtung gewesen, bei dem sie versuchte, möglichst wenig aufzufallen. Sie registrierte Hände, Lippen, Schenkel, Penis, sortierte ein, verglich. Aber sie war nicht wirklich dabei, stellte sich eher zur Verfügung. Ihre Erregung entstand aus dem Wissen, dass sie gerade etwas Intimes tat. Bei Mert war es anders. Er war aggressiv, verwundbar und gierig. Er konnte sie mit seiner Begeisterung überrennen und mitziehen. Und er war die falsche Wahl. Mit Mert zu schlafen und ihn Dinge tun zu lassen, die sie sonst nicht zuließ, war wie Rebellion. Sie spürte Mert den ganzen Tag zwischen ihren Beinen, wenn sie auf ihrem Drehhocker hin- und herrollte, Mahlflüssigkeiten zusammenstellte, Verbindungen sinterte. Sie konnte die Erregung jederzeit heraufbeschwören, indem sie ihre Sitzposition veränderte.

Für Mert war Sex immer mit einem schalen Gefühl verbunden, wie ein Besuch bei McDonald's. Zuerst trieb ihn große Lust, und nach der schnellen Befriedigung setzte schnell Selbstekel ein, der erst nach Stunden wieder verflog. Leider hielt sich diese Erfahrung nie lange, und Mert tat es wieder. Nur um sich erneut schlecht zu fühlen und sich obendrein zu ärgern, dass er es besser hätte wissen müssen. Mit Nadja war es anders. Bevor sie miteinander schliefen, war Mert nervös und fragte sich, ob das Gefühl so überwältigend sein würde wie beim letzten Mal. Währenddessen versuchte er den Moment möglichst lange zu halten, zögerte seine Ejakulation hinaus, um den Akt an sich zu genießen. Danach fühlte er sich nicht leer, sondern bereichert und zufrieden. Schon am Mittwochabend nach dem Training stand er wieder vor ihrer Tür.

Sie schliefen miteinander, gingen in die Küche, Nadja kochte Nudeln. Mert saß vornübergebeugt, zu erschöpft, um sich gerade zu halten. Er streckte ein Bein aus, dann das andere. Er zog zuerst seinen linken, dann seinen rechten Arm nach vorne, um den Schultergürtel zu dehnen. Es war lange her, dass Nadja einen Boxer außerhalb des Rings gesehen hatte, die ausgeschüttete Kraft, die nur langsam in den Körper zurückkehrt. Ausgerechnet ein Boxer, und dann auch noch einer von der Sorte, wie ihr Vater und ihr Bruder sie ablehnten.

Felix hatte Mert als »Instinkt-Boxer« bezeichnet. Das war im Hause Borau fast eine Beleidigung, weil es dem Gegenüber die Denkleistung absprach. Felix und Heinrich Borau stellten sich im Vergleich zu solchen Kämpfern wie Dompteure dar, die ein gewisses Maß an Gefahr bändigen müssen, um letztlich der schlichteren Kreatur überlegen zu sein. Doch Nadja mochte diesen Instinkt, der nicht prüfte, sondern handelte. Mert verschwendete keine Gedanken daran, was andere von ihm dachten oder wie er sich verhalten sollte. Mert kannte keine Taktik, er war ganz Tat.

Als Nadja am Donnerstag von der Arbeit nach Hause kam, war Mert noch da. Er hatte sich den Tag in ihrer Wohnung vertrieben, ferngesehen, Gegenstände inspiziert. In einem Kästchen, das mit chinesischen Schriftzeichen verziert war, fand er ein paar Fotos, die Nadja als junges Mädchen zeigten, auch Bilder von Felix und einem aus der Zeit gefallenen Paar, vermutlich Nadjas Eltern. In dem Kästchen lagen auch zwei kleine schwarze Bücher, Jahreskalender, in denen Nadja persönliche Sachen notiert hatte. Die Einträge gaben größtenteils Ereignisse aus dem Arbeitsleben oder Ausflüge mit ihrem Bruder wieder. Gelegentlich standen auch Einträge zu Begegnungen mit Männern darin. Nadja hatte bestimmte Namen mit Zeilen aus Liedern gekoppelt. Mert nahm an, dass sie ein besonderes Lied mit jedem betreffenden Mann verband. »Heute mit Robert amüsiert« zum Beispiel, wobei Mert »amüsiert« mit »gevögelt« übersetzte, und daneben »Whitney Houston, Always love you«. Viele Seiten waren gar nicht beschrieben, zwischendurch stand nur das Wort »müde« auf einem einzelnen Blatt, wie ein Lebenszeichen in der Leere. Als Mert die Jetztzeit erreichte, las er, dass Nadja eine Affäre mit einem Mann namens Marcel gehabt hatte, mit dem sie sich gelegentlich »amüsierte«, dazu kamen Eintragungen über einen Gunther, und dann hatte sie auch schon die erste Begegnung mit ihm vermerkt. »Schwerin, Busfahrt. Lustiger Abend. Mert?«, stand dort. Danach wieder Eintragungen zu Gunther und Marcel. Mert fühlte sich betrogen. Er legte die Bücher in der entnommenen Reihenfolge zurück in die Schachtel und wartete auf Nadja.

An diesem ersten Abend, den sie wie ein Paar verbrachten, fragte Mert: »Hast du eigentlich an mich gedacht, nach der Busfahrt?«

Nadja ging nicht darauf ein.

»Ich habe andauernd an dich gedacht«, sagte er.

Nadja setzte sich auf die Fensterbank und sah ihn skeptisch an, während sie sich eine Zigarette anzündete. Mert wusste selbst nicht, worauf er hinauswollte. Nadja nahm die Pose eines Pin-up-Girls aus den Fünfzigern ein, Mert zog die Mundwinkel hoch.

»Schwein«, sagte sie.

»Nicht so, wie du denkst. Ich habe mir ganz normale Dinge mit dir vorgestellt.«

»Was ist denn normal?«

»Eher so alltägliche Sachen, ins Kino gehen, spazieren gehen.«

»Das ist aber enttäuschend. Bin ich so unsexy?«

»Ich habe mir eher vorgestellt, wie wir zusammen sind, was wir so tun und wie wir reden. Wie du so bist.«

»Und. Wie war ich da?«

»Gut.«

»Und jetzt?«

»Besser. Besser, als ich es mir vorgestellt habe.«

Nadja rutschte von der Fensterbank, beugte sich über den Küchentisch, nahm sein Gesicht in ihre Hände und küsste ihn.

»Ich habe auch an dich gedacht, nach der Busfahrt. Sehr oft sogar.« Mert wusste, dass er sich freuen sollte. Stattdessen gingen ihm Namen durch den Kopf. Gunther, Marcel.

11

Hundert Meter die Straße runter, auf der Strandseite, arbeitet die Masseurin, die Mert alle zwei Tage besucht. Er hat sich vor Monaten für eine Masseurin entschieden, so wie er seine Wäsche immer zur selben Wäscherei bringt, in denselben Schnellküchen essen geht, im selben Mini-Mart einkauft und beim selben Händler Obst holt. Er zahlt überall feste Preise, mehr als die Thais, aber weniger als die Touristen. Seine Masseurin bekommt dreihundert Bhat, sie weiß genau, welcher Teil seines Körpers härter angefasst werden muss und wo sie vorsichtig sein soll. Sie drückt sein linkes Knie nicht nach hinten, weil Mert ihr dabei einmal fast von der Liege gesprungen wäre, sie knetet seine rechte Hand sanfter als die linke, im Nacken arbeitet sie an den Wirbeln vorbei, und sie hat nie versucht, ihm ein »happy ending« anzudrehen. Sie ist klein, dick und erstaunlich kräftig. Der Schweiß läuft ihr übers Gesicht, wenn sie seine 95 Kilo Kampfgewicht durchknetet. Sie arbeitet sich von den Füßen bis zum Kopf hoch. Sie bearbeitet seine Waden, Schenkel und Arme so, dass sich die verklebten Muskelfasern lösen. Sie drückt die Muskelansätze im Schulterbereich bis an die Grenze des Erträglichen. Oft schläft Mert ein, nur um dann hochzuschrecken, wenn sie einen hartnäckigen Knoten zwischen seinen Schulterblättern mit ihrem Ellbogen bearbeitet. Hinterher fühlt er sich erfrischt und etwas weniger beschädigt. Seit vielen

Monaten ist diese Massage für Mert die einzige Form von Berührung, die kein Schlag ist.

Die Masseurin begrüßt ihn leise mit einem Kopfnicken und gefalteten Händen. Sie klopft mit der flachen Hand auf die Liege, so wie man einem Hund seinen Platz zuweist. Mert legt sich hin, bettet seinen Kopf seitlich auf das Kissen und schläft fast ein, während die Frau seine Fußsohlen knetet. Er muss an Ali denken. Was der wohl gerade macht?

Unter den kleinen, harten Muay-Thai-Kämpfern hatte sich herumgesprochen, wie gefährlich Alis Schläge waren, dass er aber Tritte zum Schienbein nicht gut wegstecken konnte. »Alter, lieber lass ich mir von dir zehnmal in die Fresse hauen, als dass mir einer dieser irren Thais noch mal das Schienbein zertritt«, erklärte er Mert. Sie waren gerade zwei Monate auf Phuket, und Ali bestritt seinen dritten Kampf.

Sein Gegner malträtierte Ali mit Low-Kicks. Schnelle tiefe Tritte, die Ali nur abblocken konnte, indem er sein Knie hob und Schienbein auf Schienbein knallte. Schon nach dem dritten Kick fing Ali an zu brüllen – »Du Wichser!« –, was nur Mert verstehen konnte und die deutschen Touristen, die am Ring saßen. Ali stakste im Kreis wie ein Kranich, sprang weg und versuchte überfallartig anzugreifen, um seine Schlagtechnik einsetzen zu können. Zweimal gelang es ihm, nah genug an seinen Gegner heranzukommen, um diesen mit Schlägen einzudecken, doch er wurde rasch umklammert und bekam links und rechts das Knie in die Seite gestoßen. Sobald der Ringrichter sie trennte, griff Alis Gegner wieder mit tiefen Kicks an. Also ging Ali dazu über, in die Höhe zu springen, wenn nach ihm getreten wurde, was so absurd aussah, dass Mert lachen musste. Einigen Zuschauern ging es genauso, und Ali hüpfte hoch und höher. Es sah aus wie der Tanz eines Verrückten.

In der Rundenpause ließ Ali sich auf den Hocker fallen und spuckte seinen Mundschutz bis in die Mitte des Rings. Nok, ihr thailändischer Trainer, hatte ihm ein großes Blechtablett untergeschoben, überschüttete Ali mit Wasser und massierte ihm die Verkrampfung aus den Beinen. Ali beschwerte sich lautstark bei Mert. »Der Typ kann gar nichts am Handschuh, aber ich schwör dir, wenn er mich noch einmal tritt, dann besorg ich mir 'ne Waffe und schieß ihm die Kniescheiben weg.«

Mert machte einen gequälten Gesichtsausdruck. In seinen Mundwinkeln bildeten sich Höcker, um seine Augen ein Fächer aus Falten. Ali bemerkte sofort, dass Mert sich das Lachen verkniff. »Das findest du auch noch lustig, was?«, kläffte Ali. »Du stehst da ja nicht.«

»Viel gestanden hast du auch nicht.«

Ali war baff. Zehn Sekunden sagte er gar nichts, so lange hatte Mert ihn selten still erlebt. Dann fing Ali sich wieder. »Hast du 'nen Clown gefrühstückt? Sag mir bitte mal, was ich mit dem Spinner machen soll!«

»Du machst das schon richtig. Sieht nur komisch aus. Versuch ihn in die Halbdistanz zu bekommen.«

»Dann hämmert er mir sein Knie in die kurzen Rippen.«

»Halbdistanz, nicht klammern.«

»Klammern ist das Einzige, was der sonst noch kann, außer link treten.«

»Dann halt nicht dagegen.«

»Was?«

»Heb dein Bein, aber halt nicht dagegen, vielleicht verliert er die Balance, wenn er treten will, aber keinen Widerstand findet. Dann muss er nach vorne absetzen und rennt dir in die Fäuste.«

Genauso kam es. Immer wenn der Gegner tief nach Ali trat, nahm der sein Bein hoch und ließ es beim Aufprall locker nach hinten schlenzen. Das tat auch weh, so viel konnte Mert an Alis Gesichtsausdruck ablesen. Aber sein Gegner war überrascht, musste den Fuß nach vorne absetzen und kam die entscheidenden Zentimeter näher, die Ali brauchte, um ihn mit den Fäusten zu treffen. Ali konnte Serien anbringen und seinen Gegner fast k. o. schlagen. Er verlor den Kampf trotzdem nach Punkten und die folgenden zwei Begegnungen ebenfalls.

Im Gegensatz zu Mert, der gegen große Holländer, Schweden oder Australier kämpfte, waren Alis Gegner Einheimische. Zähe Jungs, die sich von Patong bis nach Bangkok kämpfen wollten, ins Lumpini Stadium, den Madison Square Garden Asiens. Ali war besser mit den Fäusten, genau wie Mert, aber er war auch älter als seine Gegner. Bei den kleinen Kämpfern kommt es vor allem auf die Geschwindigkeit an, hauchdünne Zeiteinheiten, die zwischen treffen oder getroffen werden entscheiden. Ali trotzte seinem Körper mehr Härte ab, genau wie Mert. Er besaß Routine, dazu überlegene Technik und Augenmaß, aber gegen den Verlust der Geschwindigkeit war er so machtlos wie gegen Erdbeben, Sonnenfinsternis oder Regen. Ali reiste nach sechs Monaten ab. »Muss ich mir halt doch richtige Arbeit suchen.«

In den Wochen, die sie noch zusammen auf der Insel verbrachten, führte Ali immer wieder sein wildes Tänzchen vor, wenn er Mert aufheitern wollte, aber seine Zeit lief ab.

An seinem letzten Abend hatte Ali ihn gefragt, was er später mal machen wolle, aber Mert hatte keinen Bezug zu später. Er kannte nur jetzt und eine vage Hoffnung auf Nadja.

Die Masseurin klopft Mert zweimal auf die Schulter, nachdem sie ihre Arbeit beendet hat. Er stemmt sich im Liegestütz hoch, setzt sich seitlich auf die Liege und wischt sich aus dem rechten Mundwinkel ein wenig Speichel, der sich bildet, wenn er vor sich hindöst.

Mert geht zurück zur Wohnung. Er sieht seinen Vermieter im Erdgeschoss hinter Glastüren wie in einem Aquarium sitzen, in Unterhosen, vor einem Glas Thong-Whiskey, obwohl es noch nicht mal Mittag ist. Der Vermieter hält die Türen geschlossen, um die Energie der Klimaanlage nicht zu verschwenden. Er fuchtelt hinter der Scheibe mit den Händen, deutet auf die Klimaanlage, dann auf Mert. Seit Merts Einzug macht er Gesten, die Mert bedeuten sollen, dass er auch bei ihm bald eine Klimaanlage einbauen wird. Aber bisher ist es nicht dazu gekommen, und Mert ist es ganz recht so, denn dann wird der Vermieter mehr Miete verlangen und seine Frau mehr Putzgeld, wegen der verbesserten Wohnbedingungen oder weil sie das Apartment an jemand anderen teurer vermieten könnten. Mert kommt mit seinem Geld zurecht, mehr als 400 000 Baht hat er an Antritts- und Siegprämien zusammengeboxt, umgerechnet etwa 10 000 Euro. Das reicht eine Weile, da Mert seine Unterhaltskosten auf ein Minimum reduziert hat. Auf diese Weise muss er sein Erspartes nicht antasten. Er wird es noch brauchen, wenn er ein Gym aufmachen möchte, wie sein Trainer Nok. Oder eine Bar, wie die Mamasan. Um irgendeine Existenz aufzubauen, die ihn bis ans Ende trägt, wenn das Leben, das er nun schon so lange führt, vorbei ist.

12

Als Mert schon kein Kind mehr war, aber auch nicht erwachsen, hatte er sich einmal drei Tage nicht nach Hause getraut. Zwei Nächte hatte er bei einem ehemaligen Schulkameraden auf der Couch verbracht. Die dritte Nacht hatte er im Park geschlafen.

Er schloss leise auf, aber er hörte, dass seine Eltern in der Küche saßen, miteinander sprachen und ihn vermutlich bemerkt hatten. Er schlich in sein Zimmer, das nur wenig größer war als das Bett, das dort stand. Im Halbdunkel konnte Mert erkennen, dass die Matratze abgezogen war und nackt im Gestell lag. Daneben stapelten sich drei Umzugskisten, in der obersten sah er seinen Lieblingspulli und seine alten Big-Jim-Figuren. Das Madonna- und das Sylvester-Stallone-Poster waren abgenommen, er konnte noch die Reißnägel und Bildfetzen an der Stelle ausmachen, wo sie gehangen hatten. Sein Vater rief ihn aus der Küche. Er fragte nicht, ob Mert da sei, er befahl, dass er kommen solle.

Mert ging in die Küche, wo seine Eltern saßen. Seine Mutter blickte auf den Küchentisch, vor ihr lagen Fehlscheine und sein letztes Jahreszeugnis, die er hinter den Postern hatte verschwinden lassen. Zwei Pornomagazine, die Mert unter seiner Matratze aufbewahrt hatte, lagen neben seinem Vater auf der Küchenbank, darauf ein kleiner Klumpen Haschisch, der in einem seiner Sockenbündel gesteckt hatte. Sein Vater sah ihn streng an. Seine Mutter versuchte zu lächeln, aber es fiel ihr schwer, überhaupt eine richtige Reaktion zu zeigen. Mert setzte sich, sein Vater hob an.

»Du brichst deiner Mutter das Herz«, sagte er. »Und damit machst du mich auch unglücklich.«

Rainer Schulz fühlte sich stets jeder Lage gewachsen. Doch wenn man seine Frau kränkte oder verletzte, traf man damit auch ihn. Mert wusste nicht, wie er seinen Zorn in Worte fassen sollte, also schwieg er. Nach langen Sekunden fragte sein Vater: »Hast du nichts zu sagen?«

»Leck mich am Arsch.«

Rainer Schulz fuhr hoch und holte mit seiner Hand weit hinter dem Kopf aus, um Mert eine Ohrfeige zu verpassen. Doch im letzten Moment erkannte er, dass dies genau die Absicht seines Sohnes war. Mert hatte schon früher Schläge kassiert, wenn er dabei erwischt worden war, wie er einen Zigarettenautomaten aufgeknackt oder seiner Mutter zehn Mark aus der Haushaltskasse gestohlen hatte. Mert nahm Ohrfeigen stets hin, ohne irgendeine Reaktion zu zeigen. Aber an diesem Abend war er in der Stimmung, seinem Vater zu zeigen, was er beim Training gelernt hatte.

»Das hier ist kein Hotel«, sagte sein Vater, »und schon gar kein Unterschlupf für Kleinkriminelle.« Dabei hob er die Pornomagazine hoch und ließ sie auf den Tisch knallen, sodass der Haschischklumpen bis vor Mert rollte.

Mert starrte seinen Vater wütend an. Seine Mutter wendete sich ab, schob ihren Stuhl zurück und verließ die Küche.

»Du kannst hier nicht mehr wohnen und unsere Liebe weiter ausnutzen.«

Mert erwiderte nichts, ging in sein Zimmer, wühlte ein paar Kleidungsstücke und die Big-Jim-Figuren aus der obersten Kiste und stopfte sie in seine Tasche. Dann trat er so häufig gegen die restlichen Kisten, bis sie wie verfallene Gebäude aussahen, aus denen die Reste seines alten Lebens quollen.

Mert flüchtete nicht weit. Nur zwei Stockwerke über der Wohnung seiner Eltern wohnte Monika Speehahn allein mit ihrem siebenjährigen Sohn, seitdem sie ihren Mann vor die Tür gesetzt hatte. Ihre Lebensgewohnheiten waren gelegentlich Thema in der Nachbarschaft. Mert hatte bemerkt, dass sein Vater sie freundlich grüßte, wenn sie ihr zu zweit über den Weg liefen, sie aber ignorierte, sobald seine Mutter dabei war. Wenn von ihr die Rede war, wurde sie nur »die junge Frau Speehahn« genannt, und es hörte sich an, als sei das etwas Unanständiges.

Mert hatte Monika kennengelernt, als er eines Tages nach dem Training nach Hause kam und keinen Schlüssel dabeihatte. Seine Mutter war einkaufen, und er saß vor der Wohnungstür, als Monika sich mit drei Einkaufstüten in den vierten Stock schleppte. Mert hatte ihr die Tüten abgenommen und als Dank ein Glas Cola bekommen. Sie hatte ihn gefragt, wie er so stark geworden sei, und er erzählte ihr vom Boxen. Stolz zeigte er seinen Bizeps und zog sein T-Shirt aus, um zu demonstrieren, wie sich seine Bauchdecke verändert hatte. Monika befühlte seine Arme, seine Schultermuskeln, seinen Bauch. Sie fuhr die Kontur seiner Leisten nach, wo sich zwei Furchen gebildet hatten.

Mert war nervös gewesen, und als Monika ihn nach dem Grund fragte, hatte er ihr erklärt, dass er nicht wisse, wie er sich ihr gegenüber verhalten solle, weil sein Vater mal so und mal anders auf sie reagierte. Sie hatte daraufhin von Scheinheiligkeit gesprochen und ihn gefragt, ob es noch etwas anderes gebe, was ihn nervös mache.

So hatte Mert zum ersten Mal Sex. Mit seiner Nachbarin, die zehn Jahre älter war als er. Ihr Sohn klopfte nach einiger Zeit an die Tür, weil er fürchtete, dass es seiner Mutter schlecht ging, da sie merkwürdige Geräusche machte. Doch sie schickte ihn weg.

Danach war Mert immer wieder mal zu Besuch gekommen. Im Gegensatz zu den gleichaltrigen Mädchen, die Mert aus der Schule kannte, war Monika offen und unkompliziert. Sie sagte ihm, was sich gut und was sich schlecht anfühlte, und fragte ihn, was er gerne mochte. Trotzdem war es Mert nach einiger Zeit unangenehm gewesen, sie nur mit der Absicht zu besuchen, mit ihr zu schlafen. Er war fast ein Jahr nicht mehr bei ihr gewesen.

»Dich habe ich ja ewig nicht mehr gesehen«, sagte Monika, als sie die Tür öffnete. »Was willst du denn hier um diese Uhrzeit?«

»Ich bin rausgeflogen«, sagte Mert.

Monika war ungeschminkt, die mattblonden Haare hatte sie zu einer Palme auf dem Kopf zusammengerafft.

»Na komm erst mal rein.«

Sie setzten sich ins Wohnzimmer, und Mert erklärte ihr, was vorgefallen war. Er zitterte immer noch vor ohnmächtiger Wut, dass sein Vater sein Zimmer durchsucht hatte. Als Monikas Sohn plötzlich im Türrahmen stand, um zu erfahren, wer zu Besuch war, beruhigte sie ihn. »Das ist Mert, der Junge von den Schulzens, den kennst du doch. Der schläft heute bei uns, weil die Schulzens einen Wasserschaden haben.«

Der Kleine setzte sich zu ihnen, ohne Mert weiter zu beachten. Sie sahen zu dritt fern, aßen belegte Brote, und Monika richtete Mert die Couch, bevor sie ihren Sohn zu Bett brachte. Als Mert schon schlief, schlüpfte Monika unter seine Decke und setzte sich auf ihn. Nachdem sie sich befriedigt hatte, wünschte sie Mert eine gute Nacht und verschwand, wie ein Traum, den er am nächsten Morgen vergessen haben würde.

13

Mert bestellt ein drittes Bier in der Sunshine Bar und beobachtet seine Lieblingstänzerin, die immer lacht und aussieht wie eine japanische Comicfigur. Mert nennt sie Manga-Mädchen. Sie tanzt um die Stange, versucht sich an Bewegungen, die sie für besonders sexy hält. Dann sieht sie Mert und kichert. Die Mamasan zupft an seinem T-Shirt und tut so, als wolle sie ihm das nächste Bier nicht geben. Die Mamasan war früher Thai-Boxerin und beschwert sich oft über ihren amerikanischen Ehemann, von dem sie gehofft hatte, er würde sie in die USA mitnehmen. Nun liegt er faul am Strand, fängt mittags an zu trinken, und sie muss das Geld verdienen.

»You don't fight?«, fragt die Mamasan. Männer ohne Disziplin kann sie nicht leiden.

»Two weeks«, sagt Mert und hält dabei zwei Finger in die Höhe.

»You drink?«

»Today last day.«

Ab morgen wird Mert keinen Alkohol mehr trinken, so gesund essen und so viel schlafen wie möglich. Heute bestellt er sich noch ein viertes Chang, weil sich die angenehme Dumpfheit, die er sonst nach drei Flaschen Singha spürt, nicht einstellen will.

Durch das Hochwasser in Bangkok sind fünfhundert Menschen umgekommen, doch die »Phuket News« berichtet darüber, dass die Singha-Brauerei keinen Nachschub liefern kann. So unterscheiden sich die Dramen durch die Orte, an denen man ihre Wirkung spürt. Mert prostet der Mamasan zu, hebt sein Glas und sagt »Beer Crisis!«. Die Mamasan sagt »Yes, yes«, schüttelt den Kopf, und ihre dicken Locken folgen mit leichter Verzögerung.

Die Bar füllt sich, Mert läutet die Glocke, »Ring bell – shooters for all«, dann gibt er der Mamasan tausend Baht, die sie mit seinem Bier verrechnen wird. Die Mädchen strömen hinter der Bar hervor und vom Tresen herunter. Sie versuchen die Gäste zum Spielen zu bewegen, zu mehr Alkoholkonsum und später noch dazu, sie mitzunehmen.

Das Manga-Mädchen tanzt auf Mert zu, setzt sich auf seinen Schoß, gibt ihm einen Kuss und lacht. Dann geht sie wieder weg, wie über einen Laufsteg, und kümmert sich um einen echten Kunden. Mert spürt einen kurzen Stich, fast wie Eifersucht. Das Manga-Mädchen legt den Arm um einen konturlosen Mann Ende fünfzig, der ein T-Shirt mit der Aufschrift »No Money. No Honey« trägt. Mert prostet ihm zu.

Mert beobachtet die Männer. Diejenigen, die zum ersten Mal da sind, erkennt er sofort. Sie sind noch nicht vertraut mit den Mechanismen des Handels, tragen eine Mischung aus Überheblichkeit und Scheu im Ausdruck. Diese Männer bewaffnen sich mit Geld, das hier viel mehr wert ist als zu Hause, wirken aber gleichzeitig geschwächt durch die Scham, sich in die Kumpanei der Bedürftigen zu begeben. Viele Männer zeigen sich hier von ihrer schlechtesten Seite. Vielleicht schätzt Mert ihre Gesellschaft deswegen. Er fühlt sich dann nicht mehr so allein.

Mert hat noch nie für Sex bezahlt, auch nicht in den Jahren, als er auf dem Kiez arbeitete und es nahegelegen hätte, zumindest einmal eines der Mädchen zu begleiten, die er fast täglich grüßte. Aber auch wenn die Mädchen am Hans-Albers-Platz freundlich waren und sich unermüdlich anboten, war Mert doch zu eitel. Frauen sollten freiwillig mit ihm schlafen. Sie sollten Lust auf ihn haben. Für Sex zu bezahlen wäre ihm wie eine Niederlage vorgekommen. Damit machte man in Merts Augen vor allem klar, wie tief man seinen eigenen Marktwert einschätzt.

Da Mert sonst keine Frauen kennenlernt, lebt er abstinent. Fast als hätte er sich Sex abgewöhnt. Manchmal erscheint es ihm wie ein verspätetes Treuegelübde. Er war nie treu, und jetzt, wo er es nicht mehr sein muss, ist er es. Es geht dabei nicht um Nadja, sondern um ihn. Er sieht den Mädchen in der Sunshine Bar auf den Hintern, wenn sie tanzen. Manchmal erregt ihn ihre Show, wenn sie ihn direkt anmachen oder ihm ihre Brüste anbieten. Doch die Erregung funktioniert nur, weil er weiß, dass sie wissen, dass bei ihm nichts zu holen ist. Sie tun es freiwillig. Das gibt ihm ein Gefühl von Erhabenheit. Er bleibt sich selbst treu.

Das Manga-Mädchen hat den konturlosen Mann zum Tanzen aufgefordert. Aber dem Freund des Mannes wird langweilig, und er will mitmachen. Also nehmen die beiden Männer das Mädchen in die Mitte, und das ist ihr nicht recht. Sie versucht sich mit einem Kichern aus der Umklammerung zu lösen, dann entzieht sie sich seitwärts und verschanzt sich hinter dem Tresen neben der Mamasan. Die beiden Männer beschweren sich wie verlassene

Liebhaber. Sie versichern sich ihrer Überlegenheit mit Worten, die in ihrer Sprache vermutlich nichts Nettes bedeuten, achten jedoch gleichzeitig darauf, Merts Blick nicht zu kreuzen. Das Manga-Mädchen kann sich hinter ihm und der Bar verstecken.

Mert wird diesen Blick wieder brauchen. Der Australier, gegen den er kämpfen soll, ist halb so alt wie er. Es kommen viele Australier nach Phuket, die meisten zum Feiern, einige zum Trainieren und manche, um Wettkämpfe zu machen. Wenn Australier antreten, ist das Bangla Boxing Stadium gut gefüllt und die Atmosphäre aufgeheizt.

Mert gilt seit seinen ersten Kämpfen als Lokalmatador. Sein Bild wird groß in der Mitte des Plakates abgebildet, nur sein Vorname steht darunter und der Zusatz »German Champion Boxing«. Die Plakate hängen überall in Patong und kleben an den Transportern, die mit Lautsprechern auf dem Dach durch die Gegend fahren, um Werbung zu machen. »See the best of the best«, schreit es aus den Lautsprechern, »see the real champions.« Eine Lüge, wie die Begeisterung der Thai-Mädchen für ihre Kundschaft. Aber eine Lüge, die Mert gefällt.

Mert bestellt sein fünftes Bier. Die Mädchen sind beschäftigt, die Mamasan läuft hin und her. Sie erklärt, dass es kein Singha mehr gibt, und kontrolliert, dass sie nicht übers Ohr gehauen wird. Im Vorbeilaufen stellt sie Mert noch ein sechstes Bier hin. Mert nimmt zwei große Schlucke, dann ist er betrunken genug, um ins Bett zu gehen. Er legt fünfhundert Baht auf den Tresen und bekommt neunhundert zurück. Die Mamasan hat es mit den tausend verrechnet, die Mert vorhin für die Lokalrunde hingelegt hat. Manchmal zahlt er hundert Baht für ein Bier, manchmal hundertfünfzig. Sie hat ihm ihr besonderes Abrechnungssystem nie erklärt, aber Mert zahlt am Ende weniger, als er ihr nach der Preisliste schuldet, also gibt es keinen Grund nachzufragen.

Mert drückt sich vorbei an den Menschen, die vor den großen Tanzshows stehen bleiben. Betrunken sieht es hier sogar ganz unterhaltsam aus. Die Schäbigkeit der Etablissements verschwindet im Schatten der leuchtenden und blinkenden Lichter. So wie die Reeperbahn, die samstagnachts glitzert und sonntags bei Sonnenaufgang einer grauen Müllkippe ähnelt. An der Querstraße stehen Hunderte Mopeds schräg geparkt, die alle gleich aussehen. Merts Motorrad sticht heraus, weil der Lenker höher sitzt. Ali hatte die Honda 250 NX eine Woche nach ihrer Ankunft angeschafft. Er war der Meinung, für knapp hundertfünfzig Kilo Menschenfleisch bräuchten sie ein stärkeres Transportmittel als einen Roller, wie man sie bei den Verleihern bekam. Also kauften sie die Enduro-Maschine. Zuerst saß Mert immer hinten drauf. In den Wochen vor seiner Abreise brachte Ali ihm bei, zu schalten und Gas- und Bremshebel zu bedienen. Sie wechselten sich beim Fahren ab, aber Ali saß nicht gerne hinten.

Die offenen Teile der Maschine sind schon ziemlich angerostet, eine Seitenabdeckung fehlt, aber Mert liebt das Fahren. Er fühlt sich verbunden mit allem, wenn er im T-Shirt auf dem Motorrad dahinrast, den Wind spürt, die Temperatur, den feinen Regen, keine Grenze mehr zwischen ihm und dem Universum.

Wenn er aus Patong zu seinem Apartment rausfährt, kennt er jede Kurve und jedes Loch in der Straße. So schafft Mert es nach sechs Chang-Bier ohne Schlingern nach Hause.

Erst als er das Motorrad aufbockt, muss er seine Bewegungen koordinieren. Der Hund, der vor dem Aufgang zu seiner Wohnung auf der Straße liegt, hebt den Kopf und beobachtet ihn. Offenbar fühlt er sich adoptiert. Mert braucht ein bisschen, um den Schlüssel ins Schloss zu bekommen. Das Schloss ist klein und der Blechschlüssel so abgeschabt, dass der Schlüsselbart nur noch Rundungen zeigt. Der Hund steht neben ihm, sieht, wie er an der Tür rüttelt, um die richtige Position zu finden, in der der Schlüssel greift. Mert will den Hund mit einem Fußtritt verscheuchen, merkt aber gleich, dass seiner Aktion die Entschlossenheit fehlt.

Er zieht die Tür auf, geht leicht schnaufend die kurze Treppe hoch und schiebt die obere Tür auf, die er nie absperrt. In der Wohnung empfängt ihn drückende Hitze. Mert zieht sich aus, öffnet die Fenster, stellt den Ventilator an, hält seinen Kopf unter die Dusche und setzt sich in Unterhose auf seinen Balkon, mit einer letzten Dose Bier, die er noch im Kühlschrank gefunden hat. Er isst eine Tüte M&Ms-Schokonüsse, knetet seinen schwarzen Ball mit der rechten Hand und betrachtet den halbvollen Mond. Ab und zu knattert ein Moped oder ein Tuktuk vorbei, ansonsten ist es nachts ruhig, so weit draußen vor Patong. Der Irrsinn sammelt sich um die Hauptstraße, dort wo die Roller stehen, vor den Restaurants, in denen jeden Tag Tonnen von Fisch gebraten und gegessen werden und jede Woche Tausende neue Gesichter ankommen und wieder verschwinden. Nach einem Abend bei der Mamasan fühlt Mert sich verloren, wenn er an die vielen Menschen, die Fische und die Mopeds denkt. Und dabei sieht er nur dieses Planquadrat, diesen kleinen Ausschnitt der Welt, so klein wie Bahrenfeld, dass Hamburger Viertel, in dem er aufgewachsen ist. Mert fragt sich häufig, wo diese Menschen alle herkommen, wo sie wieder hinfliegen. In Länder, von denen er gehört hat oder auch nicht. Die er mal sehen wollte, aber nie sehen wird. Und wie kann überhaupt noch ein Fisch im Meer schwimmen, wo sie jeden Tag so viele rausziehen?

Nadja hatte ihm erklärt, dass die Erde fast nur von Wasser bedeckt sei, Land gebe es im Verhältnis dazu nur sehr wenig. Da wollte Mert noch die Welt entdecken, in den USA boxen. Aber Nadja meinte, wenn er die Welt kennenlernen wolle, müsse er eigentlich zur See fahren. Seine kluge, merkwürdige Nadja. Als sie ihn später kränken wollte, sagte sie, dass er doch endlich losfahren solle, wohin auch immer, anstatt nur davon zu träumen. Da hatte Mert schon so viele Jahre geglaubt, alles später noch machen zu können, bis sogar später vorbei war.

Mert wird nicht müde, da hilft weder das Bier noch die Brise. Sein Herz schlägt schon schneller, wenn er nur an den nächsten Kampf denkt. Er kennt das schon so lange, diese Aufregung, die in den kommenden Tagen noch zunehmen wird, auch wenn er noch so sehr versucht, sie zu ignorieren. Wie Zahnschmerz, den er ertragen muss, bis er sich schließlich auf den Zahnarzt freut.

Er legt sich ins Bett und nimmt eines der Bücher, die er auf der Straße nach Patong in einem Laden gefunden hat, der liegen gelassene Bücher von Touristen in Folie gewickelt zum halben Preis anbietet. Mert hat dort zwei Bücher gekauft, die Nadja besonders mochte: »Das Parfum« und »Das Hotel New Hampshire«. Sie hatte ihm die Bücher damals zu lesen gegeben, aber Mert konnte sich nie dazu aufraffen. Er hat es immer noch nicht geschafft, hat beide angefangen und wieder weggelegt. Beim Lesen wird ihm langweilig, immer wieder muss er neu ansetzen und wird schnell müde. Er nimmt sich »Das Parfum«, kann sich aber nicht mehr an die Geschichte erinnern. Er beginnt von vorn und schläft schnell ein.

14

Mert hatte sich bei Nadja eingenistet. Er blieb einfach, und sie mochte es. Vor allem mochte sie die Nächte. Wenn Mert schlief, arbeitete etwas in ihm. Nadja konnte es an seinen Bewegungen im Schlaf ablesen, an der Art, wie seine Schultern zuckten. So wie ein Pianist ein Lied im Kopf üben kann, weil ihm die Bewegungen der Finger in die synaptischen Verbindungen übergegangen sind, so übte Mert im Schlaf Kombinationen und Angriffe. Manchmal kontrahierten seine Muskeln schwach, weil sie Signale bekamen. Wenn er besonders wild träumte, dann schlug er eine angedeutete Führhand, wurde allerdings wieder ruhig, wenn Nadja ihm über den Nacken strich oder sich von hinten an ihn schmiegte. Mert schwitzte sein T-Shirt durch und die Bettdecke. Nadja weckte ihn auf, sagte ihm, dass er ein trockenes T-Shirt anziehen solle, was er tat, ohne sich am nächsten Tag daran erinnern zu können. Morgens standen seine Haare wüst ab, weil er sich mit dem Kopf in sein Kissen gebohrt hatte. Er träumte auch ruhiger, brummte im Schlaf, lächelte manchmal. Wenn er eine Erektion bekam und Nadja es bemerkte, fasste sie danach wie nach einem Zepter.

Nadja fragte sich, was Mert wohl erlebte, wenn er schlief. Es schien so viel zu passieren, während er im wachen Zustand nicht durchblicken ließ, was ihn beschäftigte. Weil er es vermutlich selbst nicht wusste. Wenn Mert schlief, schien ein anderer Mensch neben Nadja zu liegen, eingeschlossen in seinen Träumen.

Bei den Männern, mit denen sie vor Mert zusammen gewesen war, hatte Nadja darunter gelitten, dass sie häufig nachts wach wurde und nicht mehr einschlafen konnte. Wenn sie aufstand und in der Küche ein Buch las, hörte sie kurz darauf Holger barfuß nach ihr suchen. Sie musste sich einfühlsame Fragen nach ihrem Innenleben stellen lassen. Irgendwann kam sie wieder mit ins Bett, gab Holger das Gefühl, ihre Probleme gelöst zu haben, und lag dann die halbe Nacht wach. Sie durfte sich nicht mehr rühren, ohne Gefahr zu laufen, noch mehr von dem erklären zu müssen, was sie nicht erklären konnte.

Wenn Mert schlief, konnte sie im Schlafzimmer das Licht anmachen, lesen oder direkt neben ihm den Staubsauger anwerfen. Mert schlief weiter, zuckte, brummte, manchmal sprach er unverständlich.

Nadja stellte sich vor, wie er Kämpfe bestritt, keine Boxkämpfe, sondern Schlachten mit dem Breitschwert, wie in »Braveheart«. Sie betrachtete seinen Rücken, der breit neben ihr aufragte, und fragte sich, ob Mert einfach in der falschen Zeit zur Welt gekommen war. Sie konnte sich ihn nicht an einer Computertastatur vorstellen. Diese ganze Kraft, die in einem Büro verschwendet wäre und auch sonst nirgends nützlich war, außer in den wenigen Jobs, die für Männer wie ihn noch existierten. Türsteher, Boxer, er hätte auch Menschen in einer Zirkusmanege herumwirbeln oder Tänzer werden können. Er gehörte einer aussterbenden Art an, und wenn er so neben ihr lag und sich irgendwohin träumte, wo seine Fähigkeiten nützlich waren, dann hatte Nadja das Bedürfnis, ihn zu beschützen.

Mert war ein Krieger in einer Welt, die für Krieger keine Verwendung mehr hatte. Er gehörte auf ein Pferd, ein Fell über die Schultern. Er hätte tagelang reiten können. Er sollte jagen, erlegen, er war nicht dafür ausgelegt, hundert Jahre alt zu werden und im Schaukelstuhl zu sterben. Seine Eleganz und Klugheit waren körperlich. Er fasste Nadja nie falsch an, er machte keine ungeschickten Bewegungen. Hunde und Katzen rollten sich zu seinen Füßen ein, sie suchten die Nähe seiner Kraft und Geschmeidigkeit. Was hätte man mit seinem Talent, seiner Energie und seinem Mut in anderen Zeiten alles anfangen können?

Noch Anfang des 19. Jahrhunderts, als Boxkämpfe keine Rundenbegrenzung kannten, hätte Mert durch die Städte reisen und die Stärksten herausfordern können. Keiner hätte es länger im Ring ausgehalten als er. Doch irgendwann wurde eine maximale Kampfdauer festgelegt und später die Punktwertung, die es möglich machte, dass ein schwächerer Kämpfer siegreich war, weil er sich geschickter verhielt. So als würde nach einem Fußballspiel, das ohne Tore endet, die Mannschaft zum Sieger erklärt, die technisch besser gespielt hat. Kein Wunder, dass Mert Mike Tyson bewunderte, der es selten den Punktrichtern überlassen hatte, ein Urteil über ihn zu fällen. Die Zivilisation arbeitete gegen Mert. Regeln, Schutz, Sicherheit. All das, was vielen diente, war für ihn hinderlich. Er ragte aus einer anderen Zeit ins Heute.

Wenn sie nachts neben ihm lag, stellte Nadja sich vor, dass Mert von einer Welt wie vor fünfhundert Jahren träumte. Eine Welt, in der ein Mann wie er König sein konnte. Und sie fragte sich, ob Mert deswegen so tief schlief, weil er lieber in dieser anderen Welt blieb.

Nadja weckte Mert erst, wenn sie zur Arbeit ging, versuchte aber möglichst früh nach Hause zu kommen. Sie schliefen miteinander, Nadja kochte, sie aßen, sie redeten. Nadjas Wohnung wurde ihr Lebensraum. Sie gingen nur raus, wenn es sich nicht vermeiden ließ, sie zur Arbeit, er zum Training und zu seiner Schicht im Hans-Albers-Eck, einer Kneipe auf St. Pauli. Sie teilten die diebische Freude, ohne Kontrolle der Eltern ein eigenes Leben zu führen, eines, in dem man nachts um drei vor dem Fernseher Pfannkuchen mit Nutella essen konnte, in dem man nackt in der Wohnung herumlief, einfach weil es ging. In dem man am Wochenende bis mittags im Bett liegen blieb oder auf der Fensterbank saß, ohne ermahnt zu werden. Nadja liebte das Lied »Breakfast at Tiffany's«, also hörten sie es hundert Mal und mehr. Wenn es zu Ende gelaufen war, drückte einer der beiden es wieder auf Anfang, und sie tanzten dazu, im Wohnzimmer, in der Küche, im Bad. Nadja fühlte sich privilegiert, den harten Mert, die Killermaschine des BC Einigkeit, nackt in Badelatschen tanzen zu sehen, während er »I say what about Breakfast at Tiffany's, she said I think I remember the film« sang, wobei sich das Ganze ein bisschen nach einem Taubstummen anhörte, da er die englische Sprache nicht verstand. Doch mit Mert gab es nichts, was unangenehm oder peinlich war. Mert wiederum fühlte sich, als habe er ein Stück vom Glück abgebissen und müsste schwer daran kauen.

Freitag und Samstag arbeitete Mert nachts als Türsteher. Nadja hatte ihm einen Schlüssel gegeben, damit er sie nicht wecken musste, wenn er im Morgengrauen nach Hause kam. Manchmal wachte sie trotzdem auf, und sie redeten.

Mert blieb auch bei ihr, als Nadja mit einer Pille im Bauch nach Hause kam, die den Embryo abtöten würde, den sie in sich trug. Mert blieb drei Tage und Nächte, ließ sein Training ausfallen und sagte seine Schicht im Hans-Albers-Eck ab, weil es ihr schlecht ging. Er nahm sie in den Arm, nachdem sie von der Toilette zurückkam, wo sie etwas losgeworden war, was ein Teil von ihnen hätte werden können. Er brachte ihr Wasser, wenn sie durstig war, und versuchte sogar, für sie zu kochen. Er fragte, ob sie Gewissensbisse habe, aber Nadja antwortete nur: »Ein Leben beginnt nicht mit der Zeugung, genauso wenig wie es mit dem Tod endet.«

Mert servierte ihr zerkochte Nudeln mit einer gewürzten Tomatensoße, die er aus der Dose in die Pfanne geschüttet hatte. Es schmeckte schauderhaft. Über so viel Unvermögen musste Nadja lachen. Zum ersten Mal seit Tagen.

»Mein Leben hat erst angefangen, seit wir uns kennen«, sagte Mert, während er in den Nudeln herumstocherte, die er selbst kaum essen konnte. Je länger er über diesen Satz nachdachte, umso klarer wurde ihm, dass er die Wahrheit gesagt hatte, dass diese Worte nicht zu Nadjas Trost gedacht waren.

Nadja räumte ihm Fächer in ihrem Schrank frei. Mert brachte nicht viel mit: Unterwäsche, Sportsachen, Jeans, eine dicke Jacke, eine dünne Jacke und zwei Big-Jim-Figuren, kleine Muskelmänner aus Plastik, bei denen sich der Bizeps spannte, wenn man den Gummiarm abknickte. Eine Mechanik im Rücken ließ ihre Arme nach vorne schnellen. Es gab Cowboy-Big-Jims, Soldaten-Big-Jims, Piraten-Big-Jims, aber Mert besaß zwei Boxer-Big-Jims. Als Kind hatte er tagelang mit ihnen gespielt. Wegen seiner Liebe zu diesen Figuren war Mert überhaupt so begeistert von der Idee gewesen, zum Boxen zu gehen.

Wenn Nadja ihn dabei beobachtete, wie er seinen rechten Arm abknickte, um die Spannung seines Bizeps zu begutachten, nannte sie ihn »Big Jim«, und Mert ließ ertappt den Arm sinken.

15

Mert ist aufgewacht. Er geht in die Küche, bringt Wasser zum Kochen und gießt es über eine Portion Nescafé, die er zuvor in die Tasse gestreut hat, die noch vom Vortag in der Spüle steht. Dann nimmt er sich seinen schwarzen Knetball, geht raus auf den Balkon, lehnt sich über das Geländer, pustet in die Tasse und blinzelt in die Sonne. Das Meer hat sich heute besonders weit zurückgezogen. Als der Tsunami sich damals anbahnte, waren die Tiere ins Landesinnere geflohen, ganz von selbst. Sie hatten ein Signal empfangen, dass es klüger wäre, sich in Sicherheit zu bringen. Nur die Menschen hatten nichts gemerkt. Auch damals hatte sich das Meer besonders weit zurückgezogen. Allerdings nicht an der Stelle, an der das Haus steht, in dem Mert wohnt, sonst wäre es jetzt nicht mehr da. Hier ist nichts für die Ewigkeit gebaut.

Mert geht wieder rein, macht seine Liegestütze und seine Bauchaufzüge vor dem Ventilator. Er zieht sich ein frisches T-Shirt, seine Sporthose und Socken an, geht die Treppe runter und schlüpft unten in seine Laufschuhe, in deren Profil noch der Sand steckt, den er nicht mit in die Wohnung tragen will. Er möchte der Alten, die bei ihm putzt, nicht unnötig Grund zum Meckern geben. Dann geht er über die Straße an den Strand und trabt los. Er sucht sich eine Bahn, wo der Sand nicht mehr matschig ist, aber noch nicht so trocken, dass er zu tief einsinkt. Es ist anstrengend, im Sand zu laufen. Obwohl Mert sich seit Jahren fast jeden Tag schindet, sucht er innerhalb dieser Quälerei nach kleinen Erleichterungen, mit denen er sich selbst ein bisschen Großzügigkeit gönnt.

Früher hatte er auch stets den Aufzug genommen, anstatt Treppen zu laufen.

»Wieso gehst du nie Treppen?«, wollte Nadja wissen, als er sogar im Ärztehaus, in dem sie gemeinsam bei ihrer Frauenärztin waren, den Fahrstuhlknopf drückte, obwohl die Praxis im 2. Stock lag.

»Zu faul.«

»Das ist nicht logisch, das ist dir klar, oder?«, war Nadjas Kommentar.

»Total logisch. Ich ackere doch sonst genug, da darf ich die Treppen auslassen.«

So läuft er jetzt also auf dem Stück Strand, das am härtesten ist, und motiviert sich mit dem Gedanken, dass jeder Schritt abgefedert wird, sein Gewicht nicht voll auf die Fuß- und Kniegelenke durchschlägt, wenn er sich abgestoßen hat und wieder landet. Er korrigiert seine Rückenhaltung. Mert neigt dazu, seinen Oberkörper nach vorne zu lehnen, so als würde er leichter laufen, wenn er sich halb nach vorne fallen lässt. Ali hatte ihn darauf aufmerksam gemacht, wenn sie gemeinsam liefen. Seitdem korrigiert Mert seine Haltung alle paar Minuten und versucht möglichst aufrecht zu laufen, was ihm spätere Rückenschmerzen erspart.

Er läuft und denkt nach, immer weiter, und irgendwann hat er den Kopf frei. Er sieht dem Hund nach, der voransprintet und sich wieder zurückfallen lässt, nur um erneut loszupreschen, einen Geruch zu entdecken, sich daran festzuschnuppern, sich zurückfallen zu lassen und wieder aufzuschließen. Mert läuft und denkt an nichts. Oder nur daran, dass er, wenn er den Lauf hinter sich gebracht hat, die Pflicht für heute schon erledigt hat. Dass er sich noch einen Kaffee machen oder sich noch mal hinlegen kann. Zur Massage will er heute nicht, die ist erst morgen wieder dran. Aber er könnte sich ein paar neue Filme besorgen oder mal wieder die »Phuket News« lesen, um seine Englischkenntnisse zu testen. Er legt noch ein bisschen Tempo zu. Je schneller er läuft und je härter er sich schindet, umso entspannter kann er den restlichen Tag verstreichen lassen.

Er sprintet etwa hundert Meter am Strand entlang und wird dann wieder langsamer, um seinen Puls und seinen Atem zu beruhigen. Sobald er gleichmäßig tief Luft einsaugen kann und sein Herz normal schlägt, geht er erneut in einen Sprint über, noch ein wenig schneller und ein paar Meter weiter als der letzte. Die Touristen, die am Strand liegen, sehen ihm nach. Sie wundern sich, warum sich einer am Strand quält, wo doch alle Welt hier Entspannung sucht. Mert ist es egal, er sieht diese Menschen nie wieder. Er erreicht den ersten Felsen, der trotz Ebbe weit ins Wasser hineinragt. Er läuft bis zum Aufstieg, den er mit großen Schritten nimmt. Er muss sich mit den Händen abstützen und hochziehen, um am steilsten Stück hinaufzuklettern. Der Hund nimmt immer einen anderen Weg, er biegt hundert Meter früher ab und erwartet Mert oben. Dort angekommen, läuft Mert fünfzig Meter, um auf der anderen Seite wieder hinabzusteigen. Das zweite Stück des Strandes, das er nun entlangläuft, ist leerer, weil die wenigsten Touristen sich die Mühe machen, mit ihren Strandsachen hierherzukommen. Diejenigen, die hier liegen, schauen ihm dafür umso konsternierter hinterher, so als würde er durch ihren Vorgarten laufen. Mert läuft weiter zum zweiten Felsen, der weniger steil aufragt als der erste. Zwei Zwischensprints legt er ein. Das ist der Takt, den er hinbekommt, zwischen Beschleunigung und aktiver Erholung, bevor er den zweiten Felsen erreicht, den er etappenweise hochhüpfen kann. Der Anstieg ist steil, aber nicht so steil, dass er seine Hände zum Festhalten bräuchte. Auf der anderen Seite des Felsens zieht sich das nächste Strandstück endlos dahin. Die Strecke bis zum zweiten Felsen ist für Mert jedes Mal das Minimum, ab da darf er umdrehen. Heute läuft er noch einen halben Kilometer weiter und macht einen Zwischensprint. Dann erteilt er sich selbst die Erlaubnis, wieder zurückzulaufen.

Auf dem Rückweg trabt er nur noch locker. Er kann die Menschen am Strand beobachten, die sich dort kleine Forts bauen, aus Schirmen und Liegestühlen und Tragetaschen und kleinen Tischen, auf denen sich Zigarettenschachteln und Drinks befinden.

Vor ein paar Wochen hatte er hier eine Deutsche kennengelernt, Sabine. Als er zum zweiten Mal an ihr vorbeilief, winkte sie ihm zu. Sie lächelte nett, und Mert blieb stehen. Es waren ohnehin nur noch wenige Meter bis zu seiner Wohnung.

Sabine war etwa vierzig Jahre alt, sehr klein, durchtrainiert und freundlich. Der erste Mensch, mit dem Mert ein paar vernünftige Sätze wechselte, seit Ali abgereist war.

»Was machst du denn hier?«, hatte sie gefragt.

»Laufen.«

»Das sehe ich. Aber machst du Urlaub?«

»Nein, ich lebe hier.«

Sabine war alleine in Urlaub gefahren und langweilte sich in der Hütte, die sie günstig gebucht hatte. Abends besuchte sie Mert. Die beiden saßen auf dem Balkon. Sie trank Bier, er Wasser.

»Wettkampfvorbereitung«, hatte Mert fast entschuldigend gesagt. Er hoffte, dass dies auch als Erklärung genügte, warum er nicht an mehr interessiert war als an einem Gespräch.

Sabine erzählte ihm, dass sie sich vor einem Jahr von ihrem Mann getrennt hatte, der nun seine neue Freundin, die vierzehn Jahre jünger war, umgehend geschwängert hatte.

»Ich darf mich gar nicht beschweren«, erklärte Sabine nach dem vierten Bier. »Ich wollte nicht mehr mit ihm zusammen sein, aber nun sehe ich plötzlich aus wie die Verliererin. Das nehme ich ihm übel.«

»Wolltest du denn ein Kind mit ihm?«

»Nein, auf keinen Fall, so ein Loser. Ich bin froh, dass ich den los bin. Aber als Frau in meinem Alter ohne Kind, da gucken dich die Freundinnen ohnehin schon mitleidig an. Und dann auch noch ohne Mann.«

Mert fand es angenehm, sich zu unterhalten. Sabine war schön, wenn auch etwas hart im Ausdruck. Doch mit der Zeit wurde ihm das Gespräch zu intim. Er gähnte, streckte sich, entschuldigte seine Müdigkeit. Sabine ging ganz selbstständlich hinein, öffnete den Kühlschrank und holte sich ein Bier. Sie setzte sich wieder, wobei sie mit der Hand im Vorbeigehen über Merts Schultern strich.

»Du bist mehr so der geheimnisvolle Typ, oder?«, sagte sie. »So einer mit Tiefe, der aber nicht gerne Worte darüber verliert.« Sie nahm noch einen Schluck. »Wie ein Schamane. In Verbindung mit den Geistern und der Erde.« Sie lauschte ihren eigenen Worten hinterher.

Mert gähnte noch mal. »Keine Ahnung«, sagte er.

»Oder wie ein alter Samurai, der andere Bewusstseinsebenen erreicht. So wirkst du auf mich. Bestimmt auch auf andere«, sagte sie und versuchte vielsagend zu lächeln. Mert wurde klar, dass Sabine sich für ihn interessierte und etwas sagen wollte, das wiederum sein Interesse entfachen würde. Aber das, was sie sagte, erinnerte ihn vor allem daran, dass es jemanden gab, der ihn besser kannte. Also erklärte er ihr, dass er früh schlafen müsse, um fit zu sein. »Wettkampfvorbereitung.«

Sabine saß in der ersten Reihe, als Mert gegen Wout van Melick verlor, einen Holländer, der ihn so übel verprügelte, dass sein Trainer Nok dazwischengehen musste. Mert hatte sich in der zweiten Runde den rechten Fuß verstaucht und konnte kaum noch auftreten, geschweige denn ausweichen und zurückschlagen. Er stand in der Ecke und nahm Treffer, als würde seine Seele sich weigern, zu Boden zu gehen. Sein Verstand war bereits ausgeschaltet.

Mert hatte Sabine nichts von dem Wettkampf erzählt, aber sein Gesicht war auf den Plakaten zu sehen, die überall in Patong hingen und herumgefahren wurden. Nach dem Kampf suchte Mert sie vergeblich im Stadion. Sie stand auch nicht draußen am Kassenhäuschen, wie er erwartet hatte. Er sah Sabine nicht wieder, auch nicht am Strand, vermutlich war sie abgereist. Oder sie war erschrocken, als sie mitansehen musste, mit welcher Gleichgültigkeit Mert die Tritte und Schläge hingenommen hatte. Immerhin hatte er nicht aufgegeben. Er gab nie auf.

16

Mert unterlag Felix auch bei der Hamburger Meisterschaft zwei Jahre später. Er war ins Schwergewicht aufgestiegen und konnte einige Siege verbuchen, aber sobald er an die wirklich großen Kerle aus dem Osten geriet, wurde er ausgepunktet. Also hungerte er sich erneut ins Halbschwergewicht runter, wo er wieder an Felix geriet.

Felix siegte bei ihrem zweiten Kampf mit 52 : 40 Punkten. Das Ergebnis spiegelte den Kampfverlauf jedoch kaum wider. Mert hatte in zwei Jahren einiges dazugelernt.

In der Pause zur zweiten Runde hockte Felix in der Ringecke, eineinhalb Meter von Nadja entfernt, und atmete tief. Gersch hatte ihm den Mundschutz herausgenommen, den Kopfschutz gerichtet, ihm einen Schluck Wasser gegeben und sagte: »Der taucht immer unter deiner Führhand ab, um dich dann zu attackieren. Schlag mal den rechten Aufwärtshaken direkt hinterher, davon erholt er sich nicht.«

Nadja hörte, was in Felix' Ecke gesprochen wurde, fixierte dabei aber Mert in seiner Ecke, während sie nebenbei ihre Schwägerin Angelika mit Floskeln abfertigte.

Der Zeitnehmer schlug den Gong, und beide Boxer näherten sich schnell in der Mitte. Mert kam eine Fußlänge früher an. Er wirkte so, als habe er Spaß an der Sache. Die zweite Runde begann, wie die erste geendet hatte. Felix traf häufig und präzise, weil Mert langsamer schlug und gleichzeitig selbst offen war. Nach einer Minute fühlte Felix sich sicher genug, um der Anweisung seines Trainers zu folgen.

Als Mert wieder auf ihn losging und sich unter der Führhand wegducken wollte, schlug Felix einen rechten Aufwärtshaken hinterher, der präzise an Merts Kinnspitze einschlug. Felix konnte die Perfektion des Schlages im eigenen Körper spüren. Der Bewegungsablauf gelang optimal. Er hatte sein Gewicht aus dem Fußballen über die Hüftdrehung bis in den angewinkelten Arm beschleunigt und genau im richtigen Moment über den zweiten Knöchel der rechten Faust alle Energie an Merts Kinn entladen. Felix bremste seine folgende linke Gerade in der Annahme, Mert würde fallen. Doch Mert ruckte seinen Kopf nach links, wie um zuzugeben, dass dieser Schlag ihm wehgetan hatte, dann lächelte er und folgte Felix weiter.

Gegen Ende der zweiten Runde konnte Mert Felix in die Ecke drängen und so mit Schlägen eindecken, dass dieser mit seinem Knie auf den Boden knickte, um anzuzeigen, dass er angezählt werden wollte. Danach lief Felix weg, schlug nur noch einzelne lange Führhände und ein paar Aufwärtshaken, um Mert auf Distanz zu halten. Einer dieser Aufwärtshaken brachte Mert ins Wanken, aber Felix machte kaum noch Punkte, während Mert gegen die ablaufende Zeit anschlug. Es reichte trotzdem nicht.

Gersch versuchte Mert mit dem Hinweis zu trösten, dass Felix bei der norddeutschen Meisterschaft ohnehin die besseren Chancen haben würde. »Da kommen die Jungs aus dem Leistungszentrum Schwerin, die sind dir einfach über.« Es dauerte lange, bis Mert danach wieder eine Anweisung von Gersch entgegennahm.

Zu Beginn der nächsten Saison stieg Mert wieder ins Schwergewicht auf, boxte Freundschaftstreffen, Ländervergleiche, Pokale und Galas. Selten waren mehr als hundert Zuschauer anwesend. Beim Chemie-Pokal wurde er in der ersten Runde von einem knapp zwei Meter großen Jungen aus Leipzig ausgepunktet, der erst seinen zehnten Kampf machte.

»Was möchtest du später eigentlich mal werden?«, fragte Nadja eines Nachts, während sie versuchte, Merts Locken zu sortieren. Sie hatte sich auf seinen Brustkorb geschoben, der im Liegen so hoch stand, dass sie sich zusätzlich mit dem Ellbogen abstützen musste.

»Wann später?«

»In einem Jahr, in zehn Jahren?«

»Kein Plan.«

»Aber du kannst doch nicht ewig boxen.«

Mert blickte sie verständnislos an.

»Wie alt möchtest du eigentlich werden?«, fragte Nadja.

»So hundert Jahre.«

»O Gott, was willst du denn so lange machen?«

»Boxen, andere Länder sehen. Ich will noch sehen, wie Autos fliegen.«

»Aber du wirst alt sein.«

»Na und?«

»Erscheint dir das nicht anstrengend, immer so weiterzumachen, sich jeden Tag abzukämpfen?«

»Ich kann nichts anderes. Das ist das Einzige, in dem ich gut bin.«

»Wie lange denn? Du musst doch irgendwann einen richtigen Beruf haben. Du kannst doch nicht ewig boxen und an der Tür stehen. Macht dir das keine Angst? Die Zukunft?«

»Nein.«

»Du hast keine Angst?«

»Nein.«

Nadja setzte sich auf und zog die Bettdecke über ihre Brüste, woraufhin Mert fast nackt dalag.

»Vor nichts?«

»Nein.«

»Aber vor Kämpfen musst du doch Angst haben.«

»Das ist keine Angst.«

»Was dann?«

»Da bin ich aufgeregt, das ist gut, das hilft mir beim Training, das feuert mich an. Das lässt mich weiterlaufen, das macht mich wach und schnell. Vor was hast du denn Angst?«

»Wer hat gesagt, dass ich Angst habe?«

»Du.«

»Ich habe nur gefragt, ob du Angst hast.«

»Du hast keine Angst?«

»Natürlich habe ich Angst.«

»Vor was?«

»Vor allem. Und vor nichts.«

»Aber man hat doch nur Angst vor schlimmen Sachen, oder?«

»Ich habe Angst, dass meiner Mutter was passiert, oder Felix. Oder dir, wenn du zur Tür rausgehst. Manchmal habe ich Angst davor, Angst zu haben. Und manchmal habe ich einfach nur Angst, und die sucht sich dann einen Grund.«

Das Gespräch war in einen Bereich geglitten, in dem Mert die Gedanken ausgingen. Was er empfand, war zu undeutlich, um es in einen Satz zu packen. Er fühlte sich wie in der Schule, wenn er aufgerufen wurde, um eine Mathematikaufgabe vor der Klasse zu lösen, und irgendwas hinschrieb, weil die Situation es verlangte, ohne die leiseste Ahnung, was er da an die Tafel kritzelte. Er zog Nadja mit der Decke zu sich.

»Aber dagegen musst du doch was tun, gegen die Angst.«

»Die wird erst verschwinden, wenn ich nicht mehr da bin«, sagte sie.

»Dann hast du aber noch ein paar schreckliche Jahre vor dir.«

»Das kann ich mir immer noch überlegen.«

»Was überlegen?«

»Ob ich die Uhr vollmache oder mich früher zum Sterben hinlege.«

»Auch keine Lösung.«

»So sicher bin ich mir da nicht.«

»Sich umbringen? Nein, dann verpasst man ja alles.«

Nadja lachte. Besonders fröhlich wirkte sie dabei nicht. Mert wurde unruhig.

»Keine Sorge, ich denke, das kann man immer noch machen«, sagte sie.

»Wie würdest du es denn machen?«

»So schwer ist das nicht. Zehn Milligramm Pentobarbital, eine kleine Dosis Embutramid. Du schläfst ein und wachst nicht mehr auf. Keine Angst mehr.«

»Wenn ich mal abtrete, dann mit einem Knall!«

»Was für ein Knall?«

»Was Großes. Zumindest springe ich von einem Wolkenkratzer in New York, um zu wissen, wie das ist.«

»Dann knallst du unten auf dem Boden auf einen glücklichen Menschen, der gerade auf dem Weg zur Arbeit ist oder nach Hause zu seinen Kindern, und bringst ihn mit um.«

»Stimmt. Vielleicht keine gute Idee.«

»Ich will verschwinden, ohne dass es jemand mitbekommt, das würde mir genügen.«

»Ich würde es mitbekommen. Felix auch. Und es würde uns nicht gefallen.«

»Stimmt.« Nadja versuchte ein Lächeln.

Doch nun war Mert verstört.

»Hast du denn was vor?«

»Nein«, sagte Nadja, »wenn ich was vorhätte, würde ich es dir bestimmt nicht vorher erzählen.«

»Das soll mich beruhigen?«

»Es war eine theoretische Frage. Nein, keine Sorge. Es ging nur um die Angst. Und dass ich nicht glaube, dass die weggeht.«

Mert drückte sich tiefer ins Kissen, damit Nadjas Kopf auf seiner Schulter liegen konnte, ohne dass sie den Nacken verdrehen musste. Er strich ihr übers Ohr, durch die Haare.

»Tut mir leid«, sagte er schließlich.

»Warum?«

»Du kannst doch nicht immer Angst haben.«

»Das kann man sich doch nicht aussuchen. Was soll man gegen Angst schon unternehmen?«

»Reingehen, in die Angst.«

»Wie ein Boxer?«

»Ja, wie ein Boxer.«

»Das hab ich schon öfter gehört.«

17

Mert setzt sich auf sein Motorrad und fährt zum Training. Noks Gym liegt keine zehn Minuten von seiner Wohnung entfernt, an der Zufahrtsstraße nach Patong. Vor dem Ring baumelt eine Reihe von Sandsäcken an einer Stahlstange. Die Säcke sind länger als die zu Hause in Hamburg. Sie reichen bis zum Boden, um Kicks zu üben. Dazu gibt es ein paar Hantelstangen, Gewichte, Springseile. Neben dem Ring liegt eine dünne Weichbodenmatte vor einem großen Spiegel, vor dem die Kämpfer schattenboxen oder ihren Muskeltonus begutachten.

Über dem Spiegel hängt ein Poster, das Nok als jungen Landesmeister zeigt, mit einem Blumenkranz um die Schultern und einem funkelnden Gürtel um die Hüften. Urkunden und Zeitungsausschnitte zieren die Rückwand seines Büros.

Die ganze Anlage ist mit einem riesigen Blechdach auf vier Stelzen vor den täglichen Regengüssen geschützt. Wenn der Regen allerdings seitlich reinpeitscht, kann es passieren, dass man beim Training ausrutscht.

Vor ein paar Tagen war Nok ins »Tiger Gym« nach Chalong gefahren, unter dem Vorwand, einen alten Kampfkollegen zu besuchen. Nok hatte den jungen Australier beobachtet und Mert anschließend vorgeführt, wie dieser boxt und tritt. Groß und schnell scheint er zu sein. Viele Kicks, wenig Schläge. Stark, aber unkontrolliert. Mert wird in den ersten Runden nicht viel tun, um seinen Gegner dadurch zu noch mehr Aktivität zu verleiten. Junge Kämpfer pumpen sich häufig schnell aus. Dann wird Mert seine Lücken suchen. Über die Jahre hat Mert an Geschwindigkeit und Dynamik verloren, aber er kann sich die Kampfdistanz gut einteilen und macht keine unnötigen Bewegungen mehr. Und selbst an einem schlechten Abend kann er noch hauen wie ein Pferd.

Die Buchmacher lieben Mert, weil es zu Beginn seiner Kämpfe so aussieht, als würde er verlieren. Nach einem Sieg stecken sie ihm ein paar Hundert Baht in den Hosenbund, was Mert an die Mädchen in der Sunshine Bar erinnert. Wenn er verliert, tätscheln die Buchmacher ihm die Schulter.

Mert braucht mehr Erholungszeit, um sich am Kampfabend frisch zu fühlen. Anstatt jeden Tag zu laufen, geht er manchmal schwimmen. Er schwimmt so weit hinaus, bis er unter Wasser seinen Schweiß spürt, bis er nach Luft japst und seine Schultern brennen. Dann wendet er und schwimmt zurück.

Er kann seine Gegner nicht mehr überrennen, muss mit Erfahrung und Auge arbeiten. Im Training beschränkt er sich auf die Abläufe, die ihm liegen. Nok hat es aufgegeben, seinem Schützling noch etwas beibringen zu wollen. Mert verlässt sich auf seine überlegene Schlagtechnik und die wenigen Tritte, die er intuitiv und schnell beherrscht. Er macht keine Drehkicks, weil er dabei die Balance verliert. Also trainiert Nok keine komplizierten Kicks mehr mit ihm. Mert tritt nicht gerne zum Kopf, das dauert ihm zu lange, weshalb Nok ihm bei Kicks die Pratze nicht höher als bis zur Hüfte hält. Am Sandsack hat Mert seine Arbeit umgestellt. Er tritt einmal lang zum Solarplexus, dann geht er an den Sack und schlägt Aufwärts- und Seitwärtshaken.

Nok wollte Mert auch den rituellen Tanz beibringen, den die Thai-Boxer vor ihrem Kampf im Ring aufführen. Aber Mert hatte sich überraschend ungeschickt angestellt und zudem das Gefühl, etwas zu simulieren, was ihm nicht zustand. Ich komme aus Hamburg, dachte er, was soll ich hier zu Flötenmusik tanzen? Wäre ja auch komisch, wenn ein Thai plötzlich in Seemannskluft in der Oberhafenkantine die Gäste mit »Moin Moin« begrüßt.

Nachdem Nok und Mert bei diesen Versuchen mehr lachen mussten, als die Abfolge zu üben, begruben sie das Vorhaben, aus Mert einen richtigen Thai-Boxer zu machen. Seitdem führt Mert vor seinen Kämpfen nur noch die Minimalbewegungen auf traditionelle Weise in alle vier Richtungen des Rings aus und überlässt seinem Gegner die Show.

Eine Trainingseinheit dauert knapp zwei Stunden. Mert springt Seil, macht sich locker und arbeitet mit Nok an den Pratzen. Nok sieht aus wie eine Figur aus einem Videospiel, wenn er seinen roten Brustschutz trägt, der die Kicks zum Bauch abfängt, und mit den großen blauen Polstern an den Händen, in die Mert schlägt und tritt.

Manchmal zieht Nok die Pratzen aus und macht ein oder zwei Runden Sparring mit Mert, weil es sonst niemanden im Gym gibt, der Mert fordern könnte. Nok ist fast so groß wie Mert, aber fünfzehn Kilo leichter, jünger und schneller mit den Beinen. Sein letzter Kampf liegt sechs Jahre zurück. Aber jedes Mal, wenn er mit Mert in den Ring steigt, geht Nok zur Sache, als sei er selbst nicht restlos von seinem Ruhestand überzeugt.

Mert und Nok mögen sich, auch wenn Nok oft den Kopf schüttelt oder aufjault, weil Mert einen Kick falsch ausführt. Oder wenn Mert sich lustig macht, weil Nok einen Schlag ohne Deckung nimmt. Mit dem Boxen haben die beiden Männer ein gemeinsames Thema und eine gemeinsame Sprache. Mittlerweile kennen sie sich gut.

Nach dem Training wartet Mert, bis er zu schwitzen aufhört. Dann zieht er sich um und setzt sich auf sein Motorrad. Er fährt an Patong vorbei, nimmt die Umgehungsstraße und biegt rechts in Richtung Phuket ab. Kurz vor dem Flughafen liegt Nai Yang, ein verschlafenes Nest, das aus einigen großen Hotelanlagen und einer Strandpromenade besteht. Ein Naturschutzgebiet trennt den Flughafen vom Ort. Die Hotels haben mindestens vier Sterne, abseits vom Straßenlärm liegen sie im Grünen. Hier steigen die Urlauber ab, die nach Phuket reisen, weil sie es schön finden. Kein Sex-Tourismus, keine Technomusik in den Bars, stattdessen Billard und Evergreens aus den vergangenen dreißig Jahren, ein endloser »Summer of '69«.

Neben sieben Bars gibt es zehn Massagesalons und sechs Restaurants direkt am Strand, zwei davon machen sich die Mühe, Tischdecken aufzulegen.

Mert tuckert die Strandpromenade hoch und runter, sieht sich in Ruhe um. Er fährt so langsam, dass er genauso gut gehen könnte. Aber nach dem Training ist er zu träge, um die Maschine abzustellen.

Bei Nok trainieren seit Kurzem ein paar Thai-Boxer aus Nai Yang, weil ihr Gym zugemacht hat. Mert fragt sich, ob er Nok hintergehen würde, wenn er selbst ein Gym in Nai Yang eröffnet. Andererseits könnten sie sich dann auf einer anderen Ebene messen, ihre Schüler aufeinander losgehen lassen. Auch eine Form von Unterhaltung.

Mert mag diesen Ort. Grün, ruhig, fröhliche Menschen auf der Straße. Ein paar der Häuser an der Strandpromenade sind um riesige Bäume herum gebaut. Die Stämme bilden das Zentrum der Wohnung, stehen mitten in der Küche oder im Wohnzimmer. Die Baumkronen ragen aus dem Dach und werfen Schatten über die Straße bis an den Strand. Die Einwohner von Nai Yang glauben, dass Geister in den alten Bäumen leben. Auf dem Rest der Insel sind die Menschen weniger abergläubig. Mert könnte das Gym übernehmen und dazu in einem der Hotels als Fitnesstrainer arbeiten. Er spricht Deutsch, und sein Englisch wird besser. Er könnte eines der Häuser am Strand kaufen, mit einem Baum, der durchs Wohnzimmer wächst. Was ist schon dabei, älter zu werden, wenn man einen zweihundert Jahre alten Mitbewohner hat?

18

Nadja und Mert nahmen sich Ausflüge vor, um gelegentlich aus ihrer Höhle rauszukommen, wie Nadja die Wohnung nannte. Sie gingen ins Kino, auf Konzerte. Nadja kannte Hamburg kaum, abgesehen von ihrem Weg zur Arbeit, also überraschte Mert sie mit einer Hafenrundfahrt und kümmerte sich um Karten für die Silvesterparty im Madhouse. Nadja schleppte Mert auf eine Lesung von John Irving, der aus »Zirkuskind« vorlas, auf Englisch, was Nadja besser verstand als Mert, aber auch nicht gut genug, um den Vortrag zu genießen. Mert schlief fast ein. Gelegentlich besuchten sie gemeinsam eine Ausstellung, wo sie inmitten von Menschen unter sich bleiben, ihre Meinung austauschen und gehen konnten, wann es ihnen gefiel. Mert war fasziniert von Cy Twombly, was Nadja bemerkenswert fand. Da Twombly aber nicht häufig in Hamburg zu sehen war und Nadja selbst keine Leidenschaft für Besuche im Museum oder für Lesungen entwickelte, schliefen ihre Kunstausflüge irgendwann wieder ein.

An einem Wochenende im Herbst schlug Mert vor, auf den Hamburger Dom zu gehen. Nadja versteifte und lehnte kategorisch ab.

»Da geh ich nicht hin.«

»Warum nicht?«

»Ich hab Angst vor dem Dom, seitdem ich ein Kind bin.«

»Kinder lieben den Dom!«

»Ich nicht.«

Lange nach dem Ende seiner Karriere hatte der alte Borau noch einen letzten Kampf bestritten. Die Boraus waren nach Hamburg gereist, um die ehemalige Westverwandtschaft zu besuchen, die eigentlich keine richtige Verwandtschaft war. Die einzige Verbindung zwischen den Familien waren zwei längst verstorbene Großtanten gewesen.

Mitte der Siebziger hatten die Jacobsens aus Protest gegen die Mauer damit begonnen, die Boraus zu unterstützen. Sie hatten jahrelang Pakete mit Kaffee, Nutella, Strumpfhosen, manchmal auch Orangen nach Görlitz geschickt. Für Nadja blieb der Geruch von alten, fast verdorbenen Orangen immer mit einer leichten Aufregung verbunden. Mit der Aussicht auf eine andere Welt.

Als die Boraus die Jacobsens nach dem Fall der Mauer in Hamburg besuchten, stellten sie fest, dass Nutella im Westen nichts Besonderes war und dass man sich nicht drei Tage durchgehend bedanken konnte, nur weil es sonst keine Themen gab. Also schnappte sich Heinrich Borau am zweiten Abend seine Kinder und flüchtete mit ihnen zu einem Ausflug, während Mutter Borau mit den Jacobsens »Wetten, dass ...?« sehen wollte.

Vater Borau und seine Kinder fuhren mit dem Bus ins Zentrum und erkundeten, wie viel besser es den Menschen in diesem Teil Deutschlands ging. Die Mönckebergstraße war auf ganzer Länge taghell erleuchtet, die Schaufenster schienen vollgestopft mit allen nur erdenklichen Waren. Silbern funkelnde Stereoanlagen mit großen Drehreglern und schweren Schaltern, Geschirrsets, für die Heinrich Borau ein Monatsgehalt hätte zahlen müssen, schicke Kleider, Anzüge, Schmuck. Zwei Stationen hinter dem Hauptbahnhof stiegen sie aus, um die Auslagen zu bewundern. Sie spazierten durch die Innenstadt, über den Großneumarkt, bis sie am Heiligengeistfeld vor dem »Hamburger Dom« landeten.

Der alte Borau wollte seinen Kindern etwas bieten, ihnen das Gefühl vermitteln, dass sie genauso wertvoll waren wie die Menschen in diesem Teil Deutschlands. Er ließ Nadja bestimmen, was sie machen sollten, und begleitete sie und Felix in die Achterbahn, zu den Wurfbuden, zum Autoscooter. Als sie einmal herumgelaufen waren, fanden sie sich vor einer Rummelboxbude wieder. Die Front war mit laienhaften Porträts berühmter Boxer bemalt. Felix erkannte nur Muhammad Ali und Max Schmeling.

Ein Koberer in einem weinroten, glänzenden Jackett versuchte, Vorbeischlendernde zu einem Besuch zu bewegen. »Kommen se her, kommen se rein, Eintritt zwei Mark.« Dann machte er eine ausholende Handbewegung, um seine Kämpfer vorzustellen. Er pries ihre Stärken an, als würde er die Strophen eines Liedes vorlesen:

»Zlatan Voltic war serbischer Staatsmeister | Er hat schon über siebenhundert Kämpfe gekämpft und keinen verloren | Das Heulen der Witwen ist seine Einmarschmusik | Zlatan macht keine Liegestütze, er stemmt morgens unseren Zugwagen in die Höhe | Zlatan geht nicht joggen, er jagt die tollwütigen Füchse im Sachsenwald | Wer eine Runde mit Zlatan im Ring übersteht, bekommt hundert Mark von mir | Wer ihn besiegen kann, bekommt fünfhundert Mark!« Dabei hielt der Ansager fünf Hundertmarkscheine wie einen Fächer in die Luft. Heinrich Borau fragte den Ansager: »Bekommt man das Geld sofort?«

»Natürlich, nur Bares ist Wahres. Aber seien Sie gewarnt, Zlatan hat keinen Respekt vor dem Alter – der schlägt sogar Frauen!«

Heinrich Borau zahlte je zwei Mark Eintritt für sich und Felix, dann musste er die Frau im Kassenhäuschen davon überzeugen, Nadja durchzulassen, die noch nicht sechzehn war. Sie gingen durch die Schwingtür an der Außenwand der Bude und kamen in ein Zelt, das hinter der Kulisse aufgebaut war. Ein kleiner Boxring stand auf einem Podest. Die Luft staute sich an der Zeltinnenwand, Schimmel fraß sich am Stoff hoch, der Boden war weich. Der alte Borau beobachtete aus der letzten Reihe, was sich zutrug. Mit Boxen, wie er es kannte, hatte das nichts zu tun. Das Publikum war betrunken, es wurde geraucht, der Ring hatte auf keinen Fall Wettkampfabmessungen. Die Zuschauer brüllten, um einen Mutigen anzufeuern, aber sie jubelten auch, wenn ihm eine Sekunde später das Blut aus der Nase lief. Heinrich Borau studierte, wie die Rummelboxer ihre Zufallsgegner schonten, bis diese versuchten, einen Treffer zu landen. Dafür wurden sie mit harten Schlagfolgen bestraft, geübt in Hunderten Rummelboxkämpfen. Kurz darauf mussten johlende Männer ihrem gedemütigten Freund aus dem Ring helfen.

Heinrich Borau stand hinter seinen Kindern. Felix hatte einen Arm um seine Schwester gelegt, damit sie nicht vor Aufregung umkippte. Nadja wollte dringend raus aus dem Zelt, der testosteronsatte Mief drehte ihr den Magen um. Doch ihr Vater hielt sie zurück, seine Hand drückte wie eine Schraubzwinge auf ihre Schulter. Ein kräftiger Junge, etwa vier Jahre älter als Felix, traute sich zu Zlatan in den Ring. Der Junge imitierte Boxbewegungen, die er aus dem

Fernsehen kannte. Er boxte in Zlatans Richtung, und der hielt sein Kinn hin, als er bemerkte, dass der Junge nicht die Nerven hatte, wirklich zuzuschlagen. Kaum hatte der Junge sich überwunden und einen Schlag gelandet, zog Zlatan mit seiner Rechten durch, sodass der Junge zuckte, als habe man ihm Strom durch die Wirbelsäule gejagt, und danach in sich zusammenfiel.

»Ja, so ist er, unser Zlatan, ein tiefgläubiger Christ, der weiß: Geben ist seliger denn Nehmen!«, versuchte der Ansager die Atmosphäre aufzulockern. »Na, das geht ja heute im Akkord ...«, brüllte er weiter, denn noch bevor er jemanden dazu animieren musste, in den Ring zu steigen, hatte Heinrich Borau seinen Arm gehoben. Er wies Felix an: »Egal was passiert, du bleibst mit deiner Schwester genau hier.« Dann bahnte er sich einen Weg durch die Menschenmenge bis zur Ringecke, wo er drei Stufen auf einmal nahm. Im Ring zog er sein Hemd aus und legte es über das oberste Seil. Er stellte seine Schuhe ordentlich außerhalb des Seilgevierts an den Rand und streifte die übelriechenden, dicken Handschuhe über. So stand der alte Borau mit einundvierzig Jahren ein letztes Mal im Ring, in Unterhemd, dünnen Socken und einer weiten Anzughose – mit herunterhängenden Armen und einem Schnauzbart, der ihm einen etwas traurigen Ausdruck verlieh.

»Heinrich kommt aus Görlitz, ein Bruder aus dem Osten, der sich ein bisschen was zu seinem Begrüßungsgeld dazuverdienen will!«, verkündete der Ansager. Der Gong ging fast im Gelächter unter.

Heinrich Borau brauchte etwa eine halbe Minute, bis die Bewegungsabläufe wieder saßen. Zlatan hatte schon oft erlebt, dass alte Boxer sich an ihm versuchten, sie waren gefährlicher als die betrunkenen Jugendlichen. Aber sein Gegenüber war augenscheinlich seit Jahren nicht mehr im Training, und selbst in dem stickigen Zelt konnte Zlatan den Nikotinschweiß seines Herausforderers riechen. Zlatan musste für Show sorgen, also versuchte er Borau unter Druck zu setzen, was nicht gelang. Borau zuckte immer wieder zurück, verlegte sein Gewicht auf den hinteren Fuß, um erneut nach vorne zu schnellen, mit einer Führhand, die Zlatan traf, noch bevor er seine Faust zur Deckung ans Kinn geführt hatte. Der Bewegungsablauf wiederholte sich ein paarmal, nach der fünften Wiederholung fing Borau an zu schnaufen, als sei eine Kette um seinen Brustkorb gespannt.

Zlatan bemerkte, dass sein Gegner von Schlag zu Schlag schwächer wurde, doch er wusste auch, dass er bei diesen Aktionen eine schlechte Figur machte. Das Publikum war bereits auf Boraus Seite. »Mach ihn fertig, alter Sack.« Entnervt schlug Zlatan eine Dreier-Kombination. Borau zog den Kopf hinter seiner Doppeldeckung zum Kinn runter und machte einen Seitschritt, eine Defensivtechnik, deren Nutzen sich Zlatan nie erschlossen hatte.

So bot sich dem alten Borau die Gelegenheit, die Qualität eines Systems unter Beweis zu stellen, das eine Sportförderung betrieb, die im Westen unerreicht war. Genau wie sie es im Osten gelernt hatten, setzte Borau seinen linken Fuß nach vorne, drehte sich und stand plötzlich im Neunziggradwinkel zu Zlatan. So befreite er sich aus der Ringecke, und Zlatan wurde von der Wucht der eigenen Attacke herumgeworfen. Im Gegensatz zu Borau nahm er die Hände nicht schnell genug zur Deckung hoch und kassierte eine Serie von sieben Schlägen, fünf davon gegen den Kopf. Die letzte Linke schlug Borau nur noch aus dem Lehrbuch, weil man eine Aktion bei Lokomotive Görlitz nie beendete, ohne sich mit einem Sicherungsschlag außer Gefahr zu bringen. Zlatan rutschte in der Ecke zu Boden.

Felix war noch nie so stolz auf seinen Vater gewesen. Doch Nadja, die sich zitternd im Mantel ihres Bruders versteckte, konnte nur mit Mühe ihre Gefühle kontrollieren. Sie hatte sich gewünscht, dass Zlatan ihren Vater zerstören würde. Dass Heinrich Borau endlich für seine Selbstgerechtigkeit bestraft wurde. Dass er keine Bedrohung mehr darstellte, für Zlatan nicht und auch für sonst niemanden. In dem Moment, in dem ihr Vater in den Ring gestiegen war, hatte sie gehofft, dass seine Macht gebrochen wurde. Im selben Moment, in dem ihr dieser Wunsch bewusst wurde, schämte sie sich dafür und bedauerte, dass sie das Glück ihres Bruders nicht teilen konnte.

Heinrich Borau strich die fünfhundert Mark ein, nahm sein Hemd ruhig vom Ringseil und zog es über seine schweißnasse Haut. Anschließend schlüpfte er in seine Schuhe, und als er sich wieder aufrichtete, brandete erneut Jubel auf. Er verbeugte sich klassisch, beide Arme zur Deckung geschlossen, in alle vier Richtungen und verließ den Ring ein letztes Mal als Sieger. Zurück an der frischen Luft kühlte er in seinem feuchten Hemd schnell aus, aber sein Hochgefühl trieb ihn dazu, noch etwas herumzuschlendern und möglichst viel des leicht verdienten Geldes an Ort und Stelle auszugeben. Weit kam er damit nicht, die Auswahl war begrenzt und wiederholte sich schnell. Seinem Sohn kaufte er einen Schaumstoffhammer, seiner Tochter ein riesiges Lebkuchenherz, das ihren Brustkorb fast verdeckte, als er es ihr umhängte. Das Band des Herzens schnitt ihr in den Nacken. Dann verließen sie den Dom. Der alte Borau hielt zur Feier des Tages ein Taxi an, ließ seine Kinder hinten einsteigen, setzte sich neben den Fahrer und las die Adresse der Jacobsens vor. Während der Fahrt unterhielten er und Felix sich über den gerade gewonnenen Kampf. Doch für Nadja war der Abend vergiftet.

Als Nadja von dem Kampf erzählte, verstand Mert nicht, was daran schlimm gewesen war.

»Das ist das erste Mal, dass du was Nettes über deinen Vater erzählst.«

»Es war nicht nett. Mein Vater ist kein netter Mann. Er hat nur seinen Willen bekommen.«

»Aber das ist doch Ewigkeiten her. Ich glaub, es gibt nicht mal mehr Rummelboxen.«

»Trotzdem. Zwing mich nicht, dorthin zu gehen.«

»Ich bin ja nicht dein Vater.«

»Nein, das bist du nicht. Du bist das Gegenteil.«

»Ist das gut?«

»Das ist gut. Du hast mich nie zu irgendwas gezwungen.«

Nadja hatte wieder diesen Gesichtsausdruck, den Mert nicht deuten konnte. So als würden in ihrem Kopf dunkle Wolken aufziehen.

»Wir müssen da nicht hingehen. Aber vielleicht magst du es noch mal versuchen. Reingehen in die Angst.«

Mert zuliebe gab sie nach. Sie zogen sich warm an und gingen zum Heiligengeistfeld. Nadja wirkte scheu, als sie über den Rummel gingen. Überall lärmte, leuchtete und pfiff es. Ein großer Sensenmann köpfte eine Hexe, in ihren Augenhöhlen blinkten bunte Glühbirnen. Verliebte drückten sich in wild kreisenden Fahrgeschäften aneinander. Essensgerüche stiegen ihnen in die Nase.

»Was isst man denn hier?«, fragte Nadja, als wäre sie in einem fremden Land und Mert mit den Riten der Einheimischen vertraut.

»Alles, was du magst.«

»Was ist denn typisch?«

»Pofertje, so kleine runde Pfannkuchen mit Apfelmus. Oder was mit Fisch.«

»Toll. Und was ess ich jetzt?«

»Von mir aus lässt du dir Pofertje in Hering wickeln. Wir können machen, was wir wollen.«

Sie stopften sich die Mägen voll, mit Matjes-Brötchen, Waffeln, Pofertjes. Dann fuhren sie »Tornado« und »Mega-Max«, bis ihnen schlecht wurde. Sie konnten tatsächlich machen, was sie wollten. Sie mussten nichts sein und nichts vorgeben. Sie blieben, bis ihnen die Nasen abfroren. Auf dem Weg zum Ausgang kamen sie an einer Schießbude vorbei. Mert drehte sich zu Nadja und fragte: »Wollen wir zusammenbleiben?«

»Wir sind doch schon lange zusammen.« Die seltenen Ausbrüche von Liebesüberschwang trafen Nadja so unvermittelt, dass sie oft nicht wusste, wie sie reagieren sollte.

»Ich weiß. Aber vielleicht sollten wir für immer zusammenbleiben. Richtig Kinder bekommen.«

»Heiraten?«

»Ja, heiraten.«

»Dafür müsstest du mir einen Antrag machen.«

»Ich habe keinen Ring. Dafür braucht man doch einen Ring.«

»Du könntest einen Ring schießen. Ist mir egal, ob er aus Plastik ist.«

»Ich warne dich. Ich habe meine halbe Jugend hier verbracht. Wenn ich außer Boxen noch was kann, dann schießen.«

»Das will ich hoffen.«

Mert ging zur Schießbude und fragte nach Ringen. Aber sie hatten keine Ringe, nur Blumen, Schraubenzieher und kleine Samtherzen, auf denen »Love« stand.

»Du kannst mir irgendwas schießen«, sagte Nadja, »ich nehm dich sowieso.«

Mert kaufte zehn Schuss. Er traf Schraubenzieher, Blumen und »Love«-Herzen. Bald gingen ihm die Ziele aus.

»Versuchen Sie doch, ein Foto zu schießen, mit Ihrer schönen Freundin, junger Mann«, sagte die Frau im Schießstand schließlich.

Mert visierte die Zielscheibe an, die man genau in der Mitte treffen musste, um das Foto auszulösen. Nadja stand aufgeregt neben ihm. Er traf, aber nur den inneren Rand der Mitte, die Kamera löste nicht aus.

»Lenke ich dich ab?«, fragte Nadja.

»Nur wenn du so weit weg stehst.«

Sie stellte sich hinter ihn, schob ihren Arm um seine Hüfte und legte ihr Kinn auf seine Schulter. Sie konnte spüren, wie Mert seinen Atem beruhigte, wie er seinen Puls abmaß, um im richtigen Moment abzudrücken. Wenn er jetzt trifft, dann kann das nur ein gutes Zeichen sein, dachte sie. Dann werden wir alles aushalten, wir werden gemeinsam alt, egal was passiert. Mert atmete ein, sein Brustkorb spannte sich. Dann drückte er ab, der Blitz leuchtete auf, und der Moment war der Zeit entrissen.

19

Mert schwimmt zum Strand zurück und sieht den Hund, der nervös auf und ab läuft. Schwer atmend kommt er aus dem Wasser und krault den Hund zwischen den Ohren. Mert hustet, setzt sich in den Sand, wartet, bis die Sonne das Wasser auf seiner Haut getrocknet hat und sich eine pudrig weiße Schicht Meersalz bildet. Dann steht er auf und geht zurück in die Wohnung, um zu duschen.

Die Frau seines Vermieters putzt gerade, barfuß und meckernd. Sie streift immer ihre Schlappen ab, bevor sie seine Wohnung betritt, zeigt ihre lustigen Füße mit den schmalen Zehengliedern und den breiten, runden Zehenspitzen. Ihre Füße erinnern Mert an die Gliedmaßen eines Lurchs. Die Alte amüsiert ihn, wenn sie auf Thai schimpft, weil ihr etwas missfällt. Wenn Mert seine Handtücher nass und sandig auf dem Badezimmerboden liegen lässt oder das Obst in der Schale vergammelt. Sie meckert eigentlich durchgehend, aber Mert versteht nicht, was sie sagt, also wird es zu Lautmalerei. Die Alte hört sich in seinen Ohren an wie die Erwachsenen bei den »Peanuts«. Als Kind hatte Mert die Comicserie immer gerne gesehen.

Manchmal versucht die Alte ein Gespräch mit ihm anzufangen, redet wahrscheinlich über das Wetter, über das Hochwasser in Bangkok, vielleicht will sie ihm auch ihre Enkelin als Ehefrau anbieten. Was es auch sein mag, Mert versteht sie nicht. Er nickt, er lächelt, er verlässt den Raum.

Er hat ein schlechtes Gewissen, wenn sie bei ihm putzt und es unordentlich ist. Mert räumt all die Dinge, die keinen festen Platz haben, von hier nach da und stapelt, was sich stapeln lässt. Er sortiert die Plastikhüllen mit den schwarzkopierten Filmen, die die Alte neben dem Fernseher aufschichtet. Über die Monate hat er sich eine ganze Sammlung bei dem Inder zwei Gassen weiter gekauft.

Die Alte verabschiedet sich, fordert »more«, als er ihr dreihundert Baht in die Hand drückt. Er antwortet »no more!«, sie sagt energisch »little!«, er antwortet »same every time«. Dann rupft die Alte ihm die Scheine aus der Hand, gibt eine Schimpfzugabe und lacht ihn zahnlos an, bevor sie geht und ihm etwas zuruft, was vermutlich »bis Donnerstag« heißt, weil sie zweimal pro Woche vorbeikommt.

Mert liegt abends oft auf seinem Bett, sieht zwei Filme hintereinander und drückt auf seinem schwarzen Knetball herum, bis ihm die rechte Hand lahm wird. Wenn eine DVD nicht läuft, geht er wieder zu dem Inder und tauscht sie um. Er kauft Filme, bei denen Handlung und Dialoge schlicht sind, um sein Englisch zu verbessern. »Transformers 3«, »Pirates of the Caribbean 4« und natürlich »Rocky Balboa«. Auch ein paar alte Filme, die er mit Nadja gesehen hatte und deren Handlung er bereits kennt. »Braveheart«, »Austin Powers« und »Titanic«. Außerdem »Tyson«, eine Dokumentation über Mike Tyson. Mert hatte gehofft, die Kämpfe seines großen Idols noch mal studieren zu können.

Als junger Mann hatte Mert die perfekte Zerstörung bewundert, die Tyson anrichtete. Mert legte seine Schichten im Hans-Albers-Eck so, dass er Tysons Kämpfe gemeinsam mit den Kollegen auf Premiere sehen konnte, im Goldenen Handschuh, einer Kneipe am Hamburger Berg. Tyson entfesselte seine Fäuste auf zwei Fernsehern gleichzeitig. Er boxte seine Gegner nicht aus, er bestrafte sie dafür, dass sie sich mit ihm in den Ring getraut hatten. Oft dauerten die Kämpfe nur wenige Minuten, aber es waren Zeitspannen für die Ewigkeit.

In der Dokumentation saß Tyson herum und redete. Der Held seiner Jugend, der Mann, der so war, wie Mert hatte werden wollen, war depressiv und sprach wie ein junges Mädchen. Gegen Ende des Films hätte Mert heulen können, er wusste nicht mal, warum. Tyson, im Halbschatten, fasste seine Karriere zusammen mit den Worten: »Old too soon, smart too late.« Dabei war Tyson kaum älter als Mert, er konnte immer noch in Form kommen, ein letztes Mal alles wagen, auch auf die Gefahr hin, im großen Stil unterzugehen. So wie Rocky Balboa. Aber Tyson wollte oder konnte nicht mehr. Aus dem gewaltigsten Kämpfer, den Mert je gesehen hatte, war ein normaler Mann geworden.

20

Ihren ersten richtigen Streit hatten Nadja und Mert wegen Mike Tyson. Über vier Jahre hatten sie ihre Rituale und Routinen gefunden, einen Alltag, der vertraut vor sich hinlief. Sie mussten sich gelegentlich daran erinnern, miteinander zu schlafen, so selbstverständlich war die Möglichkeit, dass sie immer seltener genutzt wurde, vor allem wenn Mert im Wettkampftraining stand und abends entkräftet nach Hause kam.

An diesem Abend ließ er sich in den Stuhl hinter dem kleinen Küchentisch fallen, wo er Nadja dabei zusehen konnte, wie sie Tomaten und Mozzarella in Scheiben schnitt, Putenaufschnitt dekorierte und Bananen zerteilte, um aus Merts Ernährungsprogramm etwas Ansprechendes zu machen.

»Hast du gehört? Mike Tyson hat irgendwo in Skandinavien wieder einen Kampf gemacht«, sagte Nadja gedankenverloren, um ein Gespräch zu führen.

»Dänemark. Ja, der ist nicht mehr der Alte.«

»Hat Tyson seine beste Zeit nicht schon lange hinter sich?«, fragte Nadja und zerhackte Basilikum.

»Dem wurde seine beste Zeit gestohlen.«

»Inwiefern gestohlen?«

»Da hat er halt im Knast gesessen.«

»Weil er eine Frau vergewaltigt hat.«

»Der ist so was von verarscht worden.«

Nadja drehte sich um.

»Inwiefern verarscht?«

»Das war doch eine einzige Verarsche, um ihm Geld rauszuleiern.«

»Du meinst, die Frau wollte Geld?«

»Was denn sonst?«

Nadja legte das Messer beiseite und wischte sich die Hände am Küchentuch ab.

»Du meinst, sie hat sich die Vergewaltigung ausgedacht, um ihn zu erpressen?«

»Auf jeden Fall.«

»Das ist hoffentlich nicht dein Ernst.«

Mert war leer. Er hatte Mühe, überhaupt gerade am Tisch zu sitzen, so ausgepumpt fühlte er sich. Er spürte noch, dass sich etwas zusammenbraute, aber er kannte keine andere Möglichkeit, als auf einen Angriff mit einer Gegenattacke zu reagieren.

»Was hat sie denn nachts um vier in seinem Hotelzimmer zu suchen?«

»Vielleicht wollte sie ihn kennenlernen, den großen Boxweltmeister.«

Mert schüttelte den Kopf und lächelte müde.

»Was ist daran lustig?«

»Du meinst, er hat sie nachts in sein Hotelzimmer gelassen, um mit ihr zu labern?«

»Er hat sicher gedacht, dass er noch Sex bekommt.«

»Das muss sie auch gedacht haben.«

»Und das gibt ihm das Recht, sie zu vergewaltigen?«

»Kein Mensch weiß, ob er sie wirklich vergewaltigt hat.«

»Doch, sie und er wissen es.«

»Ja, und er sagt, er hat sie nicht vergewaltigt.«

»Und weil er Boxweltmeister ist, hat er recht?«

»Keine Ahnung, das hat doch damit nichts zu tun.«

Nadja ließ das Abendbrot halb gemacht stehen, suchte in ihrer Handtasche nach Zigaretten, öffnete das Küchenfenster und setzte sich aufs Fensterbrett, um zu rauchen. Das machte sie immer so, einerseits aus Rücksichtnahme auf Mert, der sich in der Wettkampfvorbereitung bereits vergiftet fühlte, wenn Qualm in seine Richtung wehte. Andererseits, um sich selbst eine Hürde zu setzen. Sie hatte schon vor ihrer Zeit mit Mert aus dem Fenster geraucht, aber er hielt es für eine Liebeshandlung. Normalerweise setzte sie sich auf die Fensterbank, nachdem sie miteinander geschlafen hatten. Nadja rauchte nur in besonders guten oder besonders schlechten Momenten, und es war eindeutig, zu welcher Kategorie dieser Moment gehörte.

»Vielleicht wollte sie auch mit ihm schlafen, aber dann hatte sie eben keine Lust mehr und hat Nein gesagt.«

»Was soll er denn davon halten?«

»Du glaubst also, wenn sie in sein Zimmer kommt, dann gibt sie alle Rechte ab. Dann darf er sie vergewaltigen, auch wenn sie plötzlich nicht mehr will. Auch wenn sie es sich anders überlegt hat.«

»Keine Ahnung.«

»Und wenn wir beim nächsten Mal ins Schlafzimmer gehen und miteinander schlafen wollen und ich es mir anders überlege, weil ich keine Lust mehr habe, dann darfst du mich auch vergewaltigen?«

»Natürlich nicht. Was soll das denn?«

»Das hast du mir gerade erklärt.«

»Ich habe mich nur gefragt, was sie in seinem Zimmer wollte.«

»Du hältst es also für wahrscheinlicher, dass die Frau ihn ausgetrickst hat, als dass ein Typ wie Tyson, der nur Comics liest und beruflich Leute vermöbelt und schon Vorstrafen hat, weil er Menschen auf offener Straße zusammenschlägt, einfach keine Grenzen mehr kennt?«

»Keine Ahnung.«

»Vielleicht findest du Tyson so toll, dass du denkst, er hat das Recht dazu.«

»Bestimmt nicht.«

»Aber du verehrst ihn doch.«

»So wie der früher geboxt hat, das war nicht von dieser Welt.«

»Dann darf er sich vielleicht auch mehr herausnehmen als wir Normalos. Rockmusiker dürfen ja auch Hotelzimmer verwüsten, Groupies vögeln und ihre Freundin verprügeln. Wer mehr leistet als andere, darf sich auch mehr rausnehmen.«

Nadja war schneidend geworden. Sie versuchte das Gesagte ironisch zu betonen, aber es misslang. Mert fühlte sich verspottet. Nadja zündete sich eine zweite Zigarette an, das tat sie sonst nie.

»Ich habe noch nie eine Frau geschlagen oder irgendwas mit ihr gemacht, was sie nicht gewollt hat.«

»Bei dir wollen ja auch alle.«

»Was soll das denn jetzt heißen?«

»Nichts.«

Nadja rauchte. Mert schwieg. So lange, bis er in die Stille hinein explodierte. Er stand ruckartig auf, griff sich den Tisch und warf ihn hoch in die Küchenzeile. Teller zerbarsten, eine Schranktür flog aus der Angel. Ein Schrankelement brach von der Halterung und blieb schräg an der Wand hängen, eingeklemmt zwischen Dunstabzugshaube und dem nächsten Schrankteil. Mert ging ins Schlafzimmer, zog seine Kleidung aus, ließ sie vor dem Bett liegen und legte sich hin. Eine Weile war es still. Dann hörte er Nadja, die in der Küche hantierte, vermutlich die Scherben aus dem Mozzarella klaubte, den Tisch aufstellte, die Tür aufhob. Er hörte, wie sie später ins Schlafzimmer kam und sich ins Bett legte. Doch er hielt seine Augen geschlossen und versuchte gleichmäßig zu atmen, damit sie nicht bemerkte, dass er wach war. Er hörte sie weinen und leise schluchzen. Er war sich nicht sicher, ob Nadja nur simulierte, damit er sich zu ihr umdrehte. Mert blieb regungslos. Irgendwann hatten sich sein Ärger und die Aufregung gelegt, die Erschöpfung war übermächtig, und er wurde in den Schlaf gesogen.

Als Mert am nächsten Morgen aufwachte, lag Nadja nicht mehr neben ihm. Auch die Küche war leer. Er sah auf die Uhr an der Wand, es war Viertel nach zehn. Nadja war schon zur Arbeit gegangen. Sie hatte die gröbsten Schäden beseitigt. Es war alles geputzt, nur das Schrankelement hing noch schräg, und die Tür stand an die Heizung gelehnt. Mert kochte sich Kaffee. Er saß am Küchentisch und betrachtete das schiefe Schrankelement. Er machte sich Rührei, aß zwei Bananen und ging laufen, durch Planten un Blomen und die Wallanlagen. Beim Laufen durfte er nicht daran denken, dass ihn nichts antrieb außer der Aussicht auf etwas mehr Luft im nächsten Kampf. Sonst wäre er sofort stehen geblieben. Er stellte sich vor, wie die Welt unter ihm hinwegglitt, dass er nur abhob und aufsetzte, um die Erdrotation zu verstärken. Er lief, bis ihm die Lunge brannte, bis seine Füße schmerzten, bis er nicht mehr weiterkonnte. Dann kehrte er um und lief den ganzen Weg zurück. Mert hatte Lust daran entwickelt, sich zu quälen, sich selbst zu überwinden. Das Entscheidende war, dass man immer noch etwas mehr aus sich herausquetschen konnte, dass man mehr schlagen und länger durchhalten konnte als andere.

Zu Hause suchte Mert nach einem Werkzeugkasten. Nachdem er den Schrank wieder angedübelt hatte und die Tür in den Angeln hing, ging er zum Training.

Wie sich später herausstellte, war durch den Streit nicht die Fensterbank kontaminiert, sondern Mike Tyson. Tyson machte noch weitere Kämpfe. Er verlor gegen Lennox Lewis und danach noch gegen schwächere Gegner. Mert sah die Kämpfe meistens mit Ali oder Kollegen vom Kiez. Wenn Nadja ihn fragte, wie der Kampf verlaufen war, hielt Mert seine Trauer über Tysons Abstieg zurück, weil er annahm, dass sie Tyson nicht mochte und auch ihn nicht mögen würde, wenn er Tyson mochte. Ihm wurde bewusst, wie oft Tyson im Fernsehen oder in der Zeitung auftauchte, wie häufig er Thema in der »Sportschau« oder der »Sportreportage« war. Nun entstand jedes Mal, wenn der Name Mike Tyson genannt wurde, diese Anspannung, und Mert wünschte sich, sein einstiges Idol würde einfach verschwinden. Nadja und Mert hatten glückliche Zeiten und weniger glückliche. Aber wenn Tyson boxte, dann war da etwas, das sie trennte. Und diese Fremdheit nährte den Verdacht, dass sie sich vielleicht nur einbildeten, zueinanderzupassen. Dieser Streit, den sie nie mehr ansprachen, klebte an ihnen wie alter Kaugummi. Es kamen weitere kontaminierte Begriffe dazu: Profi, Amüsieren, Eisprung, Holmes Place, Spätschicht, Thomas, Stefan, Marcel, Heike und andere Frauennamen. Die Räume wurden enger. Sie konnten in jeder Konversation über ein Wort stolpern, und schon schnürte ihnen eisige Stimmung die Luft für weitere Worte ab. Mit Tyson hatte es angefangen, bald stand da ein dichter Wald aus Unansprechbarem.

21

John Woodcomb, vierundzwanzig Jahre alt, aus Humpty Doo, Australien, hat in siebundzwanzig Muay-Thai-Kämpfen schon viel erlebt. Doch heute steht er mit einem Gegner im Ring, der durch seine Erscheinung alles zu verhöhnen scheint, was Woodcomb etwas bedeutet. Der Mann ist alt, sein Siebentagebart schimmert silbern, der Kranz, den die Thai-Boxer vor dem Kampf tragen, sitzt zu knapp auf seinem rasierten Schädel. Er hat ein paar Furchen im Gesicht, die aussehen wie in Ackerland gegraben. Er ist nicht dick, aber auch nicht austrainiert. Arme und Schultern sind muskulös, doch über der Kampfhose wölbt sich ein Bauch. Trotzdem wirkt seine Haut dünn, ein Hauch Leben, gespannt über einen Haufen Erinnerungen. Den traditionellen Tanz, den die Muay Thai zur Ehrbezeugung für ihren Trainer vor einem Kampf aufführen, markiert der Mann nur, während Woodcomb ihn nach allen Regeln der Kunst auszuführen versucht. Woodcomb hat Respekt vor den alten Riten der Thais. Er lässt sich Zeit mit seinen Abläufen, nimmt die quasireligiöse Bedeutung ernst. Als er fertig ist, brüllt der Stadionsprecher »Aussie«, und aus Hunderten Kehlen schallt »Hoi!« zurück. Dann noch mal »Aussie, Aussie, Aussie«, und »Hoi, hoi, hoi!«, tönt das Echo. Woodcomb hat viele Unterstützer im Publikum. Er kann kaum atmen, so aufgeregt ist er. Schlimmer noch als vor seinen letzten

Kämpfen. Er wundert sich, dass sie nie weggeht, diese Aufregung.

John Woodcomb war zum Boxen gekommen wie andere Menschen in eine Sekte. Sein Vater und seine Brüder lebten eine klassische Männerbiografie in Humpty Doo: saufen, armdrücken, als Mutprobe mit einem Krokodil ringen, früh heiraten, am Bau arbeiten, einen großen Caterpillar fahren. Sein Vater hatte ein Unternehmen als Earth Mover aufgebaut, Woodcomb und seine Brüder sollten das Geschäft übernehmen. Aber Woodcomb wollte raus aus Humpty Doo, raus aus der beengenden Weite des Northern Territory.

Also begann er in einem nahe gelegenen Gym mit Thai-Boxen. Sein Trainer wurde sein Guru, Schmerz und Geißelung seine Ekstase. Er hämmerte jeden Tag mit seinem Schienbein gegen einen Holzpfahl, um die empfindliche Knochenhaut abzuhärten. Er trainierte, auch wenn er sich die Außenbänder überdehnt oder das Knie verdreht hatte. Wenn er gar nicht auftreten konnte, schob er sich einen Stuhl vor den Sandsack. Zur Not hob er Gewichte.

Er lebte »Straight Edge«, kein Alkohol, keine Drogen, keine Zigaretten, gesundes Essen, Training, Hardrock, Schlaf. Seine Brüder hätten sich über ihn lustig gemacht, dass er nichts vertrug, dass er keine Freundin hatte, dass er sich an den Sauf- und Raufspielen an den Wochenenden nicht beteiligte. Aber Woodcomb hatte seine Ruhe, weil sein Vater, seine Brüder und eigentlich jedermann in Humpty Doo wussten, dass Thai-Boxer ultrahart und ein bisschen wahnsinnig waren. Nach einem Jahr Training hatte er seinen ersten Kampf. Er schlug sich durch die Provinz bis nach Melbourne, wo er besser trainieren und häufiger kämpfen konnte. Während dieser Zeit erwachte in ihm der Traum, ins Mutterland des Muay Thai zu reisen, nach Thailand. So landete er in Patong.

Sein Gegner verlagert in der Ecke kaum merklich das Gewicht auf den Fußballen von links nach rechts und fixiert ihn mit einem Blick, der eine leichte Unsicherheit in Woodcomb aufflackern lässt. Der Mann erinnert ihn an einen dieser Actionhelden, die im Finale des Films schon dreimal überfahren und zweimal erschossen wurden, aber trotzdem noch stehen, nur noch von Verbänden und Sturheit zusammengehalten, und vielleicht doch eine letzte Kugel im Lauf haben.

Dann aber ist alles ganz einfach. Woodcomb trifft seinen Gegner nach Belieben. Der schreitet den Ring ab wie ein betrunkener Elefant und bewegt sich gerade nur so viel, dass Woodcomb ihn nicht vernichtend treffen kann, nicht mit dem High-Kick, nicht mit dem Ellbogen, nicht mit dem Knie. Aber Woodcomb trifft häufig, und nach der zweiten Runde hat der andere schon eine lange, tiefe Platzwunde auf der Stirn. Nicht seine erste Narbe, wie Woodcomb erkennen kann.

Woodcomb schlägt alles, was er kann, zeigt seine Technik, seine Überlegenheit. Er spürt seine Kraft, ist geschmeidig und schnell. Er versucht noch einen Roundhouse-Kick, seinen Lieblingskick, eine Technik, bei der am Ende einer vollen Drehung um den Körper die Ferse des erhobenen Beins am Schädel des Gegners einschlägt, nicht abzuwehren, nur zu dämpfen, wenn man die Faust dazwischen bekommt. Aber als Woodcombs Kopf nach einer Millisekunde in der Drehung wieder nach vorne schnellt, um sein fliegendes Bein eventuell um den entscheidenden Zentimeter in der Flugbahn zu korrigieren, taucht der Mann plötzlich direkt vor ihm auf, wie ein Lkw aus dichtem Nebel. Woodcomb hat ihn verfehlt. Und dann merkt er nicht mehr viel. Er spürt die ersten drei Schläge einer Kombination, die restlichen Treffer lassen seinen Kopf herumschnellen wie eine Billardkugel, die vom Tisch geschossen wurde und noch dreimal auftippt, bevor sie liegen bleibt.

John Woodcomb wird nach diesem Abend noch weitere Kämpfe bestreiten. Er kann eine Niederlage verkraften, er kann aus seinen Fehlern lernen, besser werden. Doch er wird sich von diesen Schlägen nie vollständig erholen. Nicht die Härte oder die Geschwindigkeit sind das Problem – er hat die Schläge nicht kommen sehen. Nichts an seinem Gegner hat dessen Aktion angekündigt, und er wird sich ab diesem Zeitpunkt fürchten, so etwas könne wieder passieren, jederzeit und unerwartet. Wie ein Blitzeinschlag, ein Querschläger, ein Meteor, der ins Haus kracht. John Woodcomb ist nach diesem Kampf nicht mehr derselbe. Er hat die Grenzen seines Fassungsvermögens kennengelernt. Und nichts macht einen Mann kleiner, als zu erleben, wo seine Möglichkeiten enden.

22

Mert hatte seine Schichten im Hans-Albers-Eck ausgedehnt. Er stand mit Marco Wenz an der Tür, um aus dem Menschengewühl, das sich über den Hans-Albers-Platz auf sie zuschob, diejenigen auszusortieren, die zu betrunken waren. Es war drei Uhr nachts, die schlimmste Zeit.

Marco wies geduldig eine Gruppe Ausscheider ab, von denen ihm keiner länger als zwei Sekunden gerade in die Augen sehen konnte. Eine blonde Frau, ein paar Jahre älter als Mert, mit glitzernden Ohrringen, Pferdeschwanz und einer schmalen Brille, tauchte hinter der Gruppe auf und bewegte sich auf den Eingang zu. Ihr Gesicht kam Mert bekannt vor, doch er wusste nicht, woher.

Der Frau schien es ähnlich zu gehen.

»Kennen wir uns?«, fragte sie.

»Ich denke schon«, antwortete Mert.

»Warst du vielleicht mal in der Notaufnahme?«

Langsam fügte sich in Merts Kopf der richtige Rahmen zu ihrem Gesicht. Gummihandschuhe, ein Kittel, ein Kugelschreiber, der einen blauen Fleck in der weißen Brusttasche hinterlassen hatte. Es war nach dem Ausscheidungskampf der deutschen Landesmeister gewesen. Merts Gegner hatte ihm aus Verzweiflung den Kopf entgegengerammt. Seine Nase war gebrochen, die linke Augenbraue aufgeplatzt. Ali hatte ihn zur Notaufnahme gefahren, in kurzer

Hose und Boxstiefeln. Mert ließ sich die Nase richten, ohne mit der Wimper zu zucken, ein schmerzhafter Vorgang, bei dem Instrumente tief in die Nasenlöcher eingeführt wurden, um die gebrochenen Stücke wieder aneinanderzusetzen. Doch als er eine Nadel in der Hand der Ärztin sah, wurde er bleich und bat um ein Pflaster. »Wir können den Riss auch zukleben, wenn Sie nicht genäht werden wollen«, hatte sie angeboten, und Mert war ihr dankbar dafür gewesen.

»Sie haben mir einen Riss zugeklebt«, sagte er nun.

»Klar!«, erwiderte sie, »du bist der Boxer, der sich problemlos die Nase einrichten lässt, aber Schiss vor einer Nadel hat.« Sie berührte Merts Nase und kam ganz nah an sein Gesicht, um die Augenbraue zu inspizieren. »Ist ja auch so ganz schön verheilt.« Ihr Atem verriet, dass sie getrunken hatte. Hinter ihr sammelte sich eine Gruppe schick gekleideter Menschen, insgesamt waren sie zu sechst.

»Wir haben heute eine kleine Party mit dem Stationspersonal«, erklärte die Ärztin und deutete auf ihre Kollegen, darunter zwei Männer, die als Zeichen von Lockerheit den obersten Knopf ihres Hemdes geöffnet hatten. Einer der beiden hielt eine Frau im Arm, die halb so alt war wie er. Er trug einen Ehering, sie nicht. Mert, der wie immer bei der Arbeit nüchtern war, fragte sich, was ihm an den beiden Männern auf die Nerven ging. Vielleicht, dass sie sich in sein Revier gewagt hatten und dort immer noch so taten, als seien sie die Chefs. Andererseits war die schöne Ärztin bester Laune, und die ganze Gruppe würde Stimmung und Umsatz bringen.

»Lässt du uns rein?«, fragte sie.

Er hielt ihr die Tür auf. Die Ärztin winkte ihre Kollegen durch, und Mert hörte, wie einer der Männer sie beim

Reingehen leise fragte: »Woher kennst du denn solche Typen?«

Dann verschwand die Gruppe im Lärm.

Kurz danach drehte Mert seine Runden im Laden und blieb bei der Ärztin stehen, die ihre Kollegen vom Rand der Tanzfläche aus beobachtete. Sie bewegten sich, als würden sie ihre eigene Musik im Kopf haben oder Signale aus dem All empfangen. Zum Takt der Musik bewegten sie sich jedenfalls nicht.

»Wie heißt du eigentlich?«, fragte die Ärztin.

»Mert.«

»Gerd?«

»MERT.«

»Constanze.« Sie gab ihm die Hand, kühl und schlaff.

»Kannst du tanzen?«, fragte Constanze.

»Wer boxen kann, kann auch tanzen.«

»Dann wird's aber Zeit«, sagte sie, stellte ihren Drink auf einem der Lautsprecher ab und versuchte erfolglos, Mert auf die Tanzfläche zu ziehen. Er ließ sich auch nicht dadurch erweichen, dass sie mit ihrer missglückten Aufforderung eine alberne Figur machte.

»Nicht bei der Arbeit.«

Sie ließ von ihm ab.

»Tanz doch mit deinen Freunden.«

»Das sind meine Kollegen. Morgen tun sie so, als hätten sie einen Filmriss gehabt, weil der Chefarzt mit der Stationsschwester rumgemacht hat.«

Mert nickte kaum merklich mit dem Kopf. »Ich muss wieder.«

»Wann hast du denn Feierabend?«

»So in einer Stunde.«

»Wenn du eine feste Freundin hättest, wärst du ideal.«

»Für was?«

»Na für was wohl? Ich bin verheiratet, und wenn du in festen Händen wärst, müssten wir beide ein Geheimnis bewahren.«

Mert erwiderte nichts und bezog seinen Posten vor der Tür.

Als er wenig später Feierabend machte, sah er, wie sich der Chefarzt und die Stationsschwester auf der Tanzfläche küssten. Constanze wurde von dem zweiten Offenhemdträger belagert. Sie schien erleichtert zu sein, als Mert dazukam.

»Sie sind also Boxer?«, fragte der Mann in schleppendem Ton.

Mert nickte. »Und, merken Sie schon was?« Dabei tippte sich der Mann an den Kopf und versuchte einen listigen Gesichtsausdruck. Mert blickte ihn an. Die Welt um den Mann herum verschwand, das Hans-Albers-Eck, die Reeperbahn, die abzweigende Budapester Straße, die ihn bis nach Eppendorf führen würde, zu seiner geschmackvoll eingerichteten Wohnung mit den hohen, stuckverzierten Decken, zu seiner Frau und den zwei Kindern. Es gab für den Mann keinen Beruf mehr, kein Geld, keinen Stand, noch nicht mal die Bar in seinem Rücken. Keine Hoffnung und keine Sicherheit. Nur noch Mert. Eine quadratische Gestalt, die größer wurde, je länger man sie ansah. Ein Blick, eingerahmt von Schrammen und schwarzen Haaren. Der Hals eine Säule, die Schultern wie Ochsenzwinger. Mert vor ihm, Mert hinter ihm, Mert über ihm.

Schließlich lächelte Mert.

Der Mann bestand darauf, eine Runde Getränke auszugeben. Er hastete zum Tresen, rief nach der Barfrau, gab zu viel Trinkgeld und beeilte sich, die Getränke abzuliefern, wie eine Opfergabe. Nach zwei Schlucken erklärte er, dass es schon spät sei und er dringend gehen müsse. Er räumte das Feld, Constanze blieb.

Mert war sich im Klaren darüber, dass er für sie ein Abenteuer darstellte, in jeder Hinsicht. Zum bevorstehenden Betrug kam für sie die Aufregung dazu, sich mit einem Mann einzulassen, der nicht aus ihrer Welt kam. Er kannte diese Begeisterung von einer Reporterin der »Hamburger Morgenpost«, die nach dem Gewinn des Hanse-Pokals ein Interview mit ihm geführt und direkt im Anschluss mit ihm geschlafen hatte, erregt und besorgt, dass ihr Freund gleich nach Hause kommen würde.

»Was machen wir jetzt?«, fragte Constanze.

»Keine Ahnung«, antwortete Mert. Er ging die Optionen durch. Sie konnten weder zu ihr noch zu ihm gehen, und für ein Hotelzimmer hatte Mert kein Geld. Um Zeit zu gewinnen, zogen sie über den Kiez. Sie gerieten in einen Laden, in dem elektronische Musik gespielt wurde und außer ihnen nur Schwule feierten und tanzten. Als sie in Richtung Hafen spazierten, ging die Sonne auf.

Mert drückte Constanze in einen Hauseingang. Sie küssten sich, und er machte sich unter ihrer Bluse an ihrem BH zu schaffen. Als er ihr den Rock hochschieben wollte, blockierte sie seine Hand.

»Was soll das denn werden? Das ist mir echt zu asozial.« Nachdem sie sich zwei Stunden lang aufgeheizt hatten, schwand alle Geilheit in einem Augenblick. Constanze wurde nüchtern.

»Ich muss langsam mal nach Hause.«

Mert begleitete sie zur Reeperbahn, wo er ihr ein Taxi anhielt.

»Ein anderes Mal«, sagte Constanze, doch auf der breiten Straße, im Licht des neuen Tages, gab sie ihm keinen Kuss mehr.

»Ich weiß ja, wo ich dich finde.«

Mert drückte die Taxitür hinter ihr zu und überquerte die Reeperbahn, um nach Hause zu gehen. Die Morgensonne blendete ihn, aber sie wärmte nicht.

23

Die Mamasan untersucht Merts Narbe auf seiner Stirn. Die Mädchen stehen um sie herum. Es ist noch nicht viel los in der Sunshine Bar, Merts Anwesenheit sorgt für Zerstreuung. Er ist ein geduldiges Studienobjekt, es stört ihn nicht, wenn man auf ihm herumdrückt. Er hat die Verschleißerscheinungen seines Körpers immer ignoriert. Die Narben machen Mert nichts aus, er betrachtet sie als Schweißnähte einer Kampfmaschine. Nichts, was er gewollt hat. Nichts, was sich verhindern ließ. Die frische Narbe aus dem Kampf gegen Woodcomb glänzt außen gelb und blau, an der Naht rot. Die schwarzen Fäden sehen organisch aus, wie Fühler, die ihm aus dem Kopf wachsen.

Nach seinem Sieg musste Mert in der Umkleide mit sieben Stichen genäht werden. Es waren keine feinen Stiche, aber der Arzt hatte Gummihandschuhe angezogen und die Wunde desinfiziert, bevor er zu nähen begann. Dieses Vorgehen erschien Mert umsichtig genug. In den darauffolgenden Nächten fand Mert keine Position, in der er durchschlafen konnte. Egal wie er lag, irgendetwas tat ihm immer weh. Doch wenn er aufwachte, gab der Schmerz ihm Befriedigung. Ein wenig Trauer schwang mit in dieser Phase, weil der Berg zwar erklommen war, doch dahinter nur ein höherer aufragte. Er brauchte noch einen großen

Kampf im Lumpini Stadium, um sich abzusichern. Sein Bild mit einem funkelnden Gürtel um die Hüften.

Zwei Tage verbrachte er in seiner Wohnung und am Strand. Er wartete, bis die Verkrampfung nachließ, die Knochen nicht mehr knirschten und die Kraft allmählich zurückkehrte. Er aß, er schaute Filme, er trank Bier, er schlief. Am dritten Tag ging er zur Massage, um die verhärteten Stellen weich kneten zu lassen. Die Masseurin schlug die Hände vors Gesicht, so zerstört sah er aus, mit seiner Stirnnarbe und den Veilchen. Ein riesiger Pferdekuss prangte auf dem rechten Oberschenkel, er hatte blaue Flecken im Rippenbereich, auf den Armen und dem Rücken. Wie nach einem Verkehrsunfall.

»Schmerz ist Schwäche, die den Körper verlässt«, stand damals auf einem der Schilder beim BC Einigkeit. Mert hatte sich den Schmerz irgendwann zum Freund gemacht, ihn lieb gewonnen. Er war der Beweis dafür, etwas geleistet zu haben. Wer den Schmerz als Feind sah, machte ihn nur größer.

Nach der Massage wollte Mert wieder am Leben teilhaben. Er brauchte etwas Gesellschaft, Freundlichkeit, ein wenig Anteilnahme. Er setzte sich auf sein Motorrad, fuhr zur Bangla Road, aß gebratenen Reis mit Hühnchen in einer Straßenküche und drängelte sich bis zur Sunshine Bar durch.

Mert macht den Mädchen vor, wie Woodcombs rechter Ellbogen seine Deckung geteilt und die Haut aufgerissen hat. Die Mamasan gibt ihm ein Bier aus, so begeistert ist sie von seinem Sieg. Außerdem gibt es Singha, die Welt ist wieder in Ordnung.

»No beer crisis?«, fragt Mert.

»Yes beer crisis! Singha double price. But no for you.«

Die Mädchen verschwinden wieder auf ihre Positionen. Nur das Manga-Mädchen bleibt vor Mert sitzen.

»You hurt?«, fragt sie.

»No.«

Ganz vorsichtig berührt sie seine Narbe. Mert nimmt ihre Hand und legt sie darauf. Mit einem schrillen Jauchzen zieht sie die Hand zurück.

»You lose?«, fragt sie.

»I win.«

»You look like you lose.«

»You should see the other.«

Mert ist nicht sicher, ob sie das versteht, doch er belässt es dabei. Wenn man Missverständnisse aufzuklären versucht, wird es mühsam. Es hat eine ganze Weile gebraucht, bis Mert aus dem Manga-Mädchen herausbekam, dass sie aus einem Dorf in der Provinz Chiang Mai stammt. Dass sie zwei Jahre nicht in Patong war und nun seit drei Monaten wieder bei der Mamasan arbeitet. Sie sieht aus wie ein Kind, hat aber eine dreijährige Tochter, die bei der Großmutter im Norden geblieben ist. Kein Mann, genauer erklärte sie es nicht, »no man«. Die Mamasan hat ein Apartment am Stadtrand von Patong, in dem die Mädchen sich zu zweit ein Zimmer teilen. Ihren Flug müssen sie selbst zahlen, Miete fällt nicht an. Will einer der Männer das Manga-Mädchen mitnehmen, in ein Stundenhotel oder auf sein Zimmer, zahlt er der Mamasan fünfhundert Baht Ablöse, so macht sie ihren Schnitt. Den Rest verhandelt das Mädchen direkt mit dem Freier. Mert findet das fair, zumindest so fair, wie das Leben eben sein kann.

Auf dem Hans-Albers-Platz hatte Mert vor Jahren gesehen, wie ein Zuhälter ein Mädchen verprügelte. Sie versuchte vor ihm wegzulaufen. Seine Kollegen schützten den Mann vor Störungen von außen. Er schlug der Frau in den Magen, um ihr Gesicht nicht zu beschädigen. Etwas Brutaleres hat Mert nie erlebt. Tagelang schämte er sich dafür, zugesehen zu haben. Noch heute fühlt er sich elend, wenn er daran zurückdenkt.

Eine Menschenfreundin ist die Mamasan auch nicht, aber soweit er das Manga-Mädchen verstanden hat, sind die Arbeitsbedingungen in Ordnung, und in Chiang Mai gibt es für eine junge Mutter ohne Ausbildung nichts zu tun. Mehr will Mert nicht wissen, das ist ihm eigentlich schon zu viel. Solche Informationen lenken seine Fantasie in eine Richtung, die er nicht mag. Lieber redet er an dem Manga-Mädchen vorbei und richtet sich im freundlichen Kauderwelsch ein.

Bevor er von ihrer Tochter in Chiang Mai erfuhr, hatte Mert sich manchmal vorgestellt, wie es wäre, mit dem Manga-Mädchen zusammen zu sein. Sie mitzunehmen, in ein neues Leben. Sie könnte sich um die Ordnung in seinem Gym und in den Hütten kümmern. Das wäre auf jeden Fall besser, als bei der Mamasan anschaffen zu gehen. Eine Prostituierte zu retten, das wäre noch nicht dasselbe, wie sich alleine vor einen Panzer zu stellen. Aber es wäre ein Anfang. Vielleicht könnten sie sich lieben. Das ist schwierig genug mit jemandem, dessen Sprache man spricht. Vielleicht wird es einfacher, wenn man nur Sympathie teilt und keine Worte. Er mag das Manga-Mädchen, ihr Lachen vor allem. Sie verzieht ihr Gesicht dabei, es scheint ihr egal zu sein, wie sie aussieht. Deswegen glaubt Mert, dass sie sich nicht allzu viel darum schert, was andere von ihr denken, und das findet er attraktiv.

Leider fällt ihm ihr Name nicht mehr ein. Er hat sie ein paarmal gefragt und ihn nicht behalten. Er ist kompliziert, und sie betont ihn seltsam. Nun traut Mert sich nicht mehr, noch mal zu fragen. Er will nicht, dass sie denkt, ihr Name sei ihm egal.

Als er die Sunshine Bar entdeckte und das Manga-Mädchen sich zum ersten Mal zu ihm setzte, machte er ihr unbeholfene Komplimente. Mert wies sie ab, wollte aber, dass sie verstand, wie schön er sie fand. Sie tippte schließlich mit dem Zeigefinger auf seine Tätowierung, kurz oberhalb des Herzens, dann faltete sie ihre Hände auf ihrer Brust. Mert war nicht sicher, ob sie damit fragte, ob sein Herz vergeben sei, oder ob sie damit ausdrücken wollte, dass sie ihn ebenfalls mochte. So oder so hielt er ein Lächeln und ein Kopfnicken für die passende Antwort. Damit war die Beziehung zwischen ihnen geklärt. Der Rest war Nähe unter Schiffbrüchigen.

Das Manga-Mädchen spielt ein Würfelspiel mit Mert, ein sehr einfaches, bei dem man nur Zahlen in einer Reihe rauswürfeln muss, bis man den darunter liegenden Schriftzug »Jackpot« freigelegt hat. Sie gewinnt und lacht, ihr Gesicht verzieht sich.

»You happy face«, sagt sie. Ihm ist nicht bewusst, dass er sie die ganze Zeit anlächelt.

»You win!«, antwortet Mert.

Das Manga-Mädchen hört den Ruf der Mamasan, lässt das Würfelspiel stehen und kümmert sich um Kunden. Sie baut Jenga-Türmchen mit einem rotgesichtigen Mann, lacht, lässt ihn gewinnen. Er muss ihr Whiskey-Soda ausgeben, so viel hat er begriffen. Der Kerl ist älter als Mert, sein mächtiger Bauch sitzt auf zwei Streichholzbeinen. Alles in allem ein unansehnlicher Typ. Das Manga-Mädchen kichert und freut sich, und der Mann freut sich, dass sie sich über ihn freut. Den hat sie in der Tasche, denkt Mert, die guten Mädchen machen es schon richtig, die suchen sich ihre Kunden genau aus.

Mert hatte eine Weile gebraucht, bis er verstand, dass junge hübsche Kerle nicht ins Beuteschema passen. Die posieren an der Bar und geben sich der Selbsttäuschung hin, die Mädchen würden sie vor lauter Begeisterung ansprechen. Solche Kerle versuchen so zu tun, als seien sie zufällig hierhingeraten und müssten überredet werden, weil sie es eigentlich nicht nötig haben. Als müssten die Mädchen dankbar sein. Die alten und die unansehnlichen Männer sind dagegen ehrlich. Sie wissen, was sich zuträgt, und benehmen sich entsprechend.

Deswegen stören sich die klugen Mädchen nicht daran, wenn die Typen fett, alt oder stark behaart sind. Die Mädchen achten darauf, dass die Typen ordentlich sind. Dann gibt es keine Scherereien mit der Bezahlung. Sie werden freundlich behandelt, und um Spaß geht es schließlich nicht.

Mert beobachtet den rotgesichtigen Mann, der mit dem Manga-Mädchen spielt. Er lacht unsicher, beobachtet sie begeistert, wenn sie hinter dem Tresen verschwindet, um sich eine Zigarette zu holen. Der Mann fragt das Manga-Mädchen, ob sie noch einen Drink will. Schnapp ihn dir, denkt Mert, der ist nett, der zahlt den vollen Preis und will nicht plötzlich ohne Kondom in den Arsch, nur weil er Geld hat. Der scheint anständig zu sein, und so viele davon gibt es nicht. Selbst die Anständigen sind ja manchmal scheiße, ohne es zu wollen. Das dunkle Tier bricht aus, schlägt um sich, und man kann sich hinterher nicht mal ordentlich entschuldigen. Mert nimmt einen tiefen Schluck von seinem Bier.

Der Mann zahlt der Mamasan die Ablöse, das Manga-Mädchen räumt das Spiel ab. Dann hakt sie sich bei ihm unter, und sie verschwinden im Gewühl vor den anderen Bars. Mert trinkt noch ein Singha und dann, weil er seinen Sieg feiern will, einen Tequila mit der Mamasan. Er spült den Geschmack des Tequila mit Bier runter, aber die Mamasan stellt ihm schon wieder einen neuen hin. Mert kennt sich mit dieser Musik nicht mehr aus, ein stampfender Takt hackt sich Stunde um Stunde durch alle möglichen Melodien, zwischendurch pfeift ein synthetischer Klang nach oben, wie bei Fahrgeschäften auf dem Dom. Dazwischen Satzfetzen, »I'm sexy and I know it«, alles bricht ineinander. Mert würde gerne »Breakfast at Tiffany's« hören, aber er hat keine Hoffnung, dass sie das spielen. Also beginnt er zu der Achterbahnmusik zu tanzen, springt im Takt in die Höhe, läutet die Glocke wie verrückt, »Ring bell – shooters for all«. Die Mamasan hält die Glocke fest, damit er sie nicht abreißt.

Mert tanzt genauso furchterregend, wie er mit seinem bunt leuchtenden Gesicht aussieht. Er wirbelt herum, schnappt sich eines der Mädchen für drei Drehungen und schwingt sich auf einen der Tische. Er springt von dort auf den Tresen, greift eine Stange, tanzt an ihr und ahmt die Bewegungen der Mädchen nach. Er macht sich gut da oben, er kann sich bewegen. Die Mädchen klatschen und kichern, aber sie sind nicht sicher, dass das gut geht, also zupfen sie an Mert, lenken ihn wieder nach unten auf seinen Barhocker, wo es ihn allerdings nur kurz hält, dann will er wieder tanzen. Er umarmt die Mamasan, umarmt die Mädchen, tanzt in Boxbewegungen, als würde er jemanden erschlagen wollen, und wacht schließlich auf, zu Hause, mit dem Kopf neben der Toilette in seinem Erbrochenen liegend.

24

Mert blieb bei Nadja, auch nachdem er sein altes Hobby wieder aufgenommen hatte, mit jeder Frau zu schlafen, die sich für ihn interessierte. Es gab einen Moment, beim ersten Mal, in dem er zurückzuckte. Ein Gefühl, als würde er durch eine Tür gehen, die sich von der anderen Seite nicht mehr öffnen ließ. Nachdem dieser Moment überwunden war, wurde es zu einer schlechten Gewohnheit, Gelegenheiten wahrzunehmen. So wie andere Männer heimlich Pornofilme sehen oder rauchen. Seiner Liebe zu Nadja tat dies keinen Abbruch. Das war etwas völlig anderes. Kein McDonald's.

Mit Nadja blieb er nach dem Sex eng umschlungen liegen, um sich ihrer Nähe zu versichern. Sie legte ihren Kopf auf seine Schulter und schob sich an ihn ran, damit möglichst viel Fläche seines Körpers den ihren berührte. Am Anfang hatte Mert keine Übung in Zärtlichkeit gehabt. Er wusste nicht, wie er sie halten sollte, war so unbeholfen wie jemand, der zum ersten Mal mit Messer und Gabel isst. Daraus entwickelte sich über Jahre ein Ritual. Wenn Nadja sich an ihn schmiegte, tat Mert, als wüsste er nicht, was sie wollte. Aber er liebte es, Nadja so nah zu spüren. Wenn er sich auf die Seite drehte, um einzuschlafen, robbte sie von hinten heran und legte einen Arm um seine Hüfte. Dann sagte er: »Na komm schon her.« Es sollte unwillig klingen, war aber die Aufforderung, sich so nah wie möglich an ihn zu pressen. Er nahm dabei ihren Arm und zog sie zu sich. So schliefen sie jede Nacht ein, wenn sie keinen Streit hatten. Egal ob sie zuvor Sex miteinander gehabt oder sich nur vom Fernseher ins Bett geschleppt hatten. Mert drehte sich in eine komfortable Schlafposition, Nadja kam näher, wartete auf sein Signal und schmiegte sich an seinen Rücken.

Wenn sie vorher gezankt hatten, um alles oder nichts, lag Nadja auf dem Rücken und starrte an die Decke, während Mert schwieg. So bestraften sie sich gegenseitig mit einer verlorenen Nacht.

Eines Abends verbrachte Mert die letzten zwei Stunden seiner Schicht im Hans-Albers-Eck allein. Die Nacht war ruhig, und Marco wollte früher Feierabend machen. Heike, die Barfrau, setzte sich raus zu Mert, um eine Zigarette zu rauchen. Heike war blond, klein und rund. Nicht schön, aber sexy, auch wenn sie stets so aussah, als würde sie zu wenig schlafen. Sie war das Gegenteil von Nadja.

»Was ist passiert?«, fragte Heike und deutete dabei auf sein Auge. Beim Sparring am Nachmittag hatte er sich ein Veilchen zugezogen.

»Du müsstest mal den anderen sehen.«

Als der Laden eine halbe Stunde später schloss, fragte sie, ob Mert noch etwas mit ihr trinken wolle.

»Warum nicht?«

Da es bereits fünf Uhr früh war und selbst auf dem Kiez nicht mehr viel geöffnet hatte, bot Heike an, zu ihr zu gehen. »Ich wohne gleich über die Reeperbahn, in der Seilerstraße.«

Dort angekommen taten sie nichts, um ihre Absicht zu verschleiern. Sie gingen ins Bett. Mert probierte aus, wie weit er gehen konnte. Eine Verfehlung wurde schließlich nicht schlimmer, wenn man sie voll auskostete. Nach einer Stunde stand Heikes Mitbewohnerin in Unterhose und T-Shirt in der Tür.

»Sag mal, bei euch hackt's wohl!«

»Kannst du nicht klopfen?«, schrie Heike und zog sich eine Decke über.

»Ich hab geklopft. Mehrmals. Habt ihr nicht gehört. Das Klingeln auch nicht. Die Nachbarn haben sich beschwert.«

Heikes Mitbewohnerin musterte den nackten Mert. Sie stülpte den Mund anerkennend nach vorne, aber Sympathie war nicht zu spüren. Mert zog sich an. Er hatte bekommen, was er wollte, und nutzte die Unterbrechung, um sich davonzumachen. Nun ekelte er sich vor Heike, und wenn er schnell ging, kam er noch zu einer Uhrzeit nach Hause, die er Nadja als lange Schicht verkaufen konnte.

Als Mert die Reeperbahn in Richtung Großneumarkt runterlief, fühlte er sich gut. Stark, erfolgreich, befriedigt.

Leider konnte er seinen Triumph nicht teilen. Vor allem nicht mit Nadja. Er roch noch nach Heike, aber er vermisste Nadja. Obwohl er auf dem Weg zu ihr war, fehlte sie ihm, weil er etwas vor ihr verbergen musste.

»Du riechst nach einer Frau«, murmelte Nadja, als er sich neben sie ins Bett legte.

»Wir hatten einen Junggesellinnenabschied im Albers-Eck, die haben mich eingesprüht«, erklärte Mert, erstaunt, wo er mit dieser Geschwindigkeit eine plausible Ausrede herzog. Nadja schien ihm zu glauben, sie schlief sofort wieder ein.

Das schlechte Gewissen kam erst am Sonntag. Nadja und Mert waren bei Felix und dessen Frau Angelika zum Essen eingeladen. Mert mochte diese Treffen nicht besonders.

Felix war Hausherr, Mert der Gast. Doch Nadja stellte die Verabredungen nie zur Diskussion. Sie sagte Mert lediglich, wenn es wieder so weit war, obwohl sie selbst keine Lust hatte, Zeit mit ihrer Schwägerin Angelika zu verbringen, die Felix »Lixi« nannte und auch in seiner Anwesenheit von ihm sprach, als sei er nicht da. »Ach, Lixi ist immer so eigen«, sagte sie. »Lixi mag das nicht.«

Mit Nadja versuchte Angelika Frauengespräche zu führen. Nadja antwortete selten. Meistens nickte sie mechanisch mit dem Kopf, wenn Angelika redete, woraufhin sie sich bestätigt fühlte, obwohl Nadja immer nickte, wenn sie nicht richtig zuhörte und ihr eine Situation unangenehm war. Mert kannte das. Wenn Angelika sich in ein Gespräch einmischte, suchte Nadja die Flucht im Thema Boxen, bei dem ihre Schwägerin anfing, den Tisch abzuräumen.

Angelika hatte die Wohnung alleine eingerichtet und Felix nur um Erlaubnis gefragt, wenn etwas teuer war. Felix interessierte sich nicht für Möbel, Dekoration oder Geschirr. Er interessierte sich für Boxen und Maschinenbau. Sein Studium hatte er so rasch wie möglich abgeschlossen, um seine Frau und das Kind, mit dem sie schwanger war, versorgen zu können.

Die Wohnung erinnerte Nadja an die Wohnungen aus Vorabendserien. Das Bunte zu bunt, das Verzierte zu verziert. Das Sofa sah geschmackvoll aus, aber wenn man eine halbe Stunde darauf saß, wusste man nicht mehr, welche Haltung man einnehmen sollte, so unbequem war es. Für Felix' Medaillen, Pokale und Urkunden hatte Angelika eine Glasvitrine angeschafft, die im Flur hing. Felix lebte das Leben nach, das er von seinen Eltern kannte.

Je öfter er Mert sah, umso kraftloser wurde Felix in seiner Ablehnung. Er hatte sich mühsam an Merts Anwesenheit bei den Familienessen gewöhnen müssen. Er konnte ihn nicht auf Abstand halten, wenn er seine Schwester sehen wollte. Und je näher Mert aufrückte, umso deutlicher erkannte Felix, dass Mert nicht schlechter war als er, sondern anders. Ohne Regeln, die Gedanken ins Ungefähre gerichtet. Felix suchte nach einem Schema im Leben, einem Verhaltenskodex. Nach Klarheit und Genauigkeit. Das machte es schwer für ihn, Mert zu mögen.

Kannte man Mert nur kurz, konnte man denken, er sei uninteressiert, stumpf. Studierte man ihn länger, wurde klar, dass er sich schonte, seine Kraft für die entscheidenden Schläge sammelte. Er saß in seiner Ecke, beobachtete, und erst wenn Gefahr in Verzug war, stürmte er los, mit aller Energie und ohne Rücksicht auf Verluste. In schwachen Momenten dachte Felix, dies sei vielleicht die einzige Möglichkeit, überhaupt auf die Unbarmherzigkeit der eigenen Existenz zu reagieren.

Freilich konnte er das nicht zugeben, weder vor sich selbst noch vor anderen. Felix behandelte Mert wie einen Menschen, der nicht fertig geworden war, roh blieb, Zerstörung anrichtete. Aber gleichzeitig war Felix sicher, dass Mert für Nadja sterben würde, und neben dem Boxen war das eine tiefe Einigkeit, die beide verband.

Natürlich sprachen sie nie darüber. Ihre Gespräche kreisten um Arbeit, das Leben in Ost und West – Felix' Lieblingsthemen, bei denen Mert nicht mitreden konnte. Manchmal sprachen Nadja und Felix über ihre gemeinsame Kindheit und Jugend, oft nur in Andeutungen oder kleinen Szenen, die Mert zum Fremden machten. Er saß dann neben Nadja und wunderte sich, dass sie nicht das Interesse an ihm verloren hatte.

War Mert mit Nadja allein, gab es immer etwas zu besprechen. Sie wusste seine Schilderungen, Gedanken oder Gefühle einzuordnen. Fehlte ihm ein Steinchen, um das Mosaik seiner Erzählung zu vervollständigen, half sie ihm bei der Suche. Doch sobald andere Menschen anwesend waren, ging das nicht mehr, ohne dass Mert sich wie ein Idiot vorkam.

Felix lächelte, wenn Mert sich unklar ausdrückte. Er wollte nachsichtig wirken, andeuten, dass er verstanden hatte, was Mert meinte. Doch bei Mert kam es anders an. Es war wie mit seinen Eltern früher. Belehrungen, die ihn unruhig machten.

Felix war nach seinem Studienabschluss Ingenieur bei einer Wurstwaren-Verarbeitungsfirma geworden. Mert arbeitete als Türsteher. Felix hatte seine vierte deutsche Meisterschaft und eine Europameisterschaft gewonnen. Mert war wieder ins Schwergewicht aufgestiegen, um Felix auszuweichen, und bei der deutschen Meisterschaft im Viertelfinale von einem Ostdeutschen ausgepunktet worden. Im Vergleich mit Felix fühlte Mert sich auf allen Ebenen unterlegen. Das Einzige, was ihm Gelegenheit bot, Balance herzustellen, war ihr gegensätzliches Wesen im Ring. Felix war der bessere Boxer, aber Mert der härtere Kämpfer.

An diesem Abend diskutierten sie über die Weltmeister Henry Maske, Dariusz Michalczewski und Sven Ottke.

»In Amerika wäre Ottke nie Weltmeister geworden, genau wie Henry Maske«, sagte Mert. Mit seinem defensiven, kopfgesteuerten Kampfstil galt Ottke für ihn als Hasenfuß.

Felix hingegen fand, dass Ottke die wichtigste Boxregel verinnerlicht hatte. »Schlagen kann jeder, nicht getroffen zu werden ist die Kunst.«

»Angriff ist die beste Verteidigung, sieht man auch bei Tyson«, sagte Mert.

Bei der Nennung des Namens versteifte Nadja kaum merklich.

»Beim Profiboxen geht es doch sowieso nur um Show«, sagte Felix.

»Immerhin ist die Show bei Tyson gut«, warf Nadja ein, »das kann man von Maske nicht gerade behaupten.« Sie intonierte »Time to say goodbye«. Dabei zog sie die Vokale ins Unendliche und tastete auf dem Tisch umher, als sei sie blind.

»Maske hat doch immer riesig Show gemacht«, sagte Felix.

»Das war ja gerade das Schlimme«, erwiderte Nadja. »Und dieses Geschwätz. Maske ist immer so ergriffen von sich selbst, dass es ihm schwerfällt, normal zu sprechen.«

Dass Maske unter seinen Boxkollegen beim HBC 21, beim Verbandstraining, eigentlich bei allen West-Boxern und im Speziellen bei Mert als Feigling galt, verärgerte Felix. Er hatte persönlich nicht mal viel für Maske übrig, aber immerhin stellte der sich in den Ring und riskierte wie jeder andere auch, geschlagen zu werden. Das alleine verlangte nach einem Mindestmaß an Respekt.

»Maske konnte boxen, da kann man wohl nichts anderes behaupten.«

»Boxen vielleicht, aber nicht kämpfen. Mit Maske hätte ich mich jederzeit in den Ring gestellt, der hätte mir nicht wehtun können«, sagte Mert.

»Aber du hättest ihn nicht erwischt.«

Angelika versuchte die Anzeichen eines Konflikts zu überspielen, indem sie betriebsam war. Sie deckte auf, erkundigte sich nach Wünschen für Beilagen, sah Nadja Hilfe suchend an. Nadja kämpfte den Reflex nieder, ihrer Schwägerin zur Hand zu gehen.

»Maske ist Michalczewski immer aus dem Weg gegangen, das hat auch seine Gründe«, sagte Mert nach einer langen Pause.

»Ach herrje, der deutsche Pole«, sagte Felix.

»Der hätte Maske weggehauen, keine Frage.«

»Das wissen wir nicht. Maske hat ganz andere Leute ausgeboxt.«

»Der hatte Schiss vor Dariusz.«

»Das glaube ich kaum.«

Angelika trug Essen auf. »Lixi, nun lasst doch mal eure Streitereien. Ich bin ja schon froh, dass ihr nicht mehr gegeneinander antreten müsst.«

Sie aßen Sauerbraten mit Reis, Spätzle als Beilage hatte Felix verboten. Als Mert ihm die Bohnen reichen wollte, erklärte Angelika: »Lixi mag doch keine Bohnen.«

Mert brummte wohlig, um Angelika zu zeigen, dass es ihm schmeckte. Für Felix war die Diskussion noch nicht beendet.

»Wenn ihr hier im Westen ein bisschen lernen würdet, wie Maske zu boxen, könnte es auch nicht schaden.«

»Was gibt's denn da zu lernen? Weglaufen auf engstem Raum?«

Felix holte tief Luft, bevor er etwas erwiderte. »Kann ja sein, dass ihr hier vor der Wende die besseren Autos gebaut und die schöneren Klamotten getragen habt, aber wir haben Boxen mit System gelernt.« Er legte sein Besteck zur Seite, um die Bedeutung seines Vortrags zu unterstreichen. »Wir haben gelernt, immer noch zuzulegen, immer noch ein paar Schläge mehr zu schlagen. Hohe Frequenz, andauernde Arbeit. Die Führhand immer ein Stück länger schlagen als der Gegner, immer ein wenig schneller zurückziehen. Wir haben an den letzten Prozent gefeilt. Es ist nun mal so, dass man nur drei oder fünf oder sieben Prozent besser sein muss als der Gegner, um am Ende zu gewinnen. So haben wir das im Osten gelernt. Immer mehr leisten als der Gegner, immer ein bisschen schneller sein, nur so kannst du gewinnen. Immer drei Prozent mehr geben.«

»Und deswegen ist 1989 ja auch der Westen zusammengebrochen«, sagte Nadja.

Felix' Mimik verrutschte. Mert beobachtete ihn, Angelika hielt die Luft an, Nadja nahm noch einen Bissen Sauerbraten. Es dauerte eine Weile, bis Felix sich nicht mehr gegen den Witz verteidigen konnte und seine Empörung überwand. Felix musste lachen. Die anderen durften auch.

Auf dem Heimweg regte sich in Mert das schlechte Gewissen.

Er umarmte und küsste Nadja, was sie verwundert annahm. Sie hatte Partei für ihn ergriffen, auf Kosten von Felix.

Ich hätte nicht mit Heike vögeln dürfen, dachte Mert, ich werde so was nie wieder tun.

Als Mert am Montagabend nach dem Training nach Hause kam, saß Nadja in der Küche auf einem Stuhl, nicht auf der Fensterbank. Mert kannte den Gesichtsausdruck. Sie trug ihn nach langen Streitereien, die sie nie zu einem guten Schluss führten. Es war keine Wut in ihren Augen zu sehen, nur Erschöpfung. Nadja war leer geweint.

Er setzte sich ihr gegenüber.

Mert fragte sich fieberhaft, was passiert war. Etwas mit ihren Eltern? Mit Felix? War Mike Tyson verhaftet worden? Er musste sich bremsen, vor schlechtem Gewissen nicht irgendwas zu beichten. Vielleicht hatte es gar nichts mit ihm zu tun. Es gab noch Hoffnung. Er versuchte es mit einem neutralen Thema.

»Wie war es bei der Arbeit?«

»Nicht so schön.«

Nadja sah ihn bitter an.

»Barbara war völlig fertig, hat andauernd Rezepte durcheinandergebracht und schließlich erzählt, dass sie am Sonntagmorgen schon um fünf Uhr geweckt wurde und nicht mehr einschlafen konnte.«

Mert lehnte sich mit den Ellbogen auf den Küchentisch und hoffte, dass die Anspannung, deren Ursache er nicht lokalisieren konnte, weichen würde, wenn er sich selbst lockerte.

»Als ich sie gefragt habe, warum sie nicht schlafen konnte, hat sie es ausführlich geschildert.«

Nadja hoffte, dass Mert etwas sagen würde, um den bevorstehenden Schmerz zu lindern. Um die Realität, die sie vor langer Zeit ausgesperrt hatten, weiterhin draußen vor der Tür zu halten. Es konnte immer noch ein bizarrer Zufall sein. Aber wenn sie aussprach, was sie gleich aussprechen musste, würde sich unüberbrückbares Unglück zwischen ihnen auftun. Und alles, was Mert noch sagen könnte, würde sie als Ausrede werten.

Mert schwieg.

»Wie sich herausgestellt hat, arbeitet Barbaras Mitbewohnerin auf dem Kiez, im Hans-Albers-Eck. Eine Kollegin von dir. Sie heißt Heike.« Nadja fixierte Mert, versuchte eine Reaktion abzulesen, aber der Name versickerte in Merts Ausdruckslosigkeit.

»Diese Heike hat Samstagnacht einen Mann mit nach Hause gebracht«, fuhr Nadja fort. »Und offensichtlich hatten die beiden so laut Sex miteinander, dass Barbara nicht mehr schlafen konnte. Und die Nachbarn auch nicht.«

Merts Magen zog sich zusammen. Ich habe danach nicht mal geduscht, das war alles, was er denken konnte.

»Es ist ja wohl nicht sehr wahrscheinlich, dass noch ein anderer Typ mit langen Locken und einem Veilchen im Hans-Albers-Eck arbeitet.«

Mert fühlte sich in die Ecke getrieben und wusste nicht, wie er sich aus der Situation befreien sollte. Er hätte reingehen können in die Bedrohung, die Wahrheit sagen. Aber von allen Menschen wollte er Nadja am wenigsten wehtun. Also sah er sich gezwungen, sich hinter seiner Deckung zu verschanzen.

»Was habt ihr gemacht?«

Da Mert nichts zu seiner Verteidigung vorbringen konnte, schwieg er.

»Es muss ja ziemlich toll gewesen sein, wenn diese Heike die halbe Nachbarschaft zusammengeschrien hat.«

Mert sah sie gequält an.

»Sag schon, was habt ihr gemacht?«

»Was glaubst du denn?«

»Ich will wissen, ob ihr nur miteinander geschlafen habt, oder ob da noch mehr ist. Du bist ja nicht sehr zurückhaltend, was das angeht.«

Nadja wollte einen Schmerz, der ihr helfen würde, von Mert loszukommen. »Sag schon. Nichts kann schlimmer sein als das, was ich mir vorstelle.«

So banal die Stunde mit Heike gewesen war, so sehr beschämte Mert jetzt die Erinnerung, als er sich gezwungen fühlte, sie zu schildern.

»Wir haben nur miteinander geschlafen«, sagte er.

»Du lügst«, sagte Nadja, »ich kenn dich doch.«

»Okay, wir haben das ganze Programm durchgezogen.«

»Was heißt das?«

»Was soll das schon heißen? Wir haben alles gemacht.«

»Und natürlich ohne Kondom, oder? Erzähl mir bloß nicht, dass dir dieses Mal eingefallen wäre, vielleicht mal ein Kondom zu benutzen. Du hast bestimmt nicht daran gedacht, was du mir damit alles anhängen könntest.«

Mert richtete sich auf, sein Rücken schmerzte von der Starre.

»War es gut?«

»Ach Nadja, jetzt hör doch mal auf.«

»Ich hätte es wissen müssen. Ich wusste es eigentlich auch. Was für ein Typ du bist. Mein Bruder hat mich immer gewarnt, alles in mir hat mich gewarnt. Ein Mann wie du kennt keine Grenzen. Du bist zu dumm, um dir der Konsequenzen deines Handelns bewusst zu sein.«

»Es hatte nichts mir dir zu tun.«

»Oh, das weiß ich. Es hat mit dir zu tun. Du bist einfach nicht viel weiter als ein Affe, der sich auf den nächsten nackten Hintern stürzt. Der sein Revier markieren möchte. Ich hab nur den Fehler gemacht zu glauben, dass du dich vielleicht ändern könntest. Dass du Rücksicht nehmen würdest. Ich hab's nicht anders verdient, so bescheuert, wie ich bin. Eine dumme, betrogene Frau mehr auf dieser Welt. Ein Abziehbild.«

»Du kennst mich doch. Ich will dir nichts tun.«

»Ja, ich kenne dich. Und genau deswegen darf ich mich nicht beschweren. Es war nichts anderes zu erwarten. Alles, was ich in dir gesehen habe, waren nur meine eigenen bescheuerten Wünsche. Kleinmädchenpoesie über Romantik und Liebe. Aber du hast mir die Augen geöffnet. Vielen Dank.«

Mert steckte die Schläge ein, bis er benommen war. Er stand auf, schleppte seine Sporttasche in den Flur und zog Klamotten aus den Fächern, die Nadja ihm vor langer Zeit freigeräumt hatte. Er konnte sich nicht mehr erinnern, wann.

Die Vorstellung, gemeinsam alt zu werden, hatte sich in Mert eingenistet, wenn Nadja seine Geburtstage ausrichtete, wenn sie einen Weihnachtsbaum kaufen gingen. Wenn sie ihm kommentarlos einen Kühlbeutel aus dem Eisfach reichte. Wenn er etwas in der Wohnung montierte, wenn sie gemeinsam ausgingen. Wenn sie darüber sprachen, wem ihr Kind wohl ähnlich sehen würde. Alles verloren. Nadja stand im Türrahmen zur Küche. Sie sprachen kein Wort. Nadja weinte still, bis Mert angezogen war und die Tür hinter sich zuzog, ohne sie noch einmal anzusehen. Dann sank Nadja im Flur zusammen und hockte dort eine Weile. Sie legte sich aufs Bett und starrte an die Decke, bis sie am nächsten Morgen wieder zur Arbeit musste.

25

Mister Sambot erscheint so regelmäßig wie Ebbe und Flut. Sein Besuch gibt Mert ein Gefühl der Verlässlichkeit. Mister Sambot weiß, dass er Mert nicht per Telefon erreichen kann, und fährt direkt vor. Selten muss er sein Glück öfter als zwei- oder dreimal versuchen. Heute ist es das zweite Mal.

Mittags hatte es eine Stunde stark geregnet, dicke Tropfen, die auf die Haut peitschten. Danach war Mert eine Runde laufen gegangen. Er trägt noch seine Sportkleidung und sitzt in einem durchgeschwitzten T-Shirt auf dem Balkon, als er Mister Sambots schwarzen Mercedes herangleiten sieht. Die Sonne brennt die Oberflächen schnell trocken, nur in den Schlaglöchern sammelt sich das Wasser.

Mister Sambot parkt in einer großen Pfütze. Auf Phuket gilt ein Mittelklasse-Toyota schon als Luxus, also geht Mert davon aus, dass sich hiesige Boxpromoter nicht allzu sehr von denen in Deutschland unterscheiden. Wer auf Phuket einen Mercedes fährt, verdient mehr Geld, als die Moral verträgt. Aber im Vergleich zu seinen deutschen Kollegen ist Mister Sambot fast ein Ehrenmann. Er versucht Merts Gage herunterzuhandeln, indem er die Gegner kleinredet und die Veranstaltung als schwach bezeichnet. Die Zeiten sind sowieso schlecht. Aber sobald sie sich einig sind, versucht Mister Sambot nicht mehr nachzuverhandeln. Es gibt keine unerwarteten Abzüge, keine Sonderkosten, die plötzlich zu Lasten der Kampfbörse gehen. Wenn Mert mit deutschen Promotern zu tun hatte, war das einzig Sichere, dass es keine Sicherheiten gab, selbst wenn der Vertrag bereits unterschrieben war. Da zählte man besser seine Finger ab, nachdem man einem von ihnen die Hand geschüttelt hatte.

Der Hund knurrt Mister Sambot an. Guter Hund, denkt Mert, hat die richtigen Instinkte. Aber eigentlich freut sich Mert über die Besuche von Mister Sambot. Bestimmt kein Menschenfreund, genau wie die Mamasan. Beiden muss es egal sein, was mit den Leuten geschieht, die sie in ihr Unglück treiben, Ausbeutung gehört zu ihrem Jobprofil. Aber wenigstens respektieren sie Einsatzwillen und betrügen einen nicht mehr als notwendig.

Mister Sambot schleppt sich die schmale Treppe hoch. Er trägt ein kleines Hütchen, ungewöhnlich für einen Thai. Vielleicht hat er in einem Film gesehen, dass Männer wie er Hütchen zu tragen haben. Es fehlt nur eine abgekaute Zigarre, um das Klischee abzurunden. Doch zwischen seinen Fingern, die mit dicken Ringen geschmückt und deren Nägel lang und spitz zugefeilt sind, hält Mister Sambot einen Taschenrechner.

Mert und Mister Sambot verhandeln auf Englisch, da entsteht Raum für Missverständnisse. Es war schon vorgekommen, dass Mister Sambot einen Kampf gegen einen großen Amerikaner mit wenig Erfahrung ankündigte, stattdessen aber ein Holländer in den Ring stieg, der über hundert Kämpfe hatte und Mert grün und blau trat. Doch bei einer Frage verlangt ihre Verhandlung Präzision: bei der Börse. Dafür ist der Taschenrechner. Die Beträge werden eingetippt.

Mister Sambot zeigt sich begeistert, dass Mert schon wieder im Training ist. Er klopft ihm zweimal mit der flachen Hand auf die Brust, dass die Schweißtropfen spritzen, dann wischt er seine Hand an der Hose trocken. Mert stellt Wasser für einen Tee auf. Mister Sambot setzt sich auf den Balkon und wartet. Sein Hütchen legt er auf den Tisch. Es ist zu schwül, um es aufzubehalten, für den Auftritt muss es genügen. Mert hängt einen Beutel Tee in die Tasse, greift sich eine große Flasche Wasser unter der Küchentheke, nimmt seinen Knetball und setzt sich raus zu Mister Sambot.

»Good fight!«, sagt Mister Sambot und macht ein paar Bewegungen in der Luft, die aussehen sollen wie Merts Schläge, mit denen er Woodcomb besiegt hat. Aber schon an der Art, wie Mister Sambot seine Schultern hält, kann Mert ablesen, dass der große Promoter nie selbst geboxt hat. So ist die Welt nun mal: Die einen wissen, wie man kämpft, die anderen, wie man Profit damit macht.

»Two weeks you fight?«

»Too soon.« Mert tippt auf seine Stirn. Die Fäden sind gezogen, die Haare nachgewachsen, aber man kann die Narbe noch gut erkennen, sie schimmert rötlich. Wenn zu früh draufgeschlagen wird, platzt sie wieder auf. Mister Sambot hebt zu einem Klagelied an, das Geschäft läuft schlecht, kaum Touristen in dieser Saison, keine guten Kämpfer. Er nippt an seinem Tee, dann fragt er: »When you fight?«

»Six weeks.« Mert hält sechs Finger hoch. Erneutes Klagen, diesmal andersrum, gerade beginnt die Hochsaison, viele Touristen, many Germans, gutes Geld – aber keine guten Fights. Mert zuckt mit den Schultern, setzt seine Wasserflasche an und trinkt sie zu einem Drittel aus, während er unten auf der Straße den Hund sieht, der sie zu beobachten scheint. Was meinst du dazu?, denkt Mert. Der Hund gähnt und rollt sich zusammen.

»Four weeks! Big american! Not many fights! You fight!« Wenn Mister Sambot eine englische Formulierung gelingt, scheint er so stolz darauf zu sein, dass er sie wie einen Befehl ausspuckt, selbst wenn es eine Frage ist.

»When is big fight in Lumpini Stadium?«, fragt Mert.

»Next fight! After fight real big! First fight here!«

Mert tippt auf dem Taschenrechner, dann dreht er die Zifferntasten zu Mister Sambot und schiebt ihm das Gerät über den Tisch.

Mister Sambot jault auf, schlechtes Jahr, bad business in Europa, »No money! Tourists no money!«, alles wird teurer, sogar das Benzin für den Mercedes. Dann hämmert Mister Sambot 20 000 in die Tastatur, dreht das Display zu Mert und macht eine Geste dazu, als ob ihm die Luft abgeschnürt wird.

Mert drückt die C-Taste, tippt 60 000 ein. Dann geht er rein, zieht sein T-Shirt aus, nimmt sich ein Handtuch aus dem Bad und trocknet sein Gesicht und seinen Oberkörper. Mister Sambot klagt immer noch, als Mert wieder auf den Balkon zurückkehrt. Auf dem Display stehen nun 25 000.

Mert tippt 65 000 ein. »You kill me!«, ruft Mister Sambot, springt auf und schlägt sich mit der Hand auf den Kopf. Mert lehnt sich zurück, nimmt seinen schwarzen Ball und knetet ihn, bis Mister Sambot sich wieder eingekriegt hat. Mister Sambot tippt 30 000 ein. So geht das fünf Minuten, bis sie sich auf 45 000 Baht einigen.

Als Mister Sambot nach seinem Hütchen greift, fällt Mert noch etwas ein.

»How big the american?«

»Big! Big!«

»How big?«

»Hundred ten Kilos!«

»How big?« Mert macht eine Handbewegung, die zeigen soll, dass er sich nicht nur für das Gewicht, sondern für die Größe seines Gegners interessiert.

»Big! Bigger than you!« Mister Sambot hält seine Hand hoch in die Luft.

»How old?«

»Not know!« Dann lacht Mister Sambot, setzt sich sein Hütchen auf, lässt den Tee stehen und stampft die Treppe hinab. Der kleine Hund springt auf und kläfft. Mister Sambot tritt nach ihm, aber der Hund weicht mühelos aus, gerade so weit, um nicht getroffen zu werden. Mister Sambot landet mit seinem Fuß in einer Pfütze und schimpft, bis seine Stimme von der zuschlagenden Autotür verschluckt wird. Mert mag den Hund. Gute Meidbewegung, denkt er, nach dem wird nicht zum ersten Mal getreten.

26

Mert sprach mit niemandem über seine Trennung von Nadja. Er hatte zu lange verinnerlicht, Schmerz nicht zu zeigen, weil der Gegner dadurch wusste, dass man empfindlich getroffen war. Mert zuckte nicht, wenn er einen Wirkungstreffer einsteckte, und diese Angewohnheit zog sich in alle Lebensbereiche. Wenn er sich an einer Pfanne verbrannte, hielt er seinen Finger schweigend unter kaltes Wasser. Wenn er sich den Kopf stieß, rieb er über die Stelle und fluchte in sich hinein. Wenn ihn jemand auf Nadja ansprach, zuckte er mit den Schultern.

Er war übergangsweise bei Stefan eingezogen, der von seiner Frau verlassen worden war, aus Gründen, über die ebenfalls nie gesprochen wurde. Nach zwei Monaten fragte Stefan, ob Mert sich an der Miete beteiligen wolle. Stefans Wohnung war zu groß für ihn alleine. Sie lag im schlechteren Teil von St. Georg, nahe am Steindamm. Sie war mit einer schweren Stahltür gesichert, aber innen behaglich. Dielenboden, hohe Decken, drei Zimmer, ein langer Flur, eine große Küche.

Mert hatte sich im kleinsten Zimmer eingerichtet, zwischen einem zusammengeklappten Bügelbrett, einem Regal mit aussortierten Küchengeräten und einem alten Sessel. Nach einem halben Jahr kaufte er sich ein Video-Fernseher-Kombigerät, das er auf den Sessel stellte. Wohnlich wurde es nicht, Nadja war für die Einrichtung zuständig gewesen.

Ein günstiger Nebeneffekt des Zusammenlebens mit Stefan war, dass sich immer Huhn, Reis, tiefgekühlter Spinat und Eier im Kühlschrank befanden. Stefan aß noch wie zu aktiven Zeiten.

Nach der Trennung von Nadja schlichen sich üble Angewohnheiten ein, die Merts Alltag bald ausfüllten. Er trainierte zwar härter denn je, doch nach einem Wettkampf soff er ein paar Tage ohne Maß, nur um sich in der folgenden Wettkampfvorbereitung mit besonders brutalen Trainingseinheiten dafür zu bestrafen. Er trat in einen permanenten Wettbewerb mit sich selbst. Als er so weit war, dass er innerhalb einer Woche mit zwei verschiedenen Frauen geschlafen hatte, arbeitete er daran, mit zwei Frauen an einem Tag zu schlafen. Als auch das geschafft war, machte er sich daran, mit zwei Frauen gleichzeitig zu schlafen. Er stellte Rekorde auf, mit denen man nur in der Umkleidekabine punkten konnte.

Dabei stellte Mert fest, dass Nadja recht gehabt hatte. Es ging nicht um die Frauen, es ging um ihn. Er fühlte sich aufgewertet, wenn er Frauen ins Bett bekam. Leider hielt dieser Effekt nicht besonders lange an. Bumsbekanntschaften zu schließen war einfach, wenn man ein bisschen Abenteuer versprach, sich stark fühlte und im Nachtleben arbeitete. Die Frauen wurden dabei zunehmend austauschbar. Alle außer Nadja. Sie war eine Herausforderung gewesen. Ihretwegen hatte er sich bemüht, weniger asozial zu sein. Er hatte sich mit dem beschäftigt, was sie sagte, und ihr das erzählt, was ihn umtrieb. Sie machte ihn klüger. Je länger ihre Trennung zurücklag, umso mehr stellte Mert fest, dass nicht er sich geändert hatte, sondern Nadja ihn.

Mert wurde Hamburger Schwergewichtsmeister und scheiterte bei der norddeutschen Meisterschaft in der Vorrunde. Im Folgejahr gewann er die norddeutsche Meisterschaft und bereitete sich noch verbissener auf die deutsche Meisterschaft vor. Meistens trainierte er mit Ali, machte zu dieser Zeit aber auch ein letztes Mal Sparring mit Stefan.

Mert brauchte ein paar Sekunden, bis er merkte, dass Stefan ihm nichts mehr anhaben konnte. Größer und stärker war Mert immer schon gewesen. Nun war Stefan alt geworden, während Mert ein gutes Auge bekommen und sein Timing verbessert hatte. Er schlug ansatzlos, dynamisch und ließ seine Gegner keine Sekunde zur Ruhe kommen, auch nicht im Sparring. Nach einer Minute schwanden Stefan die Kräfte, und Mert traf ihn nach Belieben. Nach der fünften Schlagserie blutete Stefan aus Nase und Mund, aber er steckte nicht zurück, sondern griff weiter an. Er bezog seine Prügel mit Anstand. Wer die Hitze nicht aushält, muss raus aus der Küche.

Merts und Stefans Schläge knallten durch die Halle, in der die Kämpfer des BC Einigkeit gegen die Januarkälte antrainierten. Die restlichen Boxer stellten die Arbeit an den Geräten ein, einer nach dem anderen ließ die Fäuste sinken und sah zum Ring. Erst dadurch wurde Kalle Trabert auf das Treiben aufmerksam.

Stefan ging mit gesenktem Kopf nach vorne wie ein Bulle, doch Mert fing ihn mit harten Geraden ab. Dann setze Mert nach, drängte Stefan in die Ecke und schlug Haken, die die Deckung des kleineren Mannes teilten und ihn trafen. Stefan hielt dagegen, schlug in Merts Serien hinein. Kalle unterbrach die Schlägerei mit Gebrüll. »Was macht ihr Kapeiken da eigentlich?«

Mert und Stefan reagierten augenblicklich, ließen die Fäuste sinken, klopften sich mit den Handschuhen gegenseitig ab. Sie lehnten sich nebeneinander über die Ringseile und rangen nach Luft.

»Mert hat mir nur was gezeigt«, sagte Stefan. Er sah übel aus.

Er legte seinen Kopf in den Nacken, zog einen Handschuh aus und drückte das Blut aus seiner Nase. Er ging im Kreis und wartete, bis sein Puls sich wieder beruhigte.

Stefan erinnerte sich an die Abreibungen, die er Mert früher verpasst hatte. Er erinnerte sich auch daran, dass es ihm als jungem, dummem Anfänger ebenso ergangen war. Er wusste, wie es sich anfühlte, wenn man seinen Peiniger später bezwingen konnte, und er gönnte Mert den Erfolg. In die Erkenntnis der eigenen Unterlegenheit mischte sich Stolz, etwas in Mert hervorgebracht zu haben, das immer mit Stefan verbunden bleiben würde. Kein Boxer vergisst sein erstes Mal. Stefan zog seinen Handschuh wieder an. »Los, eine Runde geht noch, oder kannst du nicht mehr?«, fragt er Mert.

Von diesem Tag an war Mert die Nummer eins bei Kalle und beim BC Einigkeit. Die Fortgeschrittenen grüßten ihn respektvoll, die Anfänger räumten die Geräte, wenn er an einem bestimmten Sandsack trainieren wollte.

Immer wieder erschienen Neue beim Training, die ihren Eifer unter Beweis stellen wollten und Kalle Löcher in den Bauch fragten. Doch Kalle konnte nie erklären, warum man machen musste, was man tat. Typen, die in jeder Rundenpause wissen wollten, wie man einen Schlag zu schlagen hatte, wie eine Serie korrekt ausgeführt wurde, hatten einen schweren Stand bei Kalle. Wenn ihr Eifer sie dazu trieb, schon nach kurzer Zeit zu fragen, wann sie endlich in den Ring durften, schickte Kalle sie zum Sparring mit Mert. Die meisten kamen danach nicht wieder. Und diejenigen, die wieder kamen, fragten nicht noch mal nach. Die wenigen, die sich durchbissen und beim nächsten Sparring trotzdem versuchten, Mert zu treffen, hatten die Chance, etwas zu lernen. Mert zeigte ihnen ab dem zweiten oder dritten Aufeinandertreffen, was sie alles falsch machten. Ein Junge namens Theo entwickelte sich gut und brachte die nötige Mischung aus Größenwahn und Demut mit, die ein Boxer braucht. Bevor er zum dritten Mal mit Theo in den Ring stieg, fragte Mert: »Wie heißt du noch mal?«

»Theo.«

»Mert.«

Sie stießen die Handschuhe aneinander, dann nahm er Theo auseinander.

Zu Hause blieb Stefan der Chef. Nicht nur weil Mert Untermieter war, sondern weil der Respekt unter Boxern vorgibt, dass der ältere, auch wenn er nicht mehr in der Lage ist, den jüngeren in Schach zu halten, so behandelt wird, wie er auf dem Höhepunkt seiner Leistungsfähigkeit eingestuft wurde. Gegen das Alter kann keiner siegen, also bleibt ein Kämpfer, nachdem er nicht mehr aktiv ist, das, was er früher einmal war. Olympiasieger, Olympiateilnehmer, Weltmeister, Europameister, Landesmeister, Pokalsieger, Stadtmeister oder, wenn kein Titel vorliegt, einfach Killer, Keule, Walze, Ramme, Stinker, Beule, Großer, Kleiner, Dicker, Alter. Wenn Stefan zum Training erschien, was immer seltener der Fall war, wurde er als Meister angesprochen, obwohl sein letzter Sieg bei der norddeutschen Meisterschaft im Mittelgewicht sechzehn Jahre zurücklag.

Außerhalb des Boxvereins war Stefan ein geselliger Mensch. Er verdiente viel Geld mit einem Sicherheitsdienst, indem er Personal zum Personenschutz und für Security-Dienste bei Großveranstaltungen vermietete. In seiner Boxkarriere hatte Stefan genug starke Männer kennengelernt, denen das Adrenalin nicht gleich die Sinne vernebelte, wenn eine Situation außer Kontrolle geriet.

Als Mert sich beklagte, dass er an drei Abenden die Woche an der Tür zu wenig verdiente, bot Stefan ihm an, in der Firma auszuhelfen. Mert begleitete Filmdarsteller, die Premieren besuchten, zog bei Konzerten Ohnmächtige aus der ersten Reihe oder sorgte für die Bewachung von Halbweltpersönlichkeiten, die an Paranoia litten.

Diese Jobs ließen Mert genug Zeit für sein Training, und wenn er abends nach Hause kam, setzte er sich häufig zu den illustren Gestalten, die ihre Küche bevölkerten. Stefan hatte immer Besuch, von Mitarbeitern, Freunden oder Bekannten. Die Abende wurden spät. Es kamen auch Frauen, und manche blieben bis zum nächsten Morgen, bei Mert oder Stefan.

Mert hätte zufrieden sein können, und manchmal fühlte er sich auch so. Aber immer wieder sprangen ihn Gedanken an Nadja an. Wenn er ein Lied hörte, das sie gemeinsam gehört hatten. Wenn ein Film im Fernsehen lief, den sie zusammen gesehen hatten. Wenn Mert mit einer Frau im Bett lag, die nicht Nadja war.

Auf einem Ärztekongress, bei dem Mert als Sicherheitsmann arbeitete, traf er Constanze wieder. Sie schien sich über ihr Wiedersehen zu freuen, die Erinnerung an ihren verkorksten Abschied auf der Reeperbahn war verblasst. Als die Veranstaltung zu Ende ging, fand Mert sie an die letzte offene Bar gelehnt. Constanze hatte schon einiges getrunken und kam direkt zur Sache.

»Na, schaffen wir es diesmal?«

Mert hatte nicht vergessen, wie sie ihn abserviert hatte. Ihr Ausflug in sein Milieu schien ihr einen Nervenkitzel zu verschaffen, nicht mehr als ein Ausflug aus einem Leben, das ansonsten gleichförmig und abgesichert war. Für das Unterlegenheitsgefühl, das er aus jener Nacht auf dem Kiez behalten hatte, wollte Mert sich bei Constanze revanchieren. Also machte er alles mit ihr, was er sich sonst nicht traute.

Dass sich die schöne Ärztin mit ihrem wohlriechenden Haar und ihrer teuren Unterwäsche auf seiner Matratze vögeln ließ, zwischen Bügelbrett und Klamottenhaufen, machte ihn geiler als üblich. Er fickte sie in allen möglichen Positionen, und als sie vor ihm kniete, fing er an, ihr auf den Hintern zu schlagen, bis dieser rot anlief. Jedes Mal, wenn er kam, spritzte er ihr auf den Körper, auf den Hintern, in die Haare, ins Gesicht. Wie um seinen Besitz anzuzeigen. Mert wunderte sich nicht, dass Constanze alles mit sich machen ließ, so betrunken, wie sie war. Es erstaunte ihn jedoch, wie sehr sie es genoss. Je härter er sie anfasste, desto mehr Spaß schien sie zu haben. Morgens um fünf musste sie nach Hause. »O Gott, ich kann kaum laufen«, sagte sie zum Abschied. Sie kniete sich zu Mert auf die Matratze und gab ihm einen Kuss auf den Mund. Bevor er hörte, wie die Haustür ins Schloss fiel, war er wieder eingeschlafen. An Training war an diesem Tag nicht zu denken, er hatte Muskelkater.

Constanze war seit zehn Jahren verheiratet und hatte eine siebenjährige Tochter. In den folgenden Monaten erklärte sie ihm häufig, warum sie sich nicht von ihrem Mann trennen wollte, auch wenn Mert nie danach fragte.

»Ich liebe meinen Mann«, erklärte sie, »und ich liebe meine Tochter. Ich liebe uns als Familie. Irgendwann muss man sich eben entscheiden, ob man immer wieder eine neue Beziehung anfangen möchte oder mit einem Mann zusammenbleibt, auch wenn es mal nicht so gut läuft, und sich nebenher noch was sucht.«

Für Mert war dieses Arrangement praktisch. Mit Constanze zu schlafen war aufregend. Befriedigender als mit seinen Zufallsbekanntschaften, bei denen er die Grenzen des Möglichen nicht ausgelotet hatte und auch kein Interesse aufbrachte, sie zu erkunden. Gleichzeitig besetzte Constanze keinen Platz. Sie gingen niemals gemeinsam aus und trafen sich nur einmal die Woche. Constanze war eine kluge Frau. Mert befragte sie gerne, wenn er zu einem Thema keinen klaren Gedanken fand. Mit ihr gab es jemanden, dem er erzählen konnte, wenn er etwas Besonderes erlebt hatte, und ihre Meinung interessierte ihn. Wenn ihm langweilig war, rief er sie gelegentlich an, immer nur im Krankenhaus, um eine Verabredung zu treffen. Mit Constanze hatte er etwas, was nahe an die Zeit mit Nadja rankam. Aber ohne Komplikationen, Diskussionen und Streitereien über Mike Tyson.

Beim Verbandstraining war Mert über die Jahre zu einem Leistungsträger geworden. Sein Stil war immer noch ungewöhnlich, aber er hatte Kontrolle über seine Handlungen gewonnen. Er war nicht mehr absorbiert von der Aufgabe, sich selbst zu disziplinieren. Er konnte seine Gegner studieren, Schwächen erkennen und sie für sich nutzen. Er gewann Vereinsvergleiche, Turniere und Meisterschaften.

Und wenn er verlor, weil er ausgepunktet wurde, wirkten seine Gegner stets wie Drückeberger, die dem Schlagabtausch aus dem Weg gegangen waren.

Mert und Felix begegneten sich regelmäßig beim Verbandstraining, aber über das unglückliche Ende mit Nadja sprachen die beiden nie ein Wort. Nach der Trennung war Felix dazu übergegangen, Mert mit einem kaum wahrnehmbaren Kopfnicken zu grüßen, so als würden sie sich nur vom Sehen kennen. Auffällig war lediglich, dass sie kein Sparring miteinander machten. Nicht im Vorfeld der Hamburger Meisterschaften, nicht als Felix sich auf die deutsche Meisterschaft vorbereitete. Selbst dann nicht, als Mert sich nach einer Niederlage wieder ins Halbschwergewicht runterhungerte. Sie waren wieder in derselben Gewichtsklasse, und nach Felix gab es in Hamburg im Halbschwergewicht keinen besseren Mann als Mert. Ein Vergleich zwischen den beiden war auf Dauer unvermeidlich.

Beim BC Einigkeit kümmerte Mert sich um Basisarbeit, um Kraft, Schnelligkeit, Ausdauer. Beim Verbandstraining arbeitete er an Kampftaktik und Technik, meistens mit Ali, der ein genauer Beobachter war und sich auf Anraten von Gersch um eine Trainerlizenz bemühte. Mert musste Ali beim Sparring nachjagen wie einem Moskito. Zuerst versuchte er es mit Kombinationen, dann stellte er seine Beinarbeit um, sodass er Ali im Ring den Weg abschneiden konnte. Er traf Ali erst, als er sich die Mühe machte, schneller zu schlagen und dabei nicht seine ganze Kraft in die Schläge zu legen. Ein schneller, lockerer Aufwärtshaken aus der Bewegung traf Ali unter der Deckung hindurch an der Kinnspitze. »Geht doch«, sagte Ali, nachdem er wieder zu sich gekommen war.

Mert wäre gerne zum Sparring mit Felix in den Ring gestiegen, nicht nur um von ihm zu lernen, sondern um eine Nähe herzustellen, die er vermisste. Dass es nicht dazu kam, konnte Mert sich nur dadurch erklären, dass Felix bei Gersch darum gebeten hatte, nicht mit Mert arbeiten zu müssen. Und was Felix wünschte, wurde von Gersch erfüllt.

»Der will mich abstrafen, weil ich seine Schwester schlecht behandelt habe«, beschwerte sich Mert eines Nachts bei Constanze. »Der hasst mich.«

»Vielleicht will er dich auch nur nicht mögen«, sagte Constanze. Sie rollte sich auf die Seite und stützte sich auf ihren Arm.

»Du hast mir doch mal erklärt, dass man sofort weiß, wie ein Mann gestrickt ist, wenn man mit ihm im Ring steht. So geht es Felix bestimmt auch. Und weil er sich mit seiner Schwester solidarisch zeigen will, kann er nicht mit dir boxen, weil er dich dann vielleicht mögen würde.«

Es war nicht auszuschließen, dass sie recht hatte. Mert ließ es auf sich beruhen, und auch die Boxkollegen beim Verband fragten irgendwann nicht mehr nach, warum Mert und Felix getrennt voneinander betreut wurden. Die Situation normalisierte sich, da jeder sie akzeptiert hatte.

27

Mert beschließt, eine gute Tat zu tun. Er geht duschen und zieht sich an. Unten auf der Straße schnappt er sich den Hund und hebt ihn hoch. Der Hund weiß nicht, wie ihm geschieht, nachdem er den Bodenkontakt verliert. Er strampelt, scheint Mert jedoch zu vertrauen. Erst als Mert sich auf sein Motorrad setzt und es anlässt, dreht der Hund durch. Er strampelt und will nach Mert beißen, der ihn sofort loslässt, woraufhin der Hund abspringt und verschwindet. Mert bockt das Motorrad wieder auf. Sein Vermieter beobachtet die Szene, lacht und schüttelt den Kopf. Mert geht die Treppe hoch, zurück in seine Wohnung.

Nach einer Viertelstunde ist der Hund wieder da. Beleidigt blickt er zu Mert auf den Balkon hoch und rollt sich dann vor dem Haus ein. Mert geht wieder runter und setzt sich vor ihn. Nach einer Weile streckt Mert die Hand aus und streichelt dem Hund über den Kopf. Er beißt nicht. Gut, denkt Mert, er nimmt es mir nicht übel. Dann nimmt er ihn wieder auf den Arm, schleppt ihn zu sich ins Apartment und setzt ihn in die Dusche. Da sitzt der Hund und sieht bedröppelt aus. Das kennt er nicht, und was er nicht kennt, das mag er nicht, denkt Mert.

Mert greift zum Duschschlauch und dreht ihn nur so weit auf, dass ein Rinnsal herauströpfelt. Damit benetzt er den rechten hinteren Lauf des Hundes, der das Ganze angstvoll beobachtet, aber über sich ergehen lässt, bis er kurz darauf komplett nass ist. Doch der Hund bleibt verunsichert. Duschgel hat er noch nie gerochen, und er tobt, als Mert ihn einseift. Aber er beißt nicht. Als Mert ihn schließlich abgeduscht hat, schüttelt sich der Hund, rennt einmal im Kreis in der Wohnung umher, bis er den Ausgang gefunden hat und wieder auf die Straße gelangt, wo Mert ihn zwei Minuten später auf seinem angestammten Platz vor der Tür findet, das Fell fast schon getrocknet von der Sonne. Mert stellt seine leere Sporttasche vor den Hund und klopft auf den Boden, um ihm zu bedeuten, dass er reinspringen soll. Aber der Hund spitzt nur die Ohren, legt den Kopf schräg und blickt dann in die andere Richtung. Schließlich nimmt Mert eine Vorderpfote und stellt sie in die Tasche. Nachdem der Hund das geschehen lässt, nimmt Mert die zweite, die dritte, die vierte Pfote, bis er den Hund in der Tasche versenkt hat. Mert schließt die Tasche, bis nur noch der schwarze Kopf herauslugt. Als er die Tasche vom Boden hebt, fällt der Hund um. Er sieht verängstigt aus, bleibt aber friedlich. Erst als Mert sich die Tasche über die Schulter wirft, sich auf sein Motorrad setzt und den Motor wieder anlässt, strampelt der Hund wie in einer Zwangsjacke. Er versucht zu entkommen, doch der Reißverschluss hält ihn zurück.

Mert fährt schnell. Er pendelt oft wochenlang nur von dem schmalen bewohnten Streifen, an dem sein Apartment liegt, bis nach Patong. Wenige Kilometer hin und zurück. Ins Hinterland fährt er selten. Überall bauen sie wie verrückt, so als würde das Grün der Insel von den Rändern her weggefressen. An jeder Kreuzung erheben sich graue Betonskelette hinter Baugerüsten aus Bambus. Es wird nicht mehr lange schön bleiben, denkt Mert. Vielleicht ist es das schon nicht mehr. Mert fragt sich, ob die Thais in zwanzig Jahren bereuen werden, was sie heute alles falsch machen. Doch vermutlich werden sie dann denken, dass es so laufen musste, und sich mit dem zufriedengeben, was ihnen bleibt. Mit den Resten einer vergangenen Zeit, deren Schönheit man erst vermisst, wenn man sie verloren hat.

Mert rast die zweispurige Straße links am stockenden Verkehr vorbei, der Hund hat sich beruhigt oder mit seinem Leben abgeschlossen. Als Mert in den Rückspiegel blickt, sieht er ihn die Schnauze in den Wind halten. In Phuket-Stadt dauert es eine Weile, bis Mert einen Tierarzt findet. Es gibt nicht viele Haustiere auf der Insel, außer Vögeln, die eher in den Müll geworfen als zum Arzt gebracht werden. In der Nähe des Lebensmittelmarktes entdeckt Mert schließlich eine Praxis. Eine junge Thailänderin öffnet die Tür. Sie trägt einen weißen Kittel und spricht gutes Englisch. Als Mert den Hund aus der Tasche befreit, scheint dieser erleichtert zu sein, was auch daran liegen kann, dass er die ganze Tasche vollgeschissen hat. Die Ärztin säubert den zitternden Hund mit einem Schlauch, während Mert versucht, seine Tasche unter dem Wasserhahn auf der Toilette auszuspülen. Der Hund ist gesund und fit, zumindest versteht Mert die Tierärztin so. Sie drückt dem Hund eine Paste in die Schnauze, rasiert am linken Vorderbein etwas Fell weg und setzt eine Spritze. Tollwutimpfung, Wurmkur, den Rest versteht Mert nicht. Alles in allem kostet ihn seine gute Tat zweitausendzweihundert Baht.

Auf der Rückfahrt rührt sich nichts in Merts Tasche, der Hund scheint von den Impfungen geschwächt zu sein. Mert nimmt ihn mit zu sich in die Wohnung. Dort schläft der Hund einen Tag durch, während Mert sich in der Garküche nebenan die Reste einpacken lässt und sie ihm mitbringt. Am Morgen des zweiten Tages ist der Hund wiederauferstanden. Er bellt Mert um sieben Uhr morgens wach, weil er nicht in die Wohnung machen will. Mert lässt ihn raus, dann kocht er sich einen Kaffee, isst seine Bananen, seinen Müsliriegel, macht seine Gymnastik, Liegestütze, Bauchaufzüge, trinkt einen zweiten Kaffee, zieht sich die Laufschuhe und eine Turnhose an und geht runter. Der Hund erwartet ihn.

»Na, Ali, gehen wir laufen?«

Der kleine Ali reagiert auf die Anrede. Er legt den Kopf zur Seite.

»Du trägst jetzt einen großen Namen, das ist dir hoffentlich klar.« Der Hund springt auf, dann laufen sie los.

28

Die Nächte in der Küche wurden ausschweifender, die Gäste zahlreicher. Es dauerte Ewigkeiten, bis Mert begriff, dass Stefan sein Geld nicht nur mit Sicherheitsdienstleistungen verdiente. Als Mert eines Abends spät vom Training nach Hause kam, packte ein junger Mann, den Mert noch nie zuvor gesehen hatte, Kokain auf den Küchentisch und hackte sich eine Line zurecht. Stefan wollte einschreiten, hatte es aber zu spät bemerkt. Es lag etwas Entblößendes in diesem Moment. Stefan fühlte sich ertappt und sah Mert über den Tisch hinweg an, mit einer Mischung aus Ärger und Unsicherheit. Die Sache an sich war nicht so unangenehm wie das damit verbundene Eingeständnis, dass Stefan seine Gäste angewiesen hatte, sie vor Mert zu verheimlichen.

Mert zuckte mit den Schultern. Er fühlte sich wohl in ihrer Wohngemeinschaft, was Stefan sonst mit seinem Leben anfing, ging ihn nichts an.

In den folgenden Wochen wunderte sich Mert, dass ihm nicht viel früher aufgefallen war, was sich nachts in ihrer Küche abspielte. Dass niemand müde wurde und es immer wahnsinnig viel zu erzählen gab.

Als Mert am darauffolgenden Sonntag im Morgengrauen von seiner Schicht im Hans-Albers-Eck nach Hause kam, gesellte er sich zu einer Runde Übriggebliebener. Neben ihm saß eine Frau mit merkwürdigem, schwer verständlichem Dialekt. Ihre Haare hatte sie zum Mittelscheitel gekämmt wie die Jungfrau Maria auf einem Heiligenbildchen. Sie arbeitete in einer Werbeagentur, kam aus Wien und war fasziniert von den Clubs auf der Reeperbahn.

Nachdem sie Mert gefragt hatte, was er mache, kam er nur so weit zu erzählen, dass er boxte. Dringend wollte sie wissen, wie es sei, einen Menschen bewusstlos zu schlagen. Mert versuchte ihr zu erklären, dass es ihm nicht darum ging, dem anderen wehzutun, sondern den Kampf zu gewinnen. Doch als er kurz Luft holte, plapperte die Frau in ihrer seltsamen Sprache dazwischen. Sie erklärte aufgeregt, wie gerne sie ihre Konflikte mit den Fäusten austragen würde, wie sehr sie sich danach sehnte, diesem oder jenem Kollegen die Fresse zu polieren. Wie viel ehrlicher sie die Welt von Mert und Stefan fand, im Gegensatz zu ihrer Arbeit, wo jeder nur so tat, als sei er schlau, schnell oder gewitzt, und wo niemand jemals die ganze Wahrheit sagte.

»Ihr seid so klar. Einfach bumm – und alle Fragen sind beantwortet. Eure Konfrontation ist ehrlich, da wird nicht über Bande gespielt, keine Intrige gesponnen.«

Es machte keinen Unterschied, ob Mert sich eine Antwort überlegte oder sie einfach weitersprechen ließ. »Und ihr seid nicht feig, das finde ich das Beste.«

»Gibt genug feige Boxer.«

»Aber man kann doch nicht feig sein, wenn man boxt. Es kann doch keine feigen Boxer geben. Wer würde denn boxen, wenn er feig ist? Das geht doch nicht.« Die Frau redete auf Mert ein, als wäre er geistig behindert. Sie wiederholte sich und fing an, ihm auf die Nerven zu gehen. »Dieser Mut, dass man sich schlägt, das ist es, was mir in meiner Arbeit fehlt. Du müsstest mal die Männer erleben, mit denen ich tagein, tagaus zu tun habe ... Gsöchte, Schlappschwänze. Feige Boxer gibt es nicht. Das ist doch gefährlich.«

»Gibt auch feige Autofahrer, und das ist auch gefährlich.«

»Ich wäre ein toller Boxer geworden«, sagte die Frau und wirkte dabei so, als wäre sie erleuchtet worden.

Mert wurde müde, und sie deutete sein Schweigen als Widerspruch.

»Du würdest dich wundern, wie geschwind ich lerne. Ich bin schlau und sehr ehrgeizig, weißt du.«

»Hat damit nichts zu tun«, sagte Mert. »Du musst so lange immer denselben Scheiß machen, bis du nicht mehr drüber nachdenkst. Das dauert seine Zeit.«

»Du meinst also nicht, dass es hilft, wenn man gescheit ist?«

»Vielleicht boxt man besser, aber man lernt es nicht schneller.«

»Wie lange brauche ich, um zu boxen?«

»Bis du die Bewegungen draufhast?«

»Na, bis ich kämpfen kann.«

»Du kannst nicht mehr kämpfen.«

»Wieso soll ich nicht mehr kämpfen? Traust mir wohl nicht zu, dass ich kämpfen kann, weil ich hier im feschen Fummel herumsitze und geschminkt bin. Aber ich bin eine totale Kämpferin.«

Mert betrachtete die Frau. Er beugte sich unter den Tisch, um sie bis runter zu den Füßen zu mustern. Dann kam er wieder hoch und dachte eine Sekunde nach, was die Frau noch unruhiger werden ließ.

»Zwei Jahre.«

»Zwei Jahre? Du hältst mich wohl für völlig deppert.«

»Hat damit nichts zu tun, hab ich schon gesagt.«

»Bin ich körperlich ungeeignet?«

»Hab ich nicht gesagt.«

»Aber du hast mich doch ausgecheckt.«

»Ich hab nur nachgesehen, wie die Voraussetzungen sind. Abgesehen davon, dass du derbe schlau und ehrgeizig bist.«

»Und was passt dir nicht?« Sie zog eine Zigarette aus der Schachtel, die vor ihr auf dem Tisch lag, und rupfte dem Mann, der neben ihr saß, das Feuerzeug aus der Hand.

»Hab nicht gesagt, dass mir was nicht passt.«

»Aber du hast doch was gesehen.« Sie blies Mert den Rauch ihrer Zigarette ins Gesicht. Mert blickte sie direkt an, und das ließ sie zur Ruhe kommen, als habe man sie in eine Tonne mit kaltem Wasser getaucht.

»Du bist ohne Schuhe höchstens 170 Zentimeter groß und wiegst etwa sechzig Kilo. Das ist kein gutes Verhältnis, weil deine Fesseln und Handgelenke schmal sind, also müsstest du eher Gewicht verlieren als zulegen. Du hast keine Muskelzeichnung in den Beinen, an den Armen kann ich es nicht sehen, wegen der Ärmel. Du hast also noch nie regelmäßig Sport gemacht, oder es ist schon lange her. Allein um die Kondition aufzubauen, wärst du ein Jahr beschäftigt. Du rauchst, nimmst Drogen, trinkst Wein. Kannst du alles vergessen. Das da ...«, Mert beugte sich nach vorn und deutete auf die zarte Ausbuchtung unter ihrer Bluse, kurz über dem Rockbund, »... ist schlechtes Fett. Das musst du loswerden, das kannst du nicht in Muskeln umsetzen. Du bist auf jeden Fall über dreißig, da verbrennt man das schlecht, dauert alles doppelt so lang. Und ob du dann die ganzen Bewegungsabläufe lernst, wenn du noch keinen anderen Kampfsport gemacht hast, das muss sich auch noch zeigen. Und Wettkämpfe darfst du in deinem Alter sowieso keine mehr machen.«

Die Frau sprang auf, ihr Stuhl flog durch die Küche. Die Gespräche erstarben. Sie zerrte ihre Handtasche unwirsch von der Stuhllehne, was ihren Abgang verdarb. Dann stürmte sie aus der Wohnung, verfolgt von ratlosen Blicken.

Mert stemmte sich vom Tisch hoch und ging ins Bett. Er fühlte sich vergiftet vom Rauch und dem Gespräch.

Nach fünf Stunden traumlosem Schlaf wachte Mert auf und ging in die Küche. Stefan stand in Unterhose an der Kaffeemaschine und füllte den Filter auf. Sein Bauch ragte über den Bund, er sah wächsern aus. Er schlief wenig und ging nur noch selten zum Training. Zu viel Arbeit, zu viele Verabredungen.

Mert setzte sich, und Stefan stellte ihm ohne Aufforderung einen Kaffee hin.

»Was hast du Claire eigentlich gesagt, dass sie so beleidigt abgehauen ist?«, fragte Stefan.

»Sie hat mich gefragt, ob sie boxen lernen kann.«

»Und dann hast du sie beleidigt?«

»Hab ich nicht.«

»Du musst sie doch beleidigt haben, so wie die hier rausgestürmt ist.«

»Ich hab ihr nur erklärt, dass ihre Voraussetzungen nicht optimal sind.«

Stefan nahm Käse, Wurst, Butter und geschnittenes Schwarzbrot aus dem Kühlschrank und stapelte alles auf dem Küchentisch.

»Das kannst du nicht machen, Mert. Sie ist eine gute Bekannte.«

»Das heißt?«

»Sie hat Geld.«

»Tut mir leid, wenn ich dir ein Geschäft verdorben hab.«

Stefan schob sich auf die Küchenbank, ohne Mert in die Augen zu sehen. »Nicht so schlimm. Selbst wenn die tödlich beleidigt ist, ruft sie wieder an, wenn sie was braucht.«

»Dann ist es ja auch egal.«

»Ganz egal auch wieder nicht. Die kauft oft und viel.«

Mert kaute auf dem Schwarzbrot herum und spülte die Brösel mit Kaffee hinunter. »Was machst du eigentlich, wenn dich jemand verpfeift?«

»Das Gute an dem Geschäft ist, dass alle mit drinhängen. Da verpfeift mich niemand. Solange ich nicht anfange, im großen Stil zu dealen, bin ich auf der sicheren Seite.«

»Vielleicht solltest du selbst die Finger davon lassen.«

»Geht nicht. Das ist wie bei einem guten Wirt, man muss auch mal mit den Gästen saufen.«

»Du siehst irgendwie fertig aus.«

»Für dich reicht es noch!«, sagte Stefan, aber er wusste selbst, dass es nur ein Reflex war. Etwas, das der Ältere dem Jüngeren sagte. Es würde für kaum jemanden mehr reichen, und am wenigsten für Mert.

Stefan dachte noch wie ein Boxer, aber sein Körper war nicht mehr in der Lage, die Gedanken umzusetzen. Statt Stärke hatte Stefan eine neue Grundlage für sein Selbstbewusstsein entdeckt: Geld.

Der Sicherheitsdienst lief gut, das andere noch besser.

Stefan kaufte sich einen BMW X5 mit Goldmetallic-Lackierung. Er zahlte dem Händler Handgeld, damit er einen der ersten ausgelieferten Wagen bekam. Während Merts Zimmer nur so weit eingerichtet war, dass er darin hausen konnte, war der Rest der Wohnung zu einem Paradies für ein großes Kind geworden. Zuerst hatte Stefan einen riesigen Fernseher in sein Schlafzimmer gestellt. Bald standen

Bildschirme in jedem Raum, dazu eine Nintendo-Konsole und eine Playstation 2. Das Radio wurde durch eine High-End-Stereoanlage ersetzt, eine Putzfrau kam zweimal die Woche. Eines Tages wurde ein mannshoher Rotweinschrank angeliefert und befüllt, obwohl Stefan keine Ahnung von Wein hatte und meistens Bier trank. Mert zahlte immer noch Miete, zweihundert Euro im Monat. Doch das hatte nur symbolischen Wert.

Stefan und Mert bezeichneten sich als Kumpel. Wenn sie aber zu zweit unterwegs waren, wirkte Mert wie Stefans Leibwächter. Nicht nur, weil Mert fast einen Kopf größer war, sondern weil man Stefan nicht mehr ansah, dass er selbst einmal geboxt hatte. Mert konnte verfolgen, wie der ehemalige Landesmeister immer mehr zu Stefan Kleinschmidt wurde, einem stämmigen Mann mit zu langen, dünnen Haaren. Stefan sprach häufig davon, wieder regelmäßig zum Training zu kommen und noch mal alles aus sich herauszuholen. Aber Mert wusste, dass Stefan fürs Boxen verloren war. Asterix wurde zu einer Erinnerung, die Wirkung des Zaubertranks war verflogen.

29

Die Tage gleichen sich so sehr, dass Mert das Gefühl dafür verliert, wie lange er schon hier lebt, aufs Meer blickt und wartet, dass etwas passiert. Er erinnert sich nicht mehr an bestimmte Ereignisse, alles ist eins. Derselbe Strand, das Training, morgens der Pfannkuchenbäcker, abends die Sunshine Bar.

Die Alte kommt zum Putzen, Mert räumt notdürftig zusammen, dann will er raus, weil er ihr nicht gerne bei der Arbeit zusieht. Er geht runter, ihr Mann sitzt an der Straße. Das Haus gehört ihm, aber Mert sieht ihn nie arbeiten. Nur die Frau putzt und meckert. Sein Vermieter sagt etwas, schaut dabei in den Himmel und gestikuliert. Mert versteht nichts, aber er vermutet, es geht ums Wetter.

»Good day. No rain today?«, sagt Mert. Der Vermieter wird lauter, er scheint sich zu beklagen. Doch Mert ist nicht sicher. Es hört sich oft an, als würde der Mann klagen, und am Ende lacht er.

»See you later«, sagt Mert, winkt und geht die Straße runter. Ali, der zuvor unbeteiligt gewirkt hat, springt auf und trabt neben ihm her.

Er geht zu seiner Masseurin. Sie hat noch einen Kunden, gibt Mert aber mit einer Geste zu verstehen, dass er warten soll. Der Kunde liegt bereits auf dem Rücken, sie ist also bald durch mit ihm. Neben ihr arbeiten sich drei Kolleginnen an großen, weißen, unglücklich tätowierten Männern ab. Mert schwitzt schon von den paar Schritten, die er gegangen ist. Er kann sich kaum vorstellen, wie anstrengend es sein muss, in der prallen Hitze Körper zu kneten. Ali rollt sich unter einer Liege im Schatten zusammen. Es sind fast nur Frauen, die massieren. Überhaupt scheinen die Frauen hier alles am Laufen zu halten, auch in den Bars und Restaurants in Patong.

Die Masseurin ist fertig, bekommt ihr Geld, schüttelt kurz die Hände aus und klopft auf die Liege, als Zeichen für Mert, dass er Platz nehmen soll. Mert setzt sich und sieht, dass sie ihr Plastikkörbchen, in dem sie ihr Mittagessen von einem Botenjungen gebracht bekommt, noch nicht angerührt hat. Er deutet darauf, dann auf sie. Sie versteht ihn falsch, bietet ihm etwas an. Es bedarf einiger Gesten und Verrenkungen, bis Mert ihr klargemacht hat, dass sie essen soll, dass er Zeit hat.

»Eat!«, sagt er. Dabei formt er seine Finger zu einem Schnabel, führt sie zu seinem Mund und deutet wieder auf die Masseurin. Sie setzt sich neben ihn auf die Liege, ein dünner Kranz aus Schweißperlen fasst ihr Gesicht ein. Sie isst ein paar Bissen. Beide schweigen und lächeln. Dann schließt sie den Plastikkorb und stellt ihn unter die Liege. Ali schnuppert daran. Mert ist nicht sicher, ob sie nur drei Happen genommen hat, um ihn zu beruhigen, oder ob sie schon satt ist. Immerhin hat er es versucht. Er legt sich hin, sie wischt sich mit dem Ärmel über die Stirn und legt los.

Nachdem seine Massage vorbei ist, steht Mert auf, zahlt, bedankt sich mit einer kurzen Verbeugung und geht in eine der drei Garküchen in der nächsten Seitenstraße, die er abwechselnd besucht. Er bestellt zwei Portionen Huhn, isst das meiste davon und stellt Ali den Rest hin. Dann hat er eine Idee für den heutigen Tag. Er geht zurück zum Haus, steigt auf sein Motorrad und wirft es an. Ali verschwindet, sobald er das Motorengeräusch hört. Für ihn bedeutet es nichts Gutes.

Mert fährt zur Phuket Shooting Range. Er kommt so oft daran vorbei, zweimal, viermal am Tag, immer abhängig von der Routine, die er gerade abspult. Er ist schon ewig nicht mehr auf die Idee gekommen, dort reinzugehen.

Gleich als sie in Patong gelandet waren, wollte Mert in die Shooting Range, aber Ali hatte etwas dagegen.

»Quatsch! Das ist ja wohl das Bescheuertste überhaupt, direkt nach Bungee-Jumping.«

Mert und Ali kannten sich schon so viele Jahre, trotzdem wusste Mert nie, was der kleine Mann mitmachte und was nicht. Gokartfahren war in Ordnung, Bungee-Jumping und Schießen waren idiotisch.

»Das ist doch nur Nervenkitzel für Langweiler. Reicht dir die Aufregung im Ring nicht?«, fragte Ali.

»Ich wollte nur mal wissen, wie das ist, mit einer echten Waffe zu schießen.«

»Wie soll das schon sein? Scheiße ist das. Wummen sind dafür da, Leute umzubringen. Oder Tiere. Find ich beides elend.«

Stattdessen liehen sie sich zwei Jetski und veranstalteten Rennen auf dem Wasser, bis der Verleiher hysterisch schreiend auf einem Motorboot zu ihnen rausfuhr und dem Ganzen ein Ende bereitete, weil sie sich gegenseitig zu rammen versucht hatten.

Nun ist Ali nicht mehr da, also kann Mert endlich nachholen, was er damals schon wissen wollte. Er parkt vor der

Shooting Range, geht durch die schmale Seitentür und steht direkt vor einem Glastresen, in dem alle möglichen Waffen liegen: Revolver, Pistolen, Pumpguns. Es sind nur Männer in der Anlage, zwei Russen stehen vor ihm am Tresen, drei Einheimische kümmern sich um die Gäste. Natürlich nur Männer, denkt Mert. Wenn es um Quatsch geht, sind wir immer vorne mit dabei.

Als Mert an der Reihe ist, erklärt ihm einer der Mitarbeiter, welche Waffe welchen Durchschlag und Rückschlag hat. Mert entscheidet sich für eine Beretta und kauft zwei volle Magazine dazu, sechzig Baht pro Schuss, ein teures Vergnügen für hiesige Verhältnisse.

Sie gehen zum Schießstand, acht Bahnen nebeneinander. Zwei Bahnen neben Mert haben sich die Russen gleich ein ganzes Waffenlager gemietet. Sie probieren alles durch, was angeboten wird. Der Mitarbeiter hängt eine Zielscheibe an eine Vorrichtung, die er dann im Schießstand nach hinten fahren lässt. Nach fünfundzwanzig Metern fragt er Mert, ob er die Zielscheibe noch weiter wegfahren soll, aber Mert sieht nicht mehr so gut, also belässt er es dabei. Der Mitarbeiter erklärt Mert, wie er die Waffe und den Arm halten soll, damit er stabil zielen kann, doch diese Erklärung ist unnötig. Mert feuert einen Testschuss ab, dann leert er das komplette Magazin in wenigen Sekunden. Der Mitarbeiter lässt die Zielscheibe wieder heranfahren. Der Schattenriss eines Mannes, den es zu treffen gilt, ist durchlöchert. Vierzehn Einschüsse in der Brust, einer neben dem Kopf. Beim letzten Schuss hat Mert aus Langeweile etwas höher gezielt. Mert wundert sich nicht, er war immer ein guter Schütze auf dem Dom, offenbar macht es keinen großen Unterschied. Plötzlich greift ein seltsamer Nervenkitzel nach ihm, als er sich bewusst macht, wie leicht er einen Menschen mit dieser Waffe töten könnte. Das ist nicht mal so kompliziert wie Autofahren, geschweige denn wie Boxen. Einfach dieses schwere Stück Metall anheben und abdrücken. Kalter Schweiß tritt ihm auf die Stirn.

Der Mitarbeiter gibt Mert das zweite Magazin, wechselt die Zielscheibe und lässt diese wieder auf fünfundzwanzig Meter wegfahren. Mert will die Waffe heben, aber er ist noch wie gelähmt von der Aufregung. Wenn ich mit dieser Waffe jetzt nicht nach vorne ziele, sondern zur Seite, dann kann ich diesem netten Thai einfach in den Kopf schießen, denkt Mert. Dann ist er weg. Dann liegt da noch ein Körper, aber alles, was er war, ist verschwunden. Er könnte auch die Russen erschießen, die sind so mit ihrem eigenen Geballer beschäftigt, sie würden nicht mal merken, was passiert. Wie ein K. o. ohne Wiederkehr. Keine noch so kurze Schrecksekunde hätten sie zu durchleiden. Merts Nervosität wird immer größer angesichts der Tatsache, dass er überhaupt auf solche Gedanken kommt. Er glaubt fast, dass diese Gedanken von der Waffe ausgehen, die immer noch kalt und schwer in seiner Hand liegt. Oder dass ein uraltes Programm abläuft, das in ihm verborgen ist. Ali hatte recht, denkt Mert, das ist elend. Er fühlt sich schlecht. Er spürt diesen Sog, etwas Dummes zu tun, so wie er ihn schon manchmal gespürt hat, wenn er irgendwo weit oben stand und in die Tiefe blickte und sich fragte, wie es wäre, da hinunterzustürzen. Dieser Sog, der ihm einen Schrecken in die Glieder jagte und sich genau dadurch noch verstärkte, sodass er schnell einen Schritt zurück machte, weg von der Tiefe, weil er sich selbst nicht geheuer war. Jetzt hat er das Bedürfnis, sich ins Bein zu schießen. Er wüsste gerne, wie sich das anfühlt, eine Schusswunde. So klein, wie die Einschusslöcher sind, passiert vermutlich nicht viel, wenn man keine Arterie erwischt. Mert greift die Waffe fester und dreht seinen Kopf im Nacken, weil er von seinen rasenden Gedanken mittlerweile äußerst angespannt ist. Dann hebt er die Beretta und feuert fünfzehnmal auf die Zielscheibe. Er ist erleichtert, es hinter sich gebracht zu haben.

30

Wenn sich die Möglichkeit bot, einen schweren Fehler zu machen, nahm Mert sie gewöhnlich wahr. Es dauerte nicht lange, bis er nach einem ermüdenden Tag mit Training und Spätschicht nach Hause kam und sich zeigen ließ, wie man Kokain nahm. Er wollte sich nicht ausgeschlossen fühlen. Alle hatten Spaß in der Küche, nur er war erschöpft. Von Alkohol wurde ihm schlecht. Kiffen machte ihn träge. Doch mit Kokain fühlte er sich wie nach einem Sieg, euphorisiert, der Welt entwachsen. Und das ganz ohne Anstrengung. Kokain gehörte schnell zu seinem Ernährungsplan, wie Eier, Huhn und Spinat. Mert nahm es abends vor der Arbeit, damit ihm die Schichten nicht zu lang wurden. Er nahm es nachmittags vor dem Training, um die Müdigkeit der vergangenen Nacht zu vertreiben. Auf Koks trainierte Mert wie besessen, bis er völlig kaputt war, weil er zu wenig gegessen hatte. Immerhin hielt er auf diese Weise mühelos das Limit fürs Halbschwergewicht.

Stefan bot ihm an, als Fahrer für ihn zu arbeiten. »Du musst nur den X5 durch die Gegend kutschieren, auf mich warten, manchmal solltest du auch mitkommen. Aber kein Risiko, kein Ärger. Ich mag nur nicht die ganze Nacht fahren. Irgendwann bin ich besoffen oder bekokst und treffe die Parklücke nicht mehr, und das Auto fiept wie verrückt.«

»Kann ich nicht machen«, antwortete Mert.

Stefan war gekränkt. Nicht nur sein Gesicht, seine ganze Haltung verdüsterte sich. Was sie nie ausgesprochen hatten, stand nun zwischen ihnen: dass Mert verurteilte, was Stefan tat.

»Wieso nicht? Bist du dir zu fein dafür? Immerhin lebst du hier in Saus und Braus. Sogar dein doofes ›Breakfast at Tiffany's‹ hört sich über meine Naim-Anlage geiler an, oder etwa nicht?«

»Es geht einfach nicht.«

Stefan knotete seine Haare zu einem dünnen Zopf, eine Ersatzhandlung, wenn er sich nicht anmerken lassen wollte, dass ihn etwas nervte.

»Frag doch Ali«, sagte Mert.

»Der ist doch viel kleiner als ich. Der sieht kaum übers Lenkrad in dem Schiff.«

»Aber er kann fahren.«

»Es geht mir um den psychologischen Effekt. Vor Ali hat keiner Schiss, der ihn nicht schon im Ring gesehen hat.«

»Er kann aber fahren.«

»Ali ist ein lustiger Kerl, aber ich kann ihm nicht sagen, was ich da tue.«

»Ich sag ja nur, weil ich weiß, dass er einen Führerschein hat.«

Stefans Gesicht verzog sich zu einem gehässigen Lächeln, während die Erkenntnis langsam in ihm hochstieg. »Hast du etwa keinen Führerschein?«

Mert reagierte nicht.

»Du hast keinen Führerschein? Das gibt's ja nicht. Wer hat denn keinen Führerschein?«

»Ich zum Beispiel.«

»Wieso hat ein erwachsener Kerl wie du denn keinen Führerschein?«.

»Hab ihn nie gemacht. Hatte keine Kohle.«

»Jetzt hast du doch Kohle.«

»Geht auch ohne ganz gut.«

»Das geht doch nicht, dass du keinen Führerschein hast!«

Also fragten sie Ali. Mert hatte immer gedacht, dass Ali für jeden Unfug zu haben sei. Doch Ali saß in Stefans Küche und war so ernst, wie Mert ihn noch nie erlebt hatte.

»Jeder muss machen, was er für richtig hält«, sagte Ali. »Aber ich mache bestimmt nicht bei irgendeiner Drogenscheiße mit.«

»Wer redet denn von Drogen?«, fragte Stefan.

»Hast du Mädchen laufen?«, fragte Ali.

»Seh ich etwa aus wie ein Zuhälter?«

»Dann ist es Drogenscheiße.«

»Ich hab eine Firma zu führen, da muss man Kontakte pflegen, Kunden besuchen. Darum geht's.«

Ali sah Mert an, der seinem Blick nicht standhalten konnte. Das war alles, was Ali brauchte, um zu wissen, dass er richtig lag.

»Ist alles gut, Stefan«, sagte Ali schließlich. »Geht mich nichts an. Ist mir auch egal, wie du deine Bude hier mit Hightech ausstaffierst. Aber ich hab noch was vor im Leben, ich kann so was nicht brauchen.«

Mert brachte Ali zur Tür.

»Pass auf dich auf«, sagte Ali.

Mert ärgerte sich bereits, dass sie ihn überhaupt gefragt hatten. »Alles klar, Ali. Wir sehen uns beim Training.«

»Ich mein's ernst. Du bist ein starker Kerl, das weiß jeder. Du brauchst keine Mama, die dir die Hand hält.

Aber du bist auch eine Wildsau. Und so eine verirrt sich mal.«

Ali und Mert sprachen das Thema nie wieder an. Nicht beim Verbandstraining, nicht wenn sie zu Wettkämpfen fuhren und auch nicht, wenn Ali ihn im Hans-Albers-Eck besuchte und sie quatschten, bis der Ansturm losging. Doch jedes Mal, wenn Stefans Name erwähnte wurde, konnte Mert eine Verstimmung bei Ali spüren, die jener Anspannung ähnelte, die der Name Mike Tyson bei Nadja ausgelöst hatte.

Mert lenkte sich gerne ab, vor allem in Momenten, in denen er das Falsche tat. Er verdrängte die Konsequenzen, die sein Handeln haben könnte, sodass er sich hinterher einreden konnte, dass alles nichts mit ihm zu tun habe. Für ihn selbst funktionierte diese Täuschung. Nicht aber für Nadja oder für Ali. Die Art und Weise, wie Ali ihn nun sah, gefiel Mert nicht. Deswegen versuchte er in der folgenden Zeit, den Kontakt auf ein Minimum zu beschränken.

Stefan brachte ihm das Autofahren bei. »Wenn du gar keinen Führerschein hast, können sie dir den Lappen ja auch nicht wegnehmen«, erklärte er Mert. Sie übten auf einem Ladegelände im Freihafen bei Altenwerder. Mert brauchte eine Stunde, um den X5 mit Automatikgetriebe souverän zu manövrieren, und ab da fuhr er Stefan nachts zu dessen Verabredungen. Meistens wartete er im Auto, hörte Musik, dachte an Nadja und nahm Kokain, um nicht einzuschlafen. Wenn Stefan jemanden im Rücken haben wollte, ging Mert mit. Er stellte sich hinter Stefan auf, sprach nicht und versuchte so auszusehen, als könne er Handgranaten zerdrücken, bevor sie explodierten.

Felix und Angelika hatten Nadja überredet, sie zu einer Party zu begleiten. Um Nadja vor die Tür zu bekommen, war Felix jeder Anlass recht. Sein ehemaliger Studiengang feierte, Angelika bot Argumente auf. »Da sind neunzig Prozent Männer«, erklärte sie Nadja, »es sind viele nette dabei, und sie verdienen alle gut.«

Nadja wusste nicht, wie sie den beiden begreiflich machen sollte, warum sie sich nicht dafür interessierte, mit Dutzenden von Männern auf einer Party schlechte Musik zu hören und langweilige Anbahnungsgespräche zu führen. Der Gedanke allein versetzte sie in einen Erschöpfungszustand.

»Und wenn du keinen findest, dann kannst du dich wenigstens anschwärmen lassen, du bist doch so eine schöne Frau!«, führte Angelika aus. Nadja war einfach zu niedergeschlagen, um sich Gegenargumente einfallen zu lassen, und es war ja auch nett gemeint.

Felix und Nadja waren beide keine Partytypen, also standen sie etwas abseits und beobachteten die anderen. Angelika hatte mehrfach erfolglos versucht, Felix zum Tanzen zu bewegen, und sich dann zwangsweise in Konversationen mit seinen ehemaligen Studienkollegen geflüchtet. Immer wieder setzte sie einen von Felix' Exkommilitonen auf Nadja an, einer nach dem anderen holte sich einen Korb. Aus den Lautsprechern dröhnte »It's raining men«.

Nadja blickte sich um und trank Wein aus einem Plastikbecher. Felix betrachtete seine Schwester von der Seite. Schließlich wurde der Druck, ein Gespräch mit ihr zu führen, so übermächtig, dass er sich in das einzige Thema flüchtete, das ihm gerade deshalb einfiel, weil er es vermeiden wollte.

»Mert hat letzte Woche gewonnen.«

»Wieso erzählst du mir das?«

»Ich dachte, es interessiert dich vielleicht.«

»Ja, es interessiert mich. Aber ich will es eigentlich nicht wissen.«

Nadja sah weiter nach vorne, Felix konnte keine Reaktion in ihrem Gesicht ablesen. »Wie schön für ihn«, sagte sie schließlich.

»Warum beschäftigt dich das eigentlich noch?«, fragte Felix.

»Du hast doch damit angefangen«, sagte Nadja.

Eine Mischung aus Eifersucht und Beschützerinstinkt trieb Felix dazu, die Sätze schärfer zu formulieren, als er es eigentlich wollte.

»Der wird in seinem Leben kein guter Boxer mehr«, sagte er.

»Er hat doch gewonnen.«

»Das war aber mehr Zufall.«

»Wieso Zufall?«

»Entweder er verliert nach Punkten, oder er haut die Gegner um. Das ist nicht gerade die feine Schule.«

»Hast du eigentlich Angst vor Mert?«

»Bestimmt nicht.« Felix drehte sich weg, er war offensichtlich gekränkt.

»Ich wollte dich nicht ärgern«, sagte Nadja, »ich frage mich nur, wie es ist, mit ihm im Ring zu stehen.«

»Unangenehm«, sagte Felix spontan. Dann dachte er noch ein bisschen nach. »Sehr unangenehm. Er bewegt sich komisch, geht oft falsch herum.«

»Wieso falsch?«

»In die Schlaghand, ein guter Boxer geht weg von der Schlaghand, deswegen irritiert mich das.«

»Aber dann ist es vielleicht genau richtig.«

»Man lernt es aber immer anders.«

»Dann ist es doch gut, dass er es nicht so macht wie alle. Es führt ja oft zum Erfolg.«

»Der weiß doch selbst nicht, was er tut.« Felix wirkte verärgert.

»Das stimmt allerdings«, sagte Nadja.

Angelika kam auf die beiden zu, einen jungen Mann mit weitem Jackett und Schnauzbart im Schlepptau. »Lixi, wenn du jetzt nicht wenigstens einmal mit mir tanzt, reiche ich die Scheidung ein«, sagte sie und lachte, als müsste sie den Witz eines Vorgesetzten lustig finden. »Nadja, das ist Richard, einer der nettesten Freunde deines Bruders.«

Felix konnte sich nicht erinnern, Richard schon einmal gesehen zu haben.

Richard war schüchtern und versuchte nicht, die Situation durch Geplapper zu entschärfen. Er gab Nadja die Hand und stellte sich dann neben sie, um mit ihr gemeinsam zu beobachten, wie Felix und Angelika tanzten.

»Möchtest du etwas trinken?«, fragte Richard nach zwei Minuten.

Nadja hatte keine Lust auf gar nichts, rang sich aber dennoch zu einer Antwort durch. »Einen Weißwein.«

Als Richard wenig später mit einem Bier und einem Wein im Plastikbecher zurückkam, betrachtete Nadja ihn beim Gehen. Er wäre vielleicht gut aussehend gewesen, wenn er den Schnäuzer abrasiert hätte. Er war groß, breitschultrig, aber sein Körper schien keinen festen Umriss zu haben. Er ging kraftlos, so als würden seine Moleküle in der Bewegung nur schwach zusammengehalten. Dieses ewige Vergleichen machte Nadja noch unglücklicher. Der Wein schmeckte scheußlich.

31

Nach einer Stunde Schwimmen sitzt Mert auf seinem Balkon, trocknet, trinkt Wasser aus der Flasche und knetet seinen Gummiball. Er blickt aufs Meer. Kein Tsunami weit und breit. Menschen lassen sich durch die Luft ziehen, an Fallschirmen, die an Motorboote gebunden sind. Andere fahren Jetski. Sie wollen sich mutig und frei fühlen. Ihrem Leben im Urlaub entkommen. Mert möchte sein Leben gerne frei und mutig behalten. Aber es kann nicht ewig so weitergehen.

Der kleine Ali sitzt mit heraushängender Zunge neben ihm.

Mert könnte dem großen kleinen Ali mal wieder eine Mail schreiben. Schon seit Wochen war er nicht mehr im Internetcafé.

Beim letzten Mal hatte alles Heimweh nur dazu gereicht, Ali zu schreiben, dass es immer noch heiß war, und um zu fragen, wie es so geht. Drei Zeilen, wo sie doch sonst so viel zu reden gehabt hatten. Vielleicht hat auch nur Ali geredet, und ich war ein gutes Publikum, denkt Mert sich heute.

Nachdem Mert diese letzte Mail abgeschickt hatte, war er fast täglich ins Internetcafé gefahren, jedes Mal enttäuscht, dass keine Nachricht kam, von Ali nicht und auch sonst von niemandem. Als Ali schließlich antwortete, waren es ebenfalls dürre Zeilen. Sein Vater hatte ihm eine Lehrstelle besorgt, und Ali schrieb, er sei bestimmt der älteste Reinigungsfachkraft-Auszubildende der Welt. Dann bemängelte Ali, dass Mert »schrottig« schreiben würde. »›Wie geht's‹ schreibt man nicht mit d, du Pförtner. Ich dachte, dein Vater ist Deutscher???? Da schreibt ja mein Alter besser, und der ist noch mit dem Esel aus Anatolien angeritten!«

Es war lustig gemeint, wie alle Sprüche von Ali, aber Mert konnte Ali nicht hören. Und das, was er las, machte ihm keinen Mut zu antworten.

Auf dem Weg zum Training hält Mert trotzdem am Internetcafé. Er parkt sein Motorrad direkt vor dem Laden, geht rein, legt hundert Baht auf die Theke, bekommt ein Terminal zugewiesen und sitzt vor dem Bildschirm, ohne eine Idee, was er will. Er könnte Ali von Ali schreiben. Aber vielleicht wäre der große kleine Ali dann beleidigt. Stattdessen tippt Mert die Buchstabenfolge der Boxrec-Datenbank ein, die er auswendig kann. Alle Kämpfer, die jemals als Profis im Ring standen, sind hier verzeichnet, egal wie groß oder unbedeutend ihre Auftritte waren. Mike Tyson steht genauso drin wie Henry Maske. Sogar Boxer, die nur einen Kampf gemacht haben, bekommen einen Eintrag, oft steht dann ein rotes »L« hinter der Begegnung, für »Lost«. Nach ihrer Niederlage sind sie nie wieder in den Ring gestiegen, haben ihre Träume begraben, was anderes angefangen, sich ein normales Leben aufgebaut. Mert tippt seinen Namen ein. Dreizehn Profikämpfe stehen auf seinem Konto, ein »L« und zwölf grüne »W«. Die Städte und Hallen, in denen er gewonnen hat, sind verzeichnet, und worum es ging, wenn es um etwas ging. »German Championship« steht unter dem letzten Eintrag, ein »L« prangt daneben. Nicht rühmlich, denkt Mert, aber nun auch nicht mehr zu ändern.

Die größte Gemeinheit am Boxen ist, dass man anfängt und nicht weiß, wie weit es einen trägt. Man ist begabt, trainiert hart, wird besser, besser als die anderen. Viel besser. Man gewinnt. Also will man die Nummer eins werden, ganz nach oben kommen. Das geht zuerst schnell, dann wird es mühsamer, je näher man sich dem Ziel fühlt. Doch wenn man das Ziel fast schon greifen kann, fühlt sich jeder Zentimeter plötzlich unüberwindbar an, und man beginnt zu begreifen, warum es etwas Besonderes ist, die Nummer eins zu sein. Weil es nur so wenige schaffen. Weil man den Gipfel so unvorstellbar schwer erreicht, obwohl er so nah scheint. Weil man Talent hat, aber kein Glück. Oder Fleiß, aber kein Talent. Oder Glück, aber keinen Fleiß. Man ist schon so weit oben, hat der Sache alles geopfert, und kurz vor dem Ziel muss man erkennen, dass man nur dazu da ist, um zu demonstrieren, wie schwer es ist, die Nummer eins zu werden. Dass man nur die Nummer zwei wird. Oder Nummer zehn. Oder Nummer hundert. Besser als die Heerscharen hinter einem, aber schwächer als die wenigen vor einem.

Man erkennt, dass nicht jeder ganz nach oben kommt, dass nicht alle Menschen erfolgreich und glücklich und zufrieden sein können. Man bleibt nur ein Stück des Podestes, auf dem ein Denkmal errichtet wird. Natürlich muss man da sein, damit das Denkmal stehen kann, aber beachtet wird man dafür nicht. Dabei war man so knapp dran.

Immerhin steht Mert in der Datenbank drin. Irgendjemand hat sich die Mühe gemacht, auch seine Kämpfe einzutragen, verbunden mit den Kämpfen seiner Gegner. Am Ende hängen alle zusammen. Andreas Sidon, gegen den Mert die deutsche Meisterschaft verlor, hat gegen Nikolai Walujew geboxt, und der wurde noch Weltmeister der WBA. Zwei Klicks von Mert zum Weltmeister. Von Walujew kann man sich durch die Weltmeister zurückklicken, bis zu Mike Tyson. Nur ein paar Klicks von Mert zu Mike Tyson. Mert hat seinen Namen in den Fels der Ewigkeit eingeritzt.

Er ruft sein Yahoo-Mail-Konto auf, gibt sein Kennwort ein, »Bigjim«, dann entrollt sich eine Liste von Werbeangeboten, Anschreiben von unbekannten Absendern, die Viagra anbieten. Es dauert eine Weile, bis er zwei Mails findet, die tatsächlich an ihn gerichtet sind. Er geht wieder raus, wo immer noch die Sonne scheint und die Touristen sich an ihm vorbeidrücken. Alles ganz normal, in diesem Teil der Erde. Nur seine Welt ist verrückt.

32

Die Hamburger Meisterschaften standen bevor, und damit zog eine merkwürdige Spannung in den Keller der Alsterdorfer Sporthalle ein. Allen Boxern beim Verbandstraining war klar, dass es nach langer Zeit mal wieder auf einen Kampf zwischen Felix und Mert hinauslaufen würde. Über die Gründe, warum die beiden sich aus dem Weg gingen, hatte man nur Gerüchte gehört. Gersch würde Felix betreuen, Ali, der seine B-Trainerlizenz gemacht hatte, würde in Merts Ecke stehen.

In den Wochen vor dem Wettkampf versuchte Mert wieder in die Spur zu finden. Weniger Koks, mehr Schlaf. Er traf sich nicht mehr mit Constanze und hielt sich Stefans Aufträge so gut es ging vom Hals. Aber Mert spürte, dass er nicht mehr der Alte war. Etwas in ihm war aus seiner Verankerung gesprungen, alles lief langsam, beschwerlich. Äußerlich sah er fitter aus denn je. Er hatte so sehr abgenommen, dass seine Muskeln nicht mehr nur wie dicke Pakete durch die Haut drückten, jeder Strang zeichnete sich ab. Doch ihm ging die Puste aus, wenn er hart trainierte. Er lief, bis er nicht mehr konnte, dann drehte er um. Auf der Hälfte des Rückwegs fing sein Herz an zu rasen. Am Sandsack hielt er seine Schlagfrequenz und Geschwindigkeit, aber er hatte das Gefühl, dass die Härte fehlte. Wenn er hart schlug, konnte er das Tempo nicht halten.

Im Ring jagte er Ali nach. Er traf ihn, wenn er schnell schlug, aber es fehlte die Dynamik. Masse und Geschwindigkeit gingen keine Einheit mehr ein. Mert bäumte sich auf. Er lief noch weitere Strecken, er schlug noch länger auf den Sandsack und fühlte sich anschließend noch leerer.

Die ersten Begegnungen für die Hamburger Meisterschaften fanden an einem Sonntag im September statt. Die Polizeisporthalle in der Haubachstraße war normalerweise schwach besucht, Boxen war aus der Mode gekommen. An diesem Sonntag aber drängten schon einige Hundert Zuschauer zur Vorausscheidung. Die meisten wollten Felix und Mert gegeneinander kämpfen sehen, die in der Auslosung gleich in der ersten Runde als Gegner aufgestellt worden waren.

So erfüllte sich Merts Traum. Wenn auch anders, als er es sich damals auf der Busfahrt von Schwerin zurück nach Hamburg ausgemalt hatte. Felix und Gersch waren da, Ali stand in seiner Ecke, und auch die Jungs der Hamburger Auswahl sahen zu. Sogar Stefan ließ sich mal wieder bei einer Meisterschaft blicken. Nadja war da, aber sie hatte ihren Freund dabei. Ein blasser Mann im Anzug, der neben ihr saß und sich umsah, als habe er sich in den Zoo verirrt.

Mert war niedergeschlagen. Im Verbandstraining hatte sich herumgesprochen, dass Felix seine letzte Meisterschaft nur deshalb boxte, um Gersch einen Gefallen zu tun. Mert machte sich nicht allzu viel Hoffnung, Felix besiegen zu können. Dazu müsste er schnell und hart schlagen. Aber derzeit ging nur eines von beiden, und das nicht besonders lange.

Ali feuerte Mert in der Kabine an. »Den haust du weg. Kurz träumt er von Kati Witt – dann knallst du ihm ein

Ding, von dem er sich erst am Tag der Deutschen Einheit wieder erholt.«

Ali versuchte nicht nur Mert davon zu überzeugen, dass er eine Chance hatte, sondern auch sich selbst. Das war er ihm schuldig. Wer in der Ecke steht, muss an seinen Kämpfer glauben, und wie bei Religion hat Glauben nichts mit Wissen zu tun. Man muss auch ein Wunder für möglich halten.

Als Mert zum Ring lief, blickte er automatisch in die Reihe, in der er Nadja vermutete, doch sie sah in die andere Richtung. Er lief an ihrer Stuhlreihe vorbei, nur wenige Zentimeter von ihren Fußspitzen entfernt, um in den Ring zu gelangen, aber sie schien in ein Gespräch mit ihrem Freund vertieft zu sein. Ob sie Mert registriert hatte, war nicht zu erkennen.

Erst jetzt, als Mert sie wiedersah, wurde ihm mit aller Wucht klar, wie sehr er sie vermisst hatte. Er kannte jede Nuance ihrer Körperhaltung. Er wusste, wie sie riechen würde, wenn er noch einen Zentimeter näher gekommen wäre. Er kannte ihre Gesten. Wenn ihr eine Situation unangenehm war, nickte sie mechanisch mit dem Kopf und knetete dabei ihre Hände, so wie jetzt. Natürlich hatte sie ihn gesehen. Sie hatte ihn gesehen und nickte zu dem, was ihr Freund sagte, als habe sich die Mechanik in ihrem Nacken verhakt. Dieses Gefühl nahm Mert die Luft, noch bevor er durch die Ringseile gestiegen war.

Der Gong ertönte. Mert kam so entschlossen aus seiner Ecke wie immer. In der Mitte des Rings erwartete ihn eine harte Links-rechts-Kombination von Felix. Mert spürte die Wirkung, versuchte zur Seite auszuweichen, den Kopf klar zu bekommen. Doch Felix ging nicht zurück, griff mit einer langen Serie an, von der die meisten Schläge in Merts Deckung stecken blieben, nur ein Aufwärtshaken und die abschließende Linke trafen. Die Kombination warf Mert fast um, er konnte sich erst nach zwei Rückschritten fangen. Ein vielstimmiges Gemurmel wurde in der Halle laut.

Mert sprang nach vorne, versuchte mit Seitwärtshaken an Felix' Kinn zu treffen, aber der lehnte sich nach hinten, Merts Schläge flogen ins Leere. Mert setzte noch zweimal zum Körper nach, und beim zweiten Treffer konnte er hören, wie die Luft aus Felix' Lunge gepresst wurde. Felix bewegte sich nicht in die Distanz, um Mert auszupunkten, er schritt weiter auf ihn zu und drängte ihn mit steifen Geraden zurück. Mert musste sonst nie zurückweichen. Mert hörte Alis Rufe. Auch Gersch schrie. Er konnte sie nicht verstehen. Felix startete eine weitere Kombination, und Mert konterte ungeachtet der Treffer, die er dabei nahm. Er feuerte zurück, in Felix' Schlagserie hinein. Das Einzige, was Mert denken konnte, war: Der will mir wehtun.

Felix hatte keinen schlechten Tag, und Mert keinen guten. Weder lag es an den Jahren, die beide schon im Ring verbracht, noch an den Fehlern, die sie außerhalb gemacht hatten. Es lag nicht am Trainingsrückstand oder an der Motivation, dass die Boxkarriere des jungen Borau an diesem Abend ruhmlos endete. Es lag an Nadja. Felix war wütend. Er wollte Mert nicht besiegen, sondern kleinmachen. Felix schlug hart, bis er nicht mehr schlagen konnte. War er erschöpft, wich er nur im Oberkörper zurück, um der Gegenattacke die Wucht zu nehmen. Dann legte er wieder nach. Er traf Mert mit Geraden, mit Seitwärtshaken, mit Aufwärtshaken. Doch Mert nahm diese Schläge hin wie eine verdiente Strafe. Er tat Buße. Felix bemerkte nicht, dass er sich immer weiter auf Merts Gebiet begab.

Jede Aktion brannte sich den Zuschauern als verlangsamter Augenblick ein. Alle spürten, dass sich hier etwas Außerordentliches zutrug. Niemand sah sich in der Halle um, keiner drehte den Kopf zum Nebenmann, es gab keine Zwischenrufe, niemand blinzelte. Keiner wollte etwas verpassen.

Der Kampf dauerte nicht mal eine ganze Runde. Als Felix zum zehnten Mal an Mert heranstürmte und eine Serie losließ, schlug Mert von Beginn an mit. Sie tauschten in drei Sekunden sechzehn Schläge aus, von denen keiner sein Ziel verfehlte. Felix traf neunmal, Mert erzielte sieben Treffer.

Es gibt nur eine begrenzte Zahl von harten Treffern, die ein Boxer in Folge einstecken kann. Wie viel einer verträgt, ist eine Fähigkeit, keine Qualität, man kann es nicht trainieren. Die Grenzen sind schnell erreicht, wenn keine Meidbewegung und keine Deckung den Schlägen die Wucht nehmen.

Der Ringrichter stürzte sich in den Schlaghagel, sobald er begriffen hatte, dass beide Kämpfer außer Kontrolle waren. Doch da fiel Felix bereits. Mert stolperte seinem rechten Haken hinterher und ging beinahe selbst zu Boden, hielt sich aber am Ringseil fest und rannte in die neutrale Ecke. Felix lag flach auf dem Rücken, die Arme ausgestreckt wie eine Jesusfigur, sein linkes Bein zuckte. Er wurde nicht angezählt. Der Ringrichter beugte sich über ihn und zog ihm den Mundschutz raus.

Mert lehnte sich in die Ecke. Er blutete aus Rissen über beiden Augen, seine rechte Hand fühlte sich an, als sei sie gebrochen.

Felix kam erst nach einer Minute wieder zu Bewusstsein. Eine Minute, die Mert eine Ewigkeit Zeit ließ, Angst zu haben. Angst davor, dass Felix nicht mehr aufstehen würde. Angst, einen Fehler gemacht zu haben, der sich nie mehr korrigieren ließ.

Merts Traum hatte sich erfüllt, aber das Ergebnis war nur Zerstörung. Mert fürchtete sich vor sich selbst.

Als Felix wieder zu sich kam, sah seine linke Gesichtshälfte aus, als habe er sich eine Mandarine unter die Wange geschoben. Sein Unterkiefer war gebrochen, nicht an der Seite, wo die Sollbruchstelle lag, sondern im dicksten Teil des Knochens. Merts Arm wurde nicht in die Höhe gereckt, sein Sieg nur verkündet. Niemand gratulierte. Sanitäter halfen zuerst Felix aus dem Ring, dann Mert. Die Nacht verbrachten beide durch ein Stockwerk getrennt im Klinikum der Universität Eppendorf. Keiner von ihnen würde in diesem Jahr Hamburger Meister werden. Felix war besiegt, und Mert würde mit seiner gebrochenen rechten Hand lange Zeit nicht boxen können.

Mert lag in seinem Krankenzimmer, zwei frische Nähte im Gesicht, den Arm in einer Schiene, sein halb gegessenes Abendbrot vor sich auf einem Wagen mit ausklappbarer Tischplatte. Als die Schmerzmittel Wirkung zeigten, stemmte er sich noch ein paar Sekunden gegen den Schlaf. Er hörte das leise Schnaufen des Mannes, der mit ihm im Zimmer lag, sah auf den Fernseher, der ohne Ton lief. Ich hab dich geschlagen, dachte Mert. Du hast mehr Kombinationen drauf als ich, eine bessere Grundschule, aber heute bist du nicht zurückgegangen, und ich hab dich hart getroffen. Ich hab dich erwischt, und ich hab dich geschlagen.

Am nächsten Morgen musste Mert auf seine Entlassung warten, bis das Ergebnis der Kernspintomografie vorlag.

Er stand neben einem Arzt, der Schichtbilder seines Gehirns auf einen Leuchtkasten steckte. Auf einem Schild, das an der rechten Brusttasche des Arztes hing, stand »Prof. Dr. Zorn«. Professor Zorn war so alt, dass Mert es nicht schätzen konnte. Seine grauen Augenbrauen ragten auf seine Stirn wie bei einem Uhu.

»So weit haben Sie keine Folgeschäden zu befürchten. Eine Gehirnerschütterung, aber sonst ist in Ihrem Kopf noch alles in Ordnung.« Er drehte sich zu Mert. »Dass es nicht gerade gesund ist, was Sie da machen, wissen Sie vermutlich.«

Mert nickte.

»Dann können wir Sie nach Hause schicken. Sie müssen in zwei Wochen wiederkommen, um die Schiene abnehmen zu lassen. Für die Hand werden Sie Reha brauchen, so ein Bruch kann Komplikationen mit sich bringen. Die Hand ist sehr komplex aufgebaut. siebenundzwanzig Knochen, dazu Sehnen und Muskeln, sehr komplex.«

Mert betrachtete seine linke Hand, machte eine Faust und öffnete sie wieder. Seine Rechte steckte in einer blauen, leichten Schale. Mert hatte einen Gips erwartet, auf den man draufschreiben konnte.

»Wird meine Rechte wieder?«

»Vermutlich schon, das bekommen wir hin.«

»Das ist meine starke Hand. Wenn ich die nicht mehr schlagen kann, fehlt mir was.«

»Wissen Sie, mich schmerzt der Gedanke, dass ich Ihre Hand wieder richte, nur damit Sie mit ihr wieder zuschlagen können. Es hat schon einen Sinn, warum die Hand so komplex aufgebaut ist. Man soll damit behutsam und fest greifen können, eine Zitrone ausdrücken, aber auch einen Faden durch ein Nadelöhr schieben können.«

»Ich muss sie nur zur Faust schließen. Die Faust verlängert meinen Arm.«

Professor Zorn kratzte sich am Kopf und strich sich die Augenbrauen nach oben. Dann fragte er: »Kennen Sie Hermann Kant?«

»Nein. Wer ist das?«

»Ein Schriftsteller. Ich habe ein Buch von ihm gelesen, nachdem ich schon mal so einen wie Sie hier hatte. ›Das Impressum‹ heißt es. Es gibt darin eine Stelle, die lautet etwa so: Weißt du, wie viel Angst die Ärzte haben, es könnte ihnen einer bewusstlos werden? Weißt du, was sie anstellen, um dir deine Leber zu erhalten? Hast du eine Ahnung, wie die sich abstrampeln, für ein bisschen mehr Leben für uns alle? Und da stellen wir zwei Jungs in einen Ring und sagen ihnen: Nun haut euch mal, und wer den anderen ein Stück tot kriegt, der hat gewonnen.«

Mert sah den Professor an. »Danke«, sagte er schließlich, lächelte schief und ging.

Auf dem Weg zum Ausgang überlegte Mert, ob er Felix besuchen sollte. Aber das Risiko, Nadja dort zu treffen, erschien ihm zu groß. Einer zweiten Begegnung fühlte er sich nicht gewachsen. Also ging er raus in den Regen, suchte eine Bus-Haltestelle und fuhr nach Hause, wo er fast alle Schmerztabletten, die sie ihm im Krankenhaus mitgegeben hatten, auf einmal nahm.

Kurz nachdem Mert das Krankenhaus verlassen hatte, traf Nadja ein, um ihren Bruder zu besuchen. Felix bot ein Bild des Jammers. Er dämmerte vor sich hin, sein Kiefer war geklammert, sein Gesicht geschwollen. Nadja saß eine Weile bei ihm, dann sagte sie: »Ich hol mir mal einen Kaffee.«

Sie ging zur Stationsschwester und fragte nach Mert Schulz. Aber die Schwester hatte gerade ihren Dienst angetreten und konnte ihr nicht weiterhelfen. Nadja fragte sich bis in die Notaufnahme durch. Dort traf sie auf Constanze.

»Gestern am frühen Abend wurde ein Mert Schulz bei Ihnen eingeliefert. Wissen Sie, wo er liegt?«

»Leider nein. Ich hatte keinen Dienst.«

»Können Sie es herausfinden?«

»Wer sind Sie denn? Sind Sie mit ihm verwandt?«

»Nein. Ich bin seine Freundin.«

»Ich dachte, er hat keine Freundin.«

Nadjas Augen wurden zu Schlitzen, sie sah Constanze starr an.

»Ich bin seine Exfreundin.«

»Ach, du bist Nadja.«

»Ja. Warum?«

»Ich hab schon viel von dir gehört.«

Mert ging nicht wieder ins Krankenhaus. Nach vier Wochen schnitt er sich die Schiene auf und wartete, bis die Hand von allein heilen würde. Er stellte fest, dass Kokain gegen die Schmerzen half. Es half ihm auch, mit Frauen zu schlafen, obwohl er sich selbst nicht mehr leiden konnte. Er geriet schnell außer Form, nachdem er nicht mehr trainieren konnte. Es dauerte kein halbes Jahr, und Mert war verwahrlost. Er stellte fest, dass seine Boxerei eine Flucht gewesen war, eine Möglichkeit, sich davon abzuhalten, der zu werden, der er nun wurde. Die Kanten in seinem Gesicht verschwanden, seine Kontur wurde weich, was er dadurch verdeckte, dass er sich einen Bart wachsen ließ. Er meldete sich nicht mehr bei Constanze, weil er ihr nicht unter die Augen treten wollte. Es fiel Mert schwer zu glauben, dass jemand ihn attraktiv finden könnte, so wie er aussah. Stattdessen nahm er nur noch Frauen mit ins Bett, die er bei der Arbeit kennenlernte. Oder diejenigen, die in ihrer Küche hängen blieben. Die hatten ihre Attraktivität durch Alkohol oder Drogen beschädigt und waren ihm schlicht egal.

Schlimmer war, dass Mert sich selbst egal wurde. Eines Nachts stand er in einem T-Shirt, das ihm früher einmal gepasst hatte, vor dem Hans-Albers-Eck und langweilte sich bei einem letzten Bier, als Ali plötzlich vor ihm stand.

»Alter, siehst du scheiße aus«, sagte Ali statt einer Begrüßung.

Mert lächelte aus Freude über das Wiedersehen, lustig fand er die Bemerkung nicht. Ali sah ihn ernst an, er hatte keinen Spruch gemacht.

»Ich weiß. Ich kann nicht trainieren.« Mert sah an sich herunter und schämte sich für seine Erscheinung. Er schloss seine rechte Faust und öffnete sie wieder, eine Ausrede ohne Worte.

»Immer noch die Hand?«

»Ja.«

»Wie lange ist das denn schon her? Die muss doch dreimal wieder zusammengewachsen sein.«

»Aber ich bin außer Form, muss erst mal wieder anfangen zu laufen.«

»Sogar Borau war schon wieder beim Verbandstraining. Und der hatte echt das kürzere Ende für sich.«

»Boxt der wieder?«

»Nee, der hat aufgehört. Aber er hält sich fit und genießt seine gelegentlichen Besuche als Stargast.«

»Soll er. Hat er sich verdient.«

»Die Jungs fragen nach dir.«

Mert konnte den Vorwurf in Alis Stimme nicht überhören und fragte sich, was er ihm getan hatte.

»Ist es wegen Nadja?«, fragte Ali.

»Was soll wegen der sein?«

»Machst du dich immer noch fertig wegen der Frau?«

»Wie kommst du denn darauf?«

»Weil du sie beschissen und dann verlassen hast und dir erst später aufgegangen ist, was du für ein Glück hattest, dass die dich überhaupt mit dem Arsch angesehen hat.«

»Ich hab sie nicht verlassen, sie hat mit mir Schluss gemacht.«

»Das hat Felix aber anders erzählt.«

»Wann hat Felix das denn erzählt?«

»Schon vor Ewigkeiten. Als es passiert ist.«

»Und du hast mir nichts gesagt?«

»Ist ja wohl deine Sache, wie du mit deiner Frau umgehst.«

»Auf jeden Fall hab ich sie nicht verlassen.«

»Wie du meinst.«

So standen sie eine Weile vor der Kneipe. Die Freude über das Wiedersehen war verflogen. Das Unwohlsein nahm überhand. Mert fühlte sich schlecht. Er genügte seinen Ansprüchen nicht mehr und denen seines Freundes schon gar nicht. Er fühlte sich seit Monaten so, es irritierte ihn, wie das Knistern einer Schallplatte. Aber er hatte sich einfach auf die Musik konzentriert. Nun war die Nadel aus der letzten Rille gelaufen, und Mert hörte es nur noch knacksen. Da Ali die Ursache dieses Störgeräusches war, wünschte Mert, er würde verschwinden.

Ali erinnerte ihn daran, dass es niemanden gab, den er verantwortlich machen konnte, außer sich selbst.

»Noch was? Oder willst du mir weiter auf die Nerven gehen?«, fragte Mert schließlich, weil er keine Möglichkeit sah, sich zu verteidigen.

»Wollte nur fragen, ob du wieder zum Training kommst.«

»Dafür bist du extra hergekommen?«

»Du hast ja immer noch kein Handy, du Assi.«

»Ich komm, wenn die Hand wieder geht.«

»Wann?«

»Weiß ich nicht.«

»Wird nicht leichter, je länger die Pause ist.«

»Vielleicht lass ich es auch bleiben.«

Ali sah erschüttert aus.

»Mensch, Alter.«

»Was?«

»Das ist 'ne große Sache.«

»Wieso? Bringt doch nichts, die ganze Ackerei. Die paar Pokale und Urkunden. Man kann sich nicht immer quälen.«

»Was willst du denn sonst machen?«

»Das, was ich immer mache.«

»Koks dealen?«

Mert zuckte zusammen. Da jeder wusste, dass er mit Stefan zusammenwohnte, konnte die Unterstellung schnell die Runde machen, wenn Merts Kollegen Alis Bemerkung gehört hatten.

»Spinnst du oder was? Ich verchecke nichts, das weißt du doch wohl.«

»Schlechtes Gewissen hast du trotzdem.«

»Hab ich nicht.«

»Sonst hättste nicht so reagiert.«

»Hau ab.«

»Was?«

»Hau ab.«

»Drehst du jetzt durch?«

»Hau ab.«

Ali ging. Er lief den Hans-Albers-Platz runter, drehte sich noch mal um und erkannte, dass Mert ihm hinterhersah. Er stellte sich in Boxerpose auf, nicht wie er sonst stand, mit weit vorgezogener Schulter, sondern frontal, so wie Mert. Zum Erstaunen der Huren, die hinter ihm standen, schlug Ali eine Serie in die Luft, die er mit einem wuchtigen rechten Haken beendete. Anschließend zog er sein Bein in einer tänzerischen Bewegung zur Seite, um den imaginären Androwitsch wie einen Baum auf den Ringboden fallen zu lassen. Dann verschwand er in der Menge.

33

Mert klappert die Stände ab, die mit Taschen, T-Shirts, Schnitzereien und Schmuck handeln. Er findet ein Lederband, das um den Hals des kleinen Ali passen müsste. Er will ihn eigentlich nicht an die Leine legen. Aber nun, da der Hund ihm ans Herz gewachsen ist, würde Mert es bedauern, wenn er nachts erschlagen und verscharrt wird, weil er sich auf ein fremdes Grundstück verirrt. So wissen die Menschen am Strand, dass er zu jemandem gehört.

Mert setzt sich auf sein Motorrad und fährt zum Training. Er macht sich warm, dehnt sich, dann arbeitet er mit Nok an den Pratzen. Schläge, Serien. »Pan, Hook, Pan!«, brüllt Nok. »Pun« bedeutet »Punch«, so bezeichnet Nok eine Gerade. Mert hat sich an die Begriffe gewöhnt. Dann Tritte. Rechtes Bein, ein langer Schwung, vom hinten stehenden Bein ausgeführt, die Hüfte reindrücken und den rechten Arm runternehmen, damit Wucht in den Kick kommt.

Die Thais taktieren nicht, sie boxen nicht an, um den Gegner zu beschäftigen. Jeder Schlag und jeder Kick ist auf maximale Zerstörung ausgelegt. Mert vergisst, beim Schwung die Faust runterzunehmen, zu lange hat er verinnerlicht, niemals die Deckung fallen zu lassen. Nok jault auf, als habe Mert ihn verletzt. Mert wiederholt den Kick, diesmal korrekt. Nok jubelt, er drückt seine Meinung stets unmittelbar und deutlich aus. Jubel oder Jaulen. Anders als früher in Hamburg, wo geschwiegen oder getadelt wurde. Mert mag das, es motiviert ihn. Er wird es genauso machen. Nach zehn Minuten an den Pratzen gibt Nok ihm einen Schluck zu trinken und schüttet ihm Wasser über den Kopf, das an der Brust hinunterrinnt und die Hose durchnässt. Dann machen sie weiter. So arbeitet Mert zwei Stunden, bis Nok beschließt, es sei genug für heute.

Nok ist zufrieden, Mert ist zufrieden. Er hat Kraft, er kann noch was aus sich rauspressen. Er wundert sich manchmal, wo die Energie herkommt. Als er seinen letzten richtigen Boxkampf um die deutsche Meisterschaft gegen Andreas Sidon verloren hatte, saßen beide anschließend bei einem Bier zusammen. Die wenigen Journalisten, die sich für die Begegnung interessiert hatten, waren verschwunden. Sidon trug seinen rechten Arm in einer Schlinge, Mert drückte einen Eisbeutel auf sein linkes Auge.

»Du musst für etwas kämpfen«, sagte Sidon. Er hatte durch einen Autounfall seine Partnerin verloren und war nun alleinerziehender Vater von vier Kindern. Mert hatte nur um den Titel geboxt, Sidon um sein Leben. Klar, dass Mert da verlieren musste – es gab zu diesem Zeitpunkt niemanden mehr, für den es sich zu kämpfen gelohnt hätte.

Mert setzt sich an den Ring und wartet, bis er zu schwitzen aufhört. Dann zieht er sich ein trockenes T-Shirt an, damit er sich auf dem Motorrad keine Erkältung holt. Das ist ihm trotz der permanenten Hitze schon zweimal passiert. Er sitzt neben dem Ring und beobachtet Nok. Der arbeitet mit einem jungen Thai, der mit aller Gewalt gegen die Pratze tritt, immer und immer wieder. Viel konstanter, als Mert es noch kann. Nun soll der Junge gegen die Pratze schlagen. Aber er schlägt zu kurz oder zu lang, schiebt den

Ellbogen beim Schlag raus und lässt die Faust stehen, anstatt sie schnell zurückzuziehen. Noks Missfallensrufe tönen bis in den Nachbarort. »Mett!«, ruft er. Mert steht auf und tritt an den Ring. Nok wedelt mit der Pratze, bittet Mert, in den Ring zu steigen, um dem Jungen die Schläge zu zeigen.

Mert stellt sich vor den Jungen, zeigt ihm, wie man die Faust bei einer Geraden kurz vor dem Auftreffen dreht, wie man die Schulter hochzieht, um während des Schlagens gedeckt zu sein, wie man sie schnell zurückzieht.

Der Junge reagiert bockig. Mert zieht sich Handschuhe über und lässt den Jungen eine Linke schlagen. Bevor der Junge sie zurückziehen kann, trifft ihn Merts Konter, ganz leicht, wie ein Klaps zur Ermahnung. Dann versuchen sie es umgekehrt. Mert schlägt, zieht aber seine Linke so schnell zurück, dass der Junge nur die Deckung trifft. So wechseln sie sich ab, bis der Junge den Bewegungsablauf begriffen hat. Dann demonstriert Mert ihm die Rechte, Aufwärtshaken, Seitwärtshaken. Knappe, geschlossene Schläge, die kaum Raum für Gegenattacken lassen. Dazu ein paar einfache Kombinationen.

Bei aller Härte gewinnen auch beim Thai-Boxen häufig die Kämpfer, die über eine bessere Schlagtechnik verfügen. Tritte sind zerstörerisch, aber langsam und leicht auszurechnen. Mert und der Junge arbeiten im Ring, bis die Sonne untergegangen und außer Nok und einer Putzfrau niemand mehr im Gym ist.

»Close!«, ruft Nok. Mert hält dem Jungen zum Abklopfen seine Faust hin, der Junge tippt mit seinem Handschuh dagegen. Als sie aus dem Ring geklettert sind, will der Junge etwas sagen. Er versucht es auf Thai, aber Mert schüttelt den Kopf. Dann macht der Junge einen Kick. Dabei deutet er auf Mert und verzieht das Gesicht, während er mit der

Hand wedelt. Er scheint nicht mit Merts Tritttechnik einverstanden zu sein. Dann zögert der Junge, konzentriert sich auf das, was er gerade gelernt hat, wiederholt die letzte Schlagkombination, so schnell und so gut er kann, und zeigt danach wieder auf Mert. Er pfeift anerkennend und fächert sich mit dem Handschuh Luft zu.

»Thank you«, sagt Mert. »Sawatdii.«

Mert dreht sich um und will zu seinem Motorrad gehen. Der Junge tippt ihm auf die Schulter. Er deutet mit einem fragenden Gesichtsausdruck auf Mert und reißt die Arme zur Siegerpose hoch.

»Yes«, sagt Mert und spreizt Zeige- und Ringfinger zum Siegerzeichen. Ich habe gewonnen, denkt er. Mehr, als ich verloren habe.

34

Mert begleitete Stefan zu allen Geschäftsabschlüssen, die Arbeit im Hans-Albers-Eck war nur noch Tarnung. Stefans Kokainhandel hatte sich zu einer Hauptbeschäftigung entwickelt. So sehr Mert auch zu verdrängen versuchte, was vor sich ging, er steckte tief mit drin. Stefan hatte den Bereich der Kleinkriminalität verlassen. In der Küche stapelten sich Pakete, die aussahen wie verpackte Koteletts.

Es ging nicht mehr darum, Schnösel auszunehmen, indem man kleine Portionen mit Babynahrung oder Speed zu vielen Briefchen streckte. Stefan machte viel Geld, dicke Euro-Bündel lagen tagelang ungezählt in der Wohnung herum. Mert dealte nicht, damit beruhigte er sich. Ich tue nur einem Freund einen Gefallen, sagte er sich immer wieder. Doch die Menge würde ausreichen, um Stefan und auch ihn lange ins Gefängnis zu bringen.

Mert begleitete Stefan in Lofts, große Wohnungen und vor Clubs, wo das Geschäft im Auto abgewickelt wurde. An einem siedend heißen Samstagnachmittag fuhren sie in eine schicke Ecke von Eimsbüttel, in der Nähe des Klostersterns. Tausende Menschen, die alle gleich aussahen, erledigten ihre Einkäufe. Die Männer trugen Seitenscheitel, die Frauen knielange Röcke.

»Musikproduzent, braucht immer was für seine Künstler«, erklärte Stefan. Das Wort Künstler betonte er mit wackelnder Stimme, um sich darüber lustig zu machen. Der Kunde öffnete in einer weiten, schwarzen Hose, die locker um seine Beine flatterte. Dazu trug er einen dünnen schwarzen Rollkragenpullover, über dessen Kragen sich Haare kräuselten. Stefan und Mert betraten eine Wohnung im dritten Stock, die wie eine moderne Arztpraxis eingerichtet war.

Zu lange Haare für einen Mann seines Alters, dachte Mert, und warum trägt der bei der Hitze kein T-Shirt?

Mert hatte das Gefühl, der Mann habe sich verkleidet, vielleicht sogar die Beleuchtung in der Wohnung so eingestellt, wie es seiner Vorstellung von Halbwelt entsprach. Mert blieb dicht hinter Stefan, auch das war Show. Mit seiner Rechten konnte Mert nicht mal Bananen schälen, doch es reichte, um Eindruck zu schinden. Stefan und der Rollkragen-Mann setzten sich, das Päckchen wurde über den Glastisch geschoben. Der Mann stach mit einem bereitgelegten Taschenmesser hinein, rieb sich eine Spur Kokain aufs Zahnfleisch und schmatzte anerkennend.

Das Schauspiel flog auf, als seine Frau überraschend nach Hause kam, drei Tüten und eine große Handtasche abstellte und sah, was sich zutrug.

Sie bekam einen hysterischen Anfall, beschimpfte erst ihren Mann, danach Stefan und Mert. Als sie schließlich zum Telefon griff und drohte, die Polizei zu rufen, stand Stefan auf und schlug ihr mit der Faust auf den Mund. Sie sackte zusammen wie ein Beutel Knochen. Daraufhin drehte der Käufer durch. Er stürzte sich auf Stefan, was Mert verhinderte, indem er dem Mann die linke Hand an den Kehlkopf rammte, sodass dieser flach auf Rücken und Hinterkopf knallte.

Die Frau heulte, bevor sie wieder voll bei Bewusstsein war, wischte sich das Blut vom Mund und heulte noch mehr. Als sie ihren reglosen Mann auf dem Boden liegen sah, fing sie an zu kreischen. Es konnte nicht lange dauern, bis die Nachbarn Alarm schlugen.

Mert zog den Mann mit der linken Hand am Rollkragen hoch, schüttelte ihn und setzte ihn wieder aufs Sofa. Die Frau berührte er nicht, weil die Situation schon zu weit eskaliert war, als dass er einfach Hilfestellung anbieten konnte. Sie rollte sich auf dem Boden zusammen und wimmerte. Der Mann sprach kein Wort mehr, wog das Paket nicht ab und verzichtete auf weitere Gangstergesten. Er legte Stefan das Geld hin, der es hastig abzählte. Dann gingen sie.

Erst als sie mit dem X5 in die Rothenbaumchaussee in Richtung St. Georg abgebogen waren, sprach Stefan wieder. »Ich mach nichts mehr mit Privatiers, die sind nicht professionell genug.«

So gerieten Mert und Stefan an die Albaner, die wenig später das Ende von Stefans zweiter Karriere markieren sollten.

Stefan hatte den Deal am Telefon vorbereitet. Mert fuhr ihn zu einer ranzigen Kneipe am oberen Ende der Simon-von-Utrecht-Straße. Die Eingangstür führte in einen langen Raum, links ein langer Tresen, rechts drei Tische mit Stühlen drum herum. Nur vier Trinker waren anwesend, und eine Frau hinter der Bar. Sie gingen am Tresen vorbei und klopften am Ende des Raums an eine Tür ohne Klinke. Die Tür wurde geöffnet. Ein Mann, der Mert um einen halben Kopf überragte, ließ sie ein. Der Raum war kaum größer als eine Umkleidekabine. Keine Fenster und kein Bild an der Wand, nackter Boden, eine kleine Bar in der Ecke. Ein runder Tisch stand in der Mitte des Raums, so winzig, dass eine Vase mit Kunstblumen den größten Teil davon bedeckte, dazu zwei Stühle. Auf einem der Stühle saß ein kleinerer Mann, fahl beleuchtet von einer Neonröhre an der Decke. Der Große tastete sie nach Waffen ab.

Stefan und Mert war über Jahre im Verein eingebläut worden, Konflikte nicht mit einer Waffe zu lösen. »Eine Waffe kann gegen euch verwendet werden«, dozierte Kalle alle paar Monate, »oder ihr macht alles nur schlimmer. Wenn ihr ein Messer zieht, dann nimmt der andere eine Baseballkeule.« Die Trainierenden standen bei dieser wiederkehrenden Ansprache um Kalle herum wie eine Schulklasse auf Geländeerkundung. »Und was können Boxer besonders gut? Warum brauchen wir keine Waffe?«, fragte Kalle jedes Mal in die Runde. »Laufen«, antwortete dann einer, der diesen Vortrag nicht zum ersten Mal hörte. »Genau!«, dröhnte Kalle, »ihr könnt rennen wie die Hasen!«

Obwohl Stefan und Mert ihre besten Zeiten hinter sich hatten, fühlten sie sich auch ohne Waffen wehrhaft genug. Die Albaner waren zufrieden. Aber der Fluchtweg war abgeschnitten.

»Gutt«, sagte der Kleine, »wie Abmachung.«

Die Männer wirkten höflich, und auch der Große machte keinen bedrohlichen Eindruck. Nur die absolute Ruhe, in der sie ihnen gegenübertraten, machte Mert nervös.

Der kleinere Mann war der Verhandlungsführer. Stefan setzte sich mit ihm an den Tisch und schob die Vase zur Seite, um sein Kotelett-Paket hinzuknallen. Er tat das mit Schwung, so als wollte er eine starke Geste gegen die Regungslosigkeit seines Gegenübers setzen. Mert positionierte sich hinter Stefan an der Tür und fragte sich, wer wohl auf die Idee gekommen war, diesen tristen Ort mit Plastikblumen zu dekorieren.

Der Große, offenbar für die Sicherheit seines Chefs verantwortlich, lehnte Mert gegenüber an der Bar. Er nahm eine Holzschachtel aus dem hinteren Regal und brachte sie zum Tisch. Tiegelchen und Röhrchen lagen darin, wie in einem Chemiebaukasten. Der Chef öffnete Stefans Paket sorgfältig an einem Ende. Er entnahm eine Prise, vermischte diese mit einer Flüssigkeit und wartete auf das Ergebnis. Niemand sagte ein Wort. Der Chef lehnte sich zurück, verschränkte die Arme und blickte stoisch auf die Lösung in dem Glasschälchen.

Stefan ruckelte auf seinem Stuhl hin und her. Er schniefte und tappte mit den Fingern auf der Tischplatte, bis er bemerkte, wie nervös ihn das wirken ließ. Dann schob er die Hände in die Hosentaschen. Mert kratzte sich verlegen am Bart.

»Wieso zieht ihr euch das Zeug nicht durch die Nase? Das haut euch weg«, sagte Stefan.

»Ich nemm nich selbber«, sagte der Chef. Er sprach schlechter Deutsch als die Klitschkos. Jedes »ch« wurde betont, als wollte er dabei Schleim vom Gaumen lösen.

Die Lösung verfärbte sich hellblau.

»Qualität schlecht. Kauffe ich nicht.«

»Was? Wieso denn?« Stefan zerrte seine Hände aus den Hosentaschen, griff sich das Paket und hielt es in die Höhe. »Wir haben eine Vereinbarung, das ist astreines Zeug. Wollt ihr jetzt den Preis drücken oder was?«

Stefan schob sich auf dem Stuhl nach vorne und wedelte mit dem Paket vor den Augen des Kleinen. Der Albaner an der Bar machte sich größer, ohne dabei seine Körperhaltung zu verändern.

»Preis egal. Kauffe nich.«

»Du musst das kaufen! Wir haben eine Abmachung. Unter Hamburger Kaufleuten gilt das Wort!«

Mert war fassungslos. Hamburger Kaufleute, dachte er, woher nimmt er den Quatsch? Wäre die Situation nicht so unschön gewesen, Mert hätte gelacht.

»Du bist Betrügger. Nicht derselbe Qualität wie Probbe.«

Stefan sprang auf. Flink und ungerührt zog der Mann am Tresen eine Pistole aus seiner Lederjacke und schoss Stefan in den rechten Oberschenkel, bevor dieser seinen Chef erreichen konnte.

Stefan landete auf seinem Knie. Er sah aus wie ein Boxer, der einen Wirkungstreffer kassiert hat und lieber angezählt wird, als einen weiteren Schlag einzustecken. Stefan schrie nicht, unterdrückte nur ein Stöhnen. Mert erstarrte und wunderte sich, wie schnell alles gegangen war, wie unspektakulär sich ein Schuss in Wahrheit anhörte. Ein stumpfes Geräusch, unangemessen leise.

Mert spürte, dass hier etwas kaputtging, was sich nicht mehr reparieren ließ, und es war nicht Stefans Bein. Sie hatten eine Grenze übertreten. Hier waren sie nicht hart und stark, keine Meister, sondern kleine Lichter, die man blitzschnell auslöschen konnte. In dem Moment, in dem sich alles abspielte, spürte Mert eine Verkrüppelung in sich. Er würde für den Rest seines Lebens daran leiden, selbst wenn die Sache noch gut ausging.

Mert sah keine Möglichkeit einzugreifen. Der Große hätte sein halbes Magazin in ihn gejagt, bis er in Schlagdistanz kam.

Stefan zog sich am Tisch hoch und ließ sich vorsichtig auf den Stuhl sinken. Der Lauf der Pistole folgte ihm wie eine Wünschelrute. Der Große griff mit seiner freien Hand eine Flasche Schnaps und klemmte ein Glas unter einen Finger. Er ging zum Tisch, stellte Flasche und Glas vor Stefan ab und schenkte bis zum Rand ein, die Waffe immer noch im Anschlag. Er verhielt sich wie ein Schalterbeamter, der gerade einen Bescheid ausgestellt hatte. Es war keine Wut zu spüren, ein normaler Vorgang.

Merts Gedanken begannen zu rasen. Bei seinem Gang zum Tisch war der Große näher gekommen, aber immer noch zu weit weg, um anzugreifen. Das Blut durchtränkte Stefans Jeans, ein erster Tropfen löste sich vom Hosenbein und fiel auf den Boden. Stefan trank das ganze Glas leer und stellte es wieder ab. Ein tiefer, seufzender Laut kam aus seiner Kehle.

»Was machen wir jetzt?«, fragte Stefan.

»Ihrr geht. Ihrr komm nicht wieder. Nie mehr. Auch nich mit gutte Stoff«, sagte der Chef.

»Scheiße«, sagte Stefan. Er schien zu überlegen. Er sah auf sein Bein, verfolgte den Blutstrom bis zum tropfenden Ende der Hose. Zu Merts Überraschung winkte Stefan den Großen heran. »Hilf mir mal auf.«

Als der Große sich hinunterbeugte und ihm die Schulter zum Festhalten anbot, griff Stefan die Schnapsflasche und schlug sie ihm ins Gesicht. Stefan blockierte den Arm mit der Pistole und rammte dem Großen den verbliebenen Stumpf der Flasche zuerst ins Gesicht und dann ins Handgelenk. Es war ein Ablauf, eine schnelle Bewegungsfolge. Mert brauchte einen Moment, um zu realisieren, was geschehen war. Da war der Große schon nach hinten gefallen, die freie Hand hielt er sich aufs Gesicht. Aus dem Arm mit der Waffe, an dem Stefan hing, schoss eine Blutfontäne. Stefan wurde mit zu Boden gezogen.

Der Chef sprang auf. Doch bevor er Stefan erreichen konnte, war Mert aufgewacht, hechtete auf den kleinen Mann zu und rammte ihn in die Bar. Holz zersplitterte, Flaschen flogen, Gläser rutschten ab.

Stefan hatte die Pistole an sich gebracht und richtete sich auf. Die Waffe im Anschlag humpelte er im Kreis, wobei er alle gleichzeitig bedrohte.

»Nimm dir die Kohle«, schrie Stefan.

»Welche Kohle?«

»Irgendwo müssen die Scheißalbaner doch die Kohle haben.«

Von draußen wurde gegen die Tür gehämmert.

»Du bist tott«, stöhnte der Chef aus dem Sperrholzhaufen, der von der Bar übrig geblieben war. Stefan humpelte zu ihm hin, versuchte ihn zu treten. Als er bemerkte, dass er das auf einem Bein nicht konnte, nahm er die Waffe und schlug dem Chef mit dem Lauf auf die Stirn, dreimal, viermal.

»Wo ist die Kohle?«

Der Chef antwortete nicht. Er sah Stefan ruhig an, bereit, sich mit seinem Schicksal abzufinden. Auch sein Bewacher hatte sich gefangen und versuchte sein Handgelenk mit der anderen Hand am Bluten zu hindern. Sein Gesicht war zerfetzt.

»Sollten wir nicht besser einfach verschwinden?«, schlug Mert vor. Er hatte das Gefühl, dass draußen eine Armee gegen die Tür hämmerte.

Stefan hielt dem Chef die Waffe ins Gesicht. Mert war sich nicht sicher, ob er abdrücken würde. Doch dann humpelte Stefan zum Tisch, nahm sich das Paket, steckte es in seine Jacke und gab Mert das Zeichen, die Tür aufzumachen.

Zwei Männer stürmten herein. Doch als sie Stefans Waffe sahen, erhoben sie die Hände und blieben ebenfalls gespenstisch ruhig. Um in so einer Situation nicht die Nerven zu verlieren, braucht man Erfahrung, dachte Mert. Es gruselte ihn bei der Vorstellung, wie man sich diese Erfahrung verschaffte.

Mert schob sich an den Männern vorbei, rannte durch den großen Raum, stieß die Eingangstür auf und stieg ins Auto. Er startete den Motor und beobachtete Stefan durch zwei Schriftzüge, die auf den Fensterscheiben der Kneipe klebten. Stefan wich, mit der Waffe fuchtelnd, zurück in Richtung Ausgang. Als ein Billard-Queue in Stefans Rücken krachte, sah Mert nicht, woher der Schlag kam. Stefan kippte aus seinem Blickfeld. Mert sprang aus dem Auto, rannte zurück und riss die Tür wieder auf. Der zweite Hieb traf den am Boden liegenden Stefan am Kopf. Mert sah, dass Stefan die Waffe noch umklammert hielt, während die Barfrau, die über ihm stand, zum dritten Schlag ausholte. Mert hielt seine rechte Hand dazwischen, und der Schmerz durchschoss ihn wie ein Blitzschlag. Er konnte den Queue halten, riss ihn der Frau aus der Hand und schlug ihr mit dem dicken Ende aufs Ohr. Sie taumelte zurück und verschanzte sich hinter dem Tresen. Mert schob seinen linken Arm unter Stefans Achsel und zog ihn in die Senkrechte. Stefan hob die Waffe, als könnte er die Männer, die langsam auf sie zukamen, noch treffen, wenn er wollte. Er blutete aus einer Platzwunde am Hinterkopf, seine blonden Haare verdickten sich zu roten Strähnen. Mert gelang es, ihn auf die Straße zu zerren und auf den Beifahrersitz zu schieben. Er warf den Queue gegen die Tür der Kneipe, schwang sich hinters Lenkrad und fuhr davon. Kurz darauf parkte er das Auto auf dem Seitenstreifen der Holstenstraße. Stefan stöhnte.

»Was machen wir jetzt?«, fragte Mert.

»Nach Hause.«

»Du musst ins Krankenhaus.«

»Kein Krankenhaus. Nach Hause«, sagte Stefan, dann sackte er weg.

Mert fuhr zum Universitätskrankenhaus Eppendorf. Die einzige Adresse, die ihm einfiel. Fast wäre er mit quietschenden Reifen in die Einfahrt zur Notaufnahme gerast, doch kurz vorher fiel ihm ein, dass er weder einen Führerschein besaß noch erklären wollte, was passiert war. Er lenkte das Auto direkt vor dem Krankenhaus auf eine Wiese unter zwei Bäume. Er zog Stefan vom Beifahrersitz und trug ihn auf die Fahrerseite, wo er ihn hinters Steuer setzte. Dann drückte er Stefans Hände auf das Lenkrad und den blutenden Hinterkopf auf die Kopfstütze, um Spuren zu hinterlassen.

Die Kopfstütze und die Sitzfläche des Beifahrersitzes wollte Mert mit einem Lederlappen säubern, den er im Auto fand, doch er verschmierte alles nur. Er fand Scheibenreiniger im Kofferraum, zog seine Jacke und sein Sweatshirt aus, sprühte alle Flächen ein und säuberte die Beifahrerseite mit dem Shirt. Als er fertig war, schmiss er das Sweatshirt in die Büsche, zog seine Jacke wieder an und wollte Stefan aus dem Auto zerren. Stefan war seit einigen Minuten ohnmächtig, hielt die Waffe aber fest umklammert in seiner Hand. Mert hatte Mühe, sie ihm aus den Fingern zu winden, und benutzte den Lederlappen dafür, um keine Fingerabdrücke zu hinterlassen. Das einzige Versteck, das er auf die Schnelle finden konnte, war der Botenschacht der Uniklinik. Er ließ die Waffe durch den Schlitz plumpsen, dann rannte er zum Auto zurück, hob Stefan aus dem Sitz und schleppte ihn in die Notaufnahme.

»Mann, bist du fett geworden«, stöhnte Mert. Es konnte aber auch sein, dass er selbst schwach geworden war.

»Den habe ich draußen gefunden«, rief Mert, als er den Vorraum betrat. Alles Weitere lief automatisch ab. Die Schwester drückte einen Knopf, zwei Pfleger erschienen, sie schoben ein schmales Rollenbett, ihnen folgte ein Arzt. Genau genommen eine Ärztin: Constanze.

Sie rollten Stefan weg, Mert sollte im Vorraum warten. Wenig später tauchte die Polizei auf.

Mert hatte darüber nachgedacht, einfach zu verschwinden. Nach Hause zu fahren, alles Geld einzupacken, das in der Wohnung herumlag, und zu flüchten. In die USA, nach Kanada, nach Südamerika. Irgendwohin, wo geboxt wurde. Aber Constanze hatte ihn gesehen, und er konnte nicht einschätzen, wie schnell sie ihn schnappen würden, wenn sie der Polizei erzählte, wer er war. Sollten sie ihn am Flughafen festsetzen, würde es ihm schwerfallen zu behaupten, er habe mit all dem nichts zu tun.

So erzählte er den Polizisten, dass er spazieren gewesen war und gesehen hatte, dass der Wagen mit offener Tür auf der Wiese stand. Was Besseres fiel ihm nicht ein.

»Ich hab gesehen, dass der Mann blutet und es nicht bis zur Notaufnahme schafft. Und weil ich keinen Führerschein besitze, musste ich ihn tragen.«

Einer der Polizisten ging raus und untersuchte das Auto. Der andere befragte Mert von Neuem. Als sein Kollege wiederkam, zogen sich die Beamten zurück. Sie besprachen sich und stellten Mert noch mal dieselben Fragen.

Sie baten Mert zu warten, dann verschwanden sie durch die Doppeltür im Inneren des Krankenhauses. Nach einer Weile kamen sie mit Constanze zurück und verabschiedeten sich von Mert mit der Aufforderung, sich für eine weitere Befragung bereitzuhalten. Mert gab die Adresse seiner Eltern an, bei denen er immer noch gemeldet war. Wenn die Polizei nach so langer Zeit einmal mehr in der Tür stand, würde sein Vater vermutlich nostalgisch werden. Constanze wartete, bis die Polizisten abgezogen waren und sie auch sonst niemand hören konnte.

»Du hast Stefan also draußen vor der Tür blutend im Wagen gefunden ...«

»Was soll ich dir sagen?«

»Die Wahrheit?«

Constanze führte ihn über polierte Linoleumflure in die Cafeteria. Sie holte zwei Kaffee an einem Automaten und ließ sich die ganze Geschichte erzählen. Mert drückte seine Hände flach auf die abgenutzte Fläche des Resopaltisches, um sein Zittern zu unterdrücken. Er erzählte Constanze alles, ließ nichts aus. Er wollte es loswerden.

»Was machst du nur für Sachen?«, fragte sie.

»Ich bin einfach dumm.«

»Du bist nicht dumm, du denkst nur nicht gerne nach.«

Mert ließ den Kopf im Nacken kreisen, sein ganzer Körper war verspannt.

»Was willst du jetzt tun?«

»Keine Ahnung.«

»Wieso gehst du nicht zu deiner Exfreundin?«

»Nadja? Wie kommst du denn auf die?«

»Sie hat nach dir gefragt.«

»Dich? Wann?«

»Als du wegen deiner Hand hier warst. Am nächsten Tag hat sie nach dir gesucht und ist bei mir in der Notaufnahme gelandet.«

»Was hat sie gesagt?«

»Nichts hat sie gesagt. Sie hat nach dir gefragt. Sie wollte wissen, wie es dir geht. Und dann wollte sie natürlich wissen, woher ich dich kenne.«

»Was hast du ihr erzählt?«

»Woher wir uns kennen.«

»Was genau hast du ihr erzählt?«

»Dass wir regelmäßig miteinander geschlafen haben. Und dass ich dich gerne mag, aber glücklich verheiratet bin.«

»Was hat sie dazu gesagt?«

»Nichts. Sie wollte nur den genauen Zeitraum wissen, in dem wir regelmäßig miteinander geschlafen haben.«

Mert schwieg und blickte in seinen Kaffeerest.

»Ich habe ihr noch gesagt, dass du viel von ihr sprichst.«

Mert hob eine Augenbraue. »Wir haben nie über Nadja geredet.«

»Nicht direkt, aber wenn du was erzählt hast, ging es oft: ›Nadja hat dies gesagt, Nadja hat jenes gesagt.‹ Das hab ich wirklich oft gehört.«

»Hat sie dazu was gesagt?«

»Nein. Aber ich schätze, es hat ihr gefallen.«

Mert senkte seine Augenbraue wieder.

»Weißt du, wenn man schon nicht mehr ganz jung ist, so wie ich und Nadja, dann merkt man, dass man nicht so viele Männer trifft, die was zu bieten haben. Die nicht nur quatschen, sondern auch was draufhaben. Die meisten Typen sind langweilig oder eitel, oder beides zusammen. Du bist ein guter Typ, Mert, auch wenn du Mist baust. Und du bist gut im Bett. Auch das kommt seltener vor, als man sich wünschen würde.«

»Ich bin gut im Bett?«

»Ach klar, das interessiert dich jetzt. Ich würde sagen, momentan hast du echt andere Sorgen. Das ist so ziemlich das Einzige, worüber du dir keine Gedanken machen solltest.«

Constanze war gerührt zu sehen, wie Mert versuchte, seinen Bauch einzuziehen. Er wirkte auf behäbige Art ungefährlich und schien sich für seinen Körper zu schämen, der nicht mehr in die Kleidung passte, die er ihr noch stolz vorgeführt hatte, als er sie neu gekauft hatte. Sie fragte sich, ob es ihr noch Spaß machen würde, mit ihm zu schlafen, wenn sie nicht mehr durch halb geschlossene Augenlider beobachten konnte, wie sein Pectoralis major sich anspannte oder der Deltoideus hervortrat.

Sie tätschelte seine rechte Hand, die geschwollen war, und drehte sie auf den Rücken. Die Hand lag auf dem Tisch wie ein verendetes Tier. »Das musst du nachsehen lassen«, sagte sie jetzt im Ärzteton.

Mert zog die Hand zurück und verschränkte die Arme.

»Ich muss jetzt auch mal wieder auf die Station«, sagte Constanze und stand auf.

»Ich bin der Allerletzte, oder?«, fragte Mert nach vorne gebeugt.

Constanze sah ihn von oben an. Eine kleine Lichtung zeigte sich in den Haaren, aus seinem Bart leuchteten silbergraue Flächen.

»Du hast ein Problem, vermutlich sogar viele Probleme, jetzt auch mit der Polizei. Das geht mich nichts an, ich will es auch nicht wissen. Aber du siehst nicht gut aus, und es geht dir nicht gut. Und was es auch ist, du solltest was dran ändern.«

Er sah zu ihr hoch. »Danke«, sagte er.

»Wofür? Ich habe alles, was wir gemacht haben, für mich gemacht.«

»Dass du mich nicht verpfiffen hast.«

»Nur dieses eine Mal. Und wenn mir jemand draufkommt, werde ich behaupten, ich hätte dich nicht erkannt, mit dem Gestrüpp im Gesicht.«

Constanze ließ ihn in der Cafeteria sitzen. Mert trank den letzten Schluck Kaffee aus, das Zittern ließ nach, er wurde müde. Schließlich raffte er sich auf und fuhr nach Hause.

Als Mert den Wohnungsschlüssel im Sicherheitsschloss drehte, machte er sich fast in die Hose. Er fürchtete sich gleichermaßen vor der Polizei und einem Killerkommando der Albaner, obwohl kaum anzunehmen war, dass beide Parteien gemeinsam auf ihn warteten. Es war finster in der Wohnung, sodass er nicht mal erkennen konnte, wo seine Hand endete, nachdem er die Tür hinter sich zugezogen hatte. Er tastete nach dem Lichtschalter und traute sich einen Moment lang nicht, ihn umzulegen. Als es hell wurde, blendete ihn die Flurbeleuchtung. Er erwartete Schüsse in die Brust und fragte sich, wie lange man diese Schmerzen spürte, bevor man tot war. Es passierte nichts. Er ging in die Küche, in Stefans Zimmer, in sein eigenes. Es war niemand da.

Mert packte seine Sachen zusammen. Dafür brauchte er nur eine Sporttasche und einen Seesack, den er bei Stefan im Bettkasten fand. Er nahm sein Geld aus einer Socke, die er hinten in seinem Wäschestapel versteckt hielt – etwas über 20 000 Euro –, dazu ein paar Tausender, die Stefan im untersten Fach des Weinschranks als Reserve aufbewahrte. Dann legte er seinen Haustürschlüssel auf den Küchentisch, sah sich noch einmal um, verließ die Wohnung und zog die Tür von außen zu.

Er nahm sich ein Zimmer in der Pension Richter, direkt gegenüber vom Hauptbahnhof. Achtundvierzig Euro die Nacht, inklusive Frühstück. Vor lauter Angst, die Albaner könnten ihm auf der Straße auflauern, verließ er den Raum drei Tage lang nicht. Er sah fern, bestellte sich Pizza aufs Zimmer, fühlte sich hundeelend. Kalter Schweiß, die ganze Zeit. Mert war sich nicht sicher, ob es an der Angst lag, die er neu kennenlernte, oder am Kokain, das ihm fehlte.

In der vierten Nacht träumte er davon, wie er Nadja durch die Stadt folgte. Sie ging Arm in Arm mit ihrem Anzugträger-Freund. Mert versuchte sie zu erreichen, ihr zu sagen, dass er sie liebte. Dass er sich sicher war, überhaupt nur sie lieben zu können, und dass er sich selbst nur leiden konnte, wenn sie bei ihm war. Aber er kam ihr nicht näher, so sehr er es auch versuchte. Er folgte ihr in einer festgelegten Distanz, zu weit entfernt, um nach ihr zu rufen, nah genug, um sie im Auge zu behalten. Dann rückten die Albaner an, sprangen hinter Schildern hervor, strömten aus Kaufhauseingängen, durchlöcherten ihn mit Maschinengewehrsalven, und erst in diesem Moment drehte Nadja sich zu ihm um, sah ihn auf dem Boden liegen und lief zu ihm hin. Aber da konnte er schon nicht mehr sprechen.

Am nächsten Morgen beschloss Mert, lieber zu sterben, als das Wichtigste ungesagt zu lassen. Er stand auf, duschte, ging zum Friseur zwei Häuser weiter, ließ sich rasieren und die Haare abschneiden. Dann fuhr er zu Nadja.

Hier saß er und sagte drei Worte, die er noch nie gesagt hatte: »Ich habe Angst.«

Er sagte diese Worte nur an diesem einen Nachmittag in Nadjas Küche, Jahre nachdem sie sich zum ersten Mal begegnet waren. Die Züge um Nadjas Mund waren härter geworden, eine Ader auf ihrer Stirn trat hervor. Mert hatte Falten um die Augen bekommen, die in feine Narben übergingen, und einen Bauch, der sich durch sein T-Shirt drückte. Aber er war noch ein Brocken aus Kraft. Er saß in ihrer Küche auf dem Stuhl, auf dem er immer gesessen hatte. Er sah krank aus mit seinen geschorenen Haaren, unter denen die Kopfhaut weiß schimmerte. Er war außer Form und angeschlagen, doch er war unverkennbar ihr Mert. Ein schiefes Lächeln teilte sein Gesicht, das mittlerweile aussah, als habe Gott es in Lehm getreten.

Vier Jahre hatte sie ihn gegen jede Vernunft geliebt und fast so lange gebraucht, sich davon zu erholen. Sie war glücklich, ihn wiederzusehen. Zuerst dachte sie, es fühle sich an, als sei er nach Hause gekommen. Dann bemerkte sie, dass sie selbst sich so fühlte, als sei sie endlich wieder dort, wo sie hingehörte.

»Ich habe Angst.«

Tränen schossen Nadja in die Augenwinkel.

»Du hast doch nie Angst. Du hast doch vor nichts und niemandem Angst.«

»Da hab ich gelogen.«

Er atmete tief ein, versuchte den Knoten in seiner Brust zu lösen, Kraft zu sammeln für eine Beichte.

»Ich habe sogar Angst vor dir. Weil du mir über bist. Wenn wir Streit hatten, bin ich länger auf der Arbeit geblieben, weil ich wollte, dass du schon schläfst, wenn ich nach Hause kam. Vor Felix hatte ich auch Angst. Ich bin nur deshalb auf meine Gegner losgegangen, damit die Angst weggeht. Damit ich es hinter mir habe. Und jetzt habe ich Angst, dass ich nie wieder kämpfen kann. Ich habe Angst, dass ich alles falsch gemacht habe und es nicht mal schnalle.

Ich habe sogar Angst vor mir selbst. Dass ich Scheiße baue. Ich bin der schlimmste Schisser, der da draußen rumläuft.«

Nadja warf ihre Zigarette auf die Straße, stieg von der Fensterbank herunter, setzte sich Mert gegenüber und legte ihre Hand auf seine. Er zog sie zurück, damit Nadja ihn nicht auf die Schwellung ansprechen konnte. Eine Nachfrage hätte er nicht mit einer Lüge abwiegeln können.

»Und deswegen bist du hergekommen, um mir das zu sagen?«

»Ja.«

»Dass du Angst hast?«

»Ja, damit du das gehört hast, falls irgendwas passiert.«

»Was sollte denn passieren?«

»Nichts, ich weiß es nicht. Ich wollte nur, dass du Bescheid weißt.« Mert konnte Nadja nicht von Stefan oder den Albanern erzählen, ohne zu riskieren, dass sie ihn wieder vor die Tür setzte. Das machte ihm von allem am meisten Angst.

»Ich wollte auch noch sagen, dass es mir nicht gut geht ohne dich. Auch wenn ich es verschissen habe. Es tut mir leid. Ich bin selbst schuld. Aber es geht mir nicht gut ohne dich.«

Mert blieb in dieser Nacht bei Nadja. Er blieb auch den nächsten Tag und die folgende Nacht. Dann ging er zurück in die Pension. Nach einem weiteren Tag hielt er es nicht mehr aus und rief Nadja wieder an. Auch wenn er in der folgenden Zeit sein Zimmer in der Pension behielt und davon sprach, sich endlich eine eigene Wohnung zu suchen und ein ordentliches Leben anzufangen, waren sie ab diesem Zeitpunkt wieder ein Paar. Liebende mit einem

Loch in der Mitte, das sie selbst geschlagen hatten. Sie hatten Zeit verschwendet, die sie nie wiederbekommen würden, und litten an einem Verlustschmerz, den sie nur mit Nähe lindern konnten. Mit der andauernden Versicherung, dass der andere da war. Sie klammerten sich aneinander, als würde einer von ihnen untergehen, wenn sie den Griff lockerten.

Sie suchten eine gemeinsame Wohnung und dachten sogar darüber nach, das Land zu verlassen, nach Amerika zu ziehen, oder zumindest in eine andere deutsche Stadt, wo sie niemand kannte. Wo sie die werden konnten, die sie sein wollten, ohne Erwartungen von außen. Keine Familie, keine Kollegen, keine Albaner. Aber diese Pläne blieben Träume und reduzierten sich am Ende auf Eimsbüttel, Altona und Rothenburgsort, einfach nur weg vom Kiez und dem Großneumarkt. Irgendwohin, wo nette Menschen sich im Supermarkt grüßen.

Mert tauchte nie wieder im Hans-Albers-Eck auf. Er rief Marco Wenz an, der den Laden mittlerweile übernommen hatte, und teilte ihm mit, dass er nicht mehr dort arbeiten würde. Er weigerte sich sogar, auf ein Abschiedsbier vorbeizukommen. Die Angst vor den Albanern war zu groß, dabei hätten sie ihn kaum wiedererkannt, so wie er jetzt aussah. Mert war so kurz davor, ein glücklicher Mensch zu werden, dass er nichts riskieren wollte.

Er meldete sich nicht bei seinen Eltern, um zu fragen, ob die Polizei ihn gesucht hatte. Er rief Constanze im Dienst an, um zu erfahren, wie es Stefan ergangen war. Sie erzählte, dass er direkt in die Untersuchungshaft entlassen worden war und die Polizei mehrmals nach Mert gefragt hatte. Danach rief er Constanze nie wieder an.

Seine neue Welt waren Nadja und die Wohnung, die sie in Altona fanden. Drei Zimmer mit Dachschrägen, ein kleiner Balkon. Nadja ließ ihre Jugendmöbel zurück, nur den Küchentisch, die Stühle und das Kästchen voller Erinnerungen nahm sie mit. Von ihren Ersparnissen und Merts ergaunertem Geld kauften sie sich eine neue Einrichtung. Nadja hatte Geschmack, und Mert ermunterte sie, Geld auszugeben, wenn ihm etwas besonders gut gefiel. Bald sah die Wohnung so aus, wie Mert und Nadja auch ihre Beziehung empfanden: schön, etwas dunkel, verwinkelt, aber warm. Nadja und Mert unternahmen wenig, räumten abends herum, probierten verschiedene Standorte für die Möbel aus. Sie stellten alles um, ließen es ein paar Tage so, dann ging es von vorne los. Nach ein paar Monaten hatten sie die perfekte Konstellation gefunden.

Mert hätte glücklich sein müssen, und häufig war er das auch. Aber jedes Mal, wenn ein Boxkampf im Fernsehen übertragen wurde, sah Mert eine große Sanduhr, auf der sein Name stand und durch die seine Lebenszeit rieselte. Er hatte keine Idee, was er sonst mit sich anfangen sollte.

Nadja schleppte Mert zu Professor Zorn, der sich gut an ihn erinnerte.

»Wieso machen Sie das eigentlich?«

»Was? Boxen?«

»Sich absichtlich verletzen.«

»Ich versuche nicht, mich zu verletzen. Machen Sie Sport?«

»Ich habe Tennis gespielt.«

»Beim Tennis will man den Ball ja auch nicht ins Netz hauen, oder? Es passiert halt.«

»Mittlerweile müssen Sie aber doch wissen, dass das Kämpfen nicht ohne Folgen verläuft. Selbst wenn Sie gewinnen, tun Sie sich weh. Sie haben doch gewonnen, wenn ich mich richtig erinnere?«

»Wann?«

»Als das mit der Hand passiert ist.«

»Ja, ich habe gewonnen.« Mert spürte, wie Nadja bei der Erwähnung seines letzten Aufeinandertreffens mit Felix versteifte.

Seine Hand wurde operiert, ein Mittelhandknochen war falsch zusammengewachsen. Danach musste er monatelang Reha machen.

Er hasste es, Geschicklichkeitsübungen mit Gummibändern zu absolvieren. »Sanft«, mahnte der Physiotherapeut, wenn Mert es mit Kraft versuchte, »ganz sanft.« Das fiel Mert nicht leicht, nachdem er jahrelang gelernt hatte, sich erst richtig ins Zeug zu legen, wenn es schon wehtat.

Eines Tages kam Nadja von der Arbeit nach Hause und hatte eine Tüte von SportScheck dabei.

»Ich habe mich erkundigt«, sagte sie und holte eine Schachtel hervor, in der ein schwarzer Gummiball verpackt war. »Das benutzen Bergsteiger, um zu trainieren.« Sie fummelte den Ball aus der Packung, er war etwas größer als ein Squash-Ball.

»Damit kannst du die Hand von innen kräftigen, wenn ich es richtig verstanden habe.« Sie drückte einen Kuss auf den Ball und gab ihn Mert. Er lag gut in der Hand, fest, schwer, mit einer seidigen Oberfläche. Mert hatte Spaß daran, ihn zu kneten.

»Ich brauch dich noch eine Weile«, sagte Nadja. »Du kannst jetzt kein Invalide werden.«

Monatelang knetete Mert abends vor dem Fernseher seinen Gummiball, bis die rechte Hand erschöpft war. Dann legte er den Ball zur Seite, nur um ihn nach zehn Minuten wieder in die Hand zu nehmen.

Mert begann mit Lauftraining. Die Elbe hoch bis in den Jenisch-Park. Er lief, bis er nicht mehr konnte. Dann drehte er um, machte aber nach der Hälfte schlapp. Jedes Mal, wenn er lief, kam er ein Stück weiter. Nach einigen Wochen ging er wieder zum Training, grüßte alte Kollegen und musterte neue so, als müssten sie ihn kennen. Mert war durch das Laufen wieder schlanker geworden, die Konturen in seinem Gesicht traten hervor, schärfer als früher. Er sah sich wieder ähnlich.

Als Mert zum ersten Mal mit der rechten Faust gegen den Sandsack schlug, wurde er fast ohnmächtig vor Schmerz. Er begann lange Trainingseinheiten zu absolvieren, nutzte dabei aber nur die Linke. Sogar beim Sparring trieb er seinen Gegner damit vor sich her. Seine Linke wurde genauer. Hatte er sie früher auf einen Zentimeter platzieren können, traf er nun auf den Millimeter genau. Pendelte der Gegner mit dem Oberkörper, schnellte Merts Linke an die Stelle, an der der Kopf des Gegners im nächsten Augenblick zu treffen war. Schützte der Gegner sich hinter seiner Doppeldeckung, schlug Mert zwei Linke, zog die Deckung seines Kontrahenten einen Zentimeter nach vorne, um dann mit dem linken Seitwärtshaken an der Deckung vorbei ans Kinn zu schlagen. Andere Menschen meditierten, um ihr Bewusstsein zu erweitern, doch für Mert stellte sich dieses Gefühl mit der späten Entdeckung seiner Linken ein. Sie machte ihn zu einem kompletten Menschen.

Als Professor Zorn ihm endlich die Freigabe erteilte, seine rechte Faust wieder voll einzusetzen, war Mert so sehr an seine Linke gewöhnt, dass er die Rechte nur markierte. Woche für Woche versuchte er, mehr Wucht in die

Schläge zu legen. Kraft war da, aber keine Dynamik. Wie durch Watte schlug er seine Rechte an den Sack. Es lag an ihm, an seinem Kopf. Er traute seiner Rechten nicht. Er traute sich selbst nicht.

Schließlich musste der Professor ihn ermutigen, sie wieder voll einzusetzen. »Ihre Rechte ist in Ordnung, was nicht in Ordnung ist, scheint mir Ihr Zutrauen zu sein.«

Mert saß auf der Behandlungsliege, seine Beine baumelten über dem Boden. Er öffnete und schloss seine Rechte, während der Professor sprach. »Manchmal geht man einer Sache aus dem Weg, deren Ergebnis man nicht kennen will. Schlagen Sie zu! Herzhaft wie eh und je! Aus medizinischer Sicht gibt es keinen Grund, der dagegenspricht. Außer den unzähligen Gründen, die Sie nicht interessieren.« Beim nächsten Training hämmerte Mert so hart er konnte mit der Rechten gegen den Sandsack. Abends schmerzte sie, aber nicht von den Folgen des Bruchs, sondern vom Druck seiner Schläge.

Als Nadja von der Arbeit nach Hause kam, erwischte sie Mert, wie er in Unterhosen vor dem Spiegel im Flur posierte. Seine Muskeln hatte er wie ein Bodybuilder angespannt, seine Arme formten ein O. »Na, Big Jim, wieder fit?«, fragte sie. Mert gab die Pose auf, demonstrierte Nadja aber nach Aufforderung begeistert, wie gut seine Muskelgruppen definiert waren.

Nachdem Mert sich beim BC Einigkeit in Form gebracht hatte, ging er zum Verbandstraining, mit einem Gefühl der Fremdheit am Gaumen, das dort klebte wie eine zu große Tablette, die sich nicht auflöst. Es waren viele neue Gesichter da. Gersch begrüßte ihn wie einen verlorenen Sohn, mit einer Umarmung. Mert hatte sich mit Ali verabredet. Sie zogen ihr Programm durch, zwei Veteranen, die alles schon gesehen hatten. Es gab nichts zu demonstrieren. Gersch kümmerte sich um die Jungen.

Ali und Mert hatten nie über die Nacht vor dem Hans-Albers-Eck gesprochen und sprachen auch nicht über Stefan.

Nach dem Trainig lud Mert Ali zu sich nach Hause ein, um ihm seine Wohnung zu zeigen. Er führte ihn durch die Räume und bat ihn, zum Essen zu bleiben. Nadja kochte zur Feier des Tages drei Gänge, mit Vorspeise und Nachspeise. Ali war aufmerksam genug, um zu wissen, dass Mert ihm mit dieser Einladung sagen wollte: »Sieh her, ohne dich hätte ich das nicht geschafft.« An diesem Abend bot Ali an, sich in dem Fitnesscenter, in dem er arbeitete, nach einem Job für Mert zu erkundigen.

»Ist so ein Schickilacki-Ding, Holmes Place – ich sag immer John-Holmes-Place. Die suchen Trainer. Du sitzt ja wieder gut im Strumpf, da kannst du sicher Kurse geben.«

»Braucht man dafür nicht einen Schein?«

»Fitnessfachwirt oder so. Aber wenn du den C-Trainerschein machst, kannst du da auch arbeiten. Für den Wisch brauchst du nur ein paar Wochen, der alte Kalle Trabert soll dich anmelden.«

»Ich überleg's mir.«

»Wie geht's deinem Bruder?«, fragte Ali.

»Gut«, antwortete Nadja.

»Ich seh ihn gar nicht mehr beim Training.«

»Er arbeitet viel, er ist Abteilungsvorstand geworden.«

Das Thema Felix mieden Nadja und Mert, genauso wie Mike Tyson, Heike, Constanze oder Stefan.

Nadja hatte Felix erzählt, dass sie mit Mert zusammenzog. Aber Felix erkannte nicht, wie erlöst und glücklich sie deswegen war. Er sah sich getäuscht. Das Elend, gegen das er ankämpfen musste, nachdem Mert sie verlassen hatte, Nadjas Apathie, die ihm seine Hilflosigkeit bei jedem Treffen vor Augen geführt hatte, konnte Felix nicht vergessen.

Nach Merts Abgang war Nadja kaum noch vor die Tür gegangen, an manchen Tagen war sie nicht mal aus dem Bett aufgestanden. Felix und Angelika besuchten sie. Sie brachten ihren Sohn Jörg mit, der mit einem Eis bestochen worden war, seine Tante Nadja zu einem Spaziergang zu überreden. Wenn Felix in dieser Zeit zwei Tage nichts von Nadja gehört hatte, fuhr er morgens vor der Arbeit einen dreißigminütigen Umweg, um mit ihr zu frühstücken. Bei einem dieser Besuche entdeckte er Insulin-Ampullen in ihrem Kühlschrank. Da Nadja nicht zuckerkrank war, machte Felix sich Sorgen, dass sie das Insulin für andere Zwecke nutzen wollte. Er nahm es an sich, und die Tatsache, dass sie ihn nie danach fragte, bestätigte ihn in seiner Ahnung. Eine schwere Bleidecke hatte sich über Felix' Brust gesenkt, und sie wurde erst leichter, nachdem Nadja Thomas kennengelernt hatte.

Thomas war Dokumentar bei einem Verlag, der Geschäftsberichte produzierte. Er war an so gut wie allem interessiert, belesen und in seiner Andersartigkeit genau der Mann, den Felix sich für seine Schwester schon immer gewünscht hatte. Die beiden waren sich in einer Buchhandlung begegnet. Thomas hatte Nadja auf ihre Buchauswahl angesprochen und dann dazu überredet, gemeinsam einen Kaffee trinken zu gehen. Über Wochen hatten sie nicht mehr als das getan, bis Nadja schließlich begann, Thomas gegenüber ihrem Bruder zu erwähnen. Felix registrierte, dass sich ihre Miene aufhellte, wenn sie von ihm sprach.

Wenn Nadja ihn am Sonntag zum Essen mitbrachte, trug Thomas oft Anzug, immer aber ein Jackett, manchmal auch eine Krawatte. Thomas hatte behauptet, nichts vom Boxen zu verstehen, aber über Henry Maske und die Klitschkos wusste er dann doch einiges, weil er jeden Morgen mehrere Tageszeitungen las. Er wollte Geschichten über den Alltag in der DDR hören, mit deren Entstehungsgeschichte und System er sich besser auskannte als Felix und Nadja. Thomas wusste auch nach einem Jahr noch, welche Bücher Nadja sich bei ihrem ersten Treffen ausgesucht, welche Kleidung sie getragen und was sie im Café bestellt hatte. Ein Mann wie eine Datenbank.

Als Nadja Felix schließlich erzählen musste, dass sie sich von Thomas getrennt hatte, weil Mert wieder aufgetaucht war, hielt Felix sie für übergeschnappt und rücksichtslos. Nicht nur Thomas gegenüber. Felix reagierte so, wie es in der Familie Borau üblich war. Er sprach nicht mehr mit Nadja.

Nachdem sie einige Monate wieder zusammen waren, hatte Mert endlich den Mut aufgebracht, Nadja nach ihrem Exfreund zu fragen. Er war sich nicht sicher, ob er die Antwort ertragen konnte.

»Was ist eigentlich aus dem schlaffen Typen im Anzug geworden, der dich damals zu meinem Kampf begleitet hat?«

»Thomas? Du meinst, warum ich nicht mehr mit ihm zusammen bin?«

»Ja.«

»Wegen dir.«

»Wieso wegen mir?«

»Ich hätte ja schlecht mit euch beiden zusammen sein können. Das hättet ihr beide nicht gut gefunden.«

»Und wie ist er so?«

»Nett.«

»Wie, nett?«

»Er ist ein anständiger Mann.«

»Du meinst, im Gegensatz zu mir.«

»Das hab ich nicht gesagt. Er ist einfach grundsolide.«

»Nach großer Liebe hört sich das aber nicht an.«

»Nicht groß. Aber schön. Ich hab ein bisschen gebraucht, um mich von dir zu erholen. Und Thomas ist ein guter Mann, ein aufmerksamer Typ, klug, zuverlässig. Er ist sehr ernsthaft.«

»Also nicht so wie ich.«

»Nein, der ist ganz anders.«

»Anders gut oder anders schlecht?«

»Anders gut, aber eben nicht wie du.«

»Und wieso hast du dann mit ihm Schluss gemacht?«

»Weil ich mit dir zusammen sein wollte. Auch wenn das unfair ist. Er hat mich nie schlecht behandelt.«

Mert überhörte den Vorwurf, seine Aufmerksamkeit konzentrierte sich auf einen anderen Punkt.

»Ihr wart also noch zusammen, als ich bei dir aufgetaucht bin?«

»Ja.«

»Und wann hast du dann Schluss gemacht?«

»Ein paar Tage später.«

»Wie?«

»Ich bin zu ihm gefahren und hab ihm die Wahrheit gesagt. Ich hab ihm gesagt, dass ich dich immer noch liebe.«

»Hast du da noch mal mit ihm geschlafen?«

Nadja schwieg.

»Du hast noch mal mit ihm geschlafen.«

»Ich hab oft mit ihm geschlafen, auch bei unserem letzten Gespräch.«

Mert wusste, dass er kein Recht hatte, eifersüchtig zu sein. Aber das änderte nichts an seinem Empfinden.

»Wie war es?«

»Was willst du denn wissen?«

»Wie es war.«

»Was denkst du denn, wie es war?«

»Keine Ahnung? Gut?«

»Du meinst, ob wir Spaß hatten?«

»Was weiß ich denn? Du sagst mir ja nicht, wie es war.«

»Traurig.«

Die Liste der Namen, die sie nicht mehr ansprechen konnten, wurde länger.

35

Mert sortiert sein Leben. Es passt in das Kästchen mit den chinesischen Motiven. Sonst zieht er die Box nur nachts raus, wenn er betrunken ist, betrachtet die Bilder, erinnert sich an alte Zeiten. Ihre Tagebücher und die Fotos ihrer Eltern hat Nadja bei sich behalten. Merts Kampfpass liegt in dem Kästchen, zwei Medaillen, ein abgelaufener Ausweis. Einige Artikel, die ihn in seiner Zeit als Profi zeigen. Ein Bericht ist mit einem großen Porträt von ihm illustriert, die Ränder der Zeitung sind bräunlich verfärbt. Auf dem Foto trägt Mert einen Lorbeerkranz um den Hals, ein Gemisch aus Vaseline und Blut klebt auf seiner Augenbraue. Seit Langem will Mert die Bilder und Ausschnitte aufhängen, aber er hat keine Idee, wo und wie. Vielleicht muss er zuerst einen Ort für sich selbst finden. Dieses Zwischenstadium beenden, wo es doch nichts mehr gibt, wohin er zurückkehren kann. Wenn er die Bilder in der Wohnung an die Wand heftet, gehen sie kaputt, wenn er sie herunternehmen muss. Er wird nicht ewig hier wohnen bleiben. Mit seinen Ersparnissen ist er auf Phuket wohlhabend. Er könnte ein Gründstück in Nai Yang kaufen, sich niederlassen, eine thailändische Frau nehmen, die ihm das Notwendige organisiert. So machen es hier viele Deutsche und Engländer, die keine Verbindung mehr nach Hause haben, außer ihrem Sparbuch. Aber er konnte sich bisher nicht dazu entschließen.

So wie er manchmal das Gefühl hat, dass er immer zu lange zusah, wie die Dinge sich um ihn herum entwickelten, ohne selbst aktiv zu werden. Vor den Problemen und Sorgen des Alltags duckte Mert ab. Als junger Mann dachte er, dass das Boxen ein Ziel und ein Weg sei. Später wurde es zur Flucht. Immer gab es einen nächsten Kampf. Vorbereitung war das Wichtigste, alles andere musste warten.

Ein Kampf ist nicht nur ein Erlebnis, das alles andere auslöscht, er sortiert auch die Prioritäten im Vorfeld. Es gibt einen Gegner, den man studieren muss, Training, das es zu bewältigen gilt. Solange Mert kämpft, hat die Bedrohung eine Kontur, er kann nach ihr greifen und wird nicht auf die Knie gezwungen von einer Macht, die er nicht sieht. Selbst eine Niederlage ist eine klare Sache. Es gibt zwei Möglichkeiten, warum man verliert: Der Gegner war besser, oder man selbst war zu schlecht. Mert sah stets nur die zweite Möglichkeit. Wenn ich nicht verliere, kann der andere nicht gewinnen, dachte Mert und trainierte noch mehr, arbeitete noch härter. Nach einer Niederlage quälte er sich wie niemand sonst, ein starker Gegner war nur ein Bild, das er sich vorhielt.

Doch je älter Mert wird, umso deutlicher spürt er, dass er dabei andauernd gegen sich selbst antritt. Und wer gegen sich selbst kämpft, kann am Ende nur verlieren.

Der kleine Ali hat sich die Treppe hochgetraut, steht im Türrahmen und gibt ein kurzes Jaulen von sich, er will gefüttert werden, oder gestreichelt. Das Lederband hat er sich ohne Theater anlegen lassen, seitdem trägt er es mit Stolz. Mert winkt, um zu signalisieren, dass Ali reinkommen darf. Der Hund setzt eine Pfote vor die andere. Mert winkt noch einmal, dann kommt der Hund etwas schneller zu ihm an den Tisch, lässt sich den Nacken kraulen und rollt sich zu Merts Füßen ein. Mert schnuppert an der Hand, mit der er den Hund gestreichelt hat. »Wir müssen dich mal wieder duschen«, sagt er. Der kleine Ali hebt den Kopf und schaut unglücklich.

»Heute gehen wir nicht mehr laufen«, erklärt Mert. »Nur noch drei Tage bis zum Kampf. Ich muss mich erholen.«

Mert sortiert die Fotos und Ausschnitte nach Jahren. Er wirft Ali seinen Knetball hin, damit der Kleine was zu spielen hat. Der Hund braucht eine halbe Minute, um den Ball zu Gummikrümeln zu zerbeißen. Mert springt auf, reißt den Hund am Halsband zurück und entschuldigt sich sofort. »Tut mir leid, Ali, das kannst du ja nicht wissen.« Er schaufelt die Krümel mit der rechten in seine linke Hand, überlegt noch kurz, ob er sie aufheben soll, und wirft sie dann weg.

Er klatscht in die Hände, der Hund springt an ihm hoch, und sie gehen runter auf die Straße.

Die Tage unmittelbar vor einem Kampf werden Mert lang. Die Anspannung ist wie ein Bauchschmerz, bei dem er nicht weiß, ob er durch Essen besser oder schlimmer wird.

Merts Vermieter sitzt vor dem Haus. Er redet auf Mert ein, erklärt ihm etwas. »Keine Ahnung«, antwortet Mert, »ich habe wirklich keine Ahnung.«

Mert und Ali spazieren die Straße entlang.

Mert grüßt nach links und rechts mit einem Kopfnicken. Er lächelt, die Leute lächeln zurück. »Happy face«, sagt er leise zu sich.

Nadja hatte ihm einmal erklärt, dass Lachen hilft, auch wenn es nicht echt ist. »Es hat etwas mit Programmierungen im Kopf zu tun«, sagte sie. »Der Kopf kann zwar zwischen falschem und echtem Lächeln unterscheiden, aber trotzdem sickert etwas durch, sogar vom falschen.« Morgens stand sie dann vor dem Spiegel und lächelte sich selbst zu. Sie tat das phasenweise, und wenn Mert sich darüber lustig machte, sah sie wieder so ernst drein wie zuvor. Doch von dieser Marotte ließ sie sich nicht abbringen, bis es ihr besser ging.

Also lächelt Mert, und die Menschen lächeln zurück. Ali trottet mit heraushängender Zunge neben ihm her, die Lefzen hat er zurückgezogen, um sich zu kühlen. Dadurch sieht es aus, als würde sogar der Hund lächeln.

Mert setzt sich in eine Garküche, auf einen der Plastikhocker, die um die Metalltische herumstehen. Es gibt keine Speisekarte. Mert deutet auf ein Huhn, das im Glaskasten hängt. Die Köchin fragt ihn etwas. Er nickt, lächelt, sie lächelt zurück. Dann macht sie sich daran, ihm etwas zuzubereiten. Der Hund hält Wache vor dem Tisch, seine spitzen Ohren stehen nach oben. Mert isst sein Huhn, es schmeckt gut, scharf und frisch. Wenn ihm die Schärfe zu viel wird, stopft er sich etwas gekochten Reis in den Mund. Er isst sein Essen zu zwei Dritteln auf, den Rest stellt er Ali hin. Mert hat gehört, dass man Hunden kein Huhn geben soll, weil die Knochen splittern und dem Tier gefährlich werden können. Aber wie jeder Straßenköter weiß Ali, wie er ein Huhn zerkauen muss, damit nur noch Brei im Magen ankommt. Ali liebt Huhn. Er liebt allerdings auch Rind, Schokolade, Müsliriegel, Bananen und isst sogar Fisch.

Wenn Mert Heimweh hat, dann nach dem Geschmack der Currywurst beim Grünen Jäger. Dort wo die Taxifahrer nachts ihre Zwischenmahlzeit einnehmen. Mert sehnt sich nach dem feinen Regen in Hamburg, der keine Tropfen bildet, sondern nur zu spüren ist, wenn das Gesicht feucht wird. Er vermisst den Blick auf die Alster, wenn die S-Bahn über die Lombardsbrücke bollert. Das Lachssteak mit Bratkartoffeln in der Fischhütte unten am Hafen kann er fast auf der Zunge schmecken. Aber selbst wenn er nach Hamburg zurückkehren sollte, die Fischhütte gibt es nicht mehr. Der Hafen ist schick geworden. Mert erkannte ihn schon nicht mehr, als er noch dort lebte. Er fragt sich, ob der Currywurststand wohl überlebt hat.

Mert sehnt sich nicht nach einem Ort zurück, sondern nach einer anderen Zeit. Dahin kann er nicht mehr. Ob hier oder dort, macht keinen Unterschied. Ali würde er gerne wiedersehen, den großen kleinen Ali. Felix auch. Sogar den alten dummen Kalle Trabert vermisst er gelegentlich. Er fragt sich, ob Constanze einen neuen Liebhaber hat, und wie es Stefan wohl ergangen ist. Die vielen großen und kleinen Begegnungen, Monika Speehahn, Piotr Androwitsch. Sie bleiben in seinem Kopf, wie sie damals waren. Dabei muss Monikas Sohn erwachsen sein, Androwitsch boxt vermutlich schon seit Jahren nicht mehr. Menschen, die man berührt und von denen man einen Teil in sich trägt, die man nicht mehr loswird, aber auch nicht mehr wiedersieht. Die man in der Zeit verliert, denkt Mert, oder in einer viel zu großen Welt.

Nadja vermisst er nicht. Sie fehlt ihm. Er spürt ihren skeptischen Blick, wenn ihr etwas missfällt. Sieht, wie sich ihre Miene aufhellt, in einem schönen Moment. Hört ihr explodierendes Lachen, wenn etwas Lustiges passiert. Manchmal fühlt es sich an, als laufe sie neben ihm her.

Mert fragt sich nicht zum ersten Mal, ob das der Grund ist, warum er hier in Thailand noch nie mit einem der

Mädchen mitgegangen ist. Früher war er auch nicht zimperlich. Aber Nadja wäre dabei, und das erscheint ihm dann doch unpassend.

Nadja würde den kleinen Ali mögen. Der Hund hält einen Hühnerschenkelknochen zwischen seinen Pfoten und zermalmt ihn mit den Backenzähnen. Aber vielleicht auch nicht, sie haben nie über Hunde gesprochen. Je weiter ihre gemeinsame Zeit zurückliegt, desto unsicherer wird Mert, was er noch von Nadja weiß. Jeden Tag scheint sie ihm ein bisschen mehr zu entgleiten. Sie wird zu seiner Vorstellung, wie seine Gegner, wenn er sich vorbereitet. Das spürt Mert schon daran, dass Nadja ihn in seinen Gedanken nicht mehr überraschen kann, was sie früher regelmäßig geschafft hat. Zurück bleibt der Teil von Mert, der sich so anfühlt wie sie. Eine Prothese. Eine Nadja-Prothese. Die Prothese hilft, er fühlt sich nicht allein. Nur an Tagen wie heute, wenn Mert seinen Verlust besonders deutlich empfindet, macht die Prothese alles noch schlimmer. Dann wäre er Nadja gerne vollständig los, aus seinem Kopf, aus seiner Vergangenheit.

Ali hat zu Ende gefressen. Er schlingt, als gäbe es kein Morgen, das wird er sich in diesem Hundeleben nicht mehr abgewöhnen. Sie spazieren zurück. Die Frau des Vermieters putzt die Wohnung. Sie sieht den Hund mit dreckigen Pfoten und beginnt zu zetern. Mert jagt Ali runter auf die Straße und lächelt die Alte an, ein echtes Lächeln, dafür muss er nur ihre Zehen betrachten. Sie wirft eine Hand in einer fliegenden Geste über den Kopf, lächelt zurück und schrubbt weiter.

Mert sammelt die Fotos ein, die auf seinem Esstisch sortiert liegen, und räumt sie in das Kästchen. Das Bild, das ihn mit Nadja auf dem Hamburger Dom zeigt, legt er auf den Deckel. Dafür wird er sich einen Rahmen besorgen, einen Platz in der Wohnung finden. Mit diesem Bild will er anfangen. Was nützen die schönen Erinnerungen, wenn er sie wegsperrt.

36

Geteiltes Glück verdoppelt sich, geteilte Angst wird halb so schlimm. Solange Mert Nadja um sich hatte, fühlte er sich sicher. Er genoss die Tage, die Stunden, so als ahnte er schon, dass nichts, was ihn so glücklich machte, von Dauer sein würde. Auch als sich die vielen kurzen Glückseinheiten zu Monaten summierten, blieb Mert darauf gefasst, dass morgen alles vorbei sein konnte. Im Holmes Place arbeitete er bald dreißig Stunden in der Woche. Dazu gab er Einzelstunden für Geschäftsmänner, die das Gefühl hatten, viel für ihr Geld zu bekommen, wenn sie sich von einem Haudegen wie ihm quälen ließen. Er trainierte auch eine Gruppe von drei jungen Frauen im Boxen, alle so fit, dass Mert sich fragte, warum sie es überhaupt lernen wollten, wenn sie nicht vorhatten, sich zu schlagen. Auch wenn er die Begeisterung der Frauen bemerkte, beließ er es beim Training. Nichts sollte das Zusammensein mit Nadja gefährden. Mert verdiente ordentlich, für besondere Anschaffungen hatte er seine Reserven aus der Zeit mit Stefan.

An einem Nachmittag im August erzählten sich zwei Kollegen in der Umkleide von ihren Urlaubsreisen. Einer hatte den Sommer als Animateur in einem Robinson-Club verbracht, der andere war mit seiner Frau nach Costa Rica gereist. Mert hatte noch nie Urlaub gemacht. Er wusste nicht einmal, wie das ging. Nadja hatte fünfundzwanzig

Urlaubstage im Jahr, die sie nutzte, um ihre Eltern zu besuchen oder eine Woche nicht zur Arbeit zu gehen, mit Mert zu Hause zu bleiben, auszuschlafen, noch mehr zu lesen. Einmal waren sie an die Nordsee gefahren, ausgerechnet im Oktober. Mert dachte, Urlaub sei etwas, das Erwachsene machten, die ein normales Leben führten. Also fragte er Nadja, ob sie mit ihm verreisen wolle.

»Wohin willst du denn?«, fragte sie zurück.

»Keine Ahnung.«

»In die Türkei?«

»Was soll ich denn da?«

»Verwandte besuchen?«

»Die kenne ich gar nicht. Außerdem spreche ich kein Türkisch.«

»Das musst du doch auch nicht. Interessiert es dich denn gar nicht, wo du herkommst?«

»Ich komme aus Bahrenfeld. In der Türkei sprechen mich alle auf Türkisch an, weil ich so aussehe, das nervt mich.«

»Wo möchtest du dann hin?«

»Amerika?«

»Das ist ganz schön weit. Und teuer.«

Sie entschieden sich, so lange in Richtung Süden zu fahren, bis sie Meer und Sonne fanden. Sie nahmen sich frei, setzten sich an einem Samstag frühmorgens in den Zug und kamen bis München. Ein fremder Kontinent. Die Menschen sahen so aus wie sie, waren aber anders, in Kleinigkeiten, die sie schwer entschlüsseln konnten. »Die Frauen haben komische Frisuren«, befand Nadja, nachdem sie eine Einkaufsstraße in der Nähe des Bahnhofs hoch und runter spaziert waren. Mert mochte den Dialekt nicht, er verstand kaum, was die Menschen sagten. Dabei hörte es sich so an, als müsste er es verstehen. So weit weg von zu Hause hatte er sich noch nie gefühlt. Amerika schien mit einem Mal unerreichbar fern zu sein.

Außer zu Wettkämpfen war Mert noch nie aus Hamburg rausgekommen. Wenn er unterwegs gewesen war, hatte er selten mehr gesehen als eine Mehrzweckhalle voller Menschen, denen Alternativen fehlten. Hier wirkten alle reich, gesund und zufrieden.

Nadja und Mert gingen zurück zum Bahnhof, erkundigten sich nach einem Nachtzug und fuhren weiter bis nach Ancona. Der Zug, den sie ab Mailand nahmen, endete in einem winzigen Ort an der Küste. Dort blieben sie.

Sie fanden eine Ferienwohnung, kauften Lebensmittel, verbrachten die Tage am Strand und die Abende auf ihrem Balkon, von dem aus sie ein Stück des Meeres sahen.

»Das Meer macht dumm«, sagte Nadja. »Leute, die am Meer leben, werden ein bisschen beschränkt, weil sie so zufrieden sind. Surfer, Fischer, Tauchlehrer, alles keine Leuchten.«

»Warum magst du das Meer dann?«, fragte Mert.

»Weil es mir klarmacht, wie unbedeutend alles an Land ist. Es ist so groß. Riesig und schon immer da. Wenn ich aufs Meer sehe, dann ist alles andere egal. Was an Land passiert, juckt das Meer überhaupt nicht. Es ist nur groß, schön und gefährlich. Alle haben Respekt vor dem Meer.«

Nadja erzählte ihm, dass sich weit unten im Meer riesige Landschaften auftürmten. Gebirge und Schluchten, größer und mächtiger als an Land. Es gab Lebewesen, die noch kein Mensch je gesehen hatte, die so weit unter dem Meeresspiegel lebten, dass sie unerreichbarer waren als der Mond.

Nadja rauchte, sie tranken Wein und aßen Kleinigkeiten, die sie in einem Laden kauften, den Nadja besonders mochte, weil er so aussah, als habe er der Zeit widerstanden, den Neubauten, den Hotels und den Spielhallen, die ihn von allen Seiten bedrängten. Sie hörten Musik oder redeten, über alles und nichts. Ancona war nur vierzehn Kilometer entfernt, aber sie schafften es in der ganzen Zeit kein einziges Mal bis dorthin. Sie saßen nur auf dem Balkon.

»Fragst du dich manchmal, wie alt unser Kind wäre?«, wollte Mert eines Abends wissen.

»Elf. Aber ich frage mich nicht andauernd. Ich weiß es nur.«

»Elf. Wenn es ein Junge geworden wäre, könnte er schon seine ersten Wettbewerbe boxen.«

»Wenn es ein Mädchen wäre, müsstest du die Jungs von ihr fernhalten.«

»Wie würde sie heißen?«

»Weiß ich nicht«, sagte Nadja, »ein Junge würde Ali heißen.«

»Ali? Bitte nicht Ali. Ich liebe den kleinen Kerl, aber das ist doch kein Name für einen Deutschen.«

»Der muss Ali heißen, ist doch wohl klar«, sagte Nadja, und Mert hatte kein Argument dagegen. »Wir konnten es damals nicht wissen. Es war zu früh, wir waren zu jung«, sagte Nadja, weil sie das Gefühl hatte, ihn trösten zu müssen.

»Ich wusste es.«

»Was wusstest du?«

»Dass ich mit dir zusammen sein möchte.«

»So hast du dich nicht verhalten.«

Es geschah häufig in letzter Zeit, dass Mert etwas Nettes sagte, in Nadja aber Bitterkeit hochkroch, die sie erst auf der Zunge spürte, nachdem die Bemerkung ihren Mund bereits verlassen hatte. Sie bereute es in dem Moment, in dem sie sich sprechen hörte, doch sie konnte nicht anders. Manchmal hielt sie das für eine Vorsichtsmaßnahme, um sich vor dem zu schützen, was bei einem Mann wie Mert noch kommen konnte. Häufiger aber hatte Nadja den Verdacht, dass sie ihrem Glück so wenig vertraute, dass sie es lieber selbst beschädigte.

Sie hatten wenig über die Zeit ihrer Trennung gesprochen. Nadja wollte nicht wissen, was Mert getrieben hatte, als er mit Stefan zusammenlebte. Und Mert hatte festgestellt, dass er die Antwort nicht vertrug, wenn er Nadja nach Thomas oder anderen Männern fragte. So war auch ihr zweites Zusammensein ohne Klärung immer weitergelaufen, die Fragen von damals längst verschüttet unter neuen Missverständnissen.

Hier saßen sie, tranken Wein und stellten fest, dass sie nicht nur durch eine gemeinsame Zukunft verbunden waren, sondern auch getrennt durch eine Vergangenheit. All das, was sie nicht ansprechen konnten, schob sich zwischen sie wie Panzerglas, durch das sie sich erkennen, aber nicht spüren konnten. Nach neun Tagen hatten sie Heimweh nach ihrer Wohnung und beendeten ihren Urlaub.

Als sie schon durch Deutschland fuhren und Schleswig-Holstein platt und reizlos an den Fenstern vorbeizog, kroch die Angst wieder in Mert hoch. In alles Schöne mischte sich eine Note von Abschied, so wie der Geruch von Verbranntem in der Küche haftet, lange nachdem der Topf weggeschmissen ist.

Zuerst dachte Mert, die Furcht vor den Albanern käme zurück. Aber dann sah er Nadja an, die nach einer Weile aus ihrem Buch hochblickte. Sie beugte sich nach vorne, strich ihm über die Wange und lehnte sich wieder zurück. Sie las weiter, dann sah sie Mert fragend an, kam erneut nach vorne und legte ihm die Arme auf die Schultern. Aber er ließ sich nicht trösten. Nadja klappte ihr Buch zu, setzte sich neben Mert und lehnte ihren Kopf an seine Schulter. Den Blick auf die Landschaft gerichtet, fragte Mert schließlich: »Was soll ich machen?«

»Was meinst du damit?«

»Was soll ich tun, damit du glücklich bist?«

»Ich verstehe nicht, was du meinst.«

Sie setzte sich auf und drehte seinen Kopf so, dass er sie ansah.

»Du hast doch nicht gedacht, dass du mit einem wie mir endest.«

»Was heißt denn ›einer wie du‹?«

»Einer, der nichts kann.«

»Du kannst doch was.«

»Nichts außer Boxen. Und das kann ich auch nicht mehr.«

»Aber du kannst doch noch alles werden. Du bist ein junger, gesunder, starker Mann. Und ich liebe dich.«

»Ich wollte nie was anderes machen. Jetzt habe ich nichts mehr außer dir.«

»Du boxt doch, du trainierst wie früher. Du bist fit. Nur kämpfen kannst du nicht mehr. Aber alles andere liegt noch vor dir. Vor uns.«

Und Mert versuchte alles. Er ging zum Arbeitsamt, ließ sich beraten, für welchen Beruf er geeignet wäre. Er suchte nach einer Schreinerlehrstelle, stellte Bewerbungsunterlagen zusammen und ging sogar zu ein paar Vorstellungsgesprächen, bei denen er allerdings schnell feststellte, dass die Meister recht hatten mit ihrer Vermutung, er sei zu alt, um sich noch viel beibringen zu lassen.

Nach dem Training saß er mit Ali zusammen. Beide träumten davon, eine Boxschule aufzumachen. »Ein bisschen auf schick, so mit Sauna und Barbereich«, sagte Ali, »da können dann Geschäftsleute für teuer Geld Einzelstunden nehmen, und wir nehmen noch Yoga-Klassen dazu. Von der Kohle bauen wir Kämpfer auf.« Sie studierten Zeitungsannoncen nach geeigneten Räumen, aber die Zeit verging, und nichts geschah.

Nadja und er versuchten ein Kind zu bekommen. Mert hoffte auf eine Verantwortung, die ihn zum Handeln zwingen würde, auch wenn er gleichzeitig Angst davor hatte. Zuerst ließen sie es darauf ankommen. Je länger sie es erfolglos versuchten, umso penibler wurde die Planung. Nadja fing an, ihre fruchtbaren Tage auszurechnen, Mert nahm sich für die entsprechenden Zeitfenster frei. Schließlich besorgte Nadja ein spezielles Thermometer in der Apotheke, das den Eisprung anzeigte, nahm Folsäuretabletten und trank Tees, die die Empfängnisbereitschaft erhöhten.

Sie gingen gemeinsam zu Nadjas Frauenärztin, Mert ließ sein Sperma untersuchen. Nadjas Empfängnisbereitschaft wurde geprüft, alles war in Ordnung. Es gab keinen Grund, warum sie nicht schwanger wurde, außer Pech oder Glück. Wenigstens hatte Nadja in dieser Zeit ein gemeinsames Gesprächsthema mit ihrer Schwägerin. Angelika war zu einer Schwangerschaftsexpertin geworden, nachdem sie ein zweites Kind, Anna, bekommen hatte.

Mert besorgte einen Verlobungsring, den er monatelang bei sich trug, um Nadja im richtigen Moment einen Heiratsantrag zu machen. Er wollte irgendeine Art von Verbindlichkeit schaffen, falls sich ihr Wunsch nach einem Kind nicht erfüllte.

Mert machte sich gerade für die Arbeit im Holmes Place bereit, als das Telefon klingelte. Es war Felix, der nach Nadja fragte.

»Die ist noch nicht von der Arbeit zurück.«

»Danke«, dann klackte es in der Leitung.

Mert dachte an seinen letzten Kampf, der auch Felix' letzter Kampf gewesen war. An Nadja und an Thomas, die im Publikum saßen. Wieder setzte dieses unangenehme Ziehen im Magen ein. Mert ging ins Schlafzimmer, öffnete Nadjas Schrank und fand das Kästchen mit den chinesischen Motiven. Er zog es vorsichtig raus, öffnete es und nahm sich ihr Tagebuch, nicht ohne sich vorher zu merken, wie es in dem Kästchen gelegen hatte. Er blätterte, fand aber die Stelle nicht, die er suchte. Dann entdeckte er den Stapel, der hinter dem Kästchen versteckt war. Elf schmale Tagebücher, über die Jahre angelegt.

Im zweiten Buch von oben hatte Nadja eingetragen, wie Mert sie besucht und von seiner Angst berichtet hatte. »Mert hat Angst!« stand dort. In den Tagen danach hatte sie sich noch dreimal mit Thomas getroffen. »Amüsiert« stand nicht dabei, es war ja auch »traurig« gewesen. Nicht einmal, sondern dreimal.

Mert setzte sich aufs Bett. Seine Hände sanken mit dem Buch in seinen Schoß, er starrte in den Kleiderschrank wie in ein Loch. Mert las weiter in die Vergangenheit, ging alle Bücher durch. Meistens kurze Einträge, oft nur Stichworte. In der Zeit nach der Trennung hatte Nadja kaum etwas geschrieben. Immer weiter las Mert zurück, bis er die Stelle mit der Abtreibung fand und an einem Eintrag hängen blieb. »Schwanger. M. oder M.?«

Mert war ein einziges Mal im Stehen k. o. gegangen. Er hatte einen Treffer zur Herzspitze genommen. Sein Herz setzte aus, und Kalle war dazwischengesprungen, um ihm die Folgeschläge zu ersparen. Mert war nie etwas Unangenehmeres passiert als dieser K. o., den er bei vollem Bewusstsein hatte hinnehmen müssen. Und genau so fühlte es sich jetzt wieder an. M wie Mert. Oder M wie Marcel.

Er stapelte die Bücher sorgsam zurück und legte das letzte in das Kästchen. Auf ihre Tagebücher sprach er Nadja nicht an. Nicht nur, weil er sich schämte, in ihnen gelesen zu haben, sondern weil er wusste, was sie sagen würde. Sie waren damals nur so ungefähr zusammen gewesen, hatten nie darüber gesprochen, ein Paar zu sein, das kam später. Außerdem hatte er sie betrogen, noch lange nachdem sie schwanger geworden war und das Kind abgetrieben hatte. Durch diesen Vorfall waren sie sich schließlich erst so nahe gekommen, dass Mert begriff, dass er nicht mehr ohne sie sein wollte, selbst wenn die Zeiten hart wurden. Was hätte sie auch sagen sollen, wenn es ihr genauso gegangen war? Es stand ihm nicht zu, sich jetzt gekränkt zu fühlen. Es war eine Ewigkeit her, verjährt, eine andere Zeit. Nur dadurch, dass Mert es jetzt erst erfuhr, fühlte es sich an, als sei es gestern geschehen.

Eine Woche später fickte Mert eine Kollegin im Holmes Place von hinten im Stehen in der Umkleide, an einem Sonntagabend, als kaum noch jemand im Haus war. Sie hatte ihm seit Langem signalisiert, dass sie jederzeit bereit dazu war. Danach ging es ihm endlich besser.

37

Mert hockt in der Sunshine Bar und trinkt sein zweites Bier. Er hält seine Rituale ein, selbst diejenigen, die ihm nicht bewusst sind. Heute trinkt er zum letzten Mal. Samstag ist Kampfabend. Aber er kommt nicht in Stimmung. Er denkt an seinen Kampf, und wenn er sich von dem Kampf ablenken will, denkt er an alte Zeiten. Er verabschiedet sich nicht, stopft der Mamasan das zusammengerollte Geld in das Holztönnchen und verschwindet, während sie mit etwas anderem beschäftigt ist. Er setzt sich auf sein Motorrad, fährt raus aus Patong, biegt rechts ab, auf die Küstenstraße, und beschleunigt den Berg hoch. Über der Kuppe hebt sich sein Magen, er hat das Gefühl zu fliegen. Dann gleitet er in die Senke und legt das Motorrad in die Kurve, vorbei an der Phuket Shooting Range. Er richtet die Maschine schnell auf und bremst scharf, diesmal bis zum Stillstand. Er holpert über die Kurvenspitze hinaus auf den Schotter, steigt ab, tritt den Seitenständer runter, macht einen Schritt bis zur Klippe und setzt sich neben den Buddha. Die Figur ist kaum größer als Merts Unterarm. Gläser mit Wasser und Blumen stehen davor, irgendjemand bringt Buddha etwas zu trinken.

Am letzten Abend, den Ali und Mert gemeinsam auf Phuket verbrachten, wären sie fast über die Klippe gestürzt. Mert hatte Ali dazu überredet, seinen Abschied zu feiern, und Ali, der sonst nie trank, war nach vier Flaschen Bier zu betrunken gewesen, um noch Motorrad zu fahren. Also hatte Mert sich an den Lenker gesetzt, angetrunken und ungeübt mit der Maschine. Nach der Kurve an der Shooting Range bremste er zu spät. Sie schlingerten von einer Straßenseite zur anderen und wurden nur knapp von einem Transporter verfehlt, dessen Hupen ihnen noch hinterherjaulte, als sie schon im Dreck lagen. Die Maschine kippte auf dem schmalen Schotterstreifen um und blieb liegen, mit dem Vorderrad in der Luft über der Klippe. Ali war runtergefallen und stöhnte vor Schmerzen. Er lag in einem Distelbusch, während Mert versuchte, sein eingeklemmtes Bein unter dem Motorrad hervorzuziehen. Nachdem Ali sich aufgerappelt und Beleidigungen ausgestoßen hatte, lupfte er das Motorrad und befreite Mert. Sie richteten die Maschine auf und setzten sich auf den Boden, um sich wieder zu beruhigen. Merts linkes Bein war der Länge nach aufgeschürft. Ali hatte sich bei seinem Sturz nicht verletzt, aber feine Risse von den Disteln verunstalteten sein Gesicht. So saßen sie eine Weile und blickten auf das dunkle Meer unter ihnen.

»Der hat uns den Arsch gerettet«, sagte Ali schließlich und deutete mit dem Zeigefinger auf den Buddha.

»Ich dachte, du bist Moslem.«

»Ist mir egal, ob Allah oder Buddha. Ich hoffe, dass Allah heute nicht zugesehen hat, als ich Bier getrunken habe. Aber der da hat zugesehen. Und er hat uns den Arsch gerettet.« Ali begann in seiner Sporttasche zu kramen. Er wühlte seine Sachen von links nach rechts und zog eine Tüte M&Ms hervor. Er riss die obere Ecke weg, schüttelte ein paar Schokonüsse heraus und legte grüne, blaue, rote und gelbe auf die Holztheke vor den Buddha zwischen das Wasserglas und den bereits welkenden Blumenkranz.

»Was machst du da?«, fragte Mert.

»Opfergabe.«

»Opfergabe für Buddha?«

»Klar. Weil er uns den Arsch gerettet hat.«

»Meinst du, Buddha mag die Dinger?«

Ali schüttelte den Kopf, dann schmiss er sich ein paar M&Ms in den Mund und gab Mert die Tüte. So saßen sie da und kauten Schokonüsse, bis ihr Puls wieder in einen normalen Takt kam.

»Meinst du, das Beste kommt noch?«, fragte Ali.

»Was soll denn kommen?«

»Das echte Leben.«

»Interessiert mich nicht«, sagte Mert.

»Du kannst ja hier noch ein bisschen weitermachen. Aber lange geht das auch nicht mehr.«

»Und dann?«

»Kommst du wieder zurück ins schöne Hamburg!«

Sie standen auf und sangen »Hamburg, meine Perle, du wunderschöne Stadt«. Am nächsten Morgen brachte Mert Ali zum Flughafen.

Nun sitzt Mert wieder hier neben dem Buddha. Er hört den Wellen zu und blickt aufs Meer. Keine Frau, keine Kinder, kein Handy, kein Computer, keine Arbeitszeiten, kein Chef, keine Schulden, keine Verträge, keine Verpflichtungen. Ein freier Mann.

38

Da Mert oft spät von der Arbeit kam, füllte Nadja die Stunden ohne ihn. Sie las, ging arbeiten, einkaufen, hielt die Wohnung sauber, hängte Fotos in der Küche auf. Das Bild vom Hamburger Dom stellte sie hinter zwei Kerzenständer auf den Küchentisch. Es stand dort und bog sich mit der Zeit ein wenig durch. Aber es blieb, angelehnt an die Küchenwand. Es überlebte die Monate, als sie versuchten, ein Kind zu bekommen, und die Tage, an denen Nadja so niedergeschlagen war, dass sie kaum aus dem Bett kam. Es stand dort, wenn sie stritten und wenn sie sich versöhnten. Und es blieb noch dort, lange nachdem Mert ausgezogen war.

Mert verdiente genug im Holmes Place und konnte sich seine Schichten meistens so legen, dass er zusammen mit Ali arbeitete. Seine alte Stärke war wiederhergestellt, er ging zweimal die Woche zum BC Einigkeit, wo Kalle ihn immer häufiger als Trainer einsetzte. Wenn er im Fitnesscenter arbeitete, wurde er seine überschüssige Energie an den Geräten los. Seine Kondition war nicht mehr so gut wie früher, vom Gewichteheben bekam er Kraft, aber keine Puste. Für Amateurkämpfe war Mert ohnehin zu alt, doch den Wunsch zu boxen hielt er am Glühen, um nicht in Antriebslosigkeit zu versacken. Wenn Mert zum Verbandstraining ging, wurde er oft zum Sparring gebeten, um den Jüngeren ihre Fehler aufzuzeigen. Eine Gelegenheit, seine starke Linke einzusetzen, von der sogar Gersch sagte: »Wieso hast du die nicht vor zehn Jahren schon so rausgeschossen?«

Um seine Konditions- und Geschwindigkeitsdefizite wettzumachen, wurde Mert effektiver. Er machte keine unnötige Bewegung mehr, duckte sich bei einer Attacke nur so weit ab, dass sie ihn hauchdünn verfehlte, dann schlug er präzise zurück. Er bewegte sich durch den Ring wie ein Hai. Den Jüngeren ging rasch die Luft aus, und sie kassierten Treffer, die sie nicht kommen sahen. Mert fühlte sich besser als zu seinen Zeiten als Hamburger Meister. Aber tatsächlich waren die Jüngeren nicht außer Atem, weil er mehr Kondition hatte, sondern weil er sie rennen ließ. Den Eindruck von Geschwindigkeit erzeugte Mert dadurch, dass er ihre Aktionen ausrechnen und reagieren konnte, noch bevor sie schlugen. So lernte Mert das Entscheidende am Boxen erst, als er seine alten Stärken verloren hatte.

Wenn er einen jungen Kämpfer vor sich hertrieb, musste Mert daran denken, wie er boxen würde, wenn er diese Feinheiten mit der Kraft und Kondition kombinieren könnte, die ihm vor zehn Jahren noch zur Verfügung gestanden hatten. Mert trauerte um diesen Verlust wie eine Frau, die erst bemerkt, wie schön sie gewesen ist, wenn die Männer aufhören, ihr hinterherzuschauen.

Aus Theo, den Mert noch als Anfänger vom BC Einigkeit kannte, war ein vielversprechender Halbschwergewichtler geworden, der Felix' Platz an der Sonnenseite von Gersch eingenommen hatte. Gersch bat Mert, ein paar Runden Sparring mit Theo zu machen, zur Wettkampfvorbereitung für die norddeutsche Meisterschaft. Theo erinnerte sich gut an die Abreibungen, die er von Mert bekommen hatte, aber auch an die Tipps, die er ihm gegeben hatte.

Theo brauchte ein paar Sekunden, bis er realisierte, dass Mert älter geworden war, nicht mehr ganz so schnell und dynamisch. Theo erhöhte die Frequenz, schlug viel, er kombinierte, er traf. Mert blutete aus der Nase.

Die Trainierenden in der Halle stellten die Arbeit ein und sahen zu, Gersch ermahnte sie nicht. In der Rundenpause ging Mert in die Ecke, in der Ali stand. Ali wischte ihm das Blut unter der Nase mit dem Ärmel seines Sweatshirts weg.

»Schnell, der Kleine«, sagte Ali.

»Ja«, sagte Mert und schnappte nach Luft, »aber ich glaub, der kann schon nicht mehr.« Ali lachte. In der anderen Ringecke schaute Theo leicht irritiert.

»Zeit!«, rief Gersch, um die nächste Runde zu eröffnen. Theo machte sich daran, seinen alten Angstgegner zu überwinden.

Theo versuchte nicht nur schneller und besser zu sein als Mert, sondern überlegen. Mit einer Vielzahl von Schlägen boxte er gegen Mert an, er kombinierte, brachte Mert in Bedrängnis. Aber Mert schlug zurück – und wenn er schlug, traf er genau und hart. Theo überdrehte, schlug immer mehr und verlor dabei an Genauigkeit, sodass er nun zusehends seine Kraft ins Leere verschwendete. Theo atmete schwer, seine Schläge wurden langsamer und unkontrollierter. Je härter er schlug, umso härter schlug Mert zurück, bis Gersch schließlich »Stopp!« schrie. Die beiden unterbrachen ihre Aktion.

»Was soll das werden?«, blaffte Gersch Theo an.

Theo schnaufte und entschuldigte sich bei Mert mit einer ausgestreckten Faust, die Mert abklopfte. Aber Theo konnte sich nicht mehr beruhigen. Er stürmte weiter auf Mert zu, der ihn ein ums andere Mal mit harten Treffern abfing.

»Stopp«, schrie Gersch wieder. »Duschen, umziehen.«

Theo sah mitleiderregend aus, Schrammen im ganzen Gesicht, Blut über sein T-Shirt verteilt. Mert umarmte ihn mit heraushängender Zunge und klopfte ihm sanft den Handschuh an den Hinterkopf. »Merk dir den Tag«, sagte Mert, »so gut siehst du mich nie wieder.« Es war ein schwacher Trost für Theo, der daraufhin in seine Ecke ging, wo Gersch ihm den Kopfschutz abnahm, ihm dabei aber nicht in die Augen sah.

»Ganz ordentlich für einen alten Sack«, raunte Ali, als er Mert die Ringseile auseinanderhielt.

Im Holmes Place waren Ali und Mert beliebte Trainer. Mert unterrichtete nicht nur Fitness-Boxen, sondern auch Kurse wie »Indoor Cycling«, »Crunch-Compact« und »Bodypump«, wobei es sich um Einheiten auf dem Trimmrad, Bauchmuskeltraining oder Gewichtheben handelte. Ali würzte seine Stunden mit Scherzen und Sprüchen. Wenn er zum Ende einer »Bodypump«-Stunde in gequälte Gesichter blickte, forderte er die Gruppe auf zu lächeln. »Ihr seid doch zum Spaß hier!« Wenn Kursteilnehmern bei einer Sitzhocke die Beine zitterten, erklärte Ali: »Ich reiß mir die Sitze aus dem Auto und fahr so in den Skiurlaub bis nach Österreich.« Wenn ein Mann drohte, über einem Liegestütz zusammenzubrechen, legte Ali sich mit dem Kopf unter dessen Gesicht und fragte: »Willst du knutschen?«

Mert galt als stiller Schleifer. Er sah aus, als habe man ihn aus Stein gehauen. Er machte keine Witze, hob aber stets am meisten Gewichte, machte mehr Bauchaufzüge als die eifrigsten Sportler, und beim Radfahren zeichneten sich dicke Muskelpakete unter seiner Hose ab. Mert wirkte so, als würde ihm das alles nichts ausmachen, und unter den regelmäßigen Kursteilnehmern erwachte der Ehrgeiz, ihn wenigstens ein einziges Mal zu schlagen. Es gelang ihnen nie. Oft trafen Ali und Mert sich ein oder zwei Stunden vor ihrem Dienst, feuerten sich gegenseitig an den Gewichten an, redeten, machten Pläne und tranken einen Vitamindrink, bevor sie an die Arbeit gingen.

Ali, drei Jahre jünger als Mert, wollte kurz vor seinem fünfunddreißigsten Geburtstag noch einmal um die Hamburger Meisterschaft boxen, danach norddeutscher, vielleicht ein letztes Mal deutscher Meister im Fliegengewicht werden. Als er Mert an einer Langhantel absicherte, fragte er: »Willst du meine Ecke machen?«

Mert wollte. Er fühlte sich geehrt, dass Ali, der einer der besten Boxer war, die Mert kannte, Wert auf seine Betreuung legte. Dieses Vertrauen besiegelte ihre Freundschaft endgültig. Und es gab Mert die Gelegenheit, mal wieder die Aufregung zu spüren, die einen Wettkampf begleitet, ganz nah dran zu sein, wenn er schon nicht im Ring stehen konnte. Ihm wurde erst bewusst, wie sehr ihm dieses Gefühl fehlte, als er sich mit Ali ins Vorbereitungstraining hineinsteigerte, als müsste er selbst kämpfen.

Sie trafen sich an vier Tagen in der Woche morgens zum Laufen, anschließend gingen sie zusammen zum BC Einigkeit. Kalle überließ ihnen einen Schlüssel für die Halle, damit sie zu zweit ihre Vormittagseinheit absolvieren konnten.

Nachmittags trafen sie sich, wenn Kalle die Kinder und Jugendlichen trainierte, und verabschiedeten sich, wenn die Erwachsenen kamen, um pünktlich zu ihren Schichten im Fitnesscenter zu kommen.

Montags und mittwochs trainierten sie abends beim Verband, wo Ali bessere Sparringspartner fand. Aber meistens schlug er sich mit Mert, bei dem er sich nicht zurückhalten musste. An Mert konnte Ali sich wie an einem lebenden Sandsack abarbeiten. Selbst wenn Ali ihn gut traf, wankte Mert nicht. Er zeigte höchstens an, dass ein Schlag saß.

An vier Abenden die Woche kochte Nadja, an drei Abenden übernahm Alis Mutter die Verpflegung. Gekocht wurde nach einem Ernährungsplan, den Ali und Mert nach den Erkenntnissen verfeinerten, die sie im Holmes Place gewonnen hatten. Alis Mutter kümmerte sich um scharfe Gerichte. Nadja schnitt und raspelte Ingwer an so gut wie alles, was sie zubereitete.

Es gab scharfes Huhn und Huhn mit Ingwer, scharfe Pute und Pute mit Ingwer, Spinat mit Ingwer, Spinat mit Kreuzkümmel und Chili. Es gab Ingwertee und Ingwerwasser, rote Linsen mit Chili, Reis mit Chili. Kaffee ohne Milch und Zucker, aber mit Zimt. Als Nachspeise Zimt auf Bananen.

Alis Unterhautfett schmolz. Nach ein paar Wochen zeichneten sich die Muskeln scharf ab. Beim Wiegen war er vierhundert Gramm unter dem Limit für das Fliegengewicht. Mert stand neben ihm, die Augen tief in den Höhlen, die Wangen eingefallen. Er hätte ohne Probleme im Halbschwergewicht antreten können.

Mert war in Alis Ecke, als dieser sich bei den Hamburger Meisterschaften in zwei Ausscheidungskämpfen und im Finale durchsetzte. Mert begleitete Ali auch zur norddeutschen Meisterschaft, wo Ali in der Finalrunde knapp ausgepunktet wurde. Nach dem Kampf legte Mert ihm in der Kabine ein Handtuch über den Kopf, während sich die nächsten Kämpfer vorbereiteten. Es musste niemand sehen, dass Ali Tränen über die Wangen liefen.

Sie fuhren von Schwerin mit dem Zug zurück, noch bevor der Bus die restlichen Hamburger nach Hause brachte. Ali war es leid, immer als Erster zu boxen und dann stundenlang warten zu müssen. Sie verdienten gutes Geld und konnten sich ein Zugticket leisten. Am Bahnhof Altona nahmen sie ein Taxi und fuhren zu Mert. Nadja umarmte Ali lange.

»Nun hör mal auf«, sagte Ali, »ist ja niemand gestorben.«

Nadja machte Pfannkuchen, es gab keinen Grund mehr, auf die Ernährung zu achten.

»Sei nur froh, dass du damals nicht gewusst hast, dass es dein letzter Kampf war«, sagte Ali zu Mert. »Außerdem hast du den Ring als Sieger verlassen.«

Nadja stand auf, um den Tisch abzuräumen. Mert war sich nicht sicher, ob sie schnell Ordnung machen oder das Thema vermeiden wollte.

»Wie geht es Felix eigentlich?«, fragte Ali. Nadja antwortete nicht, spülte Geschirr und wirkte so, als habe sie nichts gehört. Mert zuckte die Achseln. Nadja besuchte ihren Bruder, seine Frau und die Kinder weiterhin an Sonntagen, aber Mert blieb zu Hause oder ging arbeiten. Nadja erzählte hinterher nur knapp, wie sich Jörg und Anna entwickelten, dann blieb ein Schweigen im Raum hängen. Ob es daran lag, dass sie selbst keine Kinder bekamen, oder an Felix, konnte Mert nicht beurteilen. Mert versuchte, das Thema klein zu halten, um das Schweigen zu vertreiben. »Das war kein richtiger Kampf.«

»Sah aber verdammt so aus wie ein richtiger Kampf«, sagte Ali, »nur der Kopfschutz und die Handschuhe haben euch ein bisschen gestört.«

»Ich bin froh, dass es vorbei ist«, sagte Nadja. »Ich bin froh, dass ich das hinter mir habe und ihr alle noch heil und mehr oder minder bei Verstand seid.« Sie zog eine zweite Flasche aus dem Weinregal.

»Und wenn wir nun einen Sohn bekommen würden?«, fragte Mert.

»Der macht eher Ballett, als dass er zum Boxen darf.«

»Aber wenn er gerne will?«, fragte Ali.

»Unser Kind soll machen, was es will. Aber Boxen würde ich schwer durchstehen.«

»So schlimm war es doch auch nicht«, sagte Mert.

»Reines Glück. Wenn ich nur an meine Mutter denke, was die sich immer für Sorgen gemacht hat. Die hat bei jedem Kampf ein Büschel Haare verloren, zuerst bei Vater, dann bei Felix. Das tue ich mir nicht an.«

Wenige Wochen nach diesem Abend lernte Mert Nadjas Mutter kennen. Der alte Borau war gestorben, an einem Herzinfarkt, mit sechzig Jahren. Mutter Borau hatte ihren Mann vor einer Tasse Kaffee sitzend in der Küche vorgefunden, nachdem sie vom Einkaufen zurückgekommen war. Sie dachte, er sei eingeschlafen. Der Kaffee war noch warm.

Nadja nahm die Nachricht gleichgültig auf. Als Mert nach der Arbeit kurz vor Mitternacht nach Hause kam, saß sie im Wohnzimmer auf dem Sofa, die Beine untergeschlagen, vor einem Glas Wein. Sie rauchte am Tisch, was sie selten tat, und berichtete, dass ihr Vater gestorben sei.

Heinrich Borau hatte sich für den üblichen Ruhestand der Boxer entschieden: Kette rauchen, ab mittags Bier trinken und von alten Zeiten sprechen. Er lebte ungesund, so als habe seine Boxkarriere alle Disziplin aufgebraucht, die ihm für eine Lebenszeit zustand. Als der alte Borau in Frühpension ging, versuchte er, zu Hause das Regiment zu übernehmen, erklärte seiner Frau, dass sie beim Abspülen lieber Wasser ins Becken füllen sollte, anstatt es durchgehend laufen zu lassen. Er durchforstete die Zeitungen nach Sonderangeboten, um Geld zu sparen. Er saß herum und beschwerte sich über den Niedergang der Spedition, wo er als Handelsverkehrskaufmann Frachten abgewickelt hatte, vor der Wende, nach der Wende und auch noch lange nachdem kaum noch etwas geliefert oder verschickt werden musste. Er erzählte von Kämpfen, die er gewonnen, und von denen, die er seiner Meinung nach nur durch eine Verkettung unglücklicher Umstände oder Betrug verloren hatte. Er trieb seine Frau in den Wahnsinn und bewegte sich kaum noch aus dem Haus, außer zum Stammtisch mit seinen alten Kollegen vom Frachthof oder von Lokomotive Görlitz. Bis sein Herz nicht mehr mitmachte.

Felix holte sie am Samstagmorgen um sechs Uhr ab, Angelika wollte die Wohnung besichtigen, die Kinder stürmten voran. Mert stand in der Tür, als Felix und Angelika im dritten Stock ankamen. So begegneten sich Mert und Felix wieder, fünf Jahre nachdem sie gemeinsam den Ring in Richtung Krankenhaus verlassen hatten. Nachdem Angelika Mert umarmt hatte, streckte Felix die Faust vor, die Mert mit seiner Faust einmal von oben und einmal von unten abklopfte.

Angelika sah sich in jedem Raum um, lobte die Einrichtung, während Felix ungeduldig hinter ihr herging, weil er seinen Zeitplan für die Fahrt nach Görlitz gefährdet sah.

»Lixi, wir müssen erst um zwölf Uhr da sein, ein Kaffee wird doch noch drin sein.« Die Borau-Geschwister verdrehten die Augen. Nadja wegen der Anrede und Felix, weil er sich fügen musste. Nadja kochte Kaffee und machte Kakao für Anna und Jörg. Felix und Mert überbrückten die Zeit mit einem Fachgespräch.

»Siehst fit aus«, sagte Mert.

»Du auch.«

»Hast dich gehalten. Was hast du jetzt? 83, 84 Kilo?«

»Du bist so etwa auf 90?«

»Trainierst du noch?«, fragte Mert.

»Ich geh viel laufen und achte aufs Essen. Nadja sagt, du arbeitest als Fitnesscoach.«

»Immer noch besser, als dick und faul zu werden.«

»Wohl wahr.«

Felix war schlank geblieben, aber etwas Graues hatte sich in seine Gesichtszüge gemischt. Sie tranken den Kaffee, den niemand außer Angelika wollte, dann brachen sie nach Görlitz auf.

Felix am Steuer, Mert neben ihm, die Frauen und die Kinder hinten. Mert beteiligte sich nicht an der Diskussion über den richtigen Weg. Er hatte keine Ahnung, wo sie hinmussten, und er fühlte sich verloren, als sie Hamburg in Richtung Osten verließen. Die erste halbe Stunde schwiegen Mert und Felix, hörten den Kindergesprächen zu, die Angelika und Nadja auf der Rückbank führten. Dann fing Felix wieder an, Konversation zu betreiben.

»Ich hab gehört, du gibst jetzt auch Training beim BC Einigkeit.«

»Kalle teilt mich manchmal ein. Ich hab den Fachübungsleiter-Schein gemacht.«

»Müsste der alte Kalle Trabert nicht bald mal aufhören?«

»Er quatscht immer davon, aber er hat auch nichts anderes, glaube ich. Wenn er jetzt nur noch zu Hause sitzt, geht er seiner Frau auf die Nerven.«

»So wie mein Vater.«

Nach einer kurzen Pause fragte Felix weiter.

»Und macht dir das Spaß, so als Fitnesstrainer?«

»Schon okay, ich arbeite mit Ali zusammen. Wir machen uns das nett.«

»Verdient man da gut?«

»Ganz okay. Nicht besonders. Es reicht.«

»Und hast du schon einen Plan, was du danach machen willst?« Darauf fiel Mert keine Antwort ein. Danach war für ihn immer der Zustand nach dem, was gerade passierte, nicht die Zukunft.

Görlitz sah aus, wie Mert sich Sibirien vorstellte. Wie viele moderne Familien der DDR hatten sich auch die Boraus vor Jahrzehnten in einem Königshufener Plattenbau eingemietet, der außerhalb des historischen Stadtkerns stand. Während in der Innenstadt seit der Wiedervereinigung Stuck und Verzierung unter grauen Schmutzschichten herausgearbeitet wurden, waren die Plattenbausiedlungen und Kratzputzfassaden nicht mehr zu retten. Noch ragten sie im Randbezirk der Stadt auf, als Mahnmal einer vergangenen Zeit. Doch niemand würde je einen Spachtel in die Hand nehmen, sollten diese Fassaden nur noch aus Rissen bestehen. Alles schien so gebaut, als wolle man den Menschen, die darin wohnten, das Gefühl geben, sie seien unbedeutend.

Mutter Borau fuhr mit den Nachbarn die wenigen Meter zum Friedhof, Felix folgte dem Wagen. Es regnete. Die Fahrt führte an Ruinen vorbei, verwahrlosten Häusern. »Schön hier«, log Mert. Niemand gab eine Antwort. Es regnete.

Felix parkte den Wagen hinter dem der Nachbarn. Vor dem Eingang des Friedhofes hatten sich schon andere

Trauergäste versammelt. Mutter Borau und ihre Kinder schüttelten Hände, Angelika, Mert und die Kinder standen abseits. Der Regen wurde stärker.

Die Beerdigung verlief nach einem Muster, das Mert nicht kannte, das allen anderen Trauergästen aber geläufig zu sein schien. Er hielt sich an Nadja und versuchte nicht aufzufallen. Gelegentlich nahm er Anna oder Jörg auf den Arm, um sie abzulenken. Da er Vater Borau nicht kennengelernt hatte, konnte Mert nicht beurteilen, ob die Reden, die auf ihn gehalten wurden, etwas über den Menschen sagten, den sie da gerade unter die Erde brachten. Nadja hatte ihren Vater weniger lustig und ausgeglichen beschrieben. Vielleicht wurden die Reden ebenfalls nach einem Regelbuch abgehalten, das Mert nicht kannte. Der Pastor sprach und sah in den Himmel. Es waren etwa vierzig Besucher da, ihre Ärmel hingen schwer, vollgesogen vom Regenwasser, das an den Schirmen vorbeifiel. Ein paar ältere Männer erkannte Mert als ehemalige Boxer. Einige hatten sich gut gehalten, andere waren verfallen wie Heinrich Borau. Nadjas Mutter weinte so lange, bis ihr die Tränen ausgingen, dann seufzte sie.

Beim anschließenden Leichenschmaus in der Wohnung der Boraus saßen Mert und Felix wieder nebeneinander, an dem Tisch mit den Vereinskollegen von Lokomotive Görlitz. Die Heizung brachte die feuchte Kleidung zum Dampfen, es roch nach Alter.

Am Boxertisch ging es um Namen, die Mert nicht kannte. Seine Helden waren Mike Tyson, Dariusz Michalczewski, Graciano Rocchigiani. Von Theofilo Stevenson hatte er nie gehört, auch wenn die Ostdeutschen einen Eid darauf schworen, Stevenson sei besser gewesen als die beiden Klitschkos zusammen.

»Alte kubanische Schule. So wie bei uns, nur mit Salsa!«, sagte ein faltiger Mann Ende fünfzig und wedelte dabei mit den Händen zu einem imaginären Salsa-Rhythmus.

»Bei uns wurde hüftsteifer geboxt. Sah nicht so schick aus, war aber effektiv«, sagte ein anderer Mann.

»Maske?«, fragte Mert.

»Maske!«, stimmten einige zu.

»Das Comeback hätte er sich sparen sollen. So ein Unfug.«

»Immerhin hat er gewonnen.«

»Er war zu alt.«

»Hatte ja kaum noch Haare aufm Kopp.«

»Der andere war noch älter.«

»Reine Show.«

»Geht ja nur noch um Show.«

»Und um Kohle!«

Mert hielt es für höflich, seine Meinung über Maske für sich zu behalten. Felix musste von seinen Erfolgen im Westen berichten, doch er ließ auch nicht aus, dass er seinen letzten Kampf gegen Mert verloren hatte. Ohne Mert anzusehen, sagte Felix: »Der hat mich in nur einer Runde auseinandergenommen. Ich bin noch nie härter geschlagen worden.« Die alten Männer von Lokomotive Görlitz nickten respektvoll. Es war ein Geschenk, und Mert verstand es als solches. Felix redete sich nicht raus. Er sprach nicht über die Umstände, unter denen Mert gewonnen hatte, und versuchte seine Niederlage nicht kleiner zu machen. Felix wollte, dass Mert sich in dieser Umgebung respektiert fühlte. Mert gehörte zur Familie.

Als die Trauergäste gegangen waren, blieben nur noch Mutter Borau, Nadja, Felix, Mert und Angelika sowie Anna und Jörg, die vor dem Fernseher saßen. Sie aßen zu Abend und schliefen in den ehemaligen Kinderzimmern. Mert und Nadja mussten sich auf einem schmalen Bett zusammendrücken, bis Mert nachts um drei eine Decke nahm und sich auf den Boden legte.

Als er morgens aufwachte, lag Nadja wach im Bett und starrte an die Wand. Mert rappelte sich auf und küsste sie. Nadja versuchte ein Lächeln, doch ihr Blick blieb an der Wand hängen. Dort stand auf einem Regal ein riesiges Lebkuchenherz, wie man sie auf dem Dom kaufen konnte. »Sexy Hexy« stand darauf in Zuckerguss geschrieben.

»Geht's dir gut?«, fragte Mert.

»Ich bin nur froh, dass ich nicht mehr hier sein muss. Es tut mir leid wegen meiner Mutter, aber ich hoffe, wir können schnell wieder fahren.«

Sie stand auf, nahm das Herz von der Wand und ging in Unterwäsche in die Küche, wo ihre Mutter bereits das Frühstück zubereitete. Mert folgte ihr. Nadja versuchte das Herz zu zerbrechen, damit es in den Mülleimer passte, aber nachdem es so viele Jahre an der Wand gehangen hatte, war es trocken und zäh. Als Mert sah, dass Nadja sich immer verzweifelter abmühte, half er ihr. Er zerbrach den Lebkuchen in zwei Hälften, dann jede Hälfte noch mal. Nachdem das Herz seine Festigkeit verloren hatte, ließ es sich zerkleinern. Nadja schmiss die Reste weg.

Die Abfahrt zog sich bis zum Nachmittag. Nachbarn kamen vorbei, Kuchen wurde in Frischhalteboxen verpackt. Dann brachen sie wieder in Richtung Hamburg auf.

Von Angelika schien die verordnete Trauer schon abzufallen, als sie das Ortsschild Görlitz passierten. Sie plapperte mit Anna und Jörg und drängte Nadja Fachgespräche über Mutterschaft auf. Seit Annas Geburt sprach Angelika ausschließlich über Schwangerschaft, Geburt, Stillzeit, Krabbelgruppe, Kita, Kindergarten, Kinderwagenkauf, Breizubereitung, Wickeltechnik, Schulanmeldung. Mert drehte sich immer wieder nach hinten, um Nadja abzulenken oder zu unterstützen. Aber alles, was er zustande brachte, war, ihr das Knie zwischen den beiden Frontsitzen hindurch zu tätscheln.

Zu Hause angekommen, ließ Nadja sich aufs Sofa fallen.

»Anstrengend, zwei so Kinder, oder?«, fragte Mert.

Nadja schlüpfte in eine Jogginghose und machte etwas zu essen, danach sahen sie fern und gingen ins Bett. »Na komm schon her«, sagte Mert, als er Nadja zu sich zog, und sie schliefen ineinander verschlungen ein.

39

Als Mert nach Hause kommt, brennt Licht im ersten Stock. Er wundert sich, geht hoch und sieht, dass er die Lampe in seiner Wohnung angelassen hat. Enttäuschung macht sich breit.

Er läuft in der Wohnung auf und ab, schaut über den Balkon, aber der kleine Ali ist nicht da. Machst es schon richtig, denkt Mert, such dir eine nette Hundedame und bau keinen Scheiß.

Mert legt sich aufs Bett, nimmt eines der Bücher – »Das Parfum« – und fängt wieder von vorne an. Nach zehn Seiten nickt er ein. Aber dann verliert er die Geduld mit sich und liest mit derselben Sturheit weiter, mit der er seit Jahren trainieren geht.

In ihrer ersten Nacht hatte er Nadja gefragt, warum sie so gerne las. Sie hatte lange nachgedacht und geantwortet: »Weil ich mich mit Büchern nicht so alleine fühle. Die Figuren in den meisten Büchern sind Außenseiter, die sich nur tarnen, um gesellschaftlich zu funktionieren. So fühle ich mich auch oft, als würde ich versuchen reinzupassen, mit meinen Merkwürdigkeiten.«

»Was denn für Merkwürdigkeiten?«

»Das kann ich schwer erklären. Irgendwie scheinen sich alle Menschen ganz selbstverständlich so zu verhalten, wie man es halt tut. Die sind glücklich, wenn die Sonne scheint, und freuen sich auf die Zukunft. Bei mir ist das nicht so. Etwas bei mir ist immer am falschen Platz, ich fühle mich fremd.«

»Was ist daran denn merkwürdig?«, hatte Mert gefragt.

Vielleicht findet er eine Erklärung zwischen den Zeilen, warum Nadja wollte, dass er ausgerechnet dieses Buch liest. Mert steht auf, damit er nicht wieder einschläft, setzt sich raus auf den Balkon, macht das Licht an und liest weiter. Als kaum noch eine Stelle an seinem Körper nicht zerstochen ist, geht er wieder rein. Er liest am Küchentisch, er liest auf dem Sofa, das er sonst nur benutzt, um Klamotten draufzuschmeißen. Er liest im Stehen, bis er so müde ist, dass ihm sogar dabei die Augen zufallen. Dann klappt er das Buch zu, legt es auf den Küchentisch, geht ins Bett und schläft augenblicklich ein. Ein Drittel des Buches hat er geschafft. Nadja hat er darin nicht gefunden.

40

»Mir ist ein Kampf angeboten worden«, sagte Ali statt einer Begrüßung. Sie hatten sich wie gewohnt zwei Stunden vor ihrem Dienst im Holmes Place zum Training verabredet. Doch Ali hatte keine Ruhe, um Gewichte zu stemmen.

Sie setzten sich an die Bar und tranken Kombucha, das als Werbeaktion im Fitnesscenter angeboten wurde.

»Alter, ein Profikampf. Richtig gegen Geld. Achttausend Euro soll ich verdienen, wenn ich im Vorprogramm der Klitschkos den zweiten Kampf mache.«

»Wer ist der Gegner?«

»Den Namen habe ich noch nie gehört, hätte ich mir auch nicht merken können. Ein Pole, lauter z und c im Namen. Hörte sich an, als würde man Holz zerbrechen.«

Ali war elektrisiert. »Ich bin doch ein Mann, ich muss kämpfen!«, sagte er. »Ich kann hier nicht nur irgendwelchen Weicheiern die breitgesessenen Ärsche stramm machen.« Er meinte es ernst. Wie ein König saß er auf dem Barhocker, ungeachtet der Tatsache, dass er mit den Füßen kaum an die Trittstrebe reichte.

»Trainierst du mich?«, fragte er Mert.

Mert machte das ganze Programm mit. Laufen, Training, Essen, Mittagsschlaf, Sparring, Gymnastik, Schlafen, Laufen, Training, Essen, Mittagsschlaf. Alles hatte wieder eine Ordnung, seine Tage waren strukturiert. Rechnungen konnten warten, die Steuererklärung musste er irgendwann mal machen. Er ordnete sich und sein Leben dem Trainingsplan unter.

Nadja freute sich für ihn, weil sie sah, wie viel Freude Mert daran hatte, sich in Wettkampfform zu bringen.

Die Halle war erst zu einem Drittel gefüllt, als Alis Name aufgerufen wurde. Sie mussten einen langen Gang durchschreiten, bis sie die Halle betraten. »Mama said knock you out« von LL Cool J dröhnte aus den Boxen, das Einlauflied, das Ali sich ausgesucht hatte. Die Atmosphäre raubte Mert fast den Atem. Ali gewann seinen Kampf gegen Lukasz Krachzojwe in vier Runden nach Punkten, und Mert stand in seiner Ecke, so glücklich wie seit Langem nicht mehr.

Nach dem Sieg saßen sie in der Umkleidekabine, in der es einen Kühlschrank und ein kleines Buffet gab. Alis Eltern und seine zwei Schwestern drängten sich an den Ordnern vorbei, umarmten Ali und auch Mert überschwänglich.

»Alter, warum haben wir das nicht viel früher gemacht?«, fragte Ali, als sie wieder allein waren und sich umzogen. Mert wusste keine Antwort.

Der Promoter, der Ali gebucht hatte, kam in die Kabine. Er sah aus wie ein Ganove in einer alten Polizeiserie. Seine Haare glänzten, er hatte seine Jackettärmel hochgeschoben und trug einen Bart, der den Mund einrahmte. Er sprach Ali auf Türkisch an, dann sagte er etwas in Richtung Mert. »Yanındaki ne is? Sıkı görünüyor. Türk mü O da?«

Ali schüttelte den Kopf. »O en iyimizdir. Ama Türkçe bilmiyor.«

»Warum sprichst du kein Türkisch? Siehst türkisch aus«, fragte der Promoter.

»Ich bin kein Türke.«

»Er ist Halbtürke, aber seine Eltern haben nur deutsch gesprochen, damit er nicht so'n Zungenschlag kriegt wie wir Assis«, sagte Ali.

»Willst du 'nen Kampf machen? Ali sagt, du bist gut.«

»Ich überleg's mir«, antwortete Mert. Dabei hatte er sich schon gefragt, wie er es Nadja beibringen würde. Er gehörte hierher, in den Ring, mit Publikum und Musik, mit Scheinwerfern und Kameras. Er war fit, er war stark, er boxte besser als je zuvor. Er hatte sein Pulver noch nicht verschossen.

Als er nach Hause kam, war Nadja noch wach.

»Wie ist es gelaufen?«, fragte sie aufgeregt.

»Gut, Ali hat ihn klar ausgeboxt. Der Pole hatte nichts gegenzusetzen. Es war leicht.«

»Erzähl schon, wie war die Halle, wie waren die Kämpfe? Wer war da? Lass dir nicht alles aus der Nase ziehen.«

»Toll. Es war einfach Wahnsinn. Die ganze Atmosphäre, die Leute, der Ring, die Scheinwerfer. Wenn man da reinläuft, sieht man zuerst nichts, die Musik ist brutal laut, erst im Ring gewöhnen sich die Augen an das Licht. Sogar die Klitschkos haben uns die Hände geschüttelt und Ali gratuliert. Es war irre. Du hättest dabei sein müssen.«

Nadja strich über sein Gesicht, wie man einem kleinen Kind über das Gesicht streicht.

»Du möchtest auch gerne, oder?«

»Ich weiß nicht«, wich Mert aus. »Vielleicht bin ich auch schon durch. Ich hab jetzt fünf Jahre keinen Kampf mehr gemacht.«

»Aber du willst gerne. Ich seh's doch in deinen Augen.«

»Ja, es wäre schon toll.«

»Dann mach es. Jünger wirst du nicht, und sonst ärgerst du dich irgendwann.«

So machte Mert schon drei Wochen später seinen ersten Kampf als Profi, Ali stand in seiner Ecke. Mert trug eine schwarze Hose und halbhohe schwarze Schuhe ohne Socken. So wie Mike Tyson immer gekämpft hatte. Er lief zu »Thunderstruck« von AC/DC ein, der Wahl dieses Liedes hatte er einen beträchtlichen Teil seiner Vorbereitung gewidmet. Es war kein großer Kampf, wenig Scheinwerfer, und die Show war schlecht. Mert kämpfte in einer Halle in Anderlecht, in der der Putz von den Wänden kam. Er trat im Cruisergewicht an, einer Klasse zwischen Halbschwer- und Schwergewicht, in der es auch auf Weltniveau kaum gute Boxer gab. Er musste nicht abnehmen, aber auch nicht fürchten, einem Zwei-Meter-Mann vor die Fäuste zu laufen. Er war als letzter Kämpfer vor dem Hauptkampf dran. Die Attraktion sollte ein Titelkampf im Halbschwergewicht um eine Interims-Europameisterschaft eines unbedeutenden Boxverbandes sein.

Mert boxte zum ersten Mal gegen einen Schwarzen und hatte Respekt. Die großen Boxweltmeister waren alle schwarz: Louis, Ali, Frazier, Tyson, Holyfield, Lewis. Aber sein Gegner, Carl Roberts, wirkte nicht austrainiert, atmete ab der zweiten Runde schwer und war auch kein guter Techniker. Er hatte nur einen Schädel, auf dem man Holz hätte spalten können. Mert schlug fünf Runden auf ihn ein, immer härter, weil er nicht fassen konnte, dass Roberts nicht k. o. ging, bis der Ringrichter den Kampf schließlich wegen zu großer Überlegenheit abbrach. Der größte Schaden schien nicht an Roberts Kopf entstanden zu sein, sondern an Merts Fäusten. Er musste sie nach dem Kampf in Eiswasser kühlen. Seine Rechte tat ihm noch eine Woche lang weh.

Doch obwohl die Halle schäbig, der Gegner schwach, das Publikum schrecklich und die Luft stickig gewesen waren, wusste Mert, dass er ein neues Ziel hatte. Er war endlich auf dem Weg dorthin, wo er immer hingehörte.

Mert ging mit seiner Kampfbörse um wie mit einem Lottogewinn. Er gab sie zügig aus. Von 9.000 Euro blieben ihm 6.900, nachdem die Prozente für den Promoter, die Miete für die Umkleide und sogar eine Gebühr für frische Handtücher abgezogen worden waren. Noch vor Schweiß triefend las Mert sich die dubiose Abrechnung durch, die ihm unter die Nase gehalten wurde. Er unterschrieb und nahm seine Börse in bar entgegen.

Er bezahlte Ali für dessen Einsatz fünfhundert Euro, die dieser postwendend zurückgab, beschämt, dass er selbst nicht daran gedacht hatte, nach seinem Kampf etwas an Mert abzugeben.

Zurück in Hamburg ging Mert in großem Stil einkaufen. Einen DVD-Player, eine neue Stereoanlage. Am Samstagmorgen ging er mit Nadja zu einem Einkaufsbummel durch die Mönckebergstraße, um sie zu beschenken. Sie blieben an einem Schaufenster hängen, in dem eine Puppe mit Anzug stand.

»Brauche ich einen Anzug?«, fragte Mert.

»Du würdest bestimmt toll darin aussehen.«

»Dann lass uns mal schauen.«

Vier Verkäufer betreuten drei Kunden, man konnte sich kaum umdrehen, ohne dass man nach seinen Wünschen gefragt wurde. Mert ließ sich vermessen, und es dauerte eine Weile, bis der Verkäufer drei Anzüge gefunden hatte, die Merts Körpermaße fassten. Nadja sah sich im Laden um. Ein grün changierendes Kleid mit tief ausgeschnittenem Rücken hing in der Mitte der Damenabteilung an einer Puppe, und sie umkreiste es, bis Mert mit dem ersten Anzug aus der Kabine kam. Die Hosenbeine und Ärmel waren zu lang, der Verkäufer schlug sie ein.

Nadja musste gar nichts sagen, so verliebt sah sie aus.

Als Mert wieder in der Kabine verschwand, drehte Nadja eine weitere Runde um das Kleid. Der nächste Anzug stand Mert noch besser. Und auch der dritte saß gut, wirkte jedoch nicht so lässig wie die anderen. Mert entschied sich für den ersten. Er kostete 680 Euro. Weder Nadja noch Mert hatten je so viel Geld für ein Kleidungsstück ausgegeben. Sogar ihr Bett war günstiger gewesen.

Mert verschwand mit zufriedener Miene in der Kabine und kam in Jeans, Turnschuhen, T-Shirt und Lederjacke wieder heraus, wie Clark Kent, der sich in Superman zurückverwandelt.

»Der steht Ihnen wirklich besonders gut«, sagte der Verkäufer, als er den Anzug zur Kasse trug. Mert nickte und blickte zu Nadja, die an ihrer Nagelhaut zupfte. Dann fragte er den Verkäufer: »Das Kleid da in der Mitte, wie viel kostet das?«

Der Verkäufer folgte Merts Zeigefinger, bis sein Blick an dem grünen Kleid ankam. »Das ist unser letztes, es kostet neunhundert Euro.«

»Das nehmen wir auch.«

»Wollen Sie es nicht anprobieren?«

Mert sah an Nadja runter, dann taxierte er das Kleid.

»Das passt.«

Nadja konnte nicht widersprechen. Der Verkäufer nestelte das Kleid von der Puppe, faltete es sorgfältig zusammen und legte es, in Seidenpapier eingeschlagen, in eine große, starkwandige Tüte. Den Anzug schob er dazu. Mert zog einen Batzen Bargeld aus der Außentasche seiner Jacke und zählte 1.580 Euro ab. Als sie sich aus der steifen Atmosphäre des Ladens befreit hatten und wieder auf der Mönckebergstraße standen, sagte Nadja nur: »Du spinnst.«

Zu Hause zog Nadja sich im Schlafzimmer um, während Mert auf dem Sofa wartete, nervös wie ein Boxer, bevor er aus der Kabine gerufen wird. Nadja kam ins Wohnzimmer. Das Kleid saß perfekt.

41

Mert bereitet sich auf seinen Kampf vor. Er hat bis neun Uhr geschlafen, einen tiefen, erholsamen Schlaf. Am Abend zuvor hat er »Das Parfum« fast zu Ende gelesen. Er hofft, dass Grenouille, von dem er nicht weiß, wie man seinen Namen ausspricht, davonkommt, auch wenn er all die Frauen getötet hat. Mert fragt sich, warum er zu dem Mörder hält, ob das etwas über ihn aussagt. Oder ob er hofft, dass Nadja auch auf seiner Seite war, als sie das Buch las. Ob Mert sie an Grenouille erinnerte, ob sie Verständnis hatte für den Mann, der etwas besonders gut machen wollte und dabei so viel Schlechtes tat. Ob sie sich in seiner Gesellschaft weniger merkwürdig gefühlt hatte. Mert fehlen noch knapp fünfzig Seiten, aber heute wird er sie nicht mehr lesen können. Sein Kopf ist beherrscht von dem Kampf.

Liegestütze und Bauchaufzüge hat er bereits absolviert, bei der Massage war er auch. Er hat der Frau seines Vermieters beim Putzen zugesehen und ihr hundert Baht mehr als sonst gegeben. Er fühlte sich danach. Der Tag ist zäh vergangen, aber jetzt, wo die Sonne untergeht, kommt es Mert vor, als sei die Zeit gerast. Er zieht seine vom Inder geschneiderte kurze Hose und sein Hemd an. Die feine Garderobe. Die Hose hat eine Bügelfalte, sie endet knapp über dem Knie. Das Hemd hat Laschen an den Schultern und umgenähte kurze Ärmel, die am Bizeps kneifen, was

Mert noch muskulöser erscheinen lässt. Er zieht Espandrillos an, keine Flip-Flops. Er packt seine Kampfhose, sein Suspensorium, seinen Mundschutz, seine Bandagen, Duschgel, Zahnpasta, Zahnbürste, Deo, Handtuch und eine frische Unterhose in zwei Tüten, die er verknotet und in seine große Sporttasche steckt. Der Hund hat sich an die Ausflüge in der Tasche gewöhnt, aber Mert will nichts riskieren.

Er steckt ein wenig Geld ein, obwohl er die Börse direkt nach dem Kampf von Mister Sambot ausgezahlt bekommt. Als Letztes nimmt er sich das Bild, das Nadja und ihn auf dem Hamburger Dom zeigt, und schiebt es in seine Brusttasche. Seit gestern ist Mert dreiundvierzig Jahre alt. Er hätte nie gedacht, dass er so alt werden würde. Die Zahl erschien ihm unerreichbar. So weit weg wie Amerika oder der Mond. Dann hatte er der Zeit so lange beim Vergehen zugesehen, bis er alt wurde. Seine Geburtstage feierte er nie, Nadja hatte das für ihn erledigt, in den Zeiten, in denen sie zusammen waren. Nadja legte Wert auf Geburtstage. Er nicht. Auch wenn er es immer schön fand, dass sie einen besonderen Tag für ihn daraus machte, mit Kuchen, mit Geschenken, mit einem besonderen Essen. Aber er hatte vor ihr nie gefeiert und nach ihrer Trennung auch nicht. Gestern hätte er seinen Geburtstag fast vergessen, wenn er nicht noch mal im Internetcafé gewesen wäre und eine Mail von Felix vorgefunden hätte. Felix wollte ihm gratulieren und sich erkundigen, wie es ihm geht. Mert hatte wieder nicht geantwortet.

Dreiundvierzig Jahre. Sechzehn davon hat er mit Nadja verbracht, ob sie gerade zusammen waren oder nicht. »Das Leben endet nicht mit dem Tod, genauso wenig wie es mit der Zeugung beginnt«, hatte Nadja einmal zu ihm gesagt. So gesehen ist Mert erst sechzehn Jahre alt. Nur sein Körper ist dreiundvierzig. Vielleicht auch schon dreiundfünfzig oder dreiundsechzig. Je nach Tagesform.

An guten Tagen denkt Mert, dass er immer noch alles lernen, alles werden kann. Dass er ein junger, gesunder Mann ist. Einer, den man lieben könnte. An schlechten Tagen fühlt er sich betrogen, dass er nicht mehr das machen darf, was er machen will, dass er zu alt sein soll für das, was ihn zusammenhält. Der Ring ist seine Freiheit, keine Begrenzung. Die Seile sperren die Welt aus, diese komplizierte, unbegreifbare Welt. Wenn er im Ring steht, muss er nichts sehen, außer seinem Gegner. Er ist schon hundertmal gefragt worden, ob er seine Gegner hasst. Eine dumme Frage. Mert liebt seine Gegner. Sie sind wie er. Sie sind ihm näher als jeder andere Mensch, der außen um den Ring herumsitzt. Sie sind seine Brüder. Nadja ist der einzige Mensch, der ihm je näher gekommen ist als seine Gegner.

Ali ist weg. Mert will den Hund zum Kampfabend mitnehmen, doch ausgerechnet jetzt liegt er nicht vor der Tür, wo er sonst immer auf ihn wartet. Mert ruft nach ihm, und der Hund kommt aus einer Seitengasse angewetzt. Seine Pfoten fegen kleine Brocken aus dem Straßenbelag.

Mert packt Ali in seine Tasche, setzt sich aufs Motorrad und fährt zu der Garküche, die an der Hauptstraße kurz vor der Bangla Road in einem Hinterhof liegt. Eine Rückwand aus Beton, vier Streben halten das Dach zur Straße, ein paar Poster sollen den Ort freundlicher machen. Mert bestellt zwei Portionen Huhn, setzt sich und beobachtet einen Pick-up, der draußen auf der Straße im Kriechgang vorbeifährt. Auf die Ladefläche haben sie eine Bühne gebaut, mit kurzen, schlaffen Ringseilen. Die Karikatur eines

Boxrings. Ein Thai-Boxer zeigt Tritte und Schläge gegen die Pratze eines anderen. Dazu quäkt es aus den Lautsprechern. »Tonight, tonight, Bangla Boxing Stadium. See the real fights, see the champions. See the best of the best. Tonight, tonight ...«

Auf den Seitenwänden des Pick-ups klebt ein Plakat, acht Kämpfer sind darauf abgebildet, ausgeschnitten aus Fotos, die sie in Kampfhaltung zeigen. Dahinter Flammenmotive, große Buchstaben, Nationalflaggen. Merts Konterfei prangt am größten in der Mitte, er macht den Hauptkampf. Mert beobachtet, wie sein altes Bild vorbeizieht, er sieht fast zierlich darauf aus und weicher im Gesicht. Sie haben es schlampig ausgeschnitten, vergrößert und einmontiert. »German Champion« steht darunter. Mert hatte nie behauptet, deutscher Meister gewesen zu sein, sondern vor seinem ersten Thai-Boxkampf lediglich erzählt, um die Meisterschaft geboxt zu haben. Aber sie schreiben es seitdem immer auf die Kampfplakate, und niemand beschwert sich darüber.

Mert hat keinen Hunger, ihm ist schlecht vor Aufregung. Aber er würgt sich gebratenen Reis mit Huhn hinunter, dazu zwei Bananen-Shakes, damit er beim Kampf nicht leerläuft. Nachdem Mert die zweite Portion halb aufgegessen hat, fühlt er Brechreiz und stellt den Rest unter den Tisch zu Ali, der ihn in wenigen Sekunden vertilgt. Mert legt dreihundert Baht auf die Plastiktischdecke, stellt das zweite, halbvolle Glas Bananen-Shake auf die Scheine, geht in den Supermarkt nebenan und kauft sich eine große Tüte M&Ms, die er in den Stunden vor dem Kampf langsam aufessen wird. Die Großbuchstaben auf der Verpackung erinnern ihn jedes Mal an früher, an Mert oder Marcel, an Nadja.

Auch egal, denkt er. So lange her. Hauptsache, wir waren zusammen.

Für die letzten achthundert Meter die Beach Road entlang packt er Ali nicht in die Tasche. Der Hund trabt neben ihm her, bellt ab und zu, um seine Anwesenheit anzuzeigen, und schlängelt sich durch die Beine der Touristen. Mert tuckert bis zur Kreuzung der Bangla Road und bockt das Motorrad auf. Er stellt es gleich in der Nähe der Sunshine Bar ab, wo er nach dem Kampf feiern will.

Ali schnuppert wie verrückt an allem: Füße, Getränkedosen, Papier, in dem Grillspieße eingewickelt waren. Beide gehen die Bangla Road hoch bis zum Stadion. Ali sprintet vor und zurück, bleibt an einem neuen Geruch hängen, schließt wieder zu Mert auf, rennt kreuz und quer über die Straße, weicht im letzten Moment heranfahrenden Mopeds aus, trinkt aus einer Pfütze, findet einen Rest Knochen am Rinnstein und rauft sich kurz mit einem anderen Hund. Patong liegt so nah, Mert wäre nie auf die Idee gekommen, dass der Hund es noch nicht bis hierhin geschafft hat.

Im Stadion sind die Ränge leer, es wird gewischt. Die Leute hinter der Bar stapeln Getränke in große Kühlschränke. Mister Sambot schnauzt Mitarbeiter an. Als er Mert sieht, begrüßt er ihn mit Schulterklopfen und befühlt Merts Oberarm, als könne er dessen Fitnessgrad am Bizepsumfang abmessen. Dann macht er eine Bemerkung auf Thai und pfeift anerkennend. »Always early!«

Mert nickt und zieht die Schultern entschuldigend nach oben.

Mister Sambot schnippt mit den Fingern einen Helfer herbei, der Mert in die Umkleide führt, in der er sich vorbereiten kann. Es gibt keine Tür, die Toiletten liegen gegenüber und stinken. Mert stellt seine Tasche ab, setzt sich in der Nähe der Kabine in die erste Reihe und reißt seine M&Ms-Tüte auf.

Über dem Ring schwebt ein quadratisches Metallgestell, gehalten von dicken Drähten. An dem Gestell sind Scheinwerfer, Neonröhren und Ventilatoren angebracht. Es hat angefangen zu regnen, und der Regen drückt die schwüle Hitze ins Stadion. Das Stadion ist überdacht, aber statt auf Wänden liegt das Dach auf einer Stahlkonstruktion, wie ein Baugerüst zu allen Seiten offen. Bei heftigem Regen peitscht das Wasser seitlich rein. Die Getränkeverkäufer laufen mit Handtüchern umher und trocknen in der obersten Reihe die Sitzplätze.

Das Bangla Boxing Stadium fasst etwa fünfhundert Zuschauer, wenn sie sich bis in die Ränge drängeln. Die ersten Besucher kommen, ziehen ihre Regencapes vom Kopf, klappen ihre Schirme zusammen und schütteln sich. Mert sitzt immer noch in der ersten Reihe und wirft sich bunte Kugeln in den Mund, gelegentlich gibt er Ali eine ab.

Als die Tüte leer ist, sind die günstigsten Plätze zur Hälfte besetzt. Es hat aufgehört zu regnen. Bis Mert kämpft, müsste das Stadion gut gefüllt sein.

Sein Gegner trifft zwei Stunden nach Mert ein. Ein großer, muskulöser Afroamerikaner. Sie schütteln sich die Hand. Ross Gordon wiegt wenigstens zehn Kilo mehr als Mert und überragt ihn um eine Kopflänge. Er ist vierundzwanzig Jahre alt, hat dünne Beine, aber einen enormen Oberkörper. Aus den Proportionen schließt Mert, dass Gordon nicht hart schlagen kann. Sein Bizeps ist dick, aber Schlagkraft kommt aus den Beinen. Kein Grund, sich übermäßig

Sorgen zu machen. Große Gegner boxt Mert gerne, da kann er zum Körper und zum Kopf kombinieren und seine Vorteile im Nahkampf suchen.

Als Nok erscheint, stehen sich zwei Kinder im ersten Kampf des Abends gegenüber. Die Jungs sind schüchtern, aber nach dem Gongschlag gehen sie mit aller Härte aufeinander los.

Sie sind vielleicht zehn Jahre alt, genau richtig, um die ersten Kämpfe zu machen, um Erfahrungen zu sammeln. Wer in diesem Alter verliert, zerbricht nicht daran, sondern lernt etwas. Und was die Jungs lernen, wird ihnen ewig in Fleisch und Blut bleiben, auch wenn sie eines Tages zu alt sein werden, um es noch umzusetzen. Wenn sie weiterkämpfen, führt der Weg sie über kurz oder lang zu Meisterschaften in der Provinz, vielleicht sogar ins Lumpini Stadium. Dann steht euch alles offen, denkt Mert, als er den Kleinen beim Kämpfen zusieht. Baut keinen Mist, trainiert fleißig, lasst die Finger von den Drogen und behandelt eure Frauen gut, ohne die seid ihr nichts wert.

»Mett!«, ruft Nok aus der Kabine. Es wird Zeit, die Bandagen zu wickeln. In der Umkleide sitzt der Junge, dem Mert einige Schlagtechniken beigebracht hat, bereits bandagiert und eingeölt. Er wird zwei Kämpfe vor Mert antreten. Zur Begrüßung zeigt der Junge ihm seine neu erlernte Kombination: linke Gerade, rechter Aufwärtshaken, linker Seitwärtshaken, rechter Seitwärtshaken, eine linke Gerade zum Abschluss. Er nimmt sein Gewicht gut mit in die Schläge, dreht die Hüfte ein. Mert deutet mit dem Zeigefinger auf den Jungen und macht dann das Victory-Zeichen.

Nok presst eine gefaltete Mullbinde auf Merts Handknöchel. Mert wickelt eine Bandage darum, überprüft bei jeder Lage, ob er seine Hand schließen kann und die Bandage trotzdem straff sitzt. Zum Abschluss schlägt er mit der linken Faust in die offene rechte Hand und umgekehrt. Er zieht sein Suspensorium an, seine Kampfhose darüber, dann beginnt er sich zu dehnen. Nok bereitet den Jungen auf seinen Kampf vor, lässt ihn ein paar Schläge und Tritte in die Pratze machen, beobachtet die Ausführung. Mert sieht zu, während er versucht, sich in den Spagat zu zwingen.

Dann geht Nok mit dem Jungen los. Mert hört die Ankündigung der Kämpfer, die jaulende Musik, die zum Ritual vor einem Kampf gehört. Er hört den Applaus.

Als Nok wenig später mit dem Jungen zurückkehrt, hat sich bereits ein Schweißfilm auf Merts Brust gebildet. Den Kranz hat er sich auf den Schädel gesetzt und ein farbiges Bändchen um seinen Oberarm geknotet. Der Junge hat gewonnen, durch K. o. in der dritten Runde. Eine Schlagkombination. Nun ist es an ihm, auf Merts Brust zu deuten und ein Victory-Zeichen zu machen.

Nok zieht Mert die Handschuhe an und lässt ihn noch ein paarmal in seine offenen Hände schlagen. Dann kommt auch schon Mister Sambot in die Kabine. Er hat 5.000 Baht auf Mert gesetzt. Wenn Mert gewinnt, stehen ihm zusätzlich zur Kampfbörse tausend Baht Wetteinnahmen zu. Mister Sambot sieht das als persönliche Motivation, er macht das vor jedem Kampf. Und Mert vermutet, dass er es auch mit jedem Boxer macht. Bestimmt hat Mister Sambot kurz zuvor Ross Gordon genau dasselbe erzählt, zehn Meter weiter, in dessen Kabine.

Mert stellt sich hinter Nok, sie werden aufgerufen. Es geht schnell an solchen Abenden, zehn Kämpfe hintereinander, das Publikum will keine langen Pausen. Sie gehen los, Nok hat Merts Oberkörper mit Tigerbalsam eingerieben, das kühlt in der Hitze. Mert ist aufgeregt und zufrieden. Alles ist weit weg, nur der Ring ist nah, der Moment. Mert blickt auf Noks Rücken, während sie zum Ring laufen. Der alte Thai-Boxer, der jünger ist als Mert, bahnt ihm den Weg. Nok wirkt wie eine Sprungfeder unter Spannung. Hinter Mert läuft der Junge, trägt Eimer und Handtuch. Als Lohn für seinen Sieg darf der Junge zusammen mit Nok in Merts Ecke. Nok drückt die Seile runter, dann steigt Mert in den Ring, ins Licht.

42

Die Verträge waren gemacht. Scheinwerfer leuchteten auf einen Punkt in der Zukunft, auf ein Quadrat, in Las Vegas, in New York, in Atlantic City. Wenn Mert mit Nadja in Streit geriet, ging es oft um Amerika.

»Du bist zu alt! Wie lange willst du denn noch boxen?«

»So lange, bis ich damit um die Welt gekommen bin.«

Mert hatte alle zwölf Kämpfe als Profi gewonnen, neun davon durch K. o. Er liebte das Wort »Profi«. Wenn Nadja oder Felix von Profis sprachen, klang es verächtlich. Als Amateursport war Boxen eine ritterliche Auseinandersetzung, bei der Verletzungen nicht ausblieben, aber vermieden werden sollten. Ein guter Kampf bedeutete für Felix, dass am Ende von drei mal drei Minuten geklärt war, wer über die bessere Technik verfügte. Profis ließen sich seiner Meinung nach für Körperverletzung bezahlen.

Mert aber fühlte sich wertvoll, seitdem er mit dem, was er gut konnte, Geld verdiente. Es ging nicht um Punkte, um bessere Technik, es ging darum, wer am Ende noch stand. Mert hatte Punktrichter im Rücken, die nicht nach klaren Treffern Ausschau hielten, sondern den Kämpfer belohnten, der nach vorne ging, auch auf die Gefahr hin, selbst einzustecken. Mert war stark und unerbittlich. Er war vermarktbar. Es sprach sich schnell herum, dass Mert Schulz nicht immer die schönsten Kämpfe ablieferte, aber spektakulär boxte. Eine besondere Erregung begleitete seine Auftritte.

Wenn das Gitarren-Intro zu »Thunderstruck« ertönte, ein kreischendes Vibrato, zu dem Schweinwerfer zuckten, war die Menge schon in seinem Bann. Dann kam der Chorus, der Schlag der Basstrommel, den die Scheinwerfer mit einem rhythmischen Aufleuchten betonten. Die gepresste Stimme des Sängers, ein Anstieg bis zum Bruch. Ein kurzer Moment der Ruhe, bevor der Song richtig lostobte. Mit dem Gitarren-Inferno kam Mert aus dem Tunnel, die Kapuze seines Mantels trug er nie über dem Kopf. Er wollte gesehen werden. Die Haare hatte er sich ganz kurz geschoren, da sie ihm am Hinterkopf ausfielen und sein Alter verrieten. Mert schritt nicht zum Ring, er sprang von einem Fuß auf den anderen, so wirkte er angriffslustig und unberechenbar. Die Hallen waren größer geworden, die Show besser, die Nummern-Girls trugen höhere Absätze. Wenn Mert endlich in den Ring stieg, durch die Seile, die Ali ihm auseinanderdrückte, war »Thunderstruck« schon zur Hälfte gespielt. Mert tänzelte und feuerte Schläge in die Luft.

Nach seinem elften Sieg wurde Mert gefragt, ob er um den Titel des deutschen Meisters im Schwergewicht boxen wolle, gegen Andreas Sidon. Merts Träume nahmen daraufhin Dimensionen an, die für eine Dreizimmerwohnung in Altona zu groß waren.

Nadja sah sich Merts Kämpfe nicht mehr an. Seit dem Kampf mit Felix war sie nie wieder bei einer Boxveranstaltung gewesen. »Profi-Boxen ist Schau«, sagte sie. »Das ist mehr Zirkus als irgendeine Form von Sport.« So erlebte Nadja nicht, wie besonders diese Momente für Mert wurden, wenn sie voll ausgeleuchtet waren und Hunderte von

Menschen gleichzeitig seinen Namen brüllten. Mert spürte eine Kraft, die nicht aus seinem Körper kam. Eine Euphorie, die ihn über Grenzen trieb. Im Rausch der eigenen Herrlichkeit ließ Nadja ihn allein.

Mert vermutete, dass etwas anderes hinter ihrer Weigerung steckte als bloßes Prinzip. Eine tiefere Abneigung, die weniger mit der Art der Veranstaltung zu tun hatte als mit Mert selbst, mit einem Teil seiner Person, der Nadja unangenehm war. Er konnte sich trösten, es gab immer eine, die mit ihm feierte. Und da seine Kämpfe selten in Hamburg stattfanden, musste er ohnehin nicht nach Hause. Er war auf Urlaub von seinem Alltag.

Wenn Mert als Held zu der Frau zurückkehrte, die er liebte, traf er nicht mehr auf die Nadja, die er einmal zu kennen glaubte. Sie war abwesend, in sich gekehrt. Sie sprach nicht mehr viel mit ihm. »Gut« war das Einzige, was Mert zu hören bekam, wenn er fragte, wie es ihr ging. Keine Ausführung, keine Klage. Ein Wort wie eine Doppeldeckung. Vielleicht lag es daran, dass sie nicht schwanger wurde. Oder dass er sich seine Träume ohne sie erfüllte. Dabei hätte er Nadja so gerne dabei gehabt. Er wollte wissen, was sie von all dem dachte, vom Rampenlicht, dem Publikum, den Reportern, auch wenn ihm gewiss nicht jeder Kommentar gefallen hätte. Mert kehrte zurück, 11 000, 14 000, einmal sogar 27 000 Euro reicher, zu einer Frau, die kaum ertrug, wenn er länger als fünf Minuten von seinem Erfolg erzählte.

Dann kam das Angebot zur deutschen Meisterschaft und kurz darauf der Anruf aus den USA. Nadja musste am Telefon dolmetschen. Sollte Mert deutscher Meister werden, dürfte er als Kämpfer bei der »Tuesday Fight Night of

Heavyweights« in Atlantic City antreten. Flug und Hotel wurden gezahlt, inklusive Begleitperson. Von dort aus waren die Möglichkeiten unbegrenzt. Alles schien vorstellbar. Mert würde Mike Tyson die Hand schütteln und nicht mehr nur den Klitschkos.

Nadja versuchte sich mitzufreuen, aber ihre Begeisterung wirkte aufgesetzt. Mert kämpfte dagegen an, mit Gesprächen, mit Liebesbeweisen, mit Geschenken. Aber was er auch tat, es zerschellte an Nadjas Laune. Alles, was mit seiner späten Karriere zusammenhing, schien dadurch vergiftet zu werden, dass Nadja seinen Beruf ablehnte. Sogar das viele Geld, das er nach Hause brachte, war verseucht durch ihre Sorge und dadurch nichts mehr wert.

Sie sahen sich nicht viel in dieser Zeit. Mert trainierte im Gladiator Gym, in dem Ali Assistenztrainer geworden war. Ali bestritt selbst noch Kämpfe, aber in seiner Gewichtsklasse schlug das Alter umbarmherziger zu, er war zu langsam geworden. So trat er nur noch an, wenn ein anderer Kämpfer ausfiel, der Veranstaltung zuliebe.

Mert trainierte elf Einheiten die Woche. Unter der Woche morgens und nachmittags, an Samstagen nur nachmittags. Mert ging, bevor Nadja aufstand, ruhte sich mittags kurz zu Hause aus und kam abends spät vom Training. Die Wochenenden verbrachte Nadja in Hauskleidung, sie schlief bis mittags und wurde eigentlich gar nicht richtig wach. Sie unternahmen nur selten etwas gemeinsam, obwohl Mert sie trotz seiner Erschöpfung gerne ausgeführt hätte, zum Essen oder ins Kino. Wenn er unter Leute ging, wurde er gelegentlich erkannt, und zweimal musste er sogar ein Autogramm geben. Beim zweiten Mal war Nadja dabei. Ein wenig Spott lag in ihrem Lächeln, als er seinen Namen auf eine Eintrittskarte kritzelte.

Mert war über die Jahre stur geworden. Wer hart schlagen wollte, musste hart trainieren, wer durchhalten wollte, musste etwas einstecken können. »Qualität kommt von Qual«, so hatte er es tausendmal über der Tür von Kalles Trainerkabine beim BC Einigkeit gelesen. Diesen Leidensstolz übertrug Mert auf seine Liebe. Nach seinen Kämpfen ließ er sich von anderen Frauen feiern, aber er wollte Nadja. Die alte Nadja. Wenn die sich hinter einer Wolke aus Missgunst und schlechter Laune versteckte, dann musste er eben warten und weitermachen, bis sie wieder auftauchte.

Eine Woche vor seinem Kampf um die deutsche Meisterschaft unternahm er einen erneuten Anlauf. Er bat Nadja noch einmal, ihn nach Berlin zu begleiten. Samstagabend, Max-Schmeling-Halle, fünftausend Zuschauer. Max Schmeling war als deutscher Meister nach Amerika gegangen und Weltmeister geworden. Er hatte den Sprung gewagt und gewonnen, gegen alle Wahrscheinlichkeiten. Aber Nadja wollte nicht mit. Nicht mal die drei Stunden Autofahrt bin ich ihr wert, dachte Mert. An einem Dienstagnachmittag fuhr er mit Ali und »Gladiator«-Cheftrainer Frank Tornung in einem Nissan Patrol nach Berlin. Sie wohnten in einem billigen Hotel im Ortsteil Wedding, nahe der Max-Schmeling-Halle. Die Bettkästen waren aus hellem Holz, ein kleiner Fernseher hing in der Ecke, knapp unter die Zimmerdecke geschraubt. Das Zimmer war so klein, dass Mert sich kaum bewegen konnte, und er hielt es nicht lange darin aus.

Er ging nach draußen, winkte sich ein Taxi ran, gab dem Fahrer hundert Euro und ließ sich durch Berlin kutschieren. Der Fahrer klapperte die Sehenswürdigkeiten ab, das Regierungsviertel, den Friedensengel, den neuen Bahnhof. Dann fragte er Mert, ob er ins Artemis gefahren werden wolle, »Erlebnis-Puff, drei Etagen, nur vom Feinsten«. Mert lehnte ab, er fand es unter seiner Würde, für Sex zu bezahlen. Samstagabend um die gleiche Zeit würden sich schöne Frauen um ihn reißen. Stattdessen ließ er sich auf dem Rückweg etwa zwei Kilometer vor dem Hotel absetzen, vor einem Schaufenster, auf dem im Gegenlicht »No Pain, No Brain« zu lesen war. Eine Tätowierstube. Mert ging rein, der Tätowierer, ein langer Kerl mit schwarzen, strähnigen Haaren, wollte gerade schließen. Auf jeder Stelle seiner Haut, die nicht von Kleidung bedeckt war, züngelte eine Tätowierung ins Freie. Die Wände waren schwarzweiß gefliest, Drehstühle wie in einem alten Frisiersalon standen in einer Reihe. Mit hundertfünfzig Euro ließ der Tätowierer sich überzeugen, noch eine einfache Freihandarbeit zu stechen. Fünf geschwungene Buchstaben in Schreibschrift über dem Herzen. Die Tätowiermaschine brummte wie ein großes, zorniges Insekt. Der hohe Strich des »N« zog sich drei Millimeter über den ersten Haken und mündete in einem kleinen Schnörkel. Das »a« hockte schlicht daneben, dem Rückenstrich des »d« gab der Tätowierer ein wenig Rücklage, und das »j« zog er wiederum sieben Millimeter unter die Buchstabenlinie. Das abschließende »a« mündete wieder in einem Schnörkel. Die Prozedur dauerte eine Viertelstunde. Dann schmierte der Tätowierer etwas Creme auf, klebte ein Stück Frischhaltefolie darüber und gab Mert die Anweisung, die Stelle zwei Tage nicht zu waschen. Mert lief zu Fuß zurück ins Hotel.

Am Samstagabend saß Nadja in ihrer Wohnung und zappte mit der Fernbedienung durch die Programme. Es war das erste Mal, dass ein Kampf von Mert im Fernsehen übertragen wurde.

Sie wusste, dass Eurosport einprogrammiert war, irgendwo bei den hinteren Stationen, zwischen Verkaufskanälen und Nachrichtensendern. Manchmal lag Mert spätabends erschöpft auf dem Sofa und schaltete so lange durch, bis er einen Kampf fand.

Nadja drückte und drückte. Auf Kanal 27 wurde sie endlich fündig. Das Bild war nicht gut, grobkörnig und stockend.

Sie hätte den Sender besser einstellen können, aber das gehörte zu Merts Aufgaben. Wenn er es nicht hinbekommen hatte, würde es ihr auch nicht gelingen. Sie wollte nicht riskieren, den Kampf zu verpassen.

So starrte Nadja auf das flackernde Bild und hörte die Anfangsgitarre von »Thunderstruck«. Mert wurde in seiner Kabine gezeigt, Ali knetete ihm die Schultern. Nadja bekam Angst. Jene altbekannte Angst, die in ihre Herzkammer eindrang, sich von dort rasend schnell ausbreitete und sie krank machte. Eine andere Angst, als Mert sie einst geschildert hatte. Mert war nie ohne Hoffnung, seine Angst war Furcht. Furcht hatte eine Gestalt, er konnte sie bekämpfen. Deswegen konnte er Nadja nicht verstehen. Wenn Mert sich fürchtete, stürzte er sich auf den Grund für diese Furcht. Nadja konnte sich auf nichts stürzen, es war in ihr.

Sie saß vor dem Fernseher, und düstere Ahnungen sogen sie in einen Abgrund. Dabei war ihre Sorge, dass Mert sich verletzen oder verlieren könnte, noch das kleinste Problem. Ein sichtbarer Punkt, auf den sie ihre Angst bündeln konnte. Ein vorgeschobener Anlass, um nicht durchzudrehen.

Nach dem Kampf würde sie unglaublich erschöpft sein, es kaum vom Sofa bis ins Bett schaffen, aber jetzt musste sie sich erst mal aus den Panikschüben herausarbeiten. Es war hart genug, nicht mitzufahren, zu Merts großem Abend. Sie wusste, was es für ihn bedeutete, auf diese Weise anerkannt zu werden. Er war so stolz, wie sie ihn noch nie erlebt hatte, erlöst und angekommen. Dass sie keinen seiner Profikämpfe besucht hatte, musste ihn kränken. Da sie es nicht erklären konnte, hatte Nadja Ausflüchte benutzt, sich über das Boxgeschäft mokiert, die strikte Argumentation ihres Bruders übernommen, die selbst Felix nicht mehr prinzipientreu vertrat, seitdem Mert Berufsboxer geworden war.

Nun musste Nadja tapfer sein und den Kampf zumindest im Fernsehen verfolgen. Sie öffnete eine Flasche Wein und trank das erste Glas in einem Zug. Es half ein wenig.

Nadja sah Mert einlaufen und dabei von einem Bein aufs andere hüpfen, die Kapuze zurückgeschlagen. Hinter ihm blitzte Ali auf, der stets versuchte, ein wenig größer zu wirken, als er in Wirklichkeit war. Ali reckte seinen Hals, um hinter Mert sichtbar zu bleiben. Merts Schutzengel, ihr Schutzengel, der kleine Riese. Wieder fuhr die Angst in ihr hoch. Ihr Herz raste, ihr Körper zitterte, sie bekam nicht mehr genug Luft, dann schlug es in Panik um. Nadja tastete sich raus auf den Balkon, um eine Zigarette zu rauchen. Dass ihre Socken dabei nass wurden, bemerkte sie nicht mehr.

Nadja empfand die Show als blassen Durchschlag dessen, was Mert an den Kämpfen aus den USA faszinierte, die Inszenierung, das Anheizen. Doch es war zumindest eine Vorschau auf das, was Mert noch erreichen konnte. Nadja lehnte sich ins Zimmer und sah auf den Fernseher, die Zigarette hielt sie am gestreckten Arm aus der Balkontür. Der Ansager stellte beide Kämpfer vor, dabei ahmte er die Diktion amerikanischer Ringsprecher nach, was sich in einem kehlig gerollten »R« erschöpfte. Als Nadja fertig geraucht hatte, war ihr Herzschlag wieder etwas ruhiger. Langsam ging sie zum Sofa zurück und hinterließ dabei nasse Fußstapfen auf dem Teppich. Sie wollte sich für Mert freuen. Aber wenn sie nur daran dachte, dass er sie fragen würde, mit nach Amerika zu kommen, sank ihr der Mut. Sie würde es nicht mal bis ins Flugzeug schaffen.

Dabei hatte sie kein Recht, ihn zurückzuhalten. Sie wollte ihn nicht blockieren und keine Schuld auf sich laden, indem sie ihm erklärte, dass sie unmöglich dabei sein könnte, wenn er gehen würde. Wie könnte er dann noch mit ihr zusammenbleiben, was wäre sie für ihn, außer einem Klotz am Bein, wenn sie zu Hause blieb, während er seine letzte große Chance wahrnahm, der zu werden, der er immer sein wollte? Ihre Liebe bestand nur noch aus Wehmut. Sie fragte sich, wie er es überhaupt noch mit ihr aushielt. Die Anlässe, sich zu trennen, häuften sich. Nadja wurde kratzbürstig, bei fast allen Themen, zu denen sie unterschiedlicher Meinung waren. Sie versuchte ihre Haltung durchzudrücken, Mert kleinzumachen und zu übertrumpfen. Aber er flippte nicht aus, tappte in keine Falle. Er verließ sie nicht, er hielt durch. Er nahm die Treffer, wartete ab. Und wenn Nadja sich an ihm abgearbeitet hatte, wenn ihre letzte Kraft verbraucht war, stand er immer noch vor ihr, und sie musste sich entschuldigen.

Sie sah Mert in seiner Ringecke pendeln. Ali schmierte ihm Vaseline in das bereits glänzende Gesicht, den Rest rieb er

Mert in die Haarstoppeln. Mert blickte zu seinem Gegner. Ein Blick, in dem Nadja jahrelang Tiefe vermutet hatte, hinter dem in Wahrheit aber ein Dschungel lag, in dem Mert sich selbst nicht auskannte.

Sie wurde zornig, fragte sich, warum sie mit ihm zusammenblieb. Mit diesem egozentrischen Gewaltmenschen. Mit einem Kind, dessen Zerstörungstrieb mit den Muskeln und der Potenz eines Erwachsenen ausgestattet war.

Wie konnte Mert behaupten, sie zu lieben, wenn er nicht sah, was mit ihr los war? Wie allein konnte sie sein, wenn alles nur noch dunkel und ohne Trost war und der Mensch, der ihr am nächsten stand, nie auch nur den Versuch unternahm, durch diesen Nebel zu ihr durchzudringen und ihr zu helfen?

Für Mert war sie nur ein Problem, und vor Problemen duckte er ab. Es gab immer einen nächsten Kampf, für den er trainieren, einen Gegner, auf den er sich vorbereiten musste. Auf ihre irrationalen, unverständlichen Ängste konnte er keine Rücksicht nehmen. An manchen Tagen wollte Nadja sich auf den Bürgersteig legen und warten, bis jemand kam, der sie liebte, der sie verstand. Oder bis alles vorbei war. Aber dann kostete sie allein der Versuch, eine Normalität zu simulieren, so viel Kraft, dass sie den Tag nur noch erdulden konnte. Sie schaffte es zur Arbeit, in die Mittagspause, zurück nach Hause. Und am nächsten Tag war wieder fast alle Energie aufgebraucht, bis sie endlich aus dem Bett gekommen war.

Mert war zu einem Fremden geworden, der mit ihr zusammenlebte, aber nichts von ihren Nöten ahnte oder wegsah, um nicht in die Verantwortung genommen zu werden. Wenn er fragte, wie es ihr ging, ließ er sich mit einem »Gut« als Antwort abspeisen. Er musste doch spüren, wie zersplittert sie war, wie durchlässig, wie ihr ganzes Sein nur noch von Verzweiflung zusammengehalten wurde.

Felix hatte sie eingeladen, den Kampf gemeinsam mit ihm und Angelika anzuschauen. Sogar Jörg durfte wach bleiben, um Onkel Mert boxen zu sehen. Nadja hatte abgelehnt. Zu Hause konnte sie wenigstens tun und lassen, was sie wollte. Sie musste sich nicht noch der Anstrengung aussetzen, beobachtet zu werden. Felix wurde unruhig, wenn er spürte, dass es ihr nicht gut ging, und das machte alles nur schlimmer. Dann würde er Angelika zu einem Gespräch mit Nadja drängen, für das ihm selbst die Worte fehlten.

Auch Felix verstand nicht, wieso Nadja nicht mit nach Berlin gefahren war, und noch weniger, wieso sie den Kampf nicht wenigstens mit ihm und seiner Familie sehen wollte. Doch Gesellschaft führte Nadja vor Augen, wie wenig sie sich verständlich machen konnte, wie isoliert sie war. Der einsamste Mensch im Universum, bestraft mit einem Mann, der sich nur für sein neues Leben interessierte.

Und wie immer, wenn sich diese Gedankenkette verselbstständigt hatte, blieb Nadja am Ende nur Scham. Weil sie so undankbar war, obwohl sie doch wusste, dass Mert trotz allem bei ihr blieb.

Nachdem der Ansager die Vorstellung beendet hatte, wurden den Kämpfern die Mäntel abgenommen. Ein dunkler Fleck auf Merts Brust irritierte Nadja. Ein Sponsor, von dem er nichts erzählt hat, dachte sie. Oder er hatte es erzählt, und sie hatte es überhört. Dann wechselte der Kameraausschnitt, zeigte Mert in einer Nahaufnahme, von der Stirn bis zum Brustbein, und sie konnte ihren Namen auf seiner Brust lesen. Sie erkannte sogar die leichte Rötung um den geschwungenen Schriftzug herum, so neu war die Tätowierung.

Sie musste sich sammeln, sah auf den Bildschirm, konnte sich aber kein Bild davon machen, was sich abspielte. Nach dem Gong zur zweiten Runde stand Nadja auf, ging vor dem Fernseher auf und ab. Sie setzte sich für den Rest des Kampfes nicht mehr, weil sie sah, dass Mert an diesem Abend den Kürzeren zog. Er boxte gut. Er tat, was er am besten konnte, entfachte ein Schlaggewitter, zog seinen Gegner ins Chaos und traf dann mit harten linken und rechten Fäusten. Aber Andreas Sidon war ein Veteran, älter noch als Mert, aber fünfzehn Zentimeter größer und mit der Erfahrung von über vierzig Profikämpfen im Körper. Er ließ Merts Attacken nur momentweise zu, dann befreite er sich und boxte wieder seinen eigenen Stil. Unbequem, auf seine größere Reichweite und seine Nehmerfähigkeiten vertrauend. Wenn Mert ihn traf, schnellte Sidons Kopf zur Seite oder in den Nacken, aber er wankte nicht. Und in der Konterattacke traf er Mert häufiger und klarer. Am Ende von zwölf Runden war die Entscheidung knapp. Alle drei Punktrichter hatten Sidon vorn, wenn auch nur mit zwei bis vier Punkten. Mert würde nicht in die USA reisen, Nadja würde in kein Flugzeug steigen müssen, sie konnten in ihrem Leben bleiben.

Vielleicht würden sie sich wiederfinden, die Chance ergreifen, alles wieder so zu machen wie früher. Es war vorbei.

Nadjas Erleichterung war so groß, dass sie erst nach Minuten wieder daran denken konnte, wie schwer diese Entscheidung für Mert wiegen musste. Sie erkannte es, als die Kamera sein Gesicht zeigte und sie einen Ausdruck bei ihm sah, den sie noch nie zuvor gesehen hatte. Nicht bei ihrer Trennung oder als er zitternd in ihrer Küche saß und sie wieder zusammenkamen. Auch nicht, wenn sie ihm Monat für Monat erklären musste, dass sie nicht schwanger war. Merts Gesicht zuckte, seine Unterlippe bebte. Er blinzelte, schloss die Augen im Sekundentakt, weil er sich das Weinen verkniff.

43

Mert hat Ross Gordon unterschätzt. Nun sieht er sich einem jüngeren, schwereren und größeren Mann gegenüber, der auch noch über eine gute Technik verfügt. Mert wird schnell klar, dass er Gordon nicht schlagen kann, indem er härter tritt und schlägt. Er braucht eine Überraschung, einen günstigen Moment, in dem er seine Erfahrung ausspielen kann. Aber dazu lässt Gordon es nicht kommen. Er arbeitet in hoher Geschwindigkeit und mit viel Kraft, baut jedoch nicht ab, weder am Ende der ersten noch am Ende der zweiten Runde. Mert findet keine Lücke für Treffer, keine Schwächeperiode, in der er den Mann überrennen könnte. Mert versucht es mit Gewalt, geht einfach in die Nahdistanz und schlägt los. Aber er wird selbst hart getroffen, in der dritten Runde geht er fast zu Boden, nachdem Gordon ihm sein Knie an den Kiefer rammt. Das Publikum schreit und jubelt durcheinander, die Buchmacher rasen von einer Bank zur nächsten.

Zuschauer bei einem Boxkampf beklatschen stets den Kämpfer, der hinten liegt. Derjenige, der sich als besonders leidensfähig erweist, wird zum Helden. Wenn einer einstecken kann, blutet und weitermacht, wenn er versucht, die Realität zu verbiegen, gewinnt er die Herzen. In keiner anderen Disziplin wird der Unterlegene so verehrt wie im Boxen.

Mert will nicht verlieren, unter keinen Umständen. Nicht dass er jemals verlieren wollte. Er war immer überzeugt, gewinnen zu können, auch wenn die Chancen gegen ihn standen. Aber heute spürt er, dass sein Leben davon abhängt. Wenn er verliert, kann er nicht abtreten. Nok versucht in der Rundenpause ruhig zu bleiben, doch gerade das signalisiert Mert, wie ernst seine Lage ist. In der Pause zur vierten Runde stürzt Nok fast mit dem Schemel in den Ring und lässt den herausgenommenen Mundschutz fallen. Als der Kampf weitergeht, bemerkt Mert eine Erschöpfung, die tief aus seinem Inneren kommt. Von dort, wo ein alter Käfig steht, mit verbogenen Gittern. Wo das Räderwerk langsam ausläuft und sich nur weiterbewegt, weil im letzten Glied der Kette noch nicht angekommen ist, dass das entscheidende Zahnrad zersprungen ist, dass die Kraft nicht mehr umgeleitet wird. Noch bewegt sich die Maschine, ein bisschen Energie bleibt. Vielleicht reicht sie für zehn Schläge, vielleicht für hundert. Doch dann wird endgültig Schluss sein. Gordon empfängt Mert mit einem Tritt zur Schläfe, er versucht zum Ende zu kommen. Mert würde es nicht anders machen, wenn er noch jung wäre und alles noch vor sich hätte. »Nicht nur siegen, sondern überzeugend siegen«, hört Mert wie ein Echo aus seiner Jugend. Mert stellt sich in die Ecke, nimmt die Fäuste zur Doppeldeckung hoch, die alten Reflexe setzen sich durch. Er weicht den Tritten nicht aus, sondern wartet nur ab, bis er wieder klar sehen kann. Gordon tritt und schlägt nach ihm, Mert spürt Treffer, aber er geht nicht zu Boden. Es tut nicht mal weh. Er versucht ab und zu einen Schlag, nur damit der Ringrichter den Kampf nicht abbricht. Er wird nicht zu Boden gehen. Er hat einige Kämpfe verloren, wichtige und weniger wichtige. Aber er ist nie zu Boden gegangen. Nie hat er diese Erniedrigung erlebt, er wird heute nicht damit anfangen. Selbst als er zum Herz getroffen wurde, blieb er geschlagen stehen. Mert dreht sich aus der Ecke, nur um gleich wieder festgenagelt zu werden. Er hat kein Gefühl für die Zeit. Normalerweise weiß er die Unendlichkeit, zu der sich drei Minuten ausdehnen, in Einheiten zu unterteilen. Er wird immer ruhiger, fast zufrieden, während sich dieser Gordon an ihm abarbeitet. Und dann, am untersten Punkt seiner Ruhe, trifft Mert ein bekanntes Gefühl. Er bekommt Angst. Angst vor der Niederlage, Angst vor Ross Gordon, Angst vor dem Ende. Angst, dass er sich selbst der größte Feind ist. Und diese Angst steigt auf, durchflutet seinen Körper und dringt schließlich aus jeder Pore nach draußen, wo sie auf seinen Gegner überspringt. Ross Gordon ist jung, er kann die Angst nicht einordnen. Er riecht die Angst, atmet sie ein, zieht sie in seine Lungen. Und dann ist sie in ihm, plötzlich und überwältigend. Er lässt sich Merts Angst überstülpen. Wie einst Piotr Androwitsch und viele andere danach verliert Gordon den Überblick, als Mert noch einmal auf ihn losgeht, einen Angriff entfesselt, der in Wahrheit immer die Flucht vor seiner eigenen Angst war.

Mert verunsichert Gordon, und diese Unsicherheit reicht aus, um auch bessere Boxer aus dem Tritt zu bringen. Gordon verliert seinen Rhythmus und weiß nicht, warum. Er spürt nur, dass er vorsichtig sein sollte. Gordons Aktionen werden zaghafter, und dann lächelt Mert. Er lächelt ein schiefes Lächeln und geht auf Gordon los, mit den letzten Schlägen, die er noch in sich hat. Er drückt den großen Mann in die Seile, schlägt zwei Serien, nicht sehr schnell, aber hart und genau. Mert kämpft mit dem Antrieb eines Zwanzigjährigen und dem Kopf eines alten Mannes. Dagegen hat Gordon keine Mittel. Er hat zu wenig erlebt, um einschätzen zu können, was passiert. Würde er es bis in die Rundenpause schaffen, könnte sein Trainer ihm helfen, aber das lässt Mert nicht zu. Er schlägt einzelne, harte Schläge, mit der Linken, mit der Rechten. Gordon dreht sich ab, wird verwarnt, verschanzt sich hinter seinen Fäusten. Er vergisst mitzuschlagen, und nachdem er fünfzehn Treffer ohne Gegenwehr genommen hat, bricht der Ringrichter den Kampf ab.

Gordon beschwert sich. Er will weiterkämpfen, kann aber kaum noch stehen. Die Entscheidung ist gefallen. Jubel und Pfiffe aus dem Publikum, die Ersten verlassen eilig das Stadion. Mert reckt seinen linken Arm in die Höhe, zwinkert Nok zu. Er wird nicht mit einer Niederlage abtreten. Mert tröstet Gordon mit zwei brüderlichen Klapsen auf die Schulter, bedankt sich in der gegnerischen Ecke. Dann geht er, begleitet von Nok, in seine Kabine. Mister Sambot steckt ihm auf dem Weg tausend Baht in den Bund seiner Kampfhose, deutet mit dem Zeigefinger dreimal auf Merts Nase und sagt verschmitzt: »Lumpini Stadium!«

Mert setzt sich auf die Pritsche, wickelt seine Bandagen ab und fragt sich, wie viele Schläge er wohl noch gehabt hätte. Jeder fühlte sich wie der letzte an. Er ist müde. So müde wie ein Stein, über den schon die Dinosaurier gelaufen sind. Aber er muss sich nicht vorwerfen, nicht alles gegeben zu haben. 156 Kämpfe als Amateur, 109 davon gewonnen. Dreizehn Kämpfe als Profi, nur eine Niederlage. Zehn Muay-Thai-Fights, sieben Siege. Keine überragende Bilanz, es reicht nicht für die Geschichtsbücher. Aber es ist mehr, als Mert von sich erwartet hat, als er eines Nachmittags vor tausend Jahren in die Halle des BC Einigkeit trat und vor Kalle Trabert stand. Mert hat kein Haus gebaut, keinen Baum gepflanzt. Doch er war da, er hat alles gegeben. Nun wird es endgültig Zeit zu entscheiden, was er mit dem Rest seines Lebens anfangen will.

44

Am Sonntagnachmittag kehrte Mert aus Berlin zurück. Nadja war gerade aufgestanden und hatte eine Erleichterung im Blick, die er nicht ertragen konnte. Felix kam mit seiner Frau und den Kindern zu Besuch, sie hatten Kuchen mitgebracht. »Trostkuchen«, wie Angelika sagte. Jörg und Anna spielten im Wohnzimmer mit den alten Big-Jim-Figuren. Jörg riss einer Figur den Kopf ab. Der Kampf wurde besprochen, und Felix tat alles, um Mert das Gefühl zu geben, er habe gute Arbeit geleistet.

»Du hast härtere Treffer gelandet, keine Frage«, sagte Felix. Angelika schenkte Kaffee ein.

»Du warst toll«, sagte Nadja.

»Der hat sich davongestohlen«, sagte Felix. »Immer nur raus aus dem Mann gehen, das ist bei den Amateuren in Ordnung, aber bei den Profis geht das eigentlich nicht.«

Ali stieß zu ihnen. Der Kampf wurde noch mal Runde für Runde besprochen, Ali arbeitete bereits an einer Taktik für einen Rückkampf. Doch Mert konnte nur auf den Kuchen starren, der vor ihm auf dem Tisch stand. Das Ganze wirkte wie eine Aufforderung, endlich einzuscheren in die normale Welt, mit geregelten Arbeitszeiten, Lohnsteuerjahresausgleich, Kaffeekränzchen mit den Verwandten am Sonntagnachmittag. Nach zwei Stunden ging Ali, auch Felix, Angelika und die Kinder verabschiedeten sich.

Mert und Nadja blieben allein zurück. So allein, wie man nur sein kann, wenn man sich noch liebt, aber nicht mehr kennt. Nadja setzte sich vor den Fernseher, um die Nachrichten zu sehen.

Mert spürte ihre Entspannung. Alles an ihr sagte: Nun haben wir es hinter uns. Mert wurde wütend. Er wollte nicht aufgeben. Und am Ende eines unbarmherzigen Streits versuchten beide, schwer verletzt noch letzte Wirkungstreffer zu landen.

»Wie konnte ich nur auf den Irrsinn kommen, mit einem Proleten wie dir ein Kind in die Welt zu setzen?«, schrie Nadja, die Augen rot geheult, mit zitternden Lippen.

»Wer weiß, ob es von mir gewesen wäre?«, erwiderte Mert mit einem Blick, den er normalerweise für seine Gegner nutzte.

Mert zog für ein paar Wochen in ein Zimmer des Gladiator Gym, das spartanisch für Gast-Boxer eingerichtet war. Er fing wieder an zu trainieren. Bald wurde jedoch klar, dass es keine guten Kämpfe mehr für ihn gab. Zu alt, keine Perspektive, keine Aussicht, noch mal um einen Titel zu kämpfen, der vermarktbar wäre. Kleinere Kämpfe wurden ihm angeboten, für ein paar Tausend Euro, aber das verbot ihm die Ehre.

Er nahm sich ein Apartment in Hammerbrook, neunte Etage, ein Zimmer, ein Bett, eine Küchenzeile. Es war günstig, und solange er keinen Plan für die nächsten vierzig Jahre hatte, war es ausreichend. Manchmal, wenn er auf seinem Bett lag, hoffte er, doch wieder mit Nadja zusammenzukommen. Aber er fand keinen Anlass, mit ihr zu sprechen, und so verkroch er sich in seiner Sturheit. Er dachte an Nadja, ohne dass sie davon erfuhr. Ein paar Monate arbeitete er als Trainer und Sparringspartner im Gladiator Gym und tastete seine Geldreserven nur wenig an.

Nachdem Mert eine Weile keine Anstalten machte, sein Leben in irgendeine Richtung zu lenken, verschaffte Ali ihm einen Vorstellungstermin bei Universum Box-Promotion, dem Boxstall, der die Klitschkos groß gemacht hatte, bevor diese ihre eigene Vermarktungsfirma gründeten.

Nach dem Abgang der Klitschkos war der Usbeke Ruslan Chagaev die Nummer eins bei Universum. Ein Boxer der Ostschule, wie Felix, aber mit Merts Statur. Chagaev bereitete sich auf einen Comeback-Kampf nach einer Niederlage gegen Wladimir Klitschko vor. Er stand voll im Wettkampftraining, als Mert und Ali sich im Gym vorstellten.

Michael Timm war Cheftrainer bei Universum und ehemaliger DDR-Amateurboxer. Natürlich kannte er die Boraus aus alten Zeiten und ließ Grüße ausrichten. Timm war freundlich, aber distanziert. Er machte keinen Hehl daraus, dass Mert zu alt und die Zeiten für Schwergewichtler schlecht waren, solange die Klitschkos ihre Show abzogen. Mehr als Kanonenfutter für einen, der sich auf Größeres vorbereitete, könne Mert nicht abgeben.

Immerhin wollte Timm sich ansehen, was Mert noch draufhatte. Also wärmte Mert sich auf, arbeitete mit Ali ein bisschen an den Pratzen und stieg dann zu Chagaev in den Ring. Sie trugen beide einen extradicken Kopfschutz, der das Gesicht quetschte, den Tiefschutz hatten sie über die Hosen gezogen.

Mert rechnete sich nicht viel gegen Chagaev aus, der jünger und besser ausgebildet war, schon WM-Kämpfe hinter sich gebracht und bei Olympia geboxt hatte. Mert wollte sich nur gut verkaufen, vielleicht noch ein paar Vorkämpfe bei Universum-Kampfabenden bestreiten. Schon in den ersten Sekunden merkte er, dass Chagaev genau das entscheidende bisschen schneller und genauer war, das es braucht, um zu treffen und selbst nicht getroffen zu werden. Jedes Mal, wenn Mert die Distanz verkürzte, um an Chagaev ranzukommen, donnerte ihm eine lockere Schlagserie entgegen.

Mert wusste, dass er unter Beobachtung stand, also holte er alles aus sich raus. Aber Chagaev war einfach nicht zu erwischen. Ali rief Mert keine Anweisungen zu, es war ja kein Kampf, sie sollten sich nur abtasten, Reflexe zeigen, Bewegungsabläufe. Das Einzige, was Mert hörte, war Timm, der nach etwa einer Minute sagte: »Ruslan, gib mal Gas.«

Dann wurde Mert von mehreren Schlagserien getroffen, eine härter als die vorangegangene. Chagaev prüfte ab, ob Mert dagegenhielt, wenn er unter Druck geriet, und Mert versuchte es, nur um in eine noch härtere Serie zu laufen. Als die Runde endlich vorbei war, klang in Merts Kopf ein schrilles Pfeifen. Chagaev hielt ihm zur Verabschiedung den Handschuh zum Abklopfen hin, den Mert vor lauter Erschöpfung beinahe verfehlt hätte. »Viel Glück«, sagte Timm.

Ali lud Mert zu sich nach Hause ein. Seine Mutter briet Köfte, stellte Schüsseln mit Vorspeisen auf den Tisch und reichte Mert einen Eisbeutel, den dieser auf die roten und blauen Stellen in seinem Gesicht drückte.

»Warum hauen wir nicht ein paar Monate nach Thailand ab, solange wir noch boxen können?«, fragte Ali, der immer noch darum bemüht war, Mert aufzubauen. »Zumindest über den Winter. Da ist es warm, und alles ist billig. Da sind wir die Könige.«

Alis Mutter trug Teller auf und schenkte Tee nach.

»Was sollen wir denn da? Wir sprechen doch nicht mal die Sprache.«

»Eine gute Zeit haben. Bald ist das vorbei, dann heiraten wir, werden Väter und erkennen uns nicht mehr auf der Straße. Lass uns doch noch mal was erleben.«

»Ich weiß nicht.«

»Was weißt du nicht?«

»Was ich da soll.«

»Was sollst du denn hier?«

Ali fing während des Essens immer wieder davon an, bis seine Mutter ihn ermahnte, sich endlich einen ordentlichen Beruf zu suchen und seine Eltern nicht weiter unglücklich zu machen. Er ließ es auf sich beruhen.

Mert fuhr mit der Bahn nach Hause, nahm den Lift in den neunten Stock, in sein Exil über Hammerbrook, und wollte die Schmerzen vom Sparring mit Chagaev rausschlafen. Gerade als er die Tür hinter sich geschlossen hatte, klopfte es. Es hatte noch nie geklopft, Mert bekam keinen Besuch. Er sah mit dem Auge, das weniger zugeschwollen war, durch den Spion und entdeckte niemanden vor seiner Tür. Kaum hatte er sich umgedreht, klopfte es wieder. Sein Herz raste, aber er öffnete die Tür. Links im Rahmen lehnte Stefan. Er hatte Tränensäcke bekommen. Die ganze Erscheinung war weiß und weich, wie liegen gelassener Teig. Sein langes, blondes Haar wuchs nur noch in Resten.

»Willst du einen alten Kumpel nicht reinbitten?«, fragte Stefan, nachdem einige Sekunden vergangen waren.

Mert winkte ihn mit der Hand in den Flur. Stefan trat ein, wartete, bis Mert vorausging, und folgte ihm dann in den einzigen Raum. Da es keinen Stuhl gab, setzte Stefan sich wie selbstverständlich auf das Bett. Mert lehnte an der Küchenzeile.

»Du freust dich nicht richtig, mich zu sehen, oder?«

»Doch, schon, tut mir leid. Bin nur erschrocken.«

»Wär ich auch an deiner Stelle. Du hast mich ganz schön hängen lassen.«

»Ich hab dich ins Krankenhaus gebracht.«

»Das wollte ich nicht. Und die Waffe mit meinen Fingerabdrücken hast du auch gleich noch eingeworfen, damit sie ja gefunden wird. War nicht leicht zu erklären, wie ich mir selbst ins Bein geschossen habe.«

Mert wusste nicht, was er sagen sollte. Er wartete ab.

»Hast du mein Geld mitgehen lassen?«, fragte Stefan.

»Wie kommst du denn darauf?«

»Wär besser gewesen. Die Bullen haben alles beschlagnahmt, aber dich haben sie nicht gefunden. War auch für mich nicht einfach. Ich hab ein paar Abende vor Nadjas Wohnung verbracht, bis ich auf den Trichter gekommen bin, mich an Ali zu heften.«

»Was willst du?«

»Du musst mir helfen.«

»Mit was?«

»Du musst mir den Rücken freihalten, bei einem Geschäft.«

»Ich mach das nicht mehr.«

Stefan sah ihn an, sehr lang und kalt.

»Findest du nicht, dass du mir was schuldest, mein Freund? Vom Geld will ich gar nicht anfangen.«

»Was schulde ich dir denn?«

»Du hast mich hängen lassen, hast dich durchschmarotzt und mich hängen lassen. Ich hab meine Zeit abgerissen, hab keinen Piep gesagt, dass du dabei warst. Und ich brauch ein bisschen Kohle, um wieder anzufangen.«

»Soll ich dir was geben?«

Stefan lachte blechern.

»So viel hast du nicht, selbst wenn du mir die Bude ausgeräumt hättest, bevor die Bullen da waren. Hättest wenigstens das Koks verschwinden lassen können, dann wär das Ganze glimpflicher abgelaufen.«

»Ich kann dir nicht helfen.«

»Du siehst gut aus, fit, genau so einen brauch ich.«

»Ich kann dir wirklich nicht helfen, ich bin froh, dass es vorbei ist.«

»Für dich ist es vielleicht vorbei, aber ich kann mich nicht zur Ruhe setzen. Ich bin im Arsch. Wegen dir.«

»Mit mir hat das nichts zu tun.«

Stefan blickte sich in Merts Wohnung um, taxierte die Einrichtung, schüttelte den Kopf.

»Sieht nicht so aus, als würd's bei dir gut laufen.«

Mert erwiderte nichts, richtete sich aber an der Küchenzeile auf. Sein Körper straffte sich, das geschah ganz automatisch in dem Moment, als ihm keine andere Lösung mehr einfiel. Stefan deutete die Feindseligkeit richtig.

»Weißt du, es ist ja auch nicht ungefährlich für dich, solange ich mit den Albanern zu tun hab. Keine Ahnung, ob die mich im Visier haben. Vielleicht haben sie Nadjas Adresse über mich rausgekriegt, und dann finden sie dich sicher auch bald. Vielleicht reicht es ihnen auch, Nadja wehzutun.«

Mert dachte nach. Er entspannte sich wieder, sein Blick klärte sich. »Was soll ich tun?«, fragte er schließlich.

Stefan erklärte ihm, was er vorhatte. Er wollte den Mann mit dem Rollkragenpulli, den sie damals in Eppendorf besucht hatten, ausnehmen. Ihm ein Paket Babynahrung statt Kokain andrehen und das Geld als Startkapital nutzen, um wieder ins Geschäft zu kommen. »Der Typ traut sich bestimmt nicht mal, sich zu beschweren, der hat ja schon vor seiner Frau die Hosen voll.«

Mert willigte ein.

Zwei Tage später holte Stefan ihn zur vereinbarten Uhrzeit ab. Der X5 war verwahrlost. Es roch, als würde Stefan in dem Auto leben. »Soll ich fahren?«, fragte Mert. »Bin lange nicht mehr gefahren.«

Stefan rutschte umständlich auf die Beifahrerseite. Mert setzte sich hinters Steuer, fuhr den Sitz zurück und legte den Gang ein.

»Wie in alten Zeiten«, sagte Stefan, als Mert den Wagen in Richtung Innenstadt lenkte. Als sie an der Ampel an der Kreuzung zur Glacischaussee warteten, direkt neben dem Platz, auf dem der Hamburger Dom dreimal im Jahr aufgebaut wurde, schlug Mert zweimal mit seiner Rechten zu, schnell und hart. Stefan war k. o. und wurde von seinem Gurt im Sitz gehalten. Mert knetete seine Hand, spürte aber, dass sie nicht wieder gebrochen war. Dann fuhr er links in die Simon-von-Utrecht-Straße ab. Stefan hob seinen Kopf und stöhnte. Mert hielt vor dem Lokal der Albaner. Den Wagen parkte er schräg auf dem Bürgersteig. Mert wusste nicht, ob die Kneipe noch den Albanern gehörte, ob der Chef da war und ob sie ihn überhaupt wiedererkennen würden. Und was sie mit ihm machen würden, wenn sie ihn erkannten. Er ging um das Auto herum, zog Stefan vom Beifahrersitz und schleppte ihn durch die Tür.

Der Laden sah unverändert aus. Hinter dem Tresen stand die Frau, der Mert den Queue aufs Ohr geschlagen hatte. Sie erkannte ihn nicht. Doch sie erkannte Stefan. Sie drückte einen Knopf hinter dem Tresen, und Sekunden später ging die Tür ohne Klinke am Ende des Raumes auf.

Der große der beiden Albaner öffnete sie. Er schritt auf Mert zu. Als er näher kam, sah Mert die Narben in seinem Gesicht. Sie sahen aus wie Krater, er hatte sie nicht nähen lassen.

»Dich ich kenne auch«, sagte der Albaner zu Mert, Stefan beachtete er nicht weiter.

»Ich hab das nicht verbockt«, sagte Mert, »aber ich will einfach nichts mehr mit der Sache zu tun haben.«

Der Albaner blickte auf Stefan. Dann wartete er ab, was Mert zu sagen hatte.

»Der Typ und sein Auto, dafür haben wir nichts mehr miteinander zu tun«, sagte Mert.

Der Albaner dachte nach. Dabei sah er Mert in die Augen, ohne die geringste Regung zu zeigen.

»Was machs du, wenn ich sage nein?«

»Nichts. Du hast eine Waffe, nehme ich an. Ich hab nur den hier.«

Der Albaner nickte zweimal langsam.

»Is fair.«

Mert schritt rückwärts zur Tür, der Blick des Albaners folgte ihm. Mert legte den Autoschlüssel auf das Ende des Tresens und sah Stefan ein letztes Mal an. Dann drehte er sich um und ging hinaus in die Freiheit.

Am nächsten Tag sagte er Ali vor dem Training, dass er bereit sei für Thailand. Noch einmal wegkommen, ein Abenteuer erleben.

Sie besorgten sich ein Visum, buchten günstige Tickets. Sie konnten sich mit dem Abflugdatum nach dem Preis richten, ein paar Tage mehr oder weniger machten keinen

Unterschied. Mert kündigte sein Apartment und rief Nadja an, um ihr zu sagen, dass er auswandern würde.

Vier Tage vor seiner Abreise fuhr er abends zu seiner alten Wohnung. Alles darin sah noch so aus, wie er es hinterlassen hatte. Sie besprachen, was ihm gehörte, was ihr gehörte, wie sie den gemeinsamen Besitz aufteilen sollten.

Sie gingen durch die Zimmer wie durch ein Museum ihrer Vergangenheit, und Mert wurde klar, dass er nichts davon haben wollte. Er hatte nur einen Grund gesucht, um Nadja zu sehen, was er ihr schließlich auch erzählte. Sie schliefen miteinander, wie früher, und als Mert am nächsten Morgen gehen wollte, brachte er es nicht fertig. Auch am Morgen darauf nicht. Beinahe hätte er seinen Flug verpasst.

Als er schon im Flur stand, seine Sporttasche über der Schulter, das wartende Taxi unten vor der Tür, rannte Nadja zurück in die Wohnung und holte das Kästchen mit den chinesischen Motiven. »Da ist mittlerweile so viel von dir drin.«

»Aber auch von dir.«

»Ich möchte gerne, dass du etwas von mir mitnimmst.« Sie nahm ihr Tagebuch raus, dann rannte sie noch mal los und kam mit dem Bild vom Küchentisch wieder. Sie betrachtete es, lächelte und schob es in das Kästchen. Mert gab ihr keinen Kuss, weil er fürchtete, nicht mehr loszukommen. Er drehte sich um und hastete die Treppen hinunter.

Im Taxi sah er aus der Heckscheibe und entdeckte Nadja wie einen Scherenschnitt im Hausflurfenster im dritten Stock. Aus der Nähe betrachtet war sie älter geworden. Sie hatte Falten unter den Augen bekommen, die hochstehenden Wangenknochen zeichneten sich deutlicher ab.

Wenn man nur ihre Silhouette sah, hatte sie die gleiche, scharfkantige Figur. Sie wird immer noch schön sein, wenn sie alt ist, dachte Mert. Diese Hoffnung erleichterte ihm den Abschied.

»Alter, du stinkst. Hast du jede Alte noch mal gevögelt, die du in Hamburg kennst?«, fragte Ali, als sie ihre Plätze eingenommen und die Gurte geschlossen hatten.

»Ich war bei Nadja.«

Mert duschte sich ihren Geruch erst ab, als er in Patong angekommen war. Das T-Shirt, das er in den letzten Nächten bei Nadja getragen hatte, verstaute er ungewaschen in einem Regal. Es liegt da immer noch so. Nach dem Durchlesen der beiden Mails hat er das T-Shirt ein paarmal in die Hand genommen, weil es das Letzte ist, in dem er sie spüren kann. Eine Mail von Ali, eine von Felix. Beide schrieben fast dasselbe. Nadja war endlich reingegangen, in die Angst. Nun gibt es nur noch die Prothese, von der Mert täglich weniger weiß, ob sie noch Ähnlichkeit mit dem Menschen besitzt, den er einmal gekannt und geliebt hat. Nadja ist ja noch in ihm, er träumt von ihr in Technicolor. Von Nachmittagen auf dem Sofa, während draußen die Sonne scheint, von einem Ausflug auf den Dom, von einem Urlaub in Italien. Die Erinnerung ist so lebendig, dass er den Impuls unterdrücken muss, in einen Telefon-Shop zu gehen und Nadja anzurufen. Das geht nicht mehr, nie mehr, das wird ihm jetzt bewusst. Und er wundert sich, dass die Sonne aufgeht, als sei nichts geschehen, und dass der Pfannkuchenjunge Pfannkuchen macht, die Leute sich draußen auf dem Meer an Fallschirmen hinter Booten herziehen lassen und die Mamasan meckert, weil es nicht genug Singha gibt. Dass sich rein gar nichts in der Welt verändert, obwohl sich in ihm alles verschiebt. »So schwer ist das nicht«, hatte Nadja damals gesagt, aber dabei nur von sich gesprochen. Für Mert ist es mehr, als er einstecken kann.

Nachdem Mert sich geduscht und angezogen hat, tritt er aus der Kabine ins Stadion. Der Hund springt an ihm hoch. Nok ist nach Hause gefahren, auch Mister Sambot entdeckt er nirgendwo. Mert sieht den Helfern zu, die Programmzettel und Flaschen einsammeln. Er blickt in den Ring. Nun versteht er, warum Felix nach seinem letzten Auftritt nie wieder zu einem Boxkampf gegangen ist. Das hier war sein Leben. Man kämpft sich rein, trainiert, um möglichst weit zu kommen, und wenn man gerade denkt, dass alles läuft, realisiert man, wie man schwächer wird. Dann kann man noch eine Weile den Mangel verwalten, die Schwächen kaschieren, aber man bewegt sich bereits wieder Richtung Ausgang. Die Aufregung, die Spannung, das Gefühl, angekommen zu sein, all das wird Mert fehlen. Genau wie Felix wird er sich diese Welt nicht noch mal ansehen, wenn er sie verlassen hat. Er geht am Ring vorbei, berührt das unterste Seil und klopft zum Abschied zweimal auf den Ringboden. Dann schultert er seine Tasche und verlässt das Stadion. Der kleine Ali trabt neben ihm her. Der Hund hat sich die Bangla Road schon einmal hochgeschnüffelt, also bleibt er auf dem Rückweg ruhig und konzentriert sich auf einzelne Gerüche: eine Mülltüte neben einer Garküche, ein Hoteleingang, das Hinterteil einer Hündin, die doppelt so groß ist wie er. Hat den großen Ali auch nie gestört, denkt Mert und muss lächeln.

Er biegt in die Gasse zur Sunshine Bar ein. Der Hund wirbelt im Kreis wegen des Lärms und der vielen Menschen, dann drückt er sich zitternd an Merts Bein, während sie die letzten Meter bis zur Bar zurücklegen. Es ist nach Mitternacht, die Mädchen sind fleißig, es ist viel Kundschaft da. Die Mamasan begrüßt Mert mit Boxerpose und lacht dazu.

»You fight?«, fragt sie ihn.

»I win.«

Die Mamasan reißt die Hände hoch, stellt Mert ein Singha hin und kümmert sich um Gäste. Ali rollt sich neben Mert ein, der wie immer außen am Tresen sitzt, dort wo sonst keiner sitzen möchte. Gelegentlich hebt Ali den Kopf, stellt die Ohren wie Segel auf, dann legt er ihn wieder ab. Das Manga-Mädchen entdeckt den Hund und fragt mit Fingergesten, ob er zu Mert gehört. Mert nimmt Ali hoch und hält ihn im linken Arm, während er mit dem rechten Arm sein Singha zum Mund führt. Die Mädchen kommen nacheinander an und kraulen Ali den Kopf. Das Manga-Mädchen setzt sich neben Mert, unterhält sich auf Thai mit dem Hund und streicht Mert über die Wange. Als sie hört, dass er heute gewonnen hat, gibt sie ihm einen Kuss auf den Mund. Eine Erinnerung flackert auf.

Wohin mit den Möbeln, wohin mit der Kleidung, mit dem Geschirr? Mert hat Felix nicht zurückgeschrieben. Es ist ihm egal. Wahrscheinlich liegt sie direkt neben ihrem Vater. Das hätte ihr nicht gefallen, denkt Mert. In Deutschland ist es jetzt achtzehn Uhr, vielleicht sitzen Felix, Ali, Angelika und die Kinder gerade in der Wohnung der Boraus und essen zu Abend.

Als sie sich zum letzten Mal sahen, irgendwann in dieser endlosen Zeit der drei Tage und Nächte, die sie sich zum Abschied geschenkt hatten, fragte Nadja ihn, warum er sie liebe. Mert schwirrten so viele Gründe durch den

Kopf, aber alle hörten sich nach zu wenig an. Er sagte ihr, dass sie wunderschön sei. Doch es beschrieb nicht das Gefühl, das er hatte, wenn er sie sah. Das Gefühl, jedes Mal aufs Neue überrascht zu sein, dass es sie überhaupt gab. Sogar wenn sie verheult in ihrem Jogginganzug auf dem Sofa saß, war sie schön. Er versuchte ihr zu erklären, wie gern er ihr zuhörte. Aber es klang dumm. Es fasste nicht Merts Überzeugung, dass sie sogar seine Gedanken besser denken konnte als er selbst. Kein Wort passte. Also versuchte er es am Ende damit, sein Gefühl zu beschreiben, das er beim ersten Mal gehabt hatte, als er sie sah. »Da dachte ich, wenn dieses Mädchen mit mir zusammen sein will, dann bin ich etwas wert.«

Nadja hatte ihn in den Arm genommen und an ihre Brust gedrückt. Zum ersten Mal. In all den Jahren hatte sie sich immer an seinen Rücken geschmiegt. In dieser letzten Nacht wog sie ihn wie ein Kind. »Ich kann mich doch niemandem zumuten«, sagte sie.

Die Mamasan bringt ihm noch ein Bier. Sie streichelt den Hund und fragt Mert etwas auf Englisch. Die Musik ist zu laut, aber er vermutet, dass sie den Namen des Hundes wissen will. Er hebt Ali hoch, hält ihn der Mamasan hin und sagt: »Ali.«

»The Greatest!«, ruft die Mamasan.

»Yes. But he smallest«, sagt Mert. Er kann ihr nicht erklären, dass es den kleinen Ali gibt, den großen Ali und den größten, das wird zu kompliziert. Sie will es auch gar nicht so genau wissen. Sie will ihm einen Tequila ausgeben, deswegen deutet sie auf die Glocke. »Ring bell – shooters for all.« Mert läutet die Glocke. Die Mamasan verschwindet hinter dem Tresen und bereitet ein Tablett mit Tequila, aufgeschnittenen Limonen und Salzfässchen vor. Die Mädchen verteilen die Schnäpse, die Mamasan und das Manga-Mädchen stoßen mit Mert an. Das Manga-Mädchen bleibt bei ihm und streicht ihm über die Haarstoppeln am Kopf.

Keine zwei Minuten später läutet die Glocke wieder. Ein Typ in Lacoste-Hemd und Trekkingsandalen will sich nicht lumpen lassen und schmeißt noch eine Runde. Wieder Tequila. Mert mag das Zeug nicht, er spült den Tequila mit Bier runter.

Dann legt er der Mamasan zweitausend Baht hin, viel zu viel. Nicht nur, um seine Rechnung zu begleichen, sondern auch, um das Manga-Mädchen auszulösen. Und für alles. Er sieht runter zu Ali, der an seinem Wassernapf schlabbert, knotet eine seiner Bandagen an das Halsband und macht ihn am Tresen fest. Er zieht das Manga-Mädchen hinter sich her. Sie ist verwirrt, aber dann begreift sie, dass er seine Haltung heute geändert hat.

»Short term, long term?«, fragt sie.

»Short term.«

»Your place?«

»Too far. You have place?«

»Hotel.«

Sie nimmt seine Hand und führt ihn die Bangla Road entlang. »Thousand for short term, special price for you. Six hundred for room«, erklärt sie ihm.

»Okay.«

In einer Seitenstraße kommen sie vor einem Haus an, in dessen Erdgeschoss eine kleine Rezeption eingerichtet ist. »Rooms for rent« steht auf einem Schild an der Scheibe.

Das Manga-Mädchen erkundigt sich auf Thai nach einem Zimmer. Sie erklärt Mert noch einmal, dass er sechshundert Baht für das Zimmer zahlen muss. Auf einem Zettel soll er seinen Namen und seine Nationalität eintragen. Er schreibt »Ali« darauf, und »Turkey«.

Das Zimmer ist kalt wie ein Eisschrank. Das Manga-Mädchen weist ihn an, sich zu duschen. Dann duscht sie selbst. Mert friert, während er auf dem Bett sitzt und wartet, dass sie fertig wird. Er trägt nur ein Handtuch um die Hüfte. Egal welchen Knopf er auch drückt, er kann die Klimaanlage nicht ausschalten. Auf der Kommode steht ein Fernseher, in dem Musikvideos laufen, daneben ein Behälter, in dem grüne Flüssigkeit blubbert, die einen Gestank absondert, der ihn an Klosteine erinnert. Was auch immer in diesem Zimmer passiert, es wird schon Sekunden später nicht mehr danach riechen. Das Manga-Mädchen kommt aus der Dusche, ein Handtuch um die Brust gewickelt. Sie hat kurze Beine ohne ihre hochhackigen Stiefel. Und sie sieht noch jünger aus, wenn sie ihre Tanzuniform nicht trägt. Sie schaltet die Klimaanlage ab, nachdem Mert ihr mit Reibebewegungen an seinen Oberarmen bedeutet hat, dass ihm kalt ist. Sie setzt sich hinter ihn und beginnt seinen Nacken zu massieren. Er will sie noch mal nach ihrem Namen fragen, ihn sich diesmal auch merken, aber dann erscheint es ihm nicht mehr so wichtig.

Sie küssen sich, und Mert ist überrascht. Auf dem Kiez wurde früher immer davon gesprochen, dass Prostituierte nicht küssen. Zu viel Verbindung. Das Manga-Mädchen lässt das Handtuch fallen, drückt Mert an den Schultern aufs Bett und nimmt seinen Penis in den Mund. Es scheint Mert ewig her zu sein, dass er Sex hatte. Aber so sehr sie sich auch bemüht, er bekommt keine Erektion. Sie setzt sich auf Mert, bewegt ihren Po, wie sie es vermutlich als Technik von anderen Kunden kennt, doch Mert nimmt sie an den Armen und hebt sie von sich runter. Er dreht sich auf die Seite, zieht sie an einem Arm an seinen Rücken und sagt: »Na komm schon her.«

So liegen sie eine Weile. Mert schläft fast ein, dann tippt ihn das Manga-Mädchen an. »You okay?«

»Yes«, sagt Mert und setzt sich auf.

Er zieht sich an, nimmt sein Geldbündel aus der Hosentasche und legt ihr zweitausend Baht hin. Unten auf der Straße rennt er gegen eine Wand aus Hitze. Er geht nach rechts über die Bangla Road, aber nicht mehr zur Mamasan. An der Beach Road muss er sein Motorrad aus dem Haufen von Mopeds befreien, die drum herum abgestellt wurden. Er fährt runter bis ans Ende des Zentrums, biegt rechts ab, dann wieder rechts, um auf die Hauptstraße zu kommen, und schlängelt sich durch den Stau. Erst als er das Zentrum verlässt, kann er beschleunigen. Er biegt rechts auf die Küstenstraße ab und fährt den Berg hoch. Sein Magen hebt sich über der Kuppe, dann lässt er sich runtergleiten, bis zur Rechtskurve. Er legt sich hinein, richtet die Maschine auf Höhe der Shooting Range wieder auf und gibt Gas.